我、弁明せず

江上 剛

PHP
文芸文庫

○本表紙デザイン＋ロゴ＝川上成夫

目次

我、弁明せず

第一章　昭和金融恐慌

1

池田成彬《せいひん》は、常務室で金子直吉《なおきち》と対峙《たいじ》していた。

成彬は、三井銀行の筆頭常務、即ち最高経営責任者だ。

銀縁《ぎんぶち》の丸眼鏡の奥から、直吉の大きな瞳が成彬をにらんでいる。いかにも如才《じょさい》ない様子で、瞳に表情があるかのようによく動く。

つい先年の暮れ、十二月二十五日に大正天皇が崩御《ほうぎょ》され、昭和となったばかりである。外はまだ冬の寒さが厳しい。それにもかかわらず直吉は毛の薄くなった額の辺りをしきりにハンカチでぬぐっている。

「暑いですか」

成彬は訊《き》いた。

「いやあ、そんなわけではないですが、切羽詰《せっぱつ》まると汗もでますわな」

直吉は笑って、ハンカチをたたんだ。

いい笑顔だ。

この笑顔が、一代で鈴木商店を世界的な商社にまで成長させたのだろう。

ところが、今や、その成長は、邯鄲《かんたん》の夢であったがごとく破綻《はたん》への道を突き進んでいる。この笑顔がいつまで続くことか……。

成彬は自分の顔を思い浮かべた。他人からはどちらかというと端正な顔立ちだといわれる。髪も銀髪で、六十歳という年齢にすればまずまず豊かな部類に入る。だが、笑顔だけは無理だ。どうしても直吉のように人なつっこい笑顔にはならない。

成彬は、武家の出身だ。家老などという上級ではないが、それでも幼い頃から武家の子弟としての教育を受けてきた。だから丁稚《でっち》奉公から出世してきた直吉のようにうまく愛想笑いができない。

直吉は、自分のことを随分と気難しい印象の男だと思っていることだろう。

「池田さん、えろう弱っとるんです。おたくの神戸の支店が、うちに対する融資をだんだんと締めているんですわ。なんとか緩《ゆる》めてもらえませんかね」

直吉は成彬をじっと見つめた。

鈴木商店の厳しい経営状態のことは成彬も承知していた。大口融資先として今後も引き続き支援していくか、融資を徐々に削減するかの決断を迫られたとき、成彬は後者を選択した。他人から預かった資金を安全に運用する、それが銀行家としての責任だからだ。

「それは私の指示です。支店が勝手にやっているのではありません」

成彬は、姿勢をただした。

「それは、どういうわけなんでしょうか」

銀縁眼鏡の奥の直吉の目がひときわ黒く大きくなった。

「私のほうから伺ってもよろしいでしょうかな」

「なんなりと」

直吉は、少し前かがみになっていた身体《からだ》を起こした。

「鈴木商店さんの商売のやり方を見ておりますと、ちょっと心配になってくるのです。どういう心配かと申しますと、何でもおやりになり、手を広げすぎのような気がするところです。金子さん、あなたのところは塩、ビール、砂糖、マッチなど本当にいろいろな事業をおやりになっているが、あれはどういう仔細《しさい》があってのことでしょうか？　あなた一人の力では、もはやすべてを把握することはできないのではないかと思うのですが……」

やや厳しく言いすぎたかなと成彬は気にした。直吉とは初対面だ。いきなり高飛車《たかびしゃ》に出る横柄《おうへい》な銀行家と思われたくはない。

しかし直吉は、成彬の心配を他所《よそ》に、一層、とろけるような笑顔になった。

「ご心配には及びません。それにはこんなわけがあります。ビール事業を始めたのはお世話になった税関長さんがおやめになって、なんとかせな、ならんかったのです。お世話になっておきながら放っておくわけにもいきませんやろ。マッチ事業は、うちの当主鈴木ヨネが舞子《まいこ》で博打《ばくち》をうって捕まったときに助けてもらった裁判官がおやめになったので、その人に仕事を与えな、ならんかったのです。決して私が好き勝手にやっておるのじゃありません。それぞれ事情がおありなんですよ」

直吉は、笑みを崩さずに言った。

成彬は、直吉の言葉にいささかの違和感を覚えた。

実は、成彬は、相当の覚悟をしてこの場に臨《のぞ》んでいた。それは初対面にもかかわらず、金子直吉という人物を見極めねばならないからだ。

直吉は、鈴木商店に丁稚として入り、めきめきと頭角《とうかく》を現した。

当主鈴木岩治郎の急逝《きゅうせい》に伴い、夫人の鈴木ヨネの推挙で番頭になったかと思うと、たちまち台湾での樟脳《しょうのう》（セルロイドなどの原料）の販売権を獲得して、会社飛躍の基礎を築いた。

第一次世界大戦が始まると積極経営に転じ、戦争景気に乗り、たちまち「世界の鈴木」とまでいわれるほどの大商社へと成長させた。

いわば時代の寵児《ちょうじ》である。しかし成彬は、当初からその急激な膨張に警戒感を抱《いだ》いていた。銀行家としての直感だった。

大正七年（一九一八年）に戦争が終結すると、鈴木商店の経営は悪化していった。

そこで成彬は、鈴木商店向けの貸出金を徐々に減らすように現場に指示を出した。現場からは反対の声があがった。鈴木商店は、三井銀行にとっては電力会社に次ぐ大口融資先だったからだ。成彬は、大口融資先だからこそ、早めに対処するべしと撤退方針を変えなかった。

大正九年、日本は戦争景気への反動恐慌というべき不況に突入した。

三月に株式市場、四月に商品市場が暴落。大阪では金融機関の取り付けが発生し、全国に信用不安が拡大した。五月に横浜の大手生糸《きいと》貿易商の茂木商店とその代表者が経営する七十四銀行が破綻した。

日銀、大蔵省は破綻した銀行に対して特別融資措置などの対策を講じて、事態の収拾に努めた。

成彬は、恐慌による経済の混乱を少しでも食い止めようと、他の銀行経営者に呼びかけ、多くの企業の救済に奔走した。

その中には鈴木商店系列の企業も幾つか含まれていた。たとえば東洋製糖、塩水《えんすい》港《こう》製糖、日本製粉、天満《てんま》織物などだ。

鈴木商店が金融的に行き詰まり、系列会社の支援ができなかったため、これらの会社も破綻の危機に瀕《ひん》していた。

鈴木商店はともかく、その系列の有望な会社は見捨ててはならないというのが、成彬の方針だった。

「私は、今、あなたのいうことを黙って聞いておりましたが、どうも納得がいきません。あなたの事業手腕を高く評価しておりますが、想像していたよりひどいという気がいたします」

どうも思ったことをすぐに口に出してしまう。これが昔からの悪い癖だ。人間にタメというものがないのかもしれない。成彬は、直吉に対する直截《ちょくさい》な自分の言い方に眉根《まゆね》を寄せた。

「何がひどいとおっしゃるのでしょうか」

直吉の顔から、さっと笑《え》みが消えた。視線が鋭くなった。

成彬は再び姿勢をただした。

「私は、あなた自身の事業欲から、いろいろなものに手を出されるのだろうと思っておりました。大変有望な事業も多く、その慧眼《けいがん》には感服しておった次第です。だからこそ先の大不況の際にも、幾つかの会社をあなたに替わってご支援させていただいた」

「恐縮です」

直吉は硬い顔で低頭《ていとう》した。

「しかるに今、お伺いするとそうではない。博打で捕まったときに助けてもらった人のために事業を始めたとおっしゃる。これは言語道断です」

成彬は、語気を強めた。

直吉が眉根を寄せ、唇を引き締め、成彬をにらんでいる。膝《ひざ》に置いた拳《こぶし》を強く握り締めているのか、それは小刻《こきざ》みに震えていた。

2

「事業は人だ」と成彬は考えていた。これはイギリスで教えられたことだ。

彼は、かつて投資信託という新しい業務を開始しようと、欧米に調査のために出かけたことがあった。

その業務は、日本にいながら世界の事業会社の株に投資するものだ。

まずアメリカの投資信託会社を訪ねた。

そこには、多くの会社の驚くほど詳細なデータが揃っていた。日本にはどんな会社があり、どんな組織で運営され、業績はどうかなど一目瞭然《いちもくりようぜん》だった。南米、北欧など世界のどこであろうと、どこそこの国のなんという会社の資料を欲しいと望めば、たちどころに手に入る。それも、その会社のことが十二分にわかる膨大《ぼうだい》な資料だ。

成彬は、その仕組みのすごさに驚嘆した。

次にイギリスに渡った。ところが、イギリスにはアメリカのような会社の詳細かつ膨大な資料がない。

「アメリカの会社などを見学すると、実に豊富な資料を持っているが、貴下《きか》のところにはそれがない。実に不思議なことだ。どうしてなのか？」

成彬は尋ねた。

「アメリカのことでもソビエトのことでも、なんでも訊いてください」

マネージャーは微笑した。

成彬が、ソビエトのことを尋ねると、極めてよく知っている。大変な博識だ。

「資料を持たないで、どうして外国の情勢がわかるのか？」

成彬は、さらに訊いた。

すると彼は「これだけです」と言い、自分の頭を指差した。

「頭？　ブレイン？」

「会社を見るのに一番重視するのは、誰がその会社をやっているかということです。三井には池田成彬が居て、経営を担っている。池田のことをいやになり、彼の経営に信頼が置けないということになれば、三井の株を買いません。大丈夫だと思えば、買う。会社を取り巻く情勢は変わり、会社の資産や負債は変化します。だから資料に重きを置くより、誰が経営しているかに重点を置くべきなのです」

彼は答えた。

成彬は、なるほどと思い、納得した。

資料が不要だというのではない。どんなに多くの資料があろうとも、投資判断の際には、その会社を経営する人がどういう人間であるかが、最も重要な要素なのだ。そう彼は教えてくれた。

その点、目の前にいる直吉はどうだろうか。

成彬は、ぐっと目を見開いて直吉を見つめた。

たしかに経営に関して抜きんでた才能がある。一介の商店を世界的な商社にまで成長させた。これは並の能力ではない。政財界に彼の能力を評価する人は、あまたいる。

しかしその成長スピードのあまりに速いことに、成彬は危《あや》うさを感じた。それで鈴木商店に関しては、徐々に撤退する方針で対応することにした。

しかし、金子直吉という人物を評価していなかったわけではない。

だからこそ第一次世界大戦後の反動恐慌の際、有望な鈴木商店系企業は助ける、との方針を打ち出したのだ。相当、思い切った支援をしたつもりである。

ところが彼は、「情」で事業を拡大してきたと言った。成彬は、言語道断と強い口調で言い切ったが、事業は「情」で行われてはならない。あくまで「理」によるべきだ。

銀行で行う融資とて同じである。情実融資は断じて行ってはならない。それが不良債権化することは、身をもって知っている。

果たして、この姿勢で彼はこの苦境を乗り切れるだろうか。もはや時代の寵児は、時代から見放されようとしているのではないだろうか。

「世話になった人を助けたらいけませんやろか」

直吉は震えるような口調で言った。わずかに怒りが籠《こ》もっている。

所詮、目の前にいるのは、金だけを信用する冷たい銀行家だ、叩き上げの苦労などわかるものか。直吉の表情には、そうした憤懣《ふんまん》が浮かんでいた。

「あなたのことを優れた経営者だと尊敬しております。ところが今日《こんにち》、非常な苦難を招いておられる。それはどうしてなのでしょうか」あなたほどの経営者なら、戦争が終わり、その反動がくることも予測できたはずだと思います。どうして事前に手が打てなかったのですか」

成彬は静かに訊いた。

「実のところ、予測はしておりました。大正七年の七月ごろには、さしもの欧州大戦も、もう終局に近づいたなと感じておったのです。それは当時、ドイツ軍はスイスの中立を蹂躙《じゆうりん》して仏領に入り、リヨンを占領して、パリとマルセイユの交通を遮断するであろうと考えておりました。ところがそれをしないばかりか、ドイツ軍がブルガリアの敗戦に対しても、何ら援助的態度に出なかった。そこで私は、ドイツも弱ったのかな、もしドイツが弱ったのであれば、戦争も長くはないと考えておったのです」

直吉は時折、丸い眼鏡の縁を指で触った。

成彬は黙ってうなずいた。

「終戦近し、と思っている時に、東京駅で偶然、後藤新平子爵《ししやく》にお会いしました。子爵は、自分のところにドイツの友人から手紙がきたが、その手紙に、最近ドイツの小学生には歯の抜ける児童が増え、また女性には子供を生んでも乳が出ない人が非常に増えてきたというようなことを書いている。この状態を見ても、もうドイツはだいぶ疲れて、戦争を継続する力を失って来たと思う。それで欧州大戦もそう長く続くようなことはあるまい、とおっしゃいました。これを聞いたときに、私の考えが裏書されたような気がして、商売の方針を切り替え、退却の準備にかからねばならないと思ったのです」

第一次世界大戦、すなわち欧州大戦は、大正三年七月から同七年（一九一四～一八年）十一月にかけて戦われた、初めての世界規模の戦争だった。

欧州各国は、ドイツ、オーストリー、トルコ、ブルガリアの同盟国と、イギリス、フランス、ロシアを中心とする連合国に分かれ、戦った。日本は、イタリア、アメリカなどとともに連合国側に加わり、参戦した。

成彬は、直吉の情報収集、分析能力に驚きを覚えていた。

「ならば、なぜ退却しなかったのですか」

「それは……」

直吉は、唇をゆがめた。

「お伺いしましょう」

成彬は言った。

3

直吉は居住《いず》まいを正した。

「もはや現場に対する統制力がなくなっていたのですな。拡大に次ぐ拡大で、うちも世界の鈴木といわれるまでになりました。学校出の秀才もどんどん採用しました。彼らに退却方針を伝えましたが、誰も思い通りに動いてくれない。これは全く意外でしたな。少なくとも鈴木の社員は、私の言うことを何でも聞いてくれるやろと、その時まで信じて疑うことなどなかったからです」

「現場を統制できなかったとおっしゃるのですかな？」

「一頭、二頭の馬なら一人で御《ぎょ》することもできます。しかし、二十頭、三十頭ともなると一人では御しがたくなりますやろ？　それと同じやと思います。五十人、百人のうちなら、私一人で統制ができますが、五百人、千人となると、もう統制は不可能やったんですな。それに彼らは、私と違って、みんな学校出の秀才ばかりや。いわば駿馬《しゅんめ》ですな。ロンドン、ニューヨークで世界の優秀な人間たちと渡り合って、一歩も引けをとりません。そんな駿馬ばかりですがな。すっかり自信を持っておったのです。そんな彼らに、退却しろと言っても、あの老人は最近焼きが回った、タガが緩《ゆる》んできた、などと思うばかりやったのでしょうな」

直吉はふっと軽い笑みを洩《も》らした。寂しげに見えた。

「それでもあなたは経営者です。非情に、自分の信念に基づき退却を命令すべきだったのではありませんか」

「その通りでありますが、私にはできなかった。頑張っている者たちに引き摺《ず》られましたかな……」

直吉は頭を掻《か》いた。

「やはり情を断《た》ち切れなかったようですね」

「どうもそのようですな」

「事業に情は重要な要素です。しかしそれに流されるようであれば、私どものように多くの方々の大切な資産を預かっている立場としては、あなたへの融資を徐々に削減せざるを得ません」

「現状維持というわけにもいきまへんやろな」

「いずれはすべてなくすつもりです。そう思っていただきたい」

成彬は、感情を抑えて言った。

直吉の肩が、がくりと落ちた。

今日、成彬が直吉と会うに当たっての覚悟というのは、金子直吉という人物を見極め、鈴木商店の支援を継続するか、打ち切るかの判断を下《くだ》すことだった。不世出《ふせいしゅつ》の事業家、金子直吉の事業家としての命を左右する決断を求められていたのだ。

打ち切るという判断は忍びない。ましてや目の前に、急激に老《ふ》け込んだような表情になった直吉を見ては、なおさらだ。

しかし直吉は、すでに事業家としての厳しさを失っている。厳しさを失った直吉と一緒に歩むことは、三井銀行の経営を預かるものとして、できることではない。

「融資は、引き上げさせていただきます」

成彬は、もう一度言った。

直吉は、ゆらりと立ち上がった。言葉はない。成彬に頭を下げると、案内も求めず、そのまま常務室のドアを開け、出て行った。

成彬は立ち上がった。開け放たれたドアの向こうに、直吉の去っていく姿が見える。肩を落とし、ここへ来たときより、幾分か、小さく縮んでしまったようだ。

成彬は、目を伏せるように低頭し、直吉を見送った。

直吉の姿が見えなくなると、再び、椅子《いす》に沈み込むように深く座った。

秘書が近づいてきた。

「お帰りになりましたね」

「ああ帰った……」

「何か、お飲み物でもお持ちいたしましょうか」

「いや、いい。それよりその机の上にある書類を持ってきてくれ」

成彬は、執務机を指差した。

「これでございますか」

秘書が書類を持ち上げた。

「そうだ」

秘書は、成彬の前に、その書類を置いた。

そこには鈴木商店宛の融資残高が記載されていた。

合計八百八十七万円、うち担保付四百五十一万円、無担保四百三十六万円。

関連会社分として、塩水港製糖千六百万円、日本製粉三百五十六万円、天満織物百万円、東洋製糖五十万円の合計二千百六万円、うち担保付千百二十五万円。

「これを全額回収するように担当に伝えてくれ」

成彬は、書類を秘書に渡しながら言った。

「全額ですか」

秘書は、驚きを隠さない。

「ああ、全額だ」

成彬の白い口髭《くちひげ》の先がピンとなった。

秘書が硬い表情でうなずいた。この指示がどういう意味を持っているかを悟《さと》っているからだ。

成彬のこの決断は、政治的にも大きな影響力を持つ鈴木商店を、完全に破綻させてしまうことになるだろう。一つの銀行と一つの取引先との関係決裂という問題を超えるかもしれない。

誰も好んでやりたがらない決断だ。今、その決断を成彬が行っている。

「ただし、東洋製糖、塩水港製糖、天満織物など、その事業が有望と判断される会社には、従来方針通り、別途救済融資を実行するように。わかったね」

成彬は、語気を強めた。

秘書は、急ぎ、その場を立ち去った。

「次は、台湾銀行だな。こっちも骨が折れる」

成彬には、鈴木商店を整理すれば、当然、同社と密接な関係にある台湾銀行の問題に行き着くことがわかっていた。

台湾銀行に、三井銀行はコールとして、三千万円もの巨額資金を提供している。これを引き上げなければならない。

コールというのは、金融機関同士が日々の資金の過不足を調整したり、余裕資金を短期で運用したりする市場のことだ。文字通り呼べば応《こた》えるというところから、コールと言われている。

「やれやれ……」

成彬は、思わずつぶやいた。

ふと三菱銀行の最高責任者である串田萬蔵《くしだまんぞう》の顔を思い浮かべた。

「三井の池田、三菱の串田などと世間では呼んでくれているようだが、あなたに比べると、私は銀行家としては満点じゃない。どうも慎重さに欠けるところがありますな」

串田萬蔵は、非常に優秀な銀行家で、三菱銀行の堅実経営の支えとなっていた。したがって彼は、鈴木商店にも融資せず、台湾銀行にもコールを提供していない。

「銀行家というものは、他人の資金を預かっているわけですから、鈴木商店や台湾銀行など、危険が予測される先には資金を出さないのが本筋なんでしょう。あなたのほうが一枚も二枚も上だ」

成彬は、串田に語りかけるように独りごちた。

4

鈴木商店と並んで成彬を悩ませていたのは、台湾銀行の経営悪化だった。それはそのまま、我が国の金融経済の最も大きな問題だった。

台湾銀行は、明治二十八年（一八九五年）に始まった台湾統治のために、同三十二年に設立開業した特殊銀行で、台湾における中央銀行だ。

鈴木商店は台湾で製糖や樟脳の事業を営んでいたため、銀行設立当初から関係が深かった。総貸出金額約七億円のうちの半分、約三億五千万円が鈴木商店に対するものだと言われていた。

そのため鈴木商店の経営悪化は、そのまま台湾銀行の経営悪化に直結していたのだ。

一方で、震災手形という不良債権の処理問題があった。

大正十二年（一九二三年）九月一日に関東大震災が発生した。

関東地方における死者・行方不明者十四万二千人余、という甚大《じんだい》な被害を与えたのだが、この震災によって、決済が困難になった手形も約二十一億円もの巨額に上った（現在の価値にして約八兆円）。

当時は山本権兵衛《ごんべえ》内閣で、蔵相は井上準之助だ。

井上は、大分県生まれ。東大を卒業後、日本銀行に入行し、大正二年（一九一三年）には横浜正金《しょうきん》銀行頭取になり、大正八年には、高橋是清《これきよ》蔵相の推挙で初の生え抜き日銀総裁になった。

井上は震災後ただちに、九月三十日までの支払猶予令（モラトリアム）を発令し、震災地域での手形の取立てや、その他の決済を延期させた。

さらに、「震災手形割引損失補償令」を施行し、日銀に一般市中銀行から、大震災により決済が困難になっている手形を持ち込ませ、震災手形の表示をし、再割引させた。

再割引というのは、震災によって決済が困難になった手形を、企業が市中銀行へ割引に持ち込むと、市中銀行がその手形を日銀に持ち込み、再度割り引いてもらうことだ。

こうすることによって、日銀から市中銀行を経由して、企業に資金が還流することになる。

政府は、手形の再割引によって日銀が被《こうむ》る損失を、一億円を限度に補てんすることを決定した。五億円程度が震災手形として持ち込まれ、その二割が損失になると見込んでいた。そのため一億円の損失補てんとなったのである。

予想通り、約四億三千万円が震災手形として持ち込まれた。

そのうち、台湾銀行の震災手形が一億二千万円を超え、抜きんでて多かった。その他、朝鮮銀行二千万円、村井銀行千五百万円、近江銀行九百三十万円、東京渡辺銀行六百五十万円などだった。

問題は、この震災手形が、実際に震災で被害を受けた企業のものだけではなかったことだった。

震災以前、即ち第一次世界大戦後の経済恐慌で痛手を受けた企業の不良債権を、震災手形といつわって持ち込んだ銀行が多かったのだ。

また震災手形のうち、鈴木商店関係が七千百九十万円と全体の十七パーセント、台湾銀行持ち込み分の五十九パーセントにも達していたことも、大きな問題だった。

これでは、震災手形が政府補償というかたちで損失補てんされることをいいことに、特定銀行、さらには特定企業の救済を図ったものだと見られても、仕方がなかった。

成彬は、常務室に本店の役員や部長たちを集めた。

鈴木商店の融資引き上げに続いて、もう一つ重大な決断をしなくてはならなかった。それは、台湾銀行からのコール引き上げだった。

5

第一次世界大戦後の経済恐慌や大震災のせいで経済は低迷していたが、三井銀行は、定期預金が大きく増加し、この昭和元年（一九二六年）には店舗数二十三と少ないながらも四億五千五百万円に達していた。安田銀行の、店舗数百八十で六億二千二百万円に次ぐ数字だった。

経済恐慌前の大正八年（一九一九年）と昭和元年を比較すると、大正十二年末に系列銀行が大合同した安田銀行の約五億円増を除けば、三井銀行が一億四百万円増、三菱銀行九千五百万円増、住友銀行八千七百万円増、第一銀行千五百万円増という順調な伸びを示していた。

第一次世界大戦の好景気で、企業や個人には、それ以前と比較にならないほどの経済力がついた。しかし恐慌や震災などが続き、世の中が不安な情勢となった。そこで人々は競って、より信頼のおける三井銀行などの大手五大銀行に預金を集中させたのだ。

成彬は、大正十五年（一九二六年）七月一日の創立五十周年の支店長会議で、「反省しなければならないと思いますのは、事業の規模がますます大きくなり、年々よくなってきましたときに、その業況に沈滞をきたすことが、往々にして見受けられるところであります」

と発言し、銀行が老大国のようになってはいないかと、行員たちに緊張感の惹《じやっ》起《き》を呼びかけなければならなかった。それほど銀行の業績は、世の中の不安な状況にもかかわらず順調だった。

成彬の経営方針は、自主独立性を重んじ、安定した預金と確実な貸出による堅実な業務を営むとともに、基幹産業のための有力な中枢的金融機関たることだった。

この方針は、成彬が明治三十一年（一八九八年）の欧米出張に出かけた際に、イギリスの銀行から学んだものだったが、三井銀行が資金繰りで苦しんだ時、日銀からの貸し渋りにあうという、苦い経験にも基づいていた。

このため成彬は、日銀からの借入金や再割引を極度に嫌った。

当時、銀行は預金を集めるより、日銀から低利で借り入れをし、企業に貸し出すことで利鞘《りざや》を抜くことを本業としていた。

しかし成彬は、預金を安定的に集めることで、日銀依存からの脱却という方針を立てた。

そのために預金が余っているときには、コールに資金を出し、もし銀行に資金が足りなくなれば、すみやかにそのコールを回収するとの方針で、資金を運用していた。こうすれば日銀に頼らずに、自主的に銀行を経営できると考えたからだ。

　しかし集まりすぎた預金は、成彬を悩ますことになった。

　三井銀行の信用は絶大だ。自然と預金が集まってくる。また第一線の支店長は、いくらでも預金を増やそうと努力する。この努力を、経営者としてやめさせるわけにはいかない。

「金が余って困る。しかし不景気でいい貸出先がない」

　これが成彬の悩みだった。

　そしてもう一つの悩みは、頻繁に起きる取り付けという問題だった。

　銀行は、一般の人たちから、預金という大切な財産を預かっている。

　もし銀行に何か問題が発生して、取り付けが発生した場合、どうするか。いかに信用力があるとはいえ、三井銀行にとっても対岸の火事ではない。いつ何時《なんどき》、火の粉《こ》が降りかかるかもしれない問題だった。

　日銀に担保さえ持っていけば、無限に資金を貸し出してくれるというなら、取り付けという心配をすることはない。しかし現実にはそうではない。日銀といえども困ったときに、いつでも融通してくれるという保証はない。

　そうはいうものの、どこまでも預金を増やせば、取り付けに関する問題が解決するというものでもない。三井銀行が預金者に対して責任が持てる上限額が、自ずとあるのではないか、その金額はどの程度なのか。成彬はいつもそのことを考えていた。最終的に責任が持てないということでは、話にならない。

欧米の銀行は、取り付け対策のための準備預金を、全預金の三十パーセントから四十パーセント積んでいるというのが普通だった。それが日本にそのまま適用できるのかはわからない。いずれにしても、取り付けなどの緊急事態のために、相当の現金を準備しておかねばならないことは確かだった。

しかし、そうした準備預金は利益を生まない。経営者としては、多額の預金を遊ばせていることはできない。そこで、積極的にコールに出して運用していた。その最大かつ有利な借り手が、台湾銀行だったのだ。

6

成彬の前には、苦渋《くじゅう》に満ちた部下の顔があった。

「鈴木商店からの融資引き上げの件は、手続きを進めているか」

成彬は訊いた。

「進めております」

部下の一人が答えた。

「誰しも、融資を引き上げることはいい気持ちがしない。しかし、引き上げざるを得ない。もし鈴木商店に不測の事態が起きれば、当行に取り付けが起きるだろう。それが拡大するようになれば、三井物産や鉱山にも影響し、三井家そのものを崩壊させてしまうことになる。いやそればかりではない。この国の経済にも甚大な影響を与えることになる」

成彬は静かに言った。

集まった部下は、一様にうなずいた。

「台湾銀行に出しているコール資金を全額引き上げる」

成彬は、意を決したように言い、部下たちをゆっくりと見渡した。彼らの顔に緊張が走り、続いて、おう、というどよめきが起きた。

「台湾銀行ほど有利な借り手はいません……。もし引き上げますと、収益にも相当影響が……」

部下が言った。

彼の言う通り台湾銀行だけは、いつでも高い利率で借りてくれていた。そのため、台湾銀行へのコールが三千万円にもふくらんでしまったのだ。

「いやいや、震災手形の多くが台湾銀行分であるということを考えても、経営が早晩、行き詰まるのは明白だ。ここは、池田常務のご判断に従うべきであろう」

別の部下が反論した。

「しかし、政府所管の特殊銀行ですぞ。政府が放置するものか。心配しすぎではないだろうか」

また別の部下が言った。

「今、三井銀行がコールを引き上げますと、かえって台湾銀行の経営を悪化させることになり、非難されるのではないでしょうか」

部下の表情には不安が浮かんでいた。

成彬は、部下の意見を黙って聞いていた。こうした活発な議論を成彬は好んだ。

「井上さんは大丈夫だと、おっしゃっていたのではないのですか」

部下が成彬に訊いた。

井上さんというのは、井上準之助のことだ。彼は、日銀総裁、蔵相を務めた人物だが、成彬の親しい友人だ。

成彬が慶応三年（一八六七年）生まれ、井上が明治二年（一八六九年）生まれと、年齢も近かったこともあるが、共に図らずも金融界に身を置くことになったという同志めいた感情があった。

初めて会ったのは、成彬の大阪支店時代だ。

当時、日銀の井上は月給二十五円、成彬は四十円だった。日銀は賞与が多いからうらやましい、いやそれよりは月給が多いほうがいいなどと、下らない不平不満を零《こぼ》しながら、酒を酌《く》み交わした仲だ。

その後、成彬と井上とは、立場が変わっても互いに意見交換を続けていた。

日銀に井上がいたときは、成彬は安心していた。三井銀行が、どうしても資金繰りに困るようなことがあっても、井上なら「わかった」と二つ返事で貸し出してくれた。しかし他の人だと、「内部で協議して、後日回答する」と、貸し渋るのが普通のことだ。

台湾銀行の経営問題についても、成彬は井上に相談していた。部下はそのことを尋ねている。

「井上は、大丈夫だと言っていた。一週間に二度ほど聞いたがね。その都度、大丈夫だと言った。もし大丈夫でなければ、腹を切らねばならないから、とまで言っていた。それほど大丈夫だ、とね」

「それならば、大丈夫ではありませんか。他の銀行もまだ引き上げてはおりません」

部下が成彬の意見を求めた。

「それは彼一流の謎かけだと思う。彼は、日銀時代は、消極的すぎるほど慎重な男だったが、政治家になってからは、性格が変わってしまった。強くなったのだ。周りの人が、驚くほどだ。私には無理に強くなったようにさえ、見えるくらいだ。彼は、自分の考えをコントロールできるようになったのだよ。その彼が、僕の問いかけに強く大丈夫と言うということは、立場をわきまえろということじゃないかな。まさか彼の口から、大丈夫じゃないと答えるわけにもいくまい。それは、私自身が銀行家の立場で責任を持って考え、対処しろと言われているのと同義だよ」

成彬は、部下を厳しい目で見つめた。

「しかし……」

部下は、苦しそうに顔をゆがめた。

「もっと言いたいことがあれば、遠慮なく言ってくれたまえ」

成彬は、部下に発言をうながした。

「片岡蔵相に断りを入れる必要はありませんか？　先ほども申し上げましたが、もし当行が、台湾銀行のコールを一気に引き上げた場合、台湾銀行の経営に大きな影響を与えると思われます。もし破綻にでもなれば、政治問題になりかねません」

部下は、成彬の表情の変化を見ていた。もし表情が険《けわ》しくなれば、言葉を慎《つつし》むつもりかもしれない。

成彬が、銀行経営に関して自主独立性を重んじ、政府や日銀などに判断を仰ぐことを嫌うのを知っているからだ。

成彬は顔色一つ変えなかった。

当然ながら、成彬も政府が台湾銀行救済のために必死になっていることを知っていた。

ここでコールを引き上げれば、どのような非難を浴びせられるかしれない。部下の言う通り、片岡直温《なおはる》蔵相の怒りが沸点に達することは目に見えている。しかし銀行家としては、鈴木商店に引導を渡した以上、その主力銀行の台湾銀行の経営不安を放置するわけにはいかない。

「議論は尽くしたかな。これから起きるであろう、あらゆる非難は私が引き受ける。コールを引き上げなさい」

成彬は断固として言い切った。その場は静まり返った。咳《しわぶき》ひとつ聞こえなかった。

台湾銀行からのコール引き上げは、三井銀行にとって止むを得ない決断だった。それは震災手形などの不良債権問題の処理を断行せず、ずるずると先送りする政府への批判でもある。不良債権を抱えた銀行がいつまでも生き残っていれば、この先、絶対に経済の復興はない。成彬は、そう考えていた。

もし三井銀行がコールを引き上げたために、台湾銀行が破綻すると非難する者がいたならば、それはそれで従容《しょうよう》と受ける覚悟だ。

7

その頃、片岡蔵相は、若槻《わかつき》礼次郎内閣の下で、日本経済の癌《がん》であった震災手形の処理を、なんとか進めようとしていた。

未決済残高は昭和元年（一九二六年）十二月末の段階で、約二億七百万円であった。そこで昭和二年一月二十九日の第五十二回帝国議会に片岡は、「震災手形損失補償公債法案」と「震災手形善後処理法案」の二案を提出したのだった。

再割引した震災手形の決裁期限を、いつまでも延長するわけにいかない。損失補償公債を交付することで政府が一億円を補償し、残りの一億七百万円を十年公債によって、相手銀行や企業から返済させるという法案を提出したのだ。まさに、これしかないという最後の手だった。

だが、若槻憲政会内閣に対して野党である政友会は、この法案は台湾銀行、鈴木商店救済法案である、と強硬に反対した。野党議員は片岡に、震災手形で救済された銀行や企業の名前を具体的に挙げろと迫った。

答えに窮《きゅう》した片岡は、三月十四日、予算総会で「東京渡辺銀行が本日破綻しました」と発言し、それが引き金となって、東京渡辺銀行を始めとする中小銀行四行が、休業に追い込まれることとなった。

これが、後の昭和恐慌の端緒《たんしょ》といわれる失言恐慌である。

後日、朝日新聞記者に、片岡は「決して失言ではない」と語っている。

片岡によると、すでにあの時点で、東京渡辺銀行は破綻していたのだ。

三月十四日の午後一時ごろ、東京渡辺銀行の関係者が訪ねてきて、「本日限りでひとまず門を閉じます」と申し入れてきた。そこで日中では金融界に不安を起こすと考え、銀行の営業時間後に、片岡はその事実を公表しただけだと言う。

生きている銀行に失言で死刑を宣告したのではないと片岡は強弁するが、世間の不安心理を映して、取り付けを起こす引き金になったことは疑いのない事実だ。

この取り付けは、震災手形二法案が、三月二十三日に議会をなんとか通過したことで沈静化した。

ところがこの法案を通過させるために、「とくに（この法案は）台湾銀行のために絶対必要なり、との言明を信頼し、この際、やむを得ぬ処置としてこれを承認するほかない」と位置づけられ、速やかに台湾銀行再建案を立案すべきとの附帯決議をつけられてしまった。

政府は台湾銀行を支援する方向を決めたが、この附帯決議で台湾銀行経営悪化は世間周知となった。

三井銀行は、成彬の決断にしたがって、三千万円のコールを引き上げた。

昭和二年三月二十六日、三井銀行などのコール引き上げで資金繰りに窮した台湾銀行は、鈴木商店への融資打ち切りを決定する。

翌二十七日、東京ステーションホテル一一〇号室に直吉以下、鈴木商店幹部たちが集まり対策を協議するが、すでに打つ手はなかった。直吉は、最後まで自分の手で鈴木商店を再建するという強気の姿勢を崩さなかったが、四月二日、ついに鈴木商店は倒産した。

政府は資金繰りに窮《きゅう》した台湾銀行を救済するため、「台湾銀行救済緊急勅令《ちょくれい》」案を四月十四日、枢密院《すうみついん》に提出した。

この勅令は、台湾銀行の損失を、二億円まで政府が補償するというものであったため、特定銀行の救済を勅令で断行しようとは、議会及び国民無視もはなはだしいと大きな非難を浴び、十七日に否決されてしまった。

その結果、台湾銀行は翌十八日に休業した。不安に駆《か》られた人々は、銀行に預金引き出しに殺到した。全国的な預金取り付け騒ぎの発生である。

こうして、昭和金融恐慌へと突入した。

勅令案否決を受け、十七日若槻内閣は総辞職した。

秘書が、朝日新聞の記事を成彬のところに持ってきた。

「コール引き上げについて、大蔵省の高官の話が出ております。お読みになりましたか」

「どうせ非難されているのだろう。面白くはないが、ちょっと読ませてくれるか」

成彬は秘書から記事を受け取った。記事には、「三井銀行はけしからん。ひどいことをする。そのために台湾銀行が休業に追い込まれた」と書いてあった。

成彬の耳にも、三井銀行を非難する声は届いていた。

とくに片岡は批判的だった。

「台湾銀行へ一番多くコールを出していたのは某行で、この某行のコール引き上げは一番はなはだしかった。あれが台湾銀行には響いたであろう。あの某行の行動には、政友会の謀略が働いているという噂《うわさ》もある」などと、片岡は親しい記者に語っていた。

この某行とは三井銀行のことであり、政友会の謀略とは、三井家が片岡らの憲政会に対抗する政友会と近いと思われていたからだ。

「卑怯《ひきょう》なり」

成彬は怒りで顔を赤らめた。秘書を、にらみつけると「紙と筆を用意してくれ」と言った。

「いかがなされますか」

秘書が訊いた。

「朝日新聞に公開質問状を出す」

成彬は、興奮した様子で言った。

「公開質問状でございますか」

「この談話は、ただ高官というだけで大臣だか次官だかわからん。他人を非難するなら堂々と名乗りを上げねばならない。こうした卑怯な振る舞いは、断じて許すわけにはいかない」

秘書は、成彬の怒りのすさまじさに驚いた。

「高官などという、得体《えたい》の知れない言葉の陰に隠れて無責任な言辞《げんじ》を弄《ろう》するとは、何事であるか。まことに卑怯である。コールを引き上げたのが、何が悪いのか。正当なる金融取引ではないか。だからこそ、コールはいつでも引き上げられるように、無条件物にしてあるのだ。コールというものは、いつでも金がいるときに取り戻せるからコール、即ち呼べば返る金ではないか。三井銀行が、コールを引き上げたから台湾銀行がつぶれたかのように言っておるが、私がコールを引き上げるように指示をしてから、三週間もの時間があった。しかるにこの大蔵省の高官とやらは、その間何をしていたのだ。そうは思わんか！」

秘書は、成彬の怒りに煽《あお》られるようにあわててうなずいた。

「今のことを手紙に書いて、朝日に送ってやる。名を名乗って、返事を出して来なければ、許さん」

成彬は、卑怯な振る舞いを許すことはできない性格だった。この記事も、相手が名乗っていれば成彬は怒らなかったはずだ。

8

「京都支店が取り付けにあっております」

部下の報告を受け、成彬は緊張した。恐れていた事態が起きた。

台湾銀行が休業した四月十八日、京都支店に預金引き出し客が殺到した。

「どういう状況だ」

「午前中から、預金引き出しの客が止まりません」

部下が必死の形相《ぎょうそう》で報告する。

「近くの支店から、資金を集めろ。人も京都支店に送れ。東京や名古屋からも応援を出すのだ。とにかく他の支店に拡大させるな。三井銀行は磐石《ばんじゃく》だというところを見せてやるんだ」

「どうも今回のことは、台湾銀行、鈴木商店にからんで、三井が危ないと流言蜚語《りゅうげんひご》を流している輩《やから》がいるようです」

台湾銀行に対するコール引き上げなどの措置が、あまりに迅速だったために、世間には三井銀行をあしざまに言う空気があった。

成彬が怒った匿名《とくめい》の大蔵省高官による非難記事などもその一例だ。

「そうした下らないことは無視しろ。とにかく京都支店を守るのだ。客を外に並ばせてはいけない。店内に入れろ。現金を店頭に積み上げて、支払い準備が豊富だとアピールしろ」

成彬は命じた。

四月十八日は、七百五十五口、約百四十八万円の解約があったが、一方で不安心理の裏返しから預け入れも多く、京都支店の預金残高は前日比約三十三万円の減少に留まった。

しかし翌十九日は、早朝から預金引き出し客が店頭に殺到した。この日は、三千百九十二口、約六百三十二万円の解約で、預金は前日比約六百九万円減少した。

翌二十日も引き出し客が殺到したが、店内に積み上げられた現金に安心したのか、午前中で騒ぎは収まった。この日は、二千二百二十七口、約三百六十一万円の解約で、預金は前日比約三百三十三万円減少した。

9

四月二十日には田中義一《ぎいち》政友会内閣が誕生し、田中はこの混乱を収めるために首相まで務めた老政治家高橋是清《これきよ》に蔵相就任を依頼した。高橋は、混乱を収拾する期間だけという約束で蔵相に就任した。

一旦、収まるかに見えた取り付けが激しさを増し、全国に拡大したのは、十五銀行が休業することが決まってからだ。

十五銀行は、華族《かぞく》の銀行といわれ、非常に信用力が高かった。

庶民からしてみれば、宮内省の金庫を預かっている十五銀行に口座を持つことができるだけでも名誉なことであり、十五銀行が休業するならば、他の銀行はことごとく倒れると信じられていた。

成彬のもとに四月二十日の午前二時ごろ、緊急の電話がかかってきた。

成彬は、京都支店の取り付け騒ぎがようやく沈静化しつつあったので、久しぶりに落ち着いた眠りについていた。

深夜の電話はいやなものだ。成彬は、不安な気持ちで受話器を取った。

電話は土方久徴《ひじかたひさあきら》日銀副総裁からだった。

「十五銀行が明日休業する。大ごとになりそうだ」

成彬は、十五銀行の経営が悪化していることは知っていた。同族企業への融資がふくらみ不良債権化していたからだ。

わかってはいたが、信用力が高い十五銀行が休業すれば、間違いなく全国的な取り付け騒ぎになる。三井銀行も京都支店がようやく落ち着いたところだが、これが全国に拡大すると、さすがに手に負えないかもしれない。

眠い目が一気に覚醒《かくせい》した。

成彬は、床《とこ》に入ったものの、眠りにつくことができない。

銀行の支店に群がり、預金を下ろせと騒ぐ黒山の人々の姿が浮かぶ。それは無差別に銀行を襲い、休業に追い込んでいく。

「悪夢だ……」

成彬はつぶやいた。

政府、日銀と協力しなければ乗り切れるものではない。

三井銀行の責任者としてよりも、東京手形交換所理事長として明日は動かねばならない。成彬はまんじりともせず考え抜いた。

成彬は、日銀による政府補償の緊急融資を、五億円程度は準備してもらわねばならないと結論づけた。

この五億円に確かな根拠があるわけではない。

全国銀行預金が百億円あるとして、その半分の五十億円が取り付けにあうとすれば、その一割を政府に補償してもらおうと考えたのだ。

翌朝、早々に朝食を済ませ、成彬は土方を訪ねた。

「ゆうべの電話はきいたが、これはどうしても日銀で対処してもらわねば、収拾がつかないだろう。これから田中総理に会いに行く。それを知らせにきた」

土方は何も言わない。ただ深刻な顔で成彬を見つめるだけだ。

成彬は、ここで一気呵成《いっきかせい》に動かねば、大変な事態になると思い、土方邸をすぐ後にした。

成彬は普段は、比較的おっとりしていることが多い。しかしいざとなると目的に向かって真っすぐに突き進む。今日も、その性格が遺憾《いかん》なく発揮された。

田中義一邸に到着した。

「田中総理に面談したい」

成彬は言った。

「昨日、組閣したばかりで、総理はお疲れであり、まだお休みである。取り次ぎはできない」

書生が屈強な身体《からだ》を大きく見せ、成彬の前に立ちふさがった。

「プライベートではない。国家の重大事だ。すぐに総理に会わねばならない」

「いやだめだ。会わせられない」

「ここで押し問答をしている暇はない。すぐに会わせなさい」

成彬は、思わず声を荒《あら》らげた。

「池田さん、朝っぱらからどうしたのですか」

田中の秘書である旧知の西原亀三郎が現れた。

「地獄に仏とはこのことだ。このわからず屋の書生をどうにかしてくれ。総理に会わねばならないのだ」

「何が起きたのですか」

成彬は十五銀行が今日にも休業すること、そうなれば大変な事態になることなどを説明した。

西原の顔がみるみる強張《こわば》った。

「ようござんす。私が取り次いで差し上げましょう」

西原は、急ぎ足で奥に消えた。成彬は、いらいらしながら待った。

その場に突っ立ったままの書生をにらみつけた。

「すぐお目にかかるそうです」

まもなく西原が戻ってきた。成彬は、「失礼」と書生に一礼して、応接室に入った。

すぐに田中が眠そうな目を擦《こす》りながら現れ、成彬の前に座った。

「十五銀行が休業すれば、全国に取り付け騒ぎが拡大します。これを収めるには緊急融資しかない。政府の問題として対処してくれないと、日本中が大変な事態に陥《おちい》る。そこでイの一番に総理に会いにきました」

成彬は身を乗り出した。

田中は、顔を曇らせたまま、しきりに首を左右に動かしている。

「高橋蔵相に話をしてくれ。僕もすぐにこれから高橋蔵相に伝えるから」

田中は言った。

成彬は、よろしく頼みますと言い残して、銀行集会所に向かった。

成彬は、手形交換所参加銀行の理事会をすぐに招集した。そして昨夜考案した五億円の緊急融資案を提案した。全員の賛成が得られた。

成彬は、三菱の串田萬蔵と二人で日銀に行った。

日銀では、市来乙彦《いちきおとひこ》総裁、土方久徴副総裁に面会した。

「日銀は現在、非常に金融を引き締めている。しかし十五銀行休業となれば、今度は、間違いなく未曾有《みぞう》の混乱になる。これを収めるためには思い切った貸出をしてもらわねばならない。当方の案は、政府補償の五億円の緊急融資だ。今から、政府に頼みに行く。我々に同意してくれるなら、同行して欲しい」

成彬は、市来、土方をぐっとにらむように見つめた。

「わかった。我々も同行する」

市来が、土方に目で合図を送った。

ところが、まさに出かけようとしたとき、土方が成彬に、いかにも困惑した顔を向けた。

「どうした？　土方君」

「池田さん、ちょっといいですか」

土方が成彬を呼び止め、別室に連れ込んだ。

「どうした？　時間がないぞ」

成彬は、いらいらした口調で言った。

「池田さん、実は……」

土方は言いにくそうだ。

「早くしてくれ」

成彬はうながした。

「肝心《かんじん》の札《さつ》がないんだよ」

「なんだって！」

「貸すだけの札の印刷が間に合わない」

「とんでもないことだ。三井銀行だけでも三千万や五千万は借りねばならない。三菱も、第一も同じだ。僕は五億と踏んでいるが、それ以上かもしれん。少なくとも数億単位で札が必要だ。君たちは、この間、こうした事態が起きることを想定して準備をしていなかったのか。何をしていたんだ」

成彬は、日銀幹部の危機意識のなさを激しく詰《なじ》った。

「とにかく政府にかけあいにいく。日銀のほうは、後から来てくれ。札がないなんて、恥ずかしいことは言わないでくれたまえ」

成彬は土方を部屋に残して、飛び出した。

串田が、成彬の怒った顔を見て、

「何かあったのか」

と訊いた。

「札がないそうだ」

成彬はあきれ顔で言った。

「どういうことだ?」

串田が訊いた。

「銀行に貸し出そうにも肝心の札が間に合わない。だから最近、日銀は貸し渋りがはなはだしかったのだよ」

「あきれたものだ」

「ああ、実にあきれた。危機意識の微塵《みじん》もない。とにかく我々は早く内閣へ行こう」

成彬は、串田をともなって田中総理と高橋蔵相のもとへ急いだ。

土方たちと協議している間も、成彬のもとには京都支店での取り付けが激しくなっていることが伝えられていた。

早く対策を取らねば、さすがの三井銀行、三菱銀行であろうと不測の事態になる恐れがあった。串田も同じらしく、その顔には悲壮感が漂《ただよ》っていた。

内閣府では、田中と高橋が成彬らの到着を待っていた。

成彬は、十五銀行の休業によって起こりうる事態について話した。

説明が終わる頃、ようやく市来と土方が到着した。

二人ともかなり憔悴《しょうすい》した様子だ。先ほどの札の問題が、まだ解決していないのだろう。

「市来さん」

高橋が、白い顎髭《あごひげ》をなでつけながら訊いた。

市来が顔を上げた。

「池田さんは、日銀がどうにか対処をしてくれなければ、大変な事態になるとおっしゃってますが、どうですか」

高橋の問いに、市来は返事をしない。

成彬は苛立《いらだ》った。先ほど、自分たちの前で見せた事態に対する積極姿勢はどこかに消えていた。成彬は、土方から札が間に合わないことを聞いて、消極姿勢に転じたのだろうと思った。

「どうでしょうかね」

市来は煮え切らない返事をした。

成彬は、怒鳴りたい気持ちを抑えた。ここで怒ってしまっては、まとまるものもまとまらない。

「日銀は、池田さんや串田さんの言われるような事態にはならないと思いますが」

市来がようやく重い口を開いた。

成彬は、思わず立ち上がって市来の口をふさぎたくなった。

「わかりました。よく検討しますから、ここは池田さんも串田さんもお引き取りください」

高橋が言った。

「串田さん、行こう。こうしている間にも銀行がどうなっているか、心配だ」

成彬は言った。

「総理、ならびに大臣、事態は容易ならざることになります。そうなってからでは遅いですぞ」

成彬は、市来を意識して言った。

「わかっております」

高橋は、温厚そうな笑《え》みを浮かべた。

成彬は、銀行集会所に戻り、大阪の住友銀行専務八代則彦《やしろのりひこ》に電話した。

東京では政府、日銀に緊急融資を依頼したことを説明し、大阪でも政府、日銀に対する要請をまとめてもらうためだ。

「そちらはどういう状況だ」

成彬は訊いた。

「大変なことになっている。早速、各銀行を集めて、政府、日銀宛の要請を取りまとめる。一刻も早くというのが希望だ」

八代は焦った声で答えた。

大阪でも、銀行には預金を引き出す客が押しかけていた。

「日銀が、金を出し渋っている。なんだかんだと言って、金を出さない。客に支払う肝心なものがなければ、どうしようもない」

八代が言った。

「札が足りないそうだ。あきれたものだ」

成彬は言った。

「それは本当か？　参った」

八代が電話口で、頭を抱《かか》えているのがわかった。

事情は、東京も同じだった。成彬は、東京手形交換所理事長としての公の立場と、頻繁に指示を仰いでくる三井銀行の現場からの声に、身を引き裂かれる思いだった。

ここでいつまでも、政府との交渉に明け暮れているわけにはいかない。早く現場で指揮を取らねばというジレンマに陥っていた。

夕方になった。まだ取り付けは収まりそうにない。

安田銀行の結城《ゆうき》豊太郎副頭取から電話があった。

「まだ何も決まらないのか」

怒っている。

「まだだ」

成彬は答えた。

「とんでもないことになっている」

「支払いはまだ続いているのか」

すでに銀行の営業時間は過ぎている。

「大いに間違った。こっちはいくらでも支払ってやる、どんと来いと言うつもりだったが、肝心の金が来ない、時間外でも支払えと命じたものだから、客が途切れない」

「客のためを思ったのが、仇《あだ》になったな」

「そうだ。かえって不安にさせてしまったようだ。こうなると早く店を閉めざるを得ない。なんとかしてくれ」

「わかった。高橋さんに早く結論を出すように言う」

成彬は、答えた。

受話器を置くと、間髪《かんはつ》いれずに、再び電話がかかってきた。

高橋からに違いない。成彬は、急いで受話器を取った。

はたして高橋からだった。

「今すぐ、参ります」

高橋は、すぐに内閣府まで来てくれと言った。

成彬は急いだ。内閣府につくと、高橋は成彬の身体をつかまえるようにして、ソファに座らせた。

「池田さん、二日間、自主休業してくれんか」

高橋は言った。

成彬は、ぞくりと身体が震えた。

三井銀行が、たとえ二日間といえども休業するという事態を想像したからだ。これは予想していなかった。

しかし高橋の目は鋭く、強い決意が伝わってきた。

「わかりました」

成彬は、即座に答えた。

「ありがたい。政府は、次の二つをとりあえず決めた。一つは緊急勅令で二十一日間の支払い猶予令、即ちモラトリアムを全国に布《し》く。二つは臨時議会を召集して台湾銀行の救済、及び財界の安定に関する法案に対して賛同を求めることだ。ところがモラトリアムには手続き上、どうしても二日かかる。そこで自主休業をお願いすることになった」

高橋は力強く言った。

「法案成立、よろしくお願いします」

成彬は、すぐに銀行集会所に戻り、串田と協議し、夜、東京銀行集会所及び東京手形交換所連合理事会を招集した。

すべての銀行が、二日間も営業を停止するということは、日本経済が完全に麻痺《まひ》するということだ。高橋蔵相に約束したものの、成彬は集まった会員銀行にどのように説明するべきか悩んだ。

政府がモラトリアムを発令するから、その手続きのために二、三日が必要なのだと明確に言い切ることができれば悩む必要はない。

しかしそれを現段階では、口にできない。まだ、どういった不測の事態が起きるかわからないからだ。あいまいな言い方で会員銀行は納得してくれるだろうか。成彬は、不安な気持ちを抱きながらも、率直に会員銀行に語った。

「政府は今回の事態を収めるべく、何かを計画している。その計画実行までには、まだ二、三日の時間が必要だ。我々は、政府を信じて、その間、臨時休業しよう」

事態の深刻さを反映して、会員銀行からの反対意見はなかった。

その場において二十二、二十三の両日の自主休業、及び日銀による銀行への緊急貸出と、それへの損失補償法案の早期成立要請を決議した。

住友銀行専務の八代則彦は、新聞記者から東京の銀行が二日間の自主休業を決定したと知らされたが、事実確認ができずに苛立っていた。確認さえとれれば、大阪の銀行もすべて休業することを決定していた。

東京での決定後、一時間半ほどして成彬の指示を受けた事務方が、八代に自主休業の方針を正式に伝えた。八代は、すぐに会員銀行に休業の指示を発した。後に八代は、このときほど、ホッとしたことはないと語っている。それほど大阪でも取り付けが急迫していたのだ。

高橋は、「日本銀行特別融通及び損失補償法案」と「台湾の金融機関に対する資金の融通に関する法律案」の二法案成立に努めた。

野党憲政会と与党政友会の議員も、老政治家高橋の献身的な奔走ぶりに「船が非常な暴風雨にあって、船長がもう一生懸命に舵《かじ》をとっているときに、あれこれいうことは、これは到底よろしくない」と、全幅《ぜんぷく》の信頼をよせる応援演説をした。二法案は、臨時議会最終日の五月八日に無事通過した。まさに高橋是清でなければできない芸当だった。

成彬は、法案成立に胸をなで下ろした。

こうしてようやく、全国に拡大した取り付け騒ぎは収まった。

この間、三月十五日の東京渡辺銀行に始まり、三月に十三行、四月に十七行と続き、結果として三十七行が休業に追い込まれた。三十七行の預金総額は十億円を超え、全国預金の約一割が支払い停止になった。

ところが三井銀行は、京都支店で約二千万円の預金減少があったものの、恐慌後の昭和二年末、預金総額五億円を突破し、翌年末には六億円を超える勢いとなった。

皮肉にも、三井銀行は金融恐慌にもかかわらず、業容が拡大したことに自信を深めていた。

しかし成彬は、強くなりすぎる三井銀行の前途に、おぼろげな不安を感じていた。そこで今までにも増して、行内に強く業務の刷新を呼びかけた。

「前途多難のときにあたりまして当行が金融界における従来の優越的地位を維持し、進んでその指導者たらんとするには、堅実なる経営方針、公正なる態度、懇切なる営業ぶりによりて、当行の信望を向上せしむることを図らなければならないのでありまして、これがためには業務の刷新、能率の増強、人心の緊張など、もっぱら内容の充実に努力することが、最も必要であります」

三井銀行の業容拡大に、左翼陣営からは「集中独占の強化」と批判の声が起きた。

また成彬に対しても、「台湾銀行に対する強引なコール引き上げで、金融恐慌を引き起こした張本人」と、個人攻撃が仕掛けられ始めた。

成彬は、どのような非難を受けようとも、悔いのない信念で経営に当たるべきとの決意を固めていた。自分がぐらつくようなことがあれば、この激動の時代に、銀行ごと呑《の》み込まれてしまうに違いない。

弁明せず——成彬は静かに自分に言い聞かせた。

第二章　疾風怒濤《しっぷうどとう》

1

成彬《せいひん》は、明治十九年（一八八六年）十二月に、慶応義塾別科に入学した。

慶応義塾は、中津藩士福沢諭吉が築地鉄砲洲《つきじてっぽうず》にあった藩屋敷で蘭学《らんがく》を教える私塾を開校したことが始まりだった。福沢は、〝開祖〟というわけである。

その開祖がいま壇上にいる。三田《みた》の演説館は四、五百名が収容可能だったが、福沢をひと目みようと多くの塾生がひしめいていた。

この演説館は、福沢が建設費を提供して造ったものだ。

福沢は、スピーチを「演説」と訳すなど、西洋で広く行われている弁論教育を重視していたが、その拠点として活用していた。

すでに福沢は教育の第一線を退いていたが、この演説館に時折やって来ては、若い塾生相手に演説することを大きな楽しみにしていた。

福沢は縞《しま》羽織に角帯《かくおび》、紺足袋《こんたび》といういつもの姿で、演壇にゆっくりと登壇してきた。

塾生たちの中には、大きく拍手するだけでなく感激して手を振り、歓声を上げるものさえいた。

成彬は、会場の隅のほうから、醒《さ》めた目で塾生たちの姿と福沢を見比べていた。塾生たちは福沢をまるで神のように崇《あが》めている。

成彬は、単純な熱狂というものにあまり興味がない。それに、福沢にあこがれて慶応に入ったわけではないから、なおさら歓声を上げる塾生たちには、不愉快な気持ちになった。

福沢は、腕組みをし、塾生たちを微笑《ほほえ》みながら眺めている。会場のざわめきが消え、誰もが福沢の言葉を聞き逃すまいと固唾《かたず》を呑《の》んでいた。

成彬も、福沢が何を話すのだろうかと演壇に注目していた。

「君たち」

福沢が語り始めた。

「『論語』にこういう言葉があるのは、当然知っていますね。巧言令色《こうげんれいしょく》、鮮《すくな》し仁《じん》という言葉です。言葉を巧《たく》みにし、顔色を善《よ》くする者に、真の仁者《じんしゃ》はいないということとですが、この言葉は簡潔で、なかなか厳しい。よほど孔子先生は、言葉巧みな優《やさ》男《おとこ》にたぶらかされたことがあったようです」

塾生たちがどっと沸《わ》く。

「しかるに今日《こんにち》、君たちはこの巧言令色をしなくてはならないのです」

福沢は真剣な表情で言った。

塾生たちは福沢の意図するところを量《はか》りかねているのか、水を打ったように静かだ。

成彬は、福沢の言葉を聞いた瞬間に、腹の底から怒りが沸々《ふつふつ》と湧いてきた。なんて奴だ。巧言令色にならねばならぬとは、いったいどういうことだ。

成彬は、踵《きびす》を返すと演説館を出た。

外には春のぬるい風が吹いていた。

慶応に入ったのは間違いだったか。成彬は壇上の福沢を思い浮かべながら、長い嘆息をついた。

成彬は、三田から銀座まで歩き、カフェに入った。しばらくすると血《ち》脇《わき》守《もり》之《の》助《すけ》が入ってきた。

血脇守之助は、下総《しもうさ》国（今の千葉県北部）出身。後に日本歯科医師会の泰斗《たいと》となり、東京歯科大学の創立者となる。

成彬は、大学進学のために勉強していた本郷の進文学舎《しんぶんがくしゃ》で守之助と出会い、また神田の共立《きょうりゅう》学校（現・開成）でも一緒になった。以来、交遊を深めていた。

「どうした？　うかない顔をしているな」

守之助が言った。

「慶応に入ったのは間違いだった」

成彬は眉根《まゆね》を寄せた。

「困るな。僕も明治学院からいずれ慶応に行こうと思っている」

守之助は明治学院に通っていた。

「やめたほうがいい」

「どうしたというのだ？」

「福沢先生の演説を聞いた」

「えっ、福沢先生の演説を聞いたのか。それはうらやましい」

守之助は目を輝かせた。

「なんの、うらやましいことなどあるものか。極めて愚劣《ぐれつ》であった」

「愚劣とはまたひどいな」

「彼は、巧言令色にならねばいけないと言った。僕は無性《むしょう》に腹が立って、演説館を抜け出してきたというわけだ」

「最後まで聞かなかったのか」

守之助は寡黙《かもく》ではあるが、発する言葉に重みがある。その彼が少し怒った。

「福沢先生の意図を間違って理解しているのじゃないか」

「というと？」

「君は、いつぞや洋服は絶対に着ないと言っていたことを覚えているか？」

「そのようなことを言ったかもしれない」

「しかし今は、洋服を着ているではないか」

成彬は自分の服を見た。たしかに洋服のほうが機能的であり、いつしか洋服しか着なくなった。

「そのことと福沢先生の話と、どのような関係があるのか」

成彬は訊《き》いた。

「君は米沢藩《よねざわ》の武士として教育されているから、まあ、がちがちの尊皇攘夷論者《そんのうじょういろん》だったわけだ。最近は学習の成果が現れて、そうでもなくなっていたがね。でも僕たちの周囲を見渡してみたまえ。粗野《そや》で非社交的で、もし論を違《たが》えれば斬って捨てるくらいのことを考えている学生も多い。だから先生は、極端な表現で僕たちの目を覚まさせようとされたのだよ」

守之助は静かに微笑んだ。

たしかに守之助の言う通りだと成彬は思った。成彬は巧言令色の対極に位置する剛毅木訥《ごうきぼくとつ》を旨《むね》としていた。

『剛毅木訥は、仁に近し』。

古い解釈によると無欲、果敢、質朴《しつぼく》、遅鈍《ちどん》の四者が仁者に最も近いという意味のようだが、成彬は剛毅木訥を人間の一つの理想ととらえていた。すなわち意志が強く、飾り気《け》がなく、口数が少なく、くどくどと言葉を飾り立てて弁明しない人物だ。

「福沢先生はそこまで考えておっしゃったのか……。たしかに僕は、男という者はあまり喋《しゃべ》るな、言葉を尽くして相手の機嫌をとるようなことはするなと教えられた。孔子の言葉でいえば、君子《くんし》は言《げん》に訥《とつ》にして、行《こう》に敏《びん》ならんと欲すというのを支持している」

「僕は英語を勉強して、英米の優れた考えを学びたいと思っている。英米ではスピーチが重視され、言葉で相手を説《と》き伏せねばならないと聞いている。だから福沢先生は、巧言令色をしなければならないとおっしゃったのだ。僕は福沢先生に賛成する。僕には英米から学びたいことがたくさんあるからね」

守之助は目を輝かせた。

成彬も同じ思いだった。慶応に入学したのも英語を学び、英米の新しい知識を身につけるためだった。しかしそれを学んだからといって、自分の生来身《せいらい》につけた考えが変わるとは思えない。

「福沢先生の思いはよくわかった。しかし僕は巧言令色にはなれそうもない」

成彬は言った。

「三つ子の魂、百までと言うからね。君はいつまでも武士のままかもしれない」

守之助は苦笑した。

2

剛毅木訥を好ましいと思うのは、生まれ育った米沢の風土と、父である成章《せいしょう》の教育のせいだと成彬は考えている。

父成章は米沢藩御納戸《おなんど》頭《がしら》香坂昌邦《こうさかまさくに》の四男に生まれ、その後米沢藩五十騎組の池田家に養子に入った。

藩校興譲館《こうじょうかん》の教師をしていたが、藩主上杉家の世継《よつ》ぎであった茂憲《もちのり》の教育担当、さらに御小姓《おこしょう》に取り立てられるという出世をした。

戊辰《ぼしん》戦争では米沢藩は、当初官軍に反旗を翻《ひるがえ》したが、敗れて後は官軍側として東北諸藩相手に戦い、成章はその軍監《ぐんかん》として茂憲によく仕《つか》えた。

明治政府になってからは、明治三年（一八七〇年）に米沢藩東京駐在となり、翌年には帰郷し、県（明治四年、廃藩置県）の役人になった。

その後は沖縄県令に任じられた茂憲を補佐したりもしたが、地元に戻り銀行の創立に参加し、役員、頭取などを歴任した。

「君の故郷である米沢は、質実剛健で名高い」

守之助が言った。

「上杉鷹山《ようざん》公が学問と殖産興業と質素倹約を勧めて、藩を建て直したからね。人々も非常に真面目で、およそ嘘というものをつかない。たとえば、米が不作の年に『各戸毎朝粥《かゆ》を食え』という布令《ふれ》が出ると、とくに監視がなくとも禁を犯す家はない。米不足だから酒を造るなと命令すれば、どこも造らない。とにかく一汁一菜《いちじゅういっさい》を守る風土だ」

「それはなんともすごいものだ」

守之助は、真面目に話す成彬を少しからかい気味に言った。

「すさまじい話をしてあげよう。米沢人気質がわかる」

「それは興味深い。ぜひ聞かせてくれ」

「父の兄弟が、兄弟同士の身内の会をしていた。そこでも一汁一菜が厳格に守られているが、ところがある日、何を間違えたか一皿余分に出してしまった」

成彬は、身を乗り出した。

「それで」

守之助が先をうながした。

「兄弟の中に大目付《おおめつけ》、いわば警視総監だが、そういう人がいて、上席に座っていたんだ。みんなその人がどうするだろうかと思ってみていた。するとどうだろう。その人は目の前の料理をすべて食べてしまった。大目付が食べるならと、その場にいたみんなも食べてしまった。その人はどうしたと思う？」

成彬はにんまりとした。

「おいおい、もったいぶるなよ。先を教えてくれ」

守之助は言った。

「その人は翌日、間違いを犯したと言って自ら届け出た。その結果、免職、閉門。一緒に食べた人たちも同様の処分を受けた」

「信じられない。その会は身内の会だろう。黙っていればわからないではないか」

守之助があきれたように言った。

「そういう問題ではない。どういう理由で一汁一菜の禁を破ったのかはわからないが、法を守らなかった自分を許すことができなかったのだろう」

成彬は言った。

「それが米沢人の気質だとすると、国中に裁判官がいるようなものではないか。窮屈なことだ」

「たしかに窮屈なことだ。だから私も窮屈な人間になった」

成彬は苦笑気味に微笑んだ。

「いや、君は意外とさばけたところがある。〝石部金吉《いしべきんきち》〟ではない。おっ、中条《ちゅうじょう》が来た」

守之助が、入り口を見て、手を上げた。

成彬が守之助の視線の方向に目をやると、中条が笑《え》みを浮かべて立っていた。

中条精一郎は、成彬と同じ米沢藩の出身。後に東京帝国大学を卒業し、文部省技師となりケンブリッジ大学で建築学を修め、日本の近代建築の発展に大いに尽くした。作家の宮本百合子《ゆりこ》の父でもある。

成彬と精一郎は英語を学ぶために神田の共立学校に通い、寄宿舎で同室だった。

「盛り上がっているようだな」

精一郎が守之助の隣に座った。

「米沢人気質について、池田から話を聞いていたところだ」

守之助が言った。

「米沢人の自分が言うのはおかしいが、とにかく真面目だ。中でも池田のお父上は、米沢人の典型ではなかろうか。茂憲公に本当によく尽くされた。とくに新政府になってから上杉家がなんとか維持でき、かつ米沢藩の者たちが生活の基盤を作ることができたのは、お父上が士族会をまとめてくださったからだと聞いている。日々の出納《すいとう》の一円一銭まで、きちんと記録されるような方らしい」

精一郎が、父成章をあまりにほめるので成彬は、少し気恥ずかしくなった。

「たしかに真面目な人で、嘘を絶対に許さなかった」

突然、成彬の耳に父の怒鳴《どな》り声がよみがえった。

辺りは真っ暗だ。母の泣くような声がする。必死で父に詫びを入れている。

「絵草子《えぞうし》に墨汁《ぼくじゅう》をつけたことを怒っているのではない。自分で失敗をしておきながら、知らないと嘘をついたことが許せない」

「この子は、せっかく買ってもらった絵草子を汚してしまって、申し訳ないと思ったのでしょう。許してやってください」

母が地面に額を擦《こす》り付けている。

思い出した。父に買ってもらった絵草子に、うっかり墨汁をかけて汚してしまったのだ。それを父に訊かれて、つい、知らないと答えてしまった。すぐ謝ればよかったものを、父に叱《しか》られるのが怖《こわ》くて嘘をついた。

父に腕をつかまれ、庭に放り出され、桑の木に縛り付けられた。米沢藩の各家には鷹山公の指導により、養蚕《ようさん》を盛んにするため桑の木を植えるのが義務付けられていた。

泣いたが、父は許してくれない。真っ暗な中で一人、涙を涸《か》らした。縛られてから、もうどれくらいの時間が経過したのだろうか。母が思い余って父に頭を下げてくれている。

「こうした小さな嘘を許してはならんのだ。十分に反省するまで、このままにしておく」

父は、母を引きずるようにして家に入ってしまった。

暗いなぁ。寂しいなぁ。梟《ふくろう》が啼《な》いている。怖い……。

「どうした？　池田？」

守之助が心配そうな顔で成彬をのぞき込んだ。

「いや、なに、七つの頃、父に手ひどく叱られたことを思い出した。あまりにひどい叱られようだったので、それ以来、嘘というものをついたことがない。これからも嘘を言うつもりはない」

成彬は真剣に言った。

守之助と精一郎が声を出して笑った。

「何がおかしいか」

「おかしいぞ。おかしいぞ」

　精一郎は腹を抱《かか》えた。

「いくら米沢人が真面目だと言っても、嘘はつくぞ。ましてや七つから十九まで一切嘘をついたことがなく、これからも嘘をつかないなどということが、そもそも嘘というものだ」

　守之助が言った。

「そんなことはない。父に叱られてより、嘘は言わぬ」

　成彬はむきになった。

「嘘も方便と言うではないか。必ずしも嘘はすべて否定されるものではない。たとえばあの女給《じょきゅう》はどうだ？」

　精一郎が、店の客に飲み物を配っている女給を指差した。少し太り気味で、お世辞にも美人とは言えない。

「どうだと言われても……」

　成彬は困った。

「美人と言えば彼女は喜ぶ。もし醜女《しこめ》に醜女と言えば、相手は不愉快になるだけだ」

　精一郎は言った。

「そのときはどう言えばいいのだ」

成彬が訊いた。

守之助が身を乗り出して、

「愛嬌《あいきょう》があると言えばいいのだ」

と口を挟《はさ》んだ。

「かように嘘も方便ということだ。たしかに池田は、直截的《ちょくさいてき》な物言いが多い。池田をよく知らない者が聞けば、時に誤解されることもあるだろう。たまには嘘もついたほうがいい」

精一郎は微笑した。

「同じ米沢人でもいろいろとあるようだが、中条の言う通りだ。福沢先生も方便を使われたのだから、それをわからぬような狭量《きょうりょう》ではいけない」

守之助が言った。

「福沢先生の方便とはなんだ」

精一郎が興味深げな表情を守之助に向けた。守之助が、巧言令色の話をした。

「福沢先生は、池田のためにその方便を使われたようにさえ思えるぞ」

精一郎が言った。

「狭量からでもなく、臆病《おくびょう》からでもなく、とにかく嘘をつかぬと言えばつかぬ。

それが僕の生き方だ。武士に二言《にごん》なしと言う。ひとたびこの口から言霊《ことだま》となって外にとびだした以上は、その言霊が行うことに、全身全霊で責任を持つのが武士というものだ。また論語にも徳《とく》有る者は、必ず言《げん》有り、と言うではないか」

　成彬は強く言った。

　守之助たちと英語を学び、英米への留学を望んではいるが、成彬の考え方の根底は、幼い頃に叩き込まれた『論語』の精神そのままだった。

「徳有る者は、必ず言有り。言有る者は、必ずしも徳有らず。仁者、必ず勇《ゆう》有り。勇者、必ずしも仁有らず。最近は、すべてが巧言令色に流れようとしているから、池田のような生き方も支持しよう。ただし巧言令色の時代では、嘘をつかないためには寡黙にならざるを得なくなる。この生き方はつらいかもしれぬぞ」

　精一郎が言った。成彬は覚悟を決めたように大きくうなずいた。

　その当時、世の中が急速に西欧化しつつあった反動から、政府は儒教《じゅきょう》や国学《こくがく》教育を強化しようとしていた。

　それに福沢は反発して、封建的教育を復活させるなと厳しく政府を攻撃していた。福沢は政府の干渉を排し、慶応義塾において「学問の独立」を確立しようと必死に戦っていた。それが、巧言令色にならねばいけないという言葉の裏に隠された福沢の思いだった。

しかし成彬は、それを知るよしもなかった。むしろ彼の生き方はすでに、幼少の頃の成章による儒教に基づく武士教育によって決定付けられていた、と言ってもいいだろう。

3

成彬が慶応義塾の別科の卒業を半年後に控えた明治二十一年（一八八八年）二月に、塾内でストライキが起きた。

主導者は磯村豊太郎。彼は、後に日銀から三井物産を経て北海道炭礦《たんこう》汽船社長に就任し、貴族院議員などを務め、経済界に名をなすことになる。

磯村は、塾内を肩で風を切って歩き、身体《からだ》も大きく、弁舌《べんぜつ》もうまく、教授たちも一目《いちもく》置く存在だ。

その磯村が主導して、ストライキを起こした。賄《まかな》い征伐という名目でストライキをするというのだ。

磯村は各クラスに自分の配下を置き、自分たちは本部と称して、配下にストライキを指示した。

すべてのクラスが磯村の指示に従いストライキ賛成でまとまった。成彬のクラスも連日、協議を重ね、ストライキ賛成を決議することになった。

教室の演壇で、磯村が大声を張り上げている。

「学の独立を守るためにも、義塾の賄いをなんとかせねばならぬ。賄いが悪いために、どれほど我らの学問に向かう意欲が阻害されているやしれん！」

磯村の声にクラスの塾生たちが「賛成！」と呼応する。磯村が配下と一緒に決議書を回すと、誰もが次々と署名して行く。

成彬のところに来た。

「おい、池田、お前も賛成の署名をしろ」

磯村が横柄《おうへい》な態度で署名を求めてきた。

「嫌だ」

成彬は、磯村をにらんだ。

「なんだと！」

磯村の大音声《だいおんじよう》に、塾生たちが一斉に振り向いた。

「嫌なんだ。署名はしない」

成彬はきっぱりと言った。

磯村は、腕組みをして成彬を見下ろした。

「おい、池田。俺は、耳が悪いのかもしれない。貴様が、署名しないと聞こえたが、間違いないか」

　磯村の口元には薄笑いが浮かんでいる。

「間違いない。署名はしない」

　成彬は、なぐられるかもしれないと覚悟した。

「全塾生で貴様一人だぞ、署名しないのは。それでもいいのか」

「いい。構わない」

「もしストライキの成果として賄いが改善された場合、貴様は反対しながら利益を享受《きょうじゅ》することになるが、それは矛盾しないか」

「その時は、賄いを拒否する。僕には利益がなくともいい」

「なぜ反対するのだ」

「賄いが悪いからとストライキを打つなどというのは、あまりにも下劣《げれつ》だ。そのような行為に与《くみ》したくはない」

　成彬は強く言い放った。

「なんだと！　俺たちの行動を下劣と言うのか」

　磯村は成彬の机を思いっきり拳《こぶし》で叩《たた》いた。

　成彬は一汁一菜の食事を厳格に守ってきた米沢藩育ちだ。少々の賄いの悪さなど気にもならない。

その正直な気持ちを押し隠して、付和雷同《ふわらいどう》するがごとくストライキ賛成に署名することはできなかった。誰もが署名しているからと、自分の気持ちをいつわって署名することは生き方に反することだった。

「下劣だ」

成彬は、言葉を巧みにあやつることはしない。結論をきっぱりと言ってしまう。そのため相手を怒らせしまうことがある。その意味では不器用だと言える。

磯村は演壇に駆け上がり、池田を指差した。

「みんな、ここにいる池田は唯一署名を拒否した。数百人の塾生の中でたった一人の反対者だ。どんな臆病風に吹かれたのであろうか。我らは退学も辞さずと決意して、塾側と対決しようとしている。たった一人の反対者など目ではない。ただしストライキ成功の暁《あかつき》には、この池田の名は不名誉の記録として残ることであろう」

磯村の激烈な言葉に、誰かが「変わり者よな」と言った。途端に、教室中に笑いが充満した。

成彬は、平然とした表情で立ち上がり、黙って教室を出た。背後でひときわ大きな笑い声が上がった。

ストライキは決行され、なかなか磯村は旗を降ろさなかった。そこでようやく福沢が仲裁《ちゆうさい》に入ることで決着した。

磯村は退学処分となったが、その後に福沢のとりなしで復学を許された。

成彬は、その年の七月、慶応義塾別科を卒業した。三番目の成績での卒業だった。

4

成彬は、東京帝国大学に入るつもりだったが、やめた。慶応義塾に大学が造られることになったためだ。大学には、アメリカから教師が来るということを聞き、成彬はさらに英語力を磨くことにした。

成彬は、守之助と一緒に木挽町《こびきちょう》五丁目（現在の銀座五丁目辺り）にあった築地精養軒《せいようけん》（大正十二年の関東大震災で焼失）の薪炭屋の二階に住み、自炊生活をしていた。

「では行ってくる。池田の作る味噌汁はどうも辛《から》い」

守之助は、箸《はし》を置いた。彼は慶応義塾別科に通っていた。

「あまり文句を言うな。僕が味噌汁を自ら作るなどは、考えられないことだ。米沢は寒いから、どうしても辛い味になってしまう。次は味噌を少なくする」

成彬も箸を置いた。卓の上は、一汁一菜どころか飯《めし》に汁だけだった。

「今日もサングスターのところか？」

「なかなかよく教えてくれるぞ。午後は暇になるから、いつものところで待ち合わせしようか」

成彬は言った。

「新聞社の前だな」

「そうだ。僕は勝手に行って読んでいるから、後で来い」

銀座には新聞社が集中していた。そこには各社の新聞記事が張り出されており、成彬と守之助はそれらの記事を立ち読みして、時事に対する考えを論じ合っていた。

成彬は、築地精養軒に住んでいるイギリス人の若者、サングスターに一週間に一時間ずつ二回、一ヶ月五円の月謝で英語の個人教授を受けていた。

成彬は、部屋を片付けるとサングスターの部屋に出かけた。

出かける際に財布の中に五円札が入っているのを確認した。サングスターに貸し与える金だ。

彼は、郵船会社に勤めていて、非常に気のいい若者なのだが相当の遊び人で、いつも金に困っていた。そこで金に困ると、いつも成彬に三円、五円と貸してくれと頼んできた。

先日も、弱りきった顔で「五円、五円」と手を合わせるから、わかった次回来るときに持ってくると約束したのだ。この金が返ってくるとは思っていない。貸すには貸すのだが、彼に対するプレゼントのつもりだった。

「ミスター・サングスター、池田です」

成彬は、部屋をノックした。

中からドアが開き、サングスターが、「入れ」と言った。

どうも様子がおかしい。いつもより元気がない。さては金が間に合わなくて女性に振られでもしたのだろうか。

「ミスター・サングスター、今日はあまり顔色がよくない」

「そう思うか」

「何かよくないことがあったのか。これは先日頼まれた五円だが、間に合わなかったのか」

成彬は、財布から五円札を取り出した。

「いつもありがとう。非常に助かるが、このお金が原因ではない。実は、横浜に転勤することになった。もうここでの個人レッスンは終わりになる」

サングスターは力なく言った。

「横浜に転勤か？　それはまた急なことだ」

成彬は驚いた。

「転勤はいつも急なものだ。池田と別れるのはつらいが仕方がない。君が横浜に来てくれたら、とてもハッピーなのだが」

「僕に横浜に来いと言うのか」

「そうだ。そうすれば今までと同じように英語を教えられる」

サングスターは、自分の考えに自ら賛成するかのように笑みを浮かべた。

成彬は考えた。今から適当な英語教師を探すのは難しい。サングスターは金にはだらしないが、教師としては満足すべき水準だ。

成彬のいいところは、判断が速いということだ。あまり余計なことを考えない。

「わかった。僕も横浜に行こう」

成彬は言った。

「そうか、そうか来てくれるか」

サングスターは、成彬の両手を握って、満面の笑みを浮かべた。

個人授業が終わって、守之助と約束をしている銀座に向かった。

新聞社が掲示している新聞に、成彬は自分の名前がないか探していた。

成彬は時事問題に関する投書をしていた。一度、試しにやってみたら翌日の新聞に掲載された。成彬は非常に得意になって、守之助や精一郎に自慢をしたのだ。以来、投書が病《や》みつきになった。

将来は新聞記者になりたいと思ったのも、自分の書いたものがこうして新聞を通じて多くの人の目に触れるということに、快さを感じたからだ。

今回は、ようやく制定され、施行が間近に迫った大日本帝国憲法についての考えを投書した。

成彬は新聞に自分の名前を発見した。憲法の制定により、ようやく欧米列強に肩を並べるところまで来たが、これが国民に浸透し、うまく運用されるかどうかが問題である、と論じた。

成彬は活字になった自分の投書を満足げに見つめていた。

「また掲載されているのか」

振り返ると、守之助がいた。

「見てくれ。前回より大きな扱いだ。まるで僕の意見が社説のようになっている」

成彬は誇らしげに指を差した。

「社説は大げさだろう」

守之助がのぞき込むように成彬の投書を読み始めた。

「どうだ。なかなかいい意見だろう」

「当たり前すぎる。今回の憲法の国民への浸透が重要だということは、多くの人が指摘しているではないか。それよりも、この憲法の運用上の問題点などを述べるべきではないか」

「意見は大いにある。しかし維新以来、ようやく憲法を作ったという、その成果は賞賛されていいのではないか」

「三田の演説館では、憲法制定と総選挙について、ひっきりなしに弁士が立って、持論を展開しているぞ」

守之助が言った。

成彬は、福沢の一件以来、演説館には足を踏み入れていない。ましてや別科は卒業しているからなおさらだ。どうも演説というものが好きになれない。その反動から か、ペンによって論陣を張るほうが自分に向いているように思えた。

「ところで、僕は横浜に引越しするぞ。今の下宿は血脇一人で住んでくれ。もう辛い味噌汁は出ない」

成彬は言った。

「いきなり、どうした？　何かあったのか」

守之助が困惑気味に言った。

「サングスターが横浜に転勤になった。引き続き英語を教えるから、僕にも横浜に来いと言うのだ。新しく教師を見つけるのも面倒だから、横浜に行くことにした」

「それにしても急な決断だな。池田らしいといえばらしいが……」

守之助は笑みを浮かべた。

成彬らしいと守之助が言ったのは、その決断の速さと、英語を学ぶという目的のために最も合理的な手段を選択するという思考だ。

成彬は、友人が多く住み、刺激も多い銀座周辺に住みたいわけではない。そこにたまたま英語教師がいたからだ。だから英語を学ぶという目的のためには、見知らぬ横浜に行くのも厭《いと》わない。

「寂しくなるが、一度決めたことを翻す君でもないし、喜んで見送ることにする」

守之助は言った。


数日後、成彬は横浜にいた。

サングスターはホテル住まいで、成彬はその近くに下宿した。

「頼みがある」

サングスターが言った。

「また金か?」

成彬は聞いた。

「そうではない。朝、起こして欲しい。郵船会社に出勤する前に英語を教えたいのだが、寝坊なので叩き起こして欲しいのだ」

サングスターは茶目っ気たっぷりに笑った。

「わかった。叩き起こしてやるから覚悟してくれ」

成彬も笑った。

その日から、個人レッスンは以前の週二回から毎日となった。正確には朝、七時半に成彬がサングスターを起こしに行く。彼は、眠い目を擦《こす》りながら、パンとボイルド・エッグを成彬の分まで用意してきて、一緒に朝食をとりながらの授業となった。

今までの週二回の授業とは比較にならぬほど、充実した授業だった。

「今日の夕方、グランドホテルに来い。横浜港の花火を観《み》ながら、パーティをするから。美人も呼んでいるぞ」

サングスターがウインクした。

「美人はともかくとして、花火は観たいな」

成彬は言った。

「では、午後の六時にグランドホテルに来い」

サングスターは部屋番号を成彬に伝えて、出勤して行った。

夕方の六時きっかりに成彬は、指定された部屋に行った。スーツを着て、自分なりにめかしたつもりだった。

「ミスター・イケダ。カム・イン」

サングスターがドアを開けた。すでに酔っているようだ。

「お招きに与《あずか》って感謝します」

成彬は、土産《みやげ》に持参したワインを手渡した。

「堅いことは抜きだ。大いに楽しんでくれ」

サングスターは、成彬をひきずるように部屋に引き入れた。

「花火は七時からだ。それまで呑んでいてくれ」

部屋の中には、ワインや料理がテーブルの上に置かれ、見知らぬ男女がグラスを傾けながら、談笑していた。

「みんな、ミスター・イケダだ。僕の生徒だ」

サングスターが紹介した。

「池田です」

成彬は硬い表情で一礼した。こうしたパーティは慣れていなかった。どうしてもぎこちなくなってしまう。

「彼女は僕の友人の娘だ」

サングスターは一人の女性を紹介した。

輝くような金髪で、スタイルのいい美人だった。

成彬は胸が高鳴るのを覚えた。彼女はマーガレットといい、まだ十七歳の英国女性だった。

「ワインを呑みますか」

マーガレットが成彬に、グラスに入った赤ワインを勧めた。

「乾杯しましょう」

成彬がグラスを受け取ると、彼女は言った。

「乾杯」

成彬はグラスを掲《かか》げた。赤ワインを通して彼女の笑顔が見える。成彬は一気にグラスを空けた。

「父は横浜で貿易の仕事をしています。あなたはとても優秀な方だとサングスターがほめていました」

「そんなことはない。僕はサングスターの優秀な生徒というよりは、優秀な起床担当だ」

成彬は英語を駆使して、ユーモアを交《まじ》えようと努力した。酔いが気持ちを大きくしていた。

「あなたはとても英語がお上手です。留学をなされたのですか」

マーガレットが微笑んだ。

「いや、したいとは思っていますが、独学で学んでいます」

「英国のことはご存知ですか」

「行きたいと思っています。よくは知りませんが、英国は非常に品格を重んじる国ではないかと思っています。教育を重視し、教養がなくては尊敬されないからです」

「多少、窮屈なところがありますが、その通りです。その点、日本は非常に自由な気がします」

「それは西欧と接するようになってまだ日が浅いですから、野放図《のほうず》に自由に振る舞っているところがあるのでしょう」

成彬は、マーガレットの輝くような白い肌に目を奪われながら、どうしても真面目な話をしてしまう自分を少し情けなく思った。

「楽しんでいるか」

サングスターが成彬の肩に手を回した。

「楽しんでいます」

成彬が答えた。

「彼はサムライなんだよ」

サングスターが刀を振り回す真似をした。

「サムライ？　カタナ？」

マーガレットが大げさに驚く。

「もう刀は振り回してはいません。今は一生懸命勉強をしています」

成彬は困惑した表情で言った。

「ミスター・イケダは真面目な男だよ。英国にもいないくらいの紳士だ。少なくとも僕よりは紳士だ」

サングスターが笑いながら言った。マーガレットが口に手を当てて笑いをこらえている。

ドーンという音が窓ガラスを振動させた。

「ハナビ……」

マーガレットがうっとりとした表情を浮かべて、窓辺に近づいた。夜空に花火の大輪の華が咲いた。

「素晴らしい。日本の花火は世界一だ」

サングスターはグラスのワインを呑み干した。

成彬は、窓ガラスに映るマーガレットを飽かず眺めていた。花火が夜空を彩《いろど》る度に、マーガレットの姿が一瞬、ガラスに映るのだ。まるでマーガレットの身体を花火が彩っているようだ。

「美しい……」

成彬は思わずつぶやいた。

夜の横浜港を花火が咲き乱れている。成彬は、日々の勉学を忘れてしまいそうになった。

気がつくとマーガレットの手が成彬の手に重ねられていた。まるで身体の中で花火が打ち上げられているかのように、心臓の高鳴りが聞こえていた。

翌朝、成彬はサングスターを起こしにベッドルームに入った。

「朝になりましたよ」

「もう少し眠らせてくれ」

サングスターは布団をかぶってしまった。

昨夜のワインがまだ彼の身体に残っているのだろう。

「遅刻しますよ」

成彬は布団を剝《は》がした。ようやく彼は身体を起こし、

「おはよう」

と言った。

「昨夜はありがとうございました。楽しい花火大会でした」

成彬は礼を言った。

彼は、ベッドから降りた。

「マーガレットがよろしくと言っていたよ。いい娘《こ》だろう」

彼は、いつものようにパンとボイルド・エッグを用意しながら言った。

成彬はどきりとした。

マーガレットの美しい横顔を思いだしたからだ。

「ああ、素晴らしい女性だった」

「付き合ってみないか。英語を学ぶには一番いい方法だ」

「僕が彼女と？」

成彬は驚いた表情を彼に向けた。

「さあ、食べてくれ」

彼はテーブルにパンとボイルド・エッグを並べた。

「やめておく」

成彬は視線を落とした。

「あれ？　食べないの」

彼はパンをちぎりながら言った。

「そうじゃない。マーガレットのことさ」

「彼女は君をとても気に入ったみたいだ。彼女の父親は大きな貿易会社を経営していて、うちの会社の客でもある。もし君がマーガレットと交際してくれると、僕も彼女の父親に鼻が高い」

「はっきり言うが、やめておく」

成彬は唇を堅く結んだ。少し残念な気がしたが、ここは心を強くしなければならない。

「どうして？」

「今は学生の身だ。米沢の父に無理を言って遊学させてもらっている。勉強をおろそかにするわけにはいかない」

成彬の答えに、サングスターが声に出して笑った。

「君は真面目だ。この横浜の自由さの中に入っても、変わることがない。仕方がない。ところで僕は来月早々英国に帰ることになった」

「えっ、それは本当か？」

成彬は彼の言葉に驚いた。

「だからマーガレットを紹介しておこうと思ったのに……」

「そのことはいい。だけど英国に帰るのは本当なのか」

「来月だ。向こうで法律を勉強してみようと思っている」

「また教師を探さねばならないのか……」

成彬は、肩を落とした。

「君は十分に上達している。自信を持っていい」

彼は言った。

「ありがとう。僕もそろそろ横浜を離れようという気になってきたところだった」

「なぜだい？」

「ここは港町でどうも勉強にふさわしい空気じゃない」

成彬が真面目な顔で言った。

「本当に君はサムライだな。いつでも真剣だ。時には力を抜いて遊んだほうがいいのではないか」

この後、成彬は、別の個人レッスンをしてくれる教師を探し出した。しかし酒呑みのろくでもない英国人だった。英語を教えてくれるという約束を果たしてくれなかった。

成彬はこのまま横浜にいるとこの港町の雰囲気に呑まれてしまいそうな懸念を感じた。東京に戻ろう。そう決意したら行動は早い。すぐに東京に戻った。そして翌明治二十三年（一八九〇年）一月、慶応義塾に大学が開校されると同時に理財科に入学した。

5

「池田、演説館には行かないのか」

髪を長く伸ばし、羽織袴姿の壮士然とした柳荘太郎が言った。彼は後に第一火災の社長になる。

鈴木梅四郎も一緒だ。彼は三井銀行を経て、王子製紙専務取締役から政界に出る。犬養毅《いぬかいつよし》の立憲国民党で幹事長などを歴任する。

「やめておく」

成彬は言った。

「ストのときは、池田だけに反対されたからな。俺や磯村の演説はお前には効果がなかった」

「僕は、どうもああした大げさなものは好かない。寡黙に実践していくタイプのようだ。ドロッパーズ先生に呼ばれているので失礼するよ」

「惜しいな。実に惜しい。もうすぐ初の帝国議会開催に向けての衆議院議員選挙が行われる。池田もその遊説《ゆうぜい》に参加してもらいたいと思ったが」

柳はいかにも残念そうに言った。

「大いに演説の腕を磨いてくれ。僕は新聞記者志望だから、いずれ君たちの演説を批評させてもらうよ」

「辛《しん》らつに書かれないようにしたいものだ」

柳は、大きな声で笑うと、傍《かたわら》にいた鈴木にうながされて演説館に向かって行った。

成彬は、二人の後ろ姿を寂しく見送った。福沢の巧言令色発言以来、演説館への足は遠のいていたが、全く演説を学びたくないというわけでもなかったからだ。だが、演説が自分に向いていないと思っていた。

それは東京の有馬小学校で学んでいたとき、他の生徒に米沢弁を笑われたからだ。

先生に指されて、何かを答えるときや教科書を読まされるときなど、つい米沢弁が出てしまう。これを笑われた体験は、成彬の心にトラウマとなっていた。そのため人前で話すことを嫌うようになったのだ。

「僕は、まず学問をする」

成彬は、自分に言い聞かせるようにつぶやくと、ドロッパーズの部屋に急いだ。

ドロッパーズは、慶応義塾が大学を開校するに当たって呼んできた、ハーバード大学出身の経済学者だ。後に、ギリシャ公使などになった。

彼は、成彬を非常にかわいがった。というのは他の学生に抜きんでて英語ができたからだ。

他の学生にはゆっくりとした英語で話さねばならないが、成彬だけには違った。普通に同国人同士で話しているような感覚でよかった。そのため「イケダ、イケダ」と彼を始め他の外国人教師は成彬に声をかけた。

その彼がなんの用事なのだろうか。成彬はわずかに期待を抱《いだ》いていた。

「池田です」

成彬は、ドロッパーズの部屋に入った。

彼は、大柄な身体を折り曲げるようにして机に向かっていたが、椅子《いす》をくるりと回して振り向いた。

「おお、イケダ、そこに座ってくれ」

優しそうな笑みを浮かべた。

成彬は言われるままにドロッパーズの前にある椅子に座った。きちんと背筋を伸ばし、軽く結んだ手を膝《ひざ》の上に置いた。

「早速、用件を申し上げましょう。イケダ、留学には興味はありますか」

ドロッパーズの言葉に、一瞬にして胸の高鳴りを覚えた。

「ございます」

成彬は、即答した。

「よかった」

ドロッパーズは、ほっとしたような表情で胸をなで下ろした。

「具体的に教えてください」

「大学はハーバードです。慶応大学では理財科、法科、文科からそれぞれ一名ずつ、留学させようということになったのです。理財科からはあなたがいいだろう、ということに決まったのです。英語力も抜群ですからね」

「ハーバード大学ですか。ありがたいと存じますが、費用はどうなるのでしょうか？」

「もちろん、スカラシップが出ます。詳しいことは、ナップが取り仕切っています」

「ナップ？」

「宣教師です。彼と相談してください。それでは」

ドロッパーズは立ち上がると、成彬に握手を求めてきた。成彬も立ち上がった。

「コングラチュレーション（おめでとう）」

ドロッパーズは、成彬の手を握り、何度も上下に振った。

成彬は、大学の事務局に宣教師のナップを訪ねた。ナップは、成彬に盛んにおめでとうと言い、向こうでは学費や生活費など年四百ドルの奨学金が出るから、日本からは当座の四百五十円程度を持っていけば良いと説明してくれた。

為替《かわせ》相場は百円が九十九ドル。したがって当座の資金さえあれば十分に奨学金でやっていける。成彬は、ナップの説明に顔をほころばせた。

成彬は、下宿に帰り、成章に留学の許しを請う手紙を書いた。

成彬が強く留学を望んでいたことは成章も知っていた。しかし家計の状況からは、それは許されるものではなかった。長男である成彬は、その実情を十分にわかっていた。

ところが今回は、慶応大学が留学先の学費や生活の面倒を見てくれる。これは願ってもない話だ。それに大学は米国の名門であるハーバード大学。この機会を絶対に逃したくなかった。

明治二十年当時の銀行員の初任給が約三十円。四百五十円は、その十五倍にもなり、成章にとってはかなりの負担だが、後は奨学金で生活をするといういい条件であったため留学を快諾した。

明治二十三年（一八九〇年）八月六日、成彬は横浜港を米国に向けて出発した。

6

ハーバード大学は、アメリカで最も歴史がある私立大学だ。マサチューセッツ州ケンブリッジにあるが、町そのものが大学の中にあるようなものだ。

成彬は、その広大さと落ち着いた佇《たたず》まいに感動した。

大学創立の寄付をしたジョン・ハーバードの像などを眺めながら、キャンパスを案内してもらう。

ゴシック建築の赤レンガの建物に入った。メモリアル・ホールだという。ここは学生食堂としても利用されているのだが、壁に多くの人の名前が彫られていた。

「あれはどのような功績のある方々のお名前ですか」

成彬は案内人に訊いた。

「南北戦争に従軍した戦没学生の名前です」

彼は神妙な顔で答えた。

成彬は、胸がつかえる思いがした。

「徴兵で行ったわけではないのですね」

「みな、義勇軍です」

成彬は、日本のことを思った。幕末から明治にかけて戊辰《ぼしん》戦争などで多くの藩士が死んでいったからだ。

「我が国は公《おおやけ》に殉《じゅん》じることを非常に尊いことだと考えています。ですからこうして顕彰しているのです。こんな人物もいました。南北戦争当時、義勇軍の兵役期間は三年ですが、彼は最初胸を撃たれます。なんとか全快しましたが、また自分の義務を果たそうといたします。今度は喉《のど》を撃たれます。胸、喉とも急所を外れていましたので、命だけは助かりました。彼は喉の傷が癒《い》えたら、また戦場に行きました。三年の義務が残っているからです。そこで足を撃たれました。こうして義務の三年が過ぎたのです。とにかく我々は国民としての義務を果たすこと、国のために命を捨てることを厭いません。義務を果たさないという卑怯《ひきょう》なことだけは断じて許されないのです。日本にも大和魂というのがあると聞きましたが、いかがですか」

義務を果たすことについては日本人も同じだと答えながらも、果たしてここまで公の意識が日本人にあるだろうか、と成彬は思った。

成章は、最後まで茂憲公に仕えた。どうも池田の血筋は、何かに徹底して仕えるか、殉ずることに生き甲斐を覚えるのかもしれない。

多くの名前を見ているだけで、なんだか涙があふれそうになった。

成彬は、このアメリカで多くのことを学べそうだと意を強くした。学問ばかりではなく、アメリカという国を純粋に見てみようと思ったのだ。

成彬は、大学の事務局に連れて行かれた。そこでトラブルが発生した。

奨学金が出ないというのだ。

「ミスター・ナップが年間約四百ドルのスカラシップが出るとたしかに言った。だからこそこちらに来たのだ」

成彬は事務局員に迫った。

「当初からスカラシップが出るということはない。ミスター・イケダ、何かの間違いだ」

「そんなことはない。十分に確認したからこそ、こうしてはるばる太平洋を渡ってきた。今ごろスカラシップが出ないなどと言われては困る」

「どうしようもない」

事務局員は迷惑そうな顔をする。

「何とかして欲しい」

「可能性があるのは一つだけ。それは貧乏で優秀な学生に与えるスカラシップがある。ただしこれは貧乏であることが条件だ。ミスター・イケダ、あなたは貧乏か」

「貧乏であることは間違いない。しかしそれを条件にスカラシップを受けるような乞食ではない」

成彬は、強く言った。

「ではどうしようもない」

事務局員は、匙《さじ》を投げた。

成彬の、生来の筋《すじ》を通す性格がむくむくと頭をもたげてきた。

「アメリカはフェアな国だと聞いている。そうですね」

「その通りだ」

事務局員は成彬が何を言い出すのかと、緊張した表情をした。

「今回のことの責任はどこにあるのか。それは私を送り出した慶応大学とこのハーバード大学にある。従ってこの両者で責任を果たしてもらいたい。ついては総長に会わせて欲しい」

「総長に！」

「そうだ。彼に私の意見の正当性を主張する」

ハーバード大学のある町では金持ちだからといって尊敬されない。アメリカの文化の中心であるという自負があるから、知識人でなければ尊敬されないのだ。

そのような町でハーバード大学の総長というのは、いわば尊敬の頂点に君臨しているような人物だ。そんな彼に名もなき東洋の一青年が面談したいというのだから、事務局員が驚くのも無理はない。

しかしアメリカのフェアなところは、この意気だけが軒昂《けんこう》な日本の青年と総長である エリオット博士の面談を許可したことだ。

エリオットは、堂々とした体軀《たいく》で、顔の半分に痣《あざ》があり、見るからに気難しそうな人物だ。無駄話は一切しない。

成彬は、広く重厚で、まるで図書館のような総長室に招かれた。

「なにか?」

エリオットが訊いた。

成彬は背筋を伸ばし、正面からエリオットを見つめた。

「私は、ミスター・ナップからスカラシップがあるからとの説明を受け、留学してきた。ところがそれは貧乏でなければ支給されないという。たしかに私は貧乏かもしれない。しかしアメリカに来て、乞食になろうとは思わない。貧乏という条件なしにスカラシップをいただきたい」

「だめだ。規則は規則だ」

エリオットは無表情に言った。

「ならば、スカラシップはいらない」

成彬は、踵《きびす》を返した。ここまで言えば、エリオットも引き止めるかと考えた。だが何も言わない。仕方なく成彬は総長室を出た。

「どうだったか？」

事務局員がにやりとしながら成彬に近づいてきた。

「取り付く島がないというのはこのことだ」

「エリオット総長は、簡単に規則を曲げる人ではないからな。ここはあまり堅いことを言わずにスカラシップを受けたらどうか？　そうでないと日本に帰らないといけなくなるぞ」

「馬鹿にしないでくれ。日本人は乞食ではない」

成彬は事務局員にきつい口調で言い残すと、宿舎へ戻った。

もしスカラシップが出ないとなると、成章から年四百ドルの仕送りをしてもらわねばならなくなる。

実は、成彬が東京に残って勉強をする際に、成章から家計の内実をすべて見せてもらったことがあった。

成章は地元銀行の役員などをしていたが、元来、利殖《りしょく》などには手を出さない堅実な性格であるため、さほどの財産がない。そのことは良くわかっていた。成章に頼ることは無理な相談だ。成彬は頭を抱《かか》えた。

大学側からは、再三にわたって「頑固《がんこ》なことを言わずにもらいなさい。君の責任ではない。間に入った者が悪いのだ」と言ってきた。

ところが成彬は、

「あなた方はそう言うが、外国人が他国に来て、金をもらうという場合、学問の成績がよいからというなら別だが、貧乏だからというのはどうしても納得できない」

と正式に断わってしまった。

大学側も、親切に言っているのにあくまで拒否する日本の若者に手を焼いて、何も言わなくなってしまった。

ますます追い詰められてしまったが、それでもスカラシップ欲しさに自分の考えを曲げることはできない。成彬は、とにかく理不尽なことは許せない性格だ。これは、慶応大学とハーバード大学の間に入ったナップと、彼の言った条件を十分に確認しなかった慶応大学の責任だ。

成彬は、慶応義塾の塾長小幡篤次郎《おばたとくじろう》に手紙を書いた。

小幡は天保十三年（一八四二年）、中津藩士小幡篤蔵の次男として生まれ、福沢に誘われ、慶応義塾に入り、塾長を務めた。福沢の右腕というべき人物で、成彬も彼を頼りにした。

「こちらに来てみると話が違うではないですか。宣教師のナップが悪いのか、あなたが悪いのかはわかりませんが、とにかく慶応義塾の責任で処理をして欲しい」

ところが慶応義塾からの返事は、評議会に議案として上程したが、どうしようもないというものだった。

成彬は、あきらめない。とにかく不当な立場に置かれた原因を作ったのは慶応義塾であり、その責任は果たすべきだと再三にわたって小幡に手紙を書いた。そのうち返事が来なくなった。

手持ちの資金が底をつき始めた。また悪いことにドルが高騰《こうとう》し、百円が九十九ドルであったのが、九十ドル、六十ドルとなっていく。早く決着をつけなければ、さらに事態は悪化する。

成彬は、資金が尽き始めたと窮状を訴え、早く責任を果たすよう努めて欲しいと小幡に手紙を書いた。これが最後の手紙になるほどの強い思いをこめて書いた。

どこにも解決の道は見えなかったが、成彬の気持ちだけは弱っていなかった。

7

成彬は、スカラシップに伴うトラブルは抱えていたが、ハーバード大学の自由な空気を満喫していた。

この大学は成彬のように、宗教について関心のない者に礼拝を強制することもない。日常生活のあらゆる面において自由だ。

しかし勉強しなければ、人に相手にされない。人格に欠点があれば、誰とも交際ができない。学生と言っても紳士として遇してくれる以上、成彬も紳士としての振る舞いを身につけねばならない。

まさに「自由と規律」を身をもって体験していた。

ある夜のことだ。成彬は友人の家で夕食に招かれた。家族みんなで揃って食事をしていた。こういう場合は、いろいろな話題を提供しながら、談笑して食事をしなくてはならない。

ところが成彬の鼻がむず痒《がゆ》くなり、洟《はなみず》が出そうになってきた。もともと成彬は少し鼻が悪い。

日本でなら、ハンカチで鼻をかむのだが、食事中であり、音を立てるのがどうも具合が悪い。

成彬は、洟が出るのを押さえるためにも、食事もそこそこに奥さんと話をし、お嬢さんと話をして時間を過ごした。

食事が終わって、友人の家を出て、しばらくしてから思いっきり鼻をかんだときは、息苦しさから解放され、なんとも言えぬ心地よさを味わった。

アメリカは自由ではあるが、一方では紳士としての厳格な規律ある振る舞いを要求される。何事もけじめがあいまいになりがちな日本よりも、成彬は住みやすさを感じていた。

学業と生活を謳歌《おうか》するためにも、スカラシップの問題は解決しなくてはならない。

この問題は父成章の大きな犠牲のもとで決着を見た。

成彬では埒《らち》が明かないと考えた慶応義塾は、成章に、

「あなたが保証人になれば、慶応義塾が資金を貸し出す」

と提案してきた。

しかし成章は銀行の役員をしているが、いわばサラリーマン重役であり、大きな金額の保証などできない。成章が断わりの回答をすると、慶応義塾は「ならば貸さない」と強気の対応をしてきた。

成彬は、成章の手紙で慶応義塾との交渉の経緯を知り、心の底から怒りがこみ上げた。

「絶対に保証人になどなってはいけない。責任は慶応義塾にあり、自分の落ち度を棚に上げて、お父上に難題を持ちかけるなどというのは断じて許されない。はっきりと断わって欲しい」

成彬は成章に手紙を出した。

しかしついに成章が折れた。慶応義塾から二千数百円の資金を借りた。

慶応義塾では評議会で、

「明治二十四年七月十五日、池田成彬氏より学費請求の事。本項はスカラシップを得ざるときは、むこう四年間一ヶ年三百ドル宛て補助すること」

を決めた。

成章は、後に手記において、

「留学中の送金は、ついに予期の三倍を超え、余家留学前の資産はこれがためにほとんど蕩尽《とうじん》し、ほかに慶応義塾より二千余円の負債を受け、すこぶる困難の境遇に立ちいたりしかば、半途《はんと》にして伯仲《はくちゅう》二兄より成彬の留学は家資不相応なりとて中止の勧告もありしかど、余は断然志を決し、家族に申し含めて、三ヶ年の間、衣服料は一ヶ年に女子三円、男子二円とし、余は襟《えり》、袖口も購入せざることに定め、その他の諸費用みなこれに準じ、一家格外非常の節倹《せっけん》を用いてその学資を送り、満五ヶ年を経て二十八年七月にハーバード大学を卒業して無事に帰国をなしたるは、余家にての大業にてぞありたる」

と誇らしげに書いた。まさに成章が、成彬のために闘った留学だった。

ところが成彬は、

「それでは仕方がありません。その代わりこちらから注文を出します。慶応義塾から借金をすることを許します。しかし帰国しても学校の先生にはなりません。また同時に生命保険に加入しておきますから、死んだ場合は、その保険金で返済してください」

と、慶応義塾に妥協した成章に喝《かつ》を入れるかのような手紙を出した。なんとも節《せつ》を曲げない、意気軒昂な成彬だった。

第三章　銀行員へ

1

明治二十八年（一八九五年）九月、五年間の留学生活を終え帰国した成彬《せいひん》は、福沢諭吉が経営する時事新報《じじしんぽう》に論説委員として迎えられた。二十八歳だった。

時事新報が、創刊されたのは明治十五年（一八八二年）三月一日。成彬が入社した時は、すでに十三年が経っていた。

当時は「日本一の時事新報」などと言われ、新聞としての評価は高かった。

時事新報は、明治十四年（一八八一年）の政変といわれる、明治政府内部の権力闘争が契機となって誕生したと言われている。

当時、福沢諭吉やその門下生である慶応義塾の出身者たちは、明治政府の中枢に官僚などの立場で関与していた。

福沢も大隈重信《おおくましげのぶ》や伊藤博文《ひろぶみ》などの顧問的立場にあり、彼らから政府広報的な新聞発行を持ちかけられていた。国会開設に向け、国民に啓蒙《けいもう》する必要性を政府も考えていたからだ。

ところが政局は混乱を極めていた。

薩長藩閥《さっちょうはんばつ》色が濃くなる中で、佐賀藩出身の大隈と長州藩出身の伊藤は、自由民権運動の高揚に対して容認するか否《いな》かで対立を深めていた。

そこに北海道開拓使官有物払い下げ事件が起きた。

これは薩摩《さつま》藩出身の開拓使長官黒田清隆《きよたか》が、当時の資金で千四百万円もかけた官有物をわずか三十八万円、三十年分割返済、無利息という好条件で政商と呼ばれる人物に払い下げてしまったという事件だ。

大隈は、閣議に提出された黒田の払い下げ案に反対していた。だが、伊藤らに押し切られてしまった。

この官有物払い下げ事件に世論は、薩長藩閥の専横だとして一斉に反発し、いよいよ自由民権運動に火がついた。

伊藤たち薩長派は、こうした反藩閥政治の世論の盛り上がりを大隈が画策したものと考え、大隈を政府部内から追放したのが、明治十四年の政変だ。

この政変で、大隈と親しかった福沢も政府から遠ざけられた。福沢と共に門下の慶応義塾出身者も政府中枢から民間に出て行くことになった。後に三井銀行を建て直し、成彬の義父となる中上川《なかみがわ》彦次郎も工部省御用掛《ごようがかり》から下野《げや》した一人だ。

大隈は政変の翌年、明治十五年に小野梓《あずさ》らと立憲改進党《りつけんかいしんとう》という政党を結成して、国会開設などの自由民権運動を展開する。また早稲田大学の前身となる東京専門学校を設立した。

余談だが、その政党には犬養毅《いぬかいつよし》ら多くの慶応義塾出身者も馳《は》せ参じた。その意味では、後に早慶と並び称され、ライバル視される大隈の早稲田大学、福沢の慶応義塾大学だが、反藩閥政治、在野《ざいや》精神という意味では敵ではなく、同志だといえるだろう。

もう一つ余談。慶応義塾大学は経済界に多くの人材を輩出《はいしゅつ》して、慶応閥などという言葉もあるが、同大学出身者の経済界への進出は、この明治十四年の政変がきっかけになった。多くの人材が官から民に流れ、そこで地歩を固め、後輩たちを推挙したことで、経済界に強い慶応の名が定着したのだ。それに最も功績があったのは、中上川彦次郎だと言われている。

もし政変がなければどうなっていただろうか。慶応義塾出身者は民間より、官界に多かったかもしれない。危機が人を創ると言われるが、政変という危機が、今日の慶応義塾大学出身者の経済界進出の基礎を創った。

話を元に戻すと、福沢と、中上川を中心とする門下生たちは、政府広報を発行するために準備していた機材を利用して、新聞発行をすることにした。

当時、すでに多くの新聞が発行されていたが、政党べったりの御用新聞や庶民の娯楽新聞ばかりだった。

そこで福沢は、「我が精神の所在を明白に致し、友なく、また敵なく、さっさと思う所を述べて、しかる後に敵たる者は敵となれ、友たる者は友となれ」という考えで新聞を発行することにした。

不偏不党《ふへんふとう》、独立不羈《ふき》の精神である。

「時事新報」の名前は「専《もっぱ》ら近時の文明を記して、この文明に進む所以《ゆえん》の方略事項を論じ、日新の風潮に遅れずして、これを世上に報道せんとする」という趣旨から字を取り、名づけたものだ。

この趣旨からしても、福沢の啓蒙思想家としての面目躍如たる名前だと言えるだろう。

時事新報は世間に歓迎され、瞬《また》く間に一流新聞としての地位を確立した。そこへ成彬は飛び込んだ。それもいきなり論説委員としてだ。

論説委員というのは、社を代表して意見を書く立場だ。新聞記者にあこがれていた成彬にとっては、願ってもないポストだと言えた。それに米国帰りの成彬を論説委員に据《す》えたというのは、福沢の期待も大きかったのではないだろうか。

「池田君だ」

福沢は他の論説委員に成彬を紹介した。

福沢は、六十歳を過ぎているが声には張りがある。

成彬は福沢のことをどこか好きではない。三田の演説館で聞いた「巧言令色《こうげんれいしょく》になならねばならぬ」以来のことだ。まさか自分がその直下で働くとは思わなかったが、今は新聞記者として腕を振るえるという思いのほうが強かった。

「池田です。よろしくお願いします」

「ハーバード帰りか。すごいね」

すぐに握手を求めてきたのは石河幹明《みきあき》だ。

「よろしく頼みます」

石河の後ろで頭を下げているのは、北川礼弼《れいすけ》だ。彼らは時事新報を立ち上げた頃からいる。石河は後に社長に就任する。

石河がやり手風だとすれば、北川は静かな切れ者風というところだ。

「三人で分担して書いてくれればいいから」

福沢は成彬に言った。

「わかりました」

成彬は答えた。

「福沢先生が大いに書かれるから、まあ気楽に書いていけばいいよ」

石河が豪快に笑った。

「気楽にとは何事だね。多くの読者が時事新報を読みたがっている。読者にとっては、池田君の米国での学問の成果、世界情勢の分析なども興味があるところだろう」

福沢は石河をたしなめた。

実は、成彬は自信があった。昔から投稿魔であったたし、天下国家を論じるのも嫌いではなかったからだ。

毎日書いてやるぞ。成彬はひそかに誓った。

机に座ると、隣の北川が声をかけてきた。

「米国はどうでしたか」

「米国全体というわけには行かないでしょうが、自由と規律がしっかりと一本の背骨のように通っていると思いました」

「ほほう。それはすばらしいですね」

「例を挙げれば、礼拝などは全く強要されません。そうした宗教教育においても自由でした。ただ重んじられるのは、学問、知識、人格というものだけです。あらゆる人間の外的なものは重視されず、その人間の人物そのものが重視されるため、自分を磨くために息を抜けなかったのも事実です」

「それはなかなか窮屈でしたね」

「それほどのことはありません。私が育った米沢《よねざわ》藩士としての質実剛健《しつじつごうけん》の気風とよく合ったのではないか、と思っております」

「そうですか。健筆を期待していますが、最初から張り切りすぎぬほうがいいかもしれませんな」

北川は小声で言った。思わず身体《からだ》を北川のほうに乗り出したため、まるで秘密の話をしているようだ。

「どういうことでしょうか」

成彬は訊《き》いた。

「福沢先生は文章や自分の意見にこだわりをお持ちですから、これに耐え切ってくださいな」

北川は真剣な顔で言った。

「わかりました」

成彬は生唾《なまつば》を飲み込んだ。

2

「なんだ、こんなものを書きおって！」

福沢が怒鳴《どな》った。原稿を両手で丸めると屑籠《くずかご》に放り投げた。

成彬は思わず椅子《いす》を蹴《け》って立ち上がった。

屑籠に捨てられたのは、成彬が書いた米国と日本の関係に関する論説だ。

「どこがいけないのでしょうか」

成彬は訊いた。

隣の北川が成彬のズボンの腰の辺りを軽く引っぱっている。座れと合図を送っている。

「どこがって？　全部だ、全部。論ずるに値しない」

福沢はまともに答えなかった。

成彬は、せっかく自分が書いたものをなんの論評も加えずに屑籠に捨てるとは、無礼にもほどがあると思った。

「池田さん、我慢して、我慢して。いい時がありますから」

北川がなぐさめた。

「しかし、合理の人である福沢先生が頭ごなしとは……。理不尽でしょう」

筋《すじ》が通らないと思った。

手取り足取り指導してくれと頼んでいるわけではない。ここところがいけないとか、社の考えと合わないとか、しかるべき解説があるべきだろう。自信を持って書いた論説を一顧《いっこ》だにせず屑籠とは、何たる侮辱であることか。

成彬は、興奮で鼻息を荒くしたが、北川のとりなしもあり、席についた。

向かいに座っている石河は黙って自分の原稿を書いている。福沢の怒鳴り声は耳に入っていないかのようだ。慣れているのだろう。

「馬鹿らしくなりました」

成彬は北川に言った。

北川は人がいいのか、困ったような顔で成彬を見つめている。

「今、書いている原稿は自ら屑籠に入れようと思いますが、いかがですか」

「そんなことをすると、すぐに屑籠がいっぱいになりますよ」

北川は少し悲しそうな顔をした。

「ちょっと見せてみろや」

石河が成彬の原稿を指差した。

「はっ、なんでしょうか」

成彬は石河の顔を見た。

「今、書いているという原稿を見せてくれというのだ。だめかい？」

「いえ、そのようなことはありません。どうぞ」

成彬は石河の求めに応じて原稿を差し出した。

石河は、それをじっと眺めていた。

「どうでしょうか？」

成彬は訊いた。まさか古参《こさん》だからと言って、石河が原稿を屑籠に入れることはないだろう。もしそのようなことがあれば、松の廊下だなと成彬は過激なことを想像していた。

「これはいいと思うよ。先生に提出してごらんなさい」

石河は硬い顔のまま言った。

「それはありがとうございます。どういいのでしょうか？」

「それは曰《いわ》く言いがたいが、とにかく提出してごらんなさい」

石河は、笑《え》み一つ洩《も》らさない。

「石河さんが、ああ言っているんだ。自信を持って出していいよ」

北川が励ました。

「石河さんは、原稿の良し悪《あ》しがわかるのですか」

成彬は石河に訊いた。

「良し悪しはわからない。しかし先生の癖はわかる。長い付き合いだからね。それに僕も厳しくされているから、いまだにね。ところで君は、塾で先生の講義を聞いたり、自宅に行ったりして謦咳《けいがい》に接することはなかったのか」

「ありません」

成彬は答えた。

「そうか。ハーバードへは塾の推薦で行ったのだろうから、てっきり先生に相当世話になったのかと思っていたよ」

「たしかにハーバードへは塾の推薦がありました。しかし先生や塾の世話にはなっておりません」

成彬は、きっぱりと言い、胸を張った。

つらかった慶応義塾との学費に関する交渉を思い出した。結果として父成章《せいしょう》は破産も同然になり、慶応義塾から二千円という大変な額の借金まで背負うことになった。

「意外だね」

石河は首を傾《かし》げて、わずかに笑みを洩らした。

胸を張って、誇らしげにしたところに成彬の気概を感じて、かえってそれに可笑《おか》し味を覚えたのだ。

成彬は、石河の助言通りにその原稿を書き上げ、福沢に提出した。

福沢は、渋い顔でそれを眺めていた。ところが次第に顔がほころび始めた。

「これはいいね」

福沢は成彬を見つめて言った。

「ありがとうございます」

成彬は軽く頭を下げた。横目で石河を見た。石河は、何事もなかったかのように原稿を書いていた。

「さすがだよ。篤次郎《とくじろう》が見込んだだけのことはある」

福沢は、慶応義塾の塾長の小幡《おばた》篤次郎の名を挙げた。

小幡は、福沢が故郷の中津藩から連れてきた福沢門下の代表的人物だ。成彬は、福沢よりも小幡に世話になっていた。

「あっ」

成彬は思わず声を上げた。

「なんだね」

福沢が怪訝《けげん》な顔で成彬を見た。

「なんでもありません」

成彬は言葉を飲み込んだ。飲み込まなければ、福沢を怒らす言葉が出たに違いない。

福沢は、赤いインクをたっぷりとペンに吸わせると、成彬の原稿を直し始めたのだ。原稿はみるみる真っ赤になっていく。

それはまるで棒立ちになっている男を、みなで寄ってたかって斬り刻んでいるようだった。頭から足下まで血が滴《したた》り落ち、男は全身真っ赤になっていく。それでも辛《かろ》うじて生きている。

「ふう」

福沢は、ため息をつくと、成彬に原稿を返した。

「これで書き直してくれ」

福沢は成彬に原稿を返した。

「はい」

成彬は顔を真っ赤にしていた。それはまるで、原稿に記された福沢の朱筆が顔に映っているかのようだった。

「ほめられただろう」

石河が言った。

「これがほめられたと言うのですか」

成彬は真っ赤な原稿を見せた。

「僕のを見なさいよ」

石河は机の中から数枚の原稿を取り出した。

「ほほう……」

成彬は驚きの声を上げた。

それは見事なまでに真っ赤だった。

石河は、時事新報に入社して十数年が経っている。それだけの古参社員にも昨日今日入社した成彬に対しても、分け隔《へだ》てなく朱筆を入れる福沢のエネルギーに成彬は感嘆した。

しかし他人の添削《てんさく》された原稿を見たからと言って、成彬の心が晴れるわけはなかった。

「どれどれ」

北川が横から顔を出して、成彬の原稿を読んだ。

「アーヴィングが爵位《しゃくい》を受けたことを書いたんだね」

ヘンリー・アーヴィングは英国を代表するシェイクスピア俳優だ。

「英国では俳優であろうと、演劇で国家のためになったということで爵位を授けます。日本はどうでしょうか。役人や軍人のみです。これでは真の文明国とは言えないでしょう」

「テーマがいい」

「テーマですか」

「先生がいかにも好まれるようなテーマだ。おおいにこれからの参考にするといいね」

北川は微笑した。

成彬は真っ赤に染まった原稿を見つめながら、うれしさより悔《くや》しさが沸き起こってきた。テーマをほめてくれたが、これだけ書き直しをすれば、自分の原稿ではない。

アーヴィングのことを書いた成彬の原稿は、九月十五日付で掲載になった。

3

悩んでいた。何を書いても屑籠行き。これはいいとほめられても原稿は真っ赤。

そうそう福沢が気に入るテーマなど見つかるものではない。

それに、成彬と福沢とはどうも相容《あい》れないところがある。

成彬は、ハーバード大学で学問をしてきたのだが、その基本にあるのは『論語』

などの考え方だった。しかし福沢は、それらを否定するところから世の中を変えようとしていた。

成彬は次第に自信をなくしつつあった。

「今日は月給日だぞ。池田君、今夜は行くか」

石河が手で杯を作った。

「そうですね……」

成彬は酒をあまり呑《の》めるほうではなかったので、あいまいに返事をした。

机の上に給料袋が置いてある。

福沢が一人ひとりの机に給料袋を置いていく。だから誰がいくらもらっているかを知っているのは、福沢だけだ。

成彬は、袋を開けた。

「うーん」

成彬は、中身をのぞき見て、うなった。封を閉じ、しばらくして再び見た。やはり間違いない。十円札が二枚だけだ。

「これだけか」

成彬はつぶやいて、隣の北川を見た。北川はさっさと袋をズボンのポケットに押し込んだ。目の前の石河は、封筒を大事そうに押しいただくと、背広の内ポケットに入れた。

いくらもらっていますかと訊きたくなった。二人の封筒にはやや厚みを感じた。

成彬は、がっかりした。同時に怒りがこみ上げてきた。

成彬は、金に汚くもなく、吝嗇《りんしょく》でもない。金にはきれいなほうだ。必要な額以上は、無理に貯めようとか、もらおうとかは思わない。

慶応義塾を卒業して入社すれば約八円の月給だったから、福沢は、留学帰りということで成彬には奮発したつもりなのだろう。しかし二十円では暮らしていけない。

当時の国家公務員の初任給は約五十円だ。それに比べると随分と差がある。

加えて成彬の留学費用のために実家は破産状態だ。もはや父成章に頼るわけにはいかない。むしろ借金の返済のために、仕送りをしなくてはならないくらいだ。

「背広を一着誂《あつら》えても、今なら二十円はかかるぞ。家賃を払い、女中を雇い、かつ家名を高めねばならないのに、たったの二十円とは」

成彬は小声でぶつぶつとつぶやいた。

もはや、限界だ。給料に対する不満、原稿の朱筆、相容れない考え方、あらゆる不満が噴出してきた。こうした現実的な不満もさることながら、二十円では自分の力が認められていないという気が強くしていた。

「石河さん、今日は呑みにいけません。これで失礼します」

石河と北川に挨拶するとさっさと帰宅した。

成彬は時事新報を辞めようと思っていた。

本当は、さっさと辞表を叩き付けたいのだが、一晩だけ待つことにした。一日過ぎれば、このかっとした気持ちも収まるかもしれないとも考えた。

しかし、翌日になっても気持ちは変わっていなかった。辞めようと決意すると、案外、人間は迷わないものだ。ぐずぐずと思い悩んで、他人に相談などしているとわけがわからなくなってしまうが、自分で決めるとすっきりとした気分になる。

成彬は、福沢に面会を求めた。

福沢は成彬を主筆室に招じ入れた。

「どうだね。社の雰囲気には慣れたかね」

福沢は鷹揚《おうよう》な態度で訊いた。

「雰囲気には慣れましたが、辞めさせてもらうことにいたしました」

成彬は、淡々《たんたん》とした口調で言った。

福沢の表情がみるみる変化した。険《けわ》しくなった。

「どうしたというのだ」

「二十円では、私、一人だって食べていけません」

「給料に対する不満か。そんなことを考えていたら天下国家は論じられませんよ」

福沢は、すこしあきれたように笑みを浮かべた。

「非常に重要なことです。私は五十円もらわねばやっていけません。毎月三十円もの借金を重ねることになります。ひと月やふた月はそれでもなんとかなるでしょうが、長くは持ちません。それで辞めさせていただきます」

「おいおい、そう結論を急ぐでない。若い人は短気でいけない。新聞というものは、今は道楽仕事だが、早晩、ビジネスになる。決して道楽仕事ではなくなる時期がくる。そのときには君の今までの学問がものを言うのだから、今は月給が多いの少ないのと文句などを言うもんじゃない。辛抱《しんぼう》しなさい」

「それはそうかもしれません。しかしいつビジネスになるかわからないのに、毎月三十円ずついつまでも借金してよいものでしょうか。私にはできません」

成彬は物おじせずはっきりといった。

「君が努力して早くビジネスにしたらいいだろう。辛抱しなさい」

福沢は明らかに戸惑っていた。今まで門下生から文句など言われたことがない。ましてや、月給のことで苦情がくるなどとは夢にも思っていなかった。

誰もが福沢と働けることに誇りを感じていると信じて疑いもしなかったからだ。

福沢は、不快感を露骨に顔に表した。

「もう決意しました。辞めさせていただきます」

「だめだ。辛抱しなさい。次の仕事の当てがあるわけではないだろう」

「ありません」

「なら現在もらっている二十円も、ふいにすることになるのだぞ。生活はますます困窮するではないか」

福沢は険しい目を向けた。

「わかっております。しかし辞めさせてください」

成彬は言った。

福沢は、了解したと言わない。成彬も辞めると決めた以上、覆《くつがえ》すつもりはない。

「絶対、辞めさせない。考え直すように」

福沢は、成彬に背を向けてしまった。

成彬は、仕方がなく部屋の外に出た。

「どうしたのか。辞めるか」

数人の記者が近づいてきた。

「ええ、とても二十円では暮らしていけそうにありませんので、辞めたいと先生に申し上げてきました」

成彬は言った。

「池田君の言う通りだ。こんな給料では飯は食えない」

一人が言った。相当に声が大きい。ドア越しに福沢の耳にも届いていることだろう。

「だいたい一生懸命働いている我々の処遇が悪い。こんな馬鹿なことはない」

また別の一人が言った。

「時事新報は、給料が低すぎる。俺も池田君に同調して辞めようか」

また別の一人が言った。

突然、ドアが開いた。福沢がドアの隙間から顔を出した。

「うるさい。ここで騒ぐのはよせ」

福沢は不機嫌そうに言った。

成彬たちは、福沢の出現に驚き口をつぐんだ。

しばらくして、俸給表《ほうきゅうひょう》というものが部屋の壁に張り出された。明らかに福沢の手によるものだ。

「どれどれ」

記者たちが俸給表の前に集まり始めた。

成彬も眺めていた。

俸給表には、一等記者六百円、二等記者五百円などと十数通りの俸給ランクが示されていた。

「この一等記者というのは誰だ」

「そりゃあ、福沢先生だろう」

「二等記者は誰だ？」

「そんな人はいない」

「じゃあ三等記者はどうだ？」

「四百円もらっている者の話を聞いたことがあるか」

「ないない。いつもピーピー言っている者しかいないぞ」

「四等記者は？」

「それもいない」

「五等記者はいるのか？」

「それも同じだ」

誰かが笑い出した。ばかばかしくなったからだ。

「こんなものを張り出して、俺たちの前に餌《えさ》をばら撒《ま》いたつもりなのだろうか」

「先生は何を考えておいでなのか。こんなもの一枚張り出したからといって、我々の腹《ふく》が膨れ、不満が解消されるわけではない」

「こんなものを真《ま》に受けて、いつかは一等記者になるぞと辛抱する者がいるのか」

「いない」

その場にいた記者たちは、口々に言った。

「それにしても先生は無邪気なものだ」

誰かが再び笑った。それに呼応して皆が笑い出した。

成彬は福沢の考えが手に取るようにわかった。とりあえず俸給表を張っておけば、記者たちの励みになっていいと思ったのだ。浅はかな考えだ。学者経営者の限界だろう。人心を収攬《しゅうらん》する術《すべ》を知らない。

成彬はいよいよ辞める決意を固くした。

成彬は小幡篤次郎のところに相談に行った。小幡は、なにかと成彬に目をかけていてくれたのだが、さすがに勤めて三週間の退職申し出には嫌な顔をした。

成彬は、言い出したらきかない。小幡がどんな顔をしようとお構いなしに辞めると言い張った。

さすがに小幡も根負けして、もし成彬が勝手に辞めるようなことになると問題が大きくなり、成彬の将来にとってもよいことはないと考えた。

そこで渋々、腰を上げ、小幡は、福沢に成彬の退職意志が固いことを取り次いだ。ようやく福沢の了解が出た。

成彬は、同じ論説委員の北川と石河に退職の挨拶をした。

「どうして辞めるのだ」

北川が訊いた。

「二十円では食えないからです」

成彬は答えた。

「うらやましいなあ。僕は四十七円、もらっているが、家族が多くてやっていけない。それでも思い切って辞めることはできない。君は独り者だから辞められるのだ。本当にうらやましいね。ねえ、石河さん」

「うん、まあ、とにかく身体に気をつけることだね」

石河はいくらもらっているかについては何も言わなかった。噂《うわさ》では七十円くらいもらっているという話だった。

成彬は時事新報を退職した。

父成章からは「あまりにも軽率だ。新聞社に入るといって入ったかと思うと、すぐに月給が足りないといって、三週間で断わりなしに辞めるとは何事だ」と厳しい手紙が届いた。

成彬はその手紙を読んで、父成章以上に情けない思いをしていた。

新聞記者にあこがれて、勇躍して時事新報へ飛び込んだ。しかしそこを給料に対する不満というかたちで退職することになった。

成彬は、あこがれだけで職業を選んでしまったことを後悔していた。職業を選択して、会社を選ぶ場合、使う側に相当な人物のいるところでなければならない。それは会社の大小、給料の多寡《たか》以上の問題だ。

結局、成彬は、学生時代に演説館で感じた福沢への違和感を埋めることができなかったというべきだろう。

成彬、社会人としての最初の挫折である。

4

人には運、不運というものがある。それ以上でも、以下でもない。そういうものがあるというだけのことだ。

自分の運、不運に対して不平を言ったり、愚痴《ぐち》を言ったりする人がいるが、それは全く意味のないことだ。成彬は日頃、そう思っていた。だから時事新報を三週間で辞めてしまったことを不運だと愚痴ることはなかった。

しょうがない。辞めたことは事実なのだから、くよくよせずに次のことを考えようではないかという姿勢だった。

成彬は、再び小幡篤次郎に身の振り方を相談した。

「どういうところがいいのかね」

「とにかく月給を五十円以上くれるところです」

成彬のはっきりした言葉に、小幡は苦笑した。給料にこだわる男だと思ったかもしれない。

小幡はアメリカ貿易をしている貿易会社を紹介した。成彬は言われるままに入社試験を受けたが、相手からは何も言ってこなかった。不採用になったのだ。

ここで全く落ちこまないのが成彬という男だ。またまた小幡に頼みに行った。

「君は銀行に興味はあるか」

小幡は訊いた。

「興味があるとは申しません。しかし飯を食って行かねばなりませんので、とにかく紹介していただきたい」

成彬は、ハーバード大学で銀行業に関して学ばなかったわけではないが、さほど興味を覚えていたわけではなかった。

「それでは正金《しょうきん》の園田《そのだ》君に紹介状を書きますよ。なんとかしてくれると思います」

正金とは横浜正金銀行のことで、明治十三年（一八八〇年）に内外貿易金融円滑化のために、福沢諭吉と当時の大蔵卿であった大隈重信の尽力によって作られた銀行だ。

成彬は、小幡の紹介状を携えて頭取の園田孝吉に会った。

園田は、紹介状を見ると、あっけないほどに「採用しましょう」と言った。

ところが、「ただ今すぐではなく十二月まで待ってくれないか。空きがないのだ」と園田は言った。

「わかりました」

成彬は答えた。今、十一月だから十二月まで待つくらいはなんでもないことだ。

成彬は、横浜正金銀行に入行することを決めた。これで父成章の怒りも収まるだろう。

成彬は、小幡に結果を報告しようと思っていたら、小幡から使いが来た。

成彬は慶応義塾の小幡の部屋に入った。

「園田頭取への紹介状はありがとうございました……」

「その件はもういい。昨晩、三井銀行の波多野《はたの》君に会ったら採用すると言ってくれた」

波多野承五郎《しようごろう》は、三井銀行本店支配人だ。その後政界に転じ、衆議院議員としても活躍する。波多野の別邸が、東京・小金井市にある滄浪泉園《そうろうせんえん》で今も清澄《せいちよう》な水を湛《たた》えている。

「それでは私が困ります。園田頭取には、正金に入行する旨、約束いたしました」

「構わないよ」

小幡はあっさりと言う。

「そうはおっしゃいましても、先生の紹介状で園田頭取に頼み、そして私を引き受けてくださったのですよ」

成彬は困惑した。

「園田君には私のほうから断わっておく。すぐにこの紹介状をもって波多野君のところに行きなさい」

小幡は、手際よく紹介状を用意していた。

「園田頭取のことはお願いしてよろしいのですね」

成彬は、小幡に念を押した。小幡は、うんうんとうなずいた。

何かと世話になっている小幡からの話なので、断わるわけにもいかない。成彬はすぐに三井銀行に向かった。

成彬は波多野に会った。

「小幡先生のご推薦もあるから、入ってくれていいよ」

波多野は言った。

「条件がございます」

成彬は腹を据《す》えた。

「言ってみなさい」

「月給が五十円以下ではお受けできません」

成彬は、きっぱりと言った。ここできちんとしておかなければ、後でまた辞めることになりかねない。

「三井銀行には、賞与というものがある。君は、毎月五十円以上、欲しいのか。賞与を入れて平均五十円以上になればいいのか、どっちだね」

波多野は、生意気なことを要求するという不愉快さも見せなかった。

「賞与を入れて五十円以上でよろしいでしょう」

成彬は答えた。

「それじゃあ決まりだ。君は三十円の四等手代で入ってもらう。このまますぐに専務理事の中上川さんのところに挨拶に行ってくれ」

波多野は言った。

「私は銀行のことなど何も知りませんが」

成彬は言った。

「今、当行は、中上川さんのもとで改革の真っ最中だ。人材がいくらでも欲しい。かく言う私も朝野《ちょうや》新聞を主宰《しゅさい》しているときに、中上川さんに誘われて入行したんだ。銀行のことなど知らなかったよ」

波多野は威勢よく笑った。

「私も時事新報にいましたが……」

成彬は三週間と言うのははばかられた。

「中上川さんは、時事新報の社長だったことは知っているよね。だからかな、うちは新聞記者上がりが多いね。大阪支店長の高橋義雄さん、京都支店長の小野友次郎さんなどだ。塾出身者ばかりだから気兼ねしなくていい」

波多野は明るい。

成彬は、中上川に会った。

「明日から来なさい」

中上川は言った。恰幅《かっぷく》がよく大柄だが、頭の毛が薄くて無愛想な男だった。

成彬は三井銀行に入ることになった。


ちょっとしたトラブルがあった。

商工クラブで、慶応義塾理財科の教師であるドロッパーズに会った。

「園田が怒っていたよ」

「どうしてか?」

「池田は三井銀行に入ったのだろう?」

「そうだ」

「だから園田が怒っている。園田に頼んで、採用すると言ったのに、君は断わりなしに三井銀行で働いているのだろう」

ドロッパーズが真面目な顔で言う。

「それは違う。小幡先生が、園田頭取には断わっておくから差し支えないとおっしゃったので、それで三井に入ったのだ」

成彬は驚いた。

「それならきちんと釈明しておいたほうがいいね」

ドロッパーズは言った。

成彬はあわてて小幡のところに駆け込んだ。説明を求めると、「忘れていた」とのんきに言った。

成彬は、後年、園田に会い、釈明してこのエピソードは笑い話となるが、小幡に任せっきりにするところなどを見ると、成彬はなにかと細かいところに気が回るほうではなさそうだ。

慶応義塾の塾監をしていた益田英次は、「池田は三井銀行へ行ったそうだが、成功しないぞ、あれは元禄《げんろく》武士だから」と言った。

元禄武士とは、剣を振り回さない惰弱《だじやく》な武士という意味だろうか。それは当ってはいない。とにかく真っすぐで、世渡りなどということをこれっぽっちも考えない。そういうことに関心がない男だった。その意味では、成彬は、余計な飾りのない剣のような武士だったのだろう。

5

当時の三井銀行は、決して安泰ではなかった。

五年前の明治二十三年（一八九〇年）の三井銀行の貸出金は千八百三十二万五千余円。そのうち不良債権は六百八万七千余円だった。貸出金の三分の一が不良化していたのだ。

これは景気の悪化と、官金を扱っていることもあって官僚や政治家の無理な貸出要求を受け入れていたからだ。

明治の元勲《げんくん》井上馨《かおる》は、三井家の相談相手だったが、この事態をなんとかしなくてはならないと白羽《しらは》の矢を立てたのが、中上川彦次郎だった。

中上川は、英国に留学しているときに井上と知り合った。中上川の才能を高く買った井上が工部卿になったとき、彼を工部省に呼んだほどだ。

中上川は井上から三井銀行の再建を頼まれたとき、叔父である福沢諭吉に相談している。

中上川は、諭吉の姉（婉《えん》）の長男である。

福沢は、中上川の相談に対して、他の人材ではだめだ、「差詰《さしづ》め足下《そつか》にこそ可有《これある》之《べし》」と、中上川本人の三井入りを勧めた。

中上川は、早速、改革に着手した。この改革は、福沢が「大伽藍《だいがらん》の掃除」と呼んだほどの大がかりなものだった。

不良債権の処理、内部改革はもちろんのことだが、経営の自主性の確立に努め、三井財閥を商業資本家から産業資本家に成長させ、銀行をその中核に据えようとするものだった。

中上川は永年滞《とどこお》っていた京都東本願寺への百万円の無担保融資を、「阿弥陀如来《あみだにょらい》の差し押さえも辞さず」という強い姿勢で回収するなど、銀行の健全化を推し進めるとともに、融資の紀律《きりつ》を確立していった。

とにかく意志が強く、信念の人であったと、成彬は後に回顧《かいこ》している。

あるとき、井上馨が先祖の自慢をしていた。周りにいる者たちも井上に追従《ついしょう》し、大いに自慢話に花を咲かせていた。

井上が「中上川君の先祖はどういうのかね」と訊いた。中上川だけが不機嫌そうな顔をして、話題に入ってこなかったからだ。

中上川は「中上川というから、多分、先祖は相撲《すもう》取りか何かでしょう」と無愛想に答えた。井上はその返事に不愉快な顔をした。周りの者は、井上にさえ媚《こ》びない中上川に驚いたという。

こんないっこく者の中上川に率いられた三井銀行に成彬は飛び込んだのだが、すぐに自分には向かないと思ってしまった。

「つまらないな」

成彬は、調査係に配属になったが、やることなどない。

周りには大学を卒業して入行してきた者は、まだ数えるほどしかいない。皆、縞《しま》の着物に縞の羽織、角帯《かくおび》という番頭さんの恰好《かっこう》。まさに手代というにふさわしい。

成彬は退屈しのぎに周囲の話に耳を傾けた。

「おい、お前の買った株、相当上がったじゃないか」

「そうなんだよ。まさかね、ボロ株だったのにね」

「呑ませろよ。以前、儲《もう》かったとき奢《おご》ってやったじゃねえか」

「ああいいよ。新橋の例の料理屋に行くか。あそこなら飯もうまい。芸者もそこそこいいのがいる」

「あの店より、向島《むこうじま》がいいな。いい芸者を知っているよ」

成彬は、あまりの下らなさに、

「うん」

めた。
と咳払《せきばら》いをした。一斉《いっせい》に、彼らが成彬を見た。彼らは話をやめて、算盤《そろばん》を弾き始
成彬は、席を立った。なんだか同じ空気を吸うのが嫌になった。ぶらぶらと廊下
を歩いた。
「せっかくアメリカの大学を出たというのに、なんたる職場だ。株と酒と芸者の話
ばかり。せめて外国や日本経済の話でもしたらどうだ」
成彬は慷慨《こうがい》した。
「どうした。何をぶつぶつ言っているんだ」
調査係長の鈴木梅四郎とばったり鉢合わせした。
鈴木は、慶応義塾の演説館の常連だ。後に犬養毅の立憲国民党で幹事長になるく
らいだから、この時も押し出しがいい。三井銀行へは成彬より一年前の明治二十七
年に、演説館仲間の柳荘太郎と一緒に入行していた。
「下らない職場に入ったと思っているところです」
「まあ、そう言うな。この世の中は下らないことが多いものだ。池田は飯を食うた
めに銀行に入ったのだろう。だったらしっかりやれ。時事みたいに三週間で辞める
んじゃないぞ」
「それはないでしょう。郷里の父から、時事を辞めたことはあまりに軽率であると

厳しく叱られましたから」

「ところで、ひとつ仕事をしてくれるか」

「なんでしょうか」

「近いうちに勧業銀行ができるらしい。それができた場合の当行への影響を報告してくれ」

農工業のために、明治二十九年（一八九六年）に日本勧業銀行法が制定され、翌三十年に日本勧業銀行ができることになる。

「わかりました」

「ハーバード出らしい報告を頼んだよ」

鈴木は肩を揺らしながら歩き去った。

「ぶつぶつ言っていても仕方がない。仕事にかかるか」

成彬は鈴木の後ろ姿をいつまでも見ていた。

6

成彬は自分のことを、どちらかというとぼんやりしていると思っている。

たしかに給料にこだわるなど、他人より細かい面はある。しかしそれは留学で実家の財産を激減させ、借金までさせたということからくるものだ。実家は当てにできないし、むしろ建て直すことさえ考えねばならない。いつになるかは知らないけれど。

ぼんやりというのは、出世に関することだ。地位や権勢に関する欲とでもいうべきものだ。

周りを見ていると、もっといい地位につきたい、いい支店で勤務したいなどの目的を達成するために、積極的に運動している者もいる。しかしそういうことを、成彬は一切しなかった。

後年、人から成彬は「あなたは『欲のない人』だと言われておりますが、それはやはり修養の結果なのでしょうか、どういう心がけでそういう無欲の境地《きょうち》に至られたのでしょうか」と尋《たず》ねられ、次のように答えている。

「それはこういうところから出てきたのですよ。たいしたことじゃないんです。大分古い話で、雑誌の名前もハッキリ覚えてはいないが、あるところで池田成彬の人物評論をやった。――それによると、池田という男は喋《しゃべ》ることが下手で、学問だってたいしたものではない。商売にかけては安川（雄之助氏）の片腕にも及ばないし、外国のことだって米山（梅吉氏）ほどにも知ってはいない。こういう風に考えてみると、池田という男には別に取柄《とりえ》がない。――全く、その通りですがね。

――その取柄のない池田が世間に出ると床の間に坐る、人が池田、池田と言ってかつぐ、これはどういうわけかと考えてみると、池田という男には欲がない、私欲がない、これが原因だろう。こういうことを書いておった。それで人が、池田という奴は別に取柄はないけれども、私欲のない人物だというようになったのだと思う。

第一にはまず金のほうだが、これは一生月給をもらって過ごしてきた。食うだけのことは必要だったけれども、それ以上に儲けようとか、儲けて使おうとか、そういったことを考えたことがない。職業が職業であるから、儲け話なども耳にするけれども、その時はそんなに儲かるのかなと思っても、一晩たつと忘れてしまう。あの株を買っておけばよいとか、どこそこの会社は増資するとか、その時は興味を持って聴いているが、翌日になるとすっかり忘れてしまって、覚えていたことがない。それだけたしかに自分には金をこしらえようという考えがないのだと思っている。

次に、地位や権勢に対する欲――こういうものについても私ははなはだ鈍感であった。銀行にいるときでも、その他の社会に出て行ってもこれだけは八十三歳の今日まで確かだと思っていることは、私はいまだかつて自分の地位について運動をしたということは一遍《いっぺん》もない」

安川は三井物産筆頭常務、米山は三井銀行常務から三井信託銀行社長になった人物だ。

この私欲のなさが、銀行家として、また政治家としての成彬を形成する重要な基盤となった。

また、藤山雷太《らいた》から会社を共同で設立しようと持ちかけられた際のエピソードも、成彬の人物像をよく表している。

藤山は、三井銀行から大日本精糖の社長になり、一代で藤山コンツェルンを築き上げた事業家だ。

藤山は、成彬に「お前は男の子をたくさん持っていて将来どうするつもりか知らんが、俺と共同で会社を作っておいて、子供たちを将来そこの重役にして仕事をさせることを考えてはどうか」と言った。

それに対して成彬は「第一僕には、何か仕事をして金を儲けようという考えは毛頭《もうとう》ない。第二には子供をいきなり重役にするということはあまり感心しない。そういうわけで、ちょっと君とは考えが違うから断わる」ときっぱりと言った。それ以来、藤山は二度とそういう話は持ってこなかったという。

藤山にしてみれば、給料だけで窮屈な暮らしをしている成彬を見るに見かねた上での誘いだろうが、それをも撥《は》ねつけてしまうところが、いかにも成彬らしい。

こうした自分の姿勢を、成彬は「ぼんやり」という言葉で表現しているが、無理に私欲のなさを演出していないところが、この男の凄《すご》みでもあるのだろう。

そうは言うものの、「ぼんやり」している成彬には一向に仕事らしい仕事が回ってこない。

自分より後に入ってきた者たちが、どんどん支店長になっていく。出世欲はないが、自分よりはるかに実力が劣っていると思う者が、自分より先に支店長になっていくのはやはり不満だった。プライドが許さない。

どうも困った男だ。またぞろ辞めてしまえ病が頭をもたげてきた。しかし今度は辛うじて踏みとどまっている。父成章の怒った顔が浮かぶからだ。この顔が浮かんでいるうちにいい仕事がないと、成彬は辞めてしまうかもしれない。

調査係で全国の金利統計をする。北海道の小樽《おたる》が日歩《ひぶ》三銭《せん》、大阪が日歩一銭五厘《りん》、足して二で割って全国平均は二銭二厘五毛《もう》。何ともいい加減な方法で算出していた。

しかし徐々に改善されてきて、小樽から長崎までの預金、貸出金残高を電信で報告させ、役員に報告できるようにもなってきた。

成彬の月給も三十円から四十円になった。これは中上川の改革の一つだ。中上川は、官と民との給与格差を埋めようとしていた。この格差が官尊民卑《かんそんみんぴ》を生むと考えていたからだ。

成彬は中上川に呼ばれた。

「君の勧業銀行に関する報告を読んだ。なかなかうまく書けていた」

滅多に人をほめない中上川が成彬をほめ、わずかに顔をほころばせた。

「ありがとうございます」

成彬は礼を言った。報告書には自信があった。勧業銀行ができても、三井銀行には影響がないという結論だった。

しかし成彬は、異動の辞令ではなかったのかという気持ちだった。その思いを悟《さと》ったかのように中上川は、

「君に大阪支店勤務を発令する。向こうではつまらん仕事はしなくていい。ただし大阪というものを良く観察し、支店全体の動きを見ておれ」

と言った。

「何もしなくていいのですか」

成彬は訊いた。

辞令はうれしいが、何もしなくていいというのは、どうなのだろうか。

「本当に何もしなくていい。向こうでは預金係長などをやらせようとするだろうが、そんなものしなくて構わない」

中上川は、それだけ言うと再び無愛想になった。

こうなるといかに成彬でも質問を続けることはできない。

「頑張ってくれ」

中上川は言った。

成彬は、中上川の部屋を退出した。何もしなくていいのに頑張ってくれとは？

成彬は首を傾《かし》げながらも、中上川にほめられたことがうれしかった。

中上川は、成彬が時事新報を三週間で辞めたことを当然、知っていた。そこで報告書を読んで成彬の優秀さに気付き、何か変化を与えなければ辞めてしまうと思ったのではないだろうか。それがこの何もしなくてよいという辞令になったのだろう。

「池田さんは確か『財界回顧』の中で入行当時月給の上がりが悪かったとか、昇進が遅かったといわれておりますが、私どもから見ますと、池田さん、米山さんは三井銀行きっての出世頭で、むしろ他から羨望《せんぼう》されておられた位と思います」

これは成彬の部下として四十四年の付き合いがあった万代《ばんだい》順四郎（元三井銀行会長）の思い出話である。

成彬の初の支店勤務は、無任所での大阪支店となった。

なにをさておいても中上川に認められたことが、成彬が三井銀行で頭角《とうかく》を現す契機になったことは間違いない。

第四章　出世街道

1

明治二十九年（一八九六年）八月、池田成彬《せいひん》は大阪支店に赴任した。

「池田さんは、取り敢《あ》えず係長の役職にするが、それは重役の命令でやったことであり、私の相談相手だから席は私と同じところにおいてもらう。みんなも池田さんを私だと思ってよく言うことを聞くように」

支店長の上柳清助は行員に向かって成彬を紹介した。成彬は傍で聞いていて、多少くすぐったくはあったが、悪い気分ではなかった。

かぶっていたロンドンの紳士のような山高帽を取り、よろしく頼むと頭を下げた。大方の行員は着物姿だったため、成彬の背広姿を珍しそうに見ていた。

ところが着任の挨拶から数日経っても成彬は忙しく働く行員たちをぼんやりと眺

めて英字新聞を広げるだけだった。何もやることがないのだ。退屈で仕方がない。

誰からとなく「きざな奴やなぁ」という声が成彬の耳にも入ってきた。はっきり言って上柳も成彬の扱いに苦慮していた。態度だけ見ていると、どっちが支店長だかわからない。上柳はいそいそと支店内を動き回っているのに、成彬はなんとも落ち着いた素振りだからだ。

しかし成彬のほうもさすがに参っていた。何もしなくていいからと大阪支店に来たものの、何もしないことがこんなにつらいとは思わなかった。

中上川《なかみがわ》彦次郎に認められて大阪に転勤になったと思ったが、体《てい》のいい島流しにあったのではないだろうか。ふと疑心が湧き起こってくる。それでも何もするなと言われている以上、するわけにもいかない。

「英字新聞を熱心にお読みだが、何か面白いことが載っておりますかな」

上柳が成彬に話しかけた。

「とくに、面白いことはありませんが、四月にギリシャで第一回オリンピックというものが開催されたことくらいです」

「オリンピック？　それはなんですか？」

「世界の国々が集まって、走ったり、跳んだりの競技を行います」

「欧州は変わったことをやりますな。大きな遊戯大会みたいなものですか」

「スポーツと言って、戦争ではなく走る速さや跳躍の距離などで競うものです。いずれは我が国も参加することになるでしょう」

上柳は、ふんと言ったきり関心がなさそうに書類を見始めた。

「毎日、何もしないのは退屈ではありませんか」

成彬に近づいてきたのは小林一三《いちぞう》だ。小林は後に阪急を創業し、そのトップとなり、商工大臣などを務めるが、この頃は大阪支店の少しひねくれたところのある行員だった。

「退屈だが、仕方がない」

成彬は答えた。

「大阪に来た以上は、商売を覚えて帰らないといけませんね」

「商売ね？　僕はあまり金儲けに関心がない」

「それはいけません。人の営みは金儲けが目的です。池田さんも金はあったほうがいいでしょう」

小林は挑むような目で向かってくる。成彬は面白い男だと思った。自分とは全く毛色が違うが、評判よりずっと優秀な男のようだ。

「金は欲しい。しかし必要以上はいらないというのが僕の主義だ。君は違うようだね」

「私は、いずれ事業を興《おこ》すつもりです。そのときに池田さんがこの銀行で偉くなっておられたら、よろしくお願いします」

小林は成彬を見据えながら、頭を下げた。

「頼りにしてもらってうれしいが、僕はこんな調子だから、出世はしないと思うよ」

「そんなことはありません。まあ、せいぜい大阪をよく勉強してください」

小林は忙しそうな様子で小走りに去っていった。

成彬は上柳に言った。

「面白い男ですね」

「まあまあと違いますか？」

上柳は書類から顔を上げずに答えた。

成彬は商売とは全く縁のない武士の家に生まれたが、この商都大阪には、小林のように商人に生まれついたような感覚をもった者が、各地から集まっているのだろう。もしかしたら中上川は、大阪で東京とは違う商売の空気を成彬に吸わせようとしたのかもしれない。

その頃、三井銀行では中上川の改革が進行していた。

中上川の改革の骨子は二つだった。一つは人材の採用と登用。もう一つは三井の資産を活用するプライベートバンクを作ることだ。このプライベートバンクは三井財閥の機関銀行というイメージだが、中上川の改革の方向を見ていると、今日で言う投資銀行的な銀行にし、広く工業に投資しようとしていたようだ。いわば三井銀行の工業化だ。

人材では成彬などの慶応義塾出身者を多く入行させた。

中上川に採用された者の多くは後に日本経済界の中心として活躍する。和田豊治《とよじ》（富士紡績）、武藤山治《むとうさんじ》（鐘紡《かねぼう》）、藤原銀次郎（王子製紙）、藤山雷太《らいた》（大日本精糖）などだ。（　）内は彼らが代表を務めた会社名だが、当時の錚々《そうそう》たる企業ばかりだ。

第二次世界大戦後、日本興業銀行が日本経済への人材供給源と言われたことがあったが、日本資本主義勃興、確立期である明治、大正期においては三井銀行がその役割を果たした。

それは一方で、中上川の人物を見る鑑識眼の確かさを証明していることでもあるだろう。

中上川の人材育成方法は、思いきったものだった。まず給料を引き上げた。当時、慶応義塾大学を卒業しても初任給は八円程度だった。それが官僚になれば五十円もらうことができた。これでは官尊民卑《かんそんみんぴ》がひどくなるばかりで、実際、民間人は官僚の前では媚《こ》びへつらうのが一般的だった。

これではいけないと考えた中上川は、三井銀行の行員の給料をぐいぐいと引き上げた。これは本当にぐいぐいと言ってよい。成彬なども月給三十円で入り、何もしないのに数ヶ月後には四十円になった。その代わり、役得とばかりに客から金銭を受け取るような不正は断じて許さなかった。

加えて入行早々から重要な仕事につけた。成彬は自分の登用が遅いと不満を漏らしていたが、実際、彼より後に入行した者が支店長などに登用されていった。

彼らは支店長会議があると、中上川の前で三時間も四時間も滔々《とうとう》と演説をする。現地の経済事情からはじまって、預金貸出金の状況などを解説するのだ。そうした書生っぽさを大事にしていたのが、中上川の教育だった。

もう一つの三井銀行の工業化については、中上川は工業部という組織を設けて朝《あさ》吹《ぶき》英二を理事にし、鐘紡の経営に介入するなどした。そのほか、王子製紙や芝浦製作所などを銀行の傘下《さんか》に置いた。

中上川の考えは、「預金は借金である」ということだった。

多くの一般庶民から金を預かって投資するなどということをしてはならない。それは請求があれば返済しなくてはならない借金だ。それよりは三井自身の金で投資すべきだ。こういう考えだった。

このため不良債権には非常に厳しい態度で臨《のぞ》んだ。

中上川が三井銀行に入ったときは情実融資が横行し、巨額の不良債権を抱えていた時期だった。そこで中上川は東本願寺に阿弥陀如来を差し押さえるぞと言ったり、桂太郎邸を実際に差し押さえたり、強硬な手段で債権回収を実行した。当然ながら、親しい人間からさえ恨まれていくことになってしまった。

2

中上川の手によって、三井銀行がものすごいスピードで近代的な銀行に生まれ変わろうとしているさ中にもかかわらず、成彬は大阪でぼんやりとしていた。

「池田君、君にやってもらいたい仕事がある」

貸付係長の菊本直次郎がやってきた。菊本は後に三井銀行頭取になる。

「なんでしょうか」

成彬は英字新聞を置いて、立ち上がった。やることがないので仕事ならなんでも請《う》けるという気持ちだった。

「中上川さんが鐘紡の会長を兼ねておられるのは、ご存知ですよね」

菊本が訊《き》いた。

「ええ、存じ上げています」

成彬は答えた。

「その鐘紡と大阪の紡績会社の組合の仲が険悪なんです」

「どういうことでしょうか」

「職工の争奪戦ですよ。鐘紡の待遇がいいですから、職工が集まって来る。そうはさせじと地場の紡績会社が鐘紡から職工を引き抜く。これで喧嘩《けんか》です」

菊本がうんざりしたような顔で言った。

明治二十六年（一八九三年）、三井は鐘紡の経営権を握り、中上川が会長、朝吹が専務になり、関西工場には武藤山治を責任者に抜擢《ばってき》した。

武藤は職工の待遇改善に努めたため、他の紡績会社から職工が鐘紡に続々と転職してきた。

これに怒った地場の紡績会社は、運送会社や綿花商に、鐘紡との取引を止めるように新聞に広告を掲載したり、暴力団に頼んで職工を誘拐したり、実力行使に出た。職工を鐘紡から誘拐してくると、暴力団に三円から五円、職工本人には一円支給するというものだった。この結果、鐘紡は苦境に陥《おちい》った。

「それで私に何をしろとおっしゃるのですか？」

「中上川さんからの直接の指示で、地場の紡績会社を懲《こ》らしめる警告文を書けというのです」

「銀行家らしくない話ですね」

成彬も顔をゆがめた。

「そうですけど、中上川さんは相当お怒りで、鐘紡の邪魔をする奴は許さん。三井銀行の力でなんとかしろということになりましてね」

「銀行に逆らったら融資を止める、引き上げると警告するんですか」

成彬は気が進まない。だいたい横暴だ。職工の争奪戦に銀行がしゃしゃり出て、融資をしているという優越した立場を利用して、事態を強引に収めようとするなどというのは、地場にしこりを残すだけだ。

「どうしてもやらねばならないんですか？」

「中上川さんの工業化方針は徹底していますからね」

菊本は情けない顔で言った。

成彬は中上川の悪い評判を聞いていた。工業化を焦《あせ》るように急いでいるというのだ。

北海道炭礦《たんこう》汽船の株を買い占め、炭鉱業界の統合を画策するなど、産業を金融面から支えるという、銀行業の域を逸脱しているようなことも行っていた。

こうした中上川の工業化の方針に対して、このままでは三井の中で銀行が抜きんでた力を持ってしまうと懸念した、三井物産の益田孝が商業主義を掲げて抵抗してきた。

それに中上川の後ろ盾であった井上馨《かおる》までが、益田の味方をし始めていたのだ。中上川は生来の剛直さで改革を進めようとしているが、三井内部の抵抗は大きくなるばかりだった。

「でも工業化の強引な推進には、三井内部でも不協和音があると聞きますが……」

成彬は言った。

「まあ、意見はいろいろありますが、中上川さんのご意向ですからやってくれませんか」

菊本は苦しそうに言った。

成彬は引き受けることにした。中上川が成彬の文章力や分析力を認めてくれているように思ったからだ。それは仕事がなくて退屈している身には、久しぶりに刺激的な仕事だった。

もともと中上川は、成彬をさほど評価していたわけではなかった。採用時も「学者みたいな奴はいらない」と言っていた。それを本店支配人の波多野承五郎が、「三井銀行は大銀行だから、学者の一人や二人いてもいい」と援護してくれたために採用になった。

しかしあまり評価してくれなかった中上川が、自分への評価を高めてくれているのはうれしく思った。

「やりましょう」

成彬は菊本に言った。

「やってくれますか。よかった、よかった」

菊本は成彬に職工争奪戦の状況を詳しく話して、後はお任せしますと去っていった。

成彬は机に向かった。

「何をしておられるのですか?」

小林が近づいてきた。

「鐘紡の職工を奪うなという警告文を書いているのだよ」

成彬は答えた。

小林は薄ら笑いを浮かべた。

「何かおかしいか?」

「東京人は堅いですね。警告文を出すには、出した後をうまくやらないと、地場から銀行は総スカンを食らいます。まとめ方が大事です。それに……」

「それになんだい?」

「池田さんも堅苦しい、融通のきかない人と思われます。ですから、せいぜい色んな人と交際されたほうがいいと思います。私から見たら、池田さんは相当に魅力のある人です。この大阪で人の脈をつかんだら良いのと違いますか」

「小林君、君のアドバイスは感謝する。僕もそのように努力するつもりだよ。どうも僕は気難しく見えるらしいからね」

成彬は小林のアドバイスを素直に受けとめた。それにしても、この小林は不思議な魅力を持った男だ。

成彬は、筆をとった。こうなると早い。もともと文章を書くのは好きなほうだからなおさらだ。

成彬は、まるで中上川が乗り移ったかのように筆を走らせた。

鐘紡に逆らうA紡績会社に対する三井銀行の融資を止める、B紡績会社の株は担保に取らないなど、激烈な文章を書き連ねた。

「できました」

成彬は菊本に見せた。

菊本はそれを読み、深刻そうな顔で成彬を見た。この菊本という男は、まだまだ腹が据わっていないところがある。

「えらく厳しいですねえ。大騒ぎになるでしょうね」

「地場の紡績会社に対する融資額は三百万円程度ですが、大阪には三井銀行の代わりをする銀行がありません。個人に借りようと思っても、金持ちもさほどおりません。パニックになるでしょう」

「大変なことになりますねぇ」

菊本は途方に暮れた顔をした。

「誰か仲裁に入る人を、事前に決めておかれればいいと思います」

成彬は先ほどの小林のアドバイスを思い出した。

「仲裁人ねぇ。誰がいいでしょうか。まあ中上川さんの言いつけですから、警告文は送りますけどね。上柳支店長に仲裁人を考えてもらっておきましょう」

菊本は憂鬱《ゆううつ》そうな顔で言った。

予想通り、成彬の書いた警告文は大阪の紡績会社を恐慌に陥《おとしい》れた。中上川は、それを聞いて大いに喜んだという。学者も役に立つとでも言ったかもしれない。

結局、日銀総裁の岩崎弥之助が鐘紡と大阪の紡績会社の仲裁に立ち、騒動はおさまった。

成彬の大阪支店勤務での大きな仕事といえば、この警告文の作成だけだった。

後はお見合い話を断わったことくらいだろうか。

ある日、行員の母親が訪ねてきて、あろうことか上柳の娘を紹介してきた。上柳も水臭い。日頃、顔を合わせているのだから、自分の口から言えばいいものを、他人を介《かい》するから断わるのに苦労した。

断わる理由としては、二つ考えた。

多額の金を費やして学問を修めたのに、いまだに支店長にもなれない。こんな不《ふ》甲斐《がい》ないことでは、いずれこのまま銀行に勤め続けるかどうか、決断を迫られるときがくる。そのときに結婚していると煩《わずら》わしい。

もう一つは金がないということだ。

それにしても大阪暮らしには金がかかった。とにかく人脈こそ財産という信念で、人付き合いに金を惜しみなく使ったからだ。

小林からも人脈を築くように言われたが、成彬は、付き合いでかさむ費用を父成《せい》章《しょう》に借り受けるときに次のように手紙を書いている。

「交際につとむるにあらざれば長く人に誤られて、三井銀行内の栄達望むべからずと思いたり」

外見はきざで学者然としている成彬が自分をアピールするためには、他人との交際を深めるしかないと思った。これは成章に対して生活費の無心のためにひねり出した理由のようにも思えなくもないが、その後の人生を見ていると成彬は、とにかく〝人こそ財産〟の考えを貫き通したことは間違いない。

多くの人との交際に精を出していると、ようやく明治三十年（一八九七年）十二月二十日、足利《あしかが》支店に支店長として赴任しろと辞令を受ける。

この人事も中上川が決めたことだ。本店では成彬を秘書記主任（総務部長）にしようという声があがったが、中上川が反対した。

中上川にしてみれば、秘書記主任というポストは、成彬の持つ生真面目《きまじめ》で、融通の利《き》かない印象そのもののように思えたに違いない。いわば外見から受ける印象に、はまりすぎるポストなのだ。これでは成彬を小さく育ててしまうと、中上川は懸念したのだろう。

現場で鍛えろというのが中上川の方針だ。現場で鍛えて、そこから這《は》い上がってこそ本物のリーダーが生まれる。

成彬は、その中上川の方針に従って、足利支店に送られた。

3

成彬にとっては待ちに待った支店長だ。月給も八十円に上がり、支店長手当が二十五円もつく。何かと物入りな成彬にはうれしい限りだった。

十二月二十八日午前十一時に上野駅を発《た》ち、足利駅に着いたのは午後四時だ。駅には行員が迎えに来ており、そのまま支店に連れて行かれ、行員たちに挨拶をした。初谷という旅館に投宿することになったが、その夜には新旧支店長の歓送迎会が開かれた。

翌日も前任支店長田宮善次郎とともに取引先に招待され、歓送迎会が行われた。地元の料亭だが、大阪に比べるとたいした料亭ではない。

またその翌日は、足利町の有志による歓送迎会。

会の始まる時刻になると羽織袴をつけた発起人がやってきた。なんとも大げさなことだと驚いたが、彼らに会場へ案内されると、庭には赤提灯《あかちょうちん》に万国旗が飾られ、歓送迎会というより何かの開業式典のように思えた。

出席者は、銀行員、取引先会社員、町会議員、高額納税者など百名以上もいた。彼らが足利町の主要な人物たちだという説明を受けた。

宴会は盛り上がり、いつ果てるかもわからないため、正宗《まさむね》の一樽を新旧支店長名で届けて、午後九時には退出した。大変な歓迎ぶりでうれしいのだが、明日は大晦日だ。一年で最も多忙な日だ。それにいささか疲れ気味だった。

大晦日の三十一日は、猛烈な忙しさだったが、午後八時に行員を帰宅させることができた。

支店決算が行われたが、純益は一万二千円ほど。大阪支店の六万四千円に比ぶべくもない。三井銀行全体で五十八万円の利益だから、足利支店はその約二パーセントだ。

数字の小ささに少しがっくりすると、頭が痛くなった。風邪を引いてしまったらしい。連日の歓送迎会疲れが出たようだ。

成彬は、新しい年を布団の中で風邪による頭痛とともに迎えた。なんとも締まらない話だった。

明けて新年の成彬の初仕事は田宮の残した問題債権の整理だった。

前橋、伊勢崎、桐生《きりゅう》、足利、佐野の辺りでは年間一千万円の絹織物が生産される。足利支店はそれに関係する融資を行うために開設されたのだが、田宮は初代支店長として問題の多い支店経営を行っていた。

成彬が支店の貸出状況を厳しく精査してみると、田宮は初代支店長として功を焦ったのか、本店と協議せずに不適当な担保を取ってむやみに貸出を増やし、多くを焦げ付かせていた。

加えて田宮はひどく評判の悪い男だった。

行員の中には、「田宮の肉を食ってやる」と息巻く者がいたという噂《うわさ》も耳にしていた。また銀行の経費の私的濫用《らんよう》や客との癒着という事実も判明した。

成彬は、田宮の行状を本店に報告しようと考えないでもなかったが、やめた。そんなことに係わりあっているより、支店の経営を健全化するほうを優先したのだ。

まずは、田宮と癒着していたと思われる中島という男との取引を停止することだった。彼のことは、田宮からくれぐれもよろしくと頼まれていた。

中島は成彬が着任した翌日の夜に、田宮とともに料亭で歓送迎会を開いてくれた。その後も何かと支店にやってきては、成彬に取り入ろうとしていた。

「中島の貸出を回収して、ゼロにしなさい」

成彬は部下に言った。

「ゼ、ゼロにですか」

部下は唇を震わせた。

「こんな信用状態が危うい男に、なぜ一万円以上もの無担保の貸出をやっているのだ。今のうちにすべて回収するように」

「でも……」

「君ができないのなら僕が交渉しようか。彼は当行から安く調達して、貧乏な人に暴利で貸している悪徳金融業者ではないか。こんな男に三井銀行の資金を使わせるべきではない。わかったかね」

部下は、これからの難しい交渉を想像して躊躇《ちゆうちよ》している。

「中島だけではないよ。相場《あいば》も引き上げなさい」

「相場さんもですか」

「たいした事業もやっていない男に、支店の総貸出金二十五万円のうち八万円も貸し出すなんて異常だよ」

「でも担保を取っていますが」

部下は回収をしたくないので、必死に食い下がってくる。

「あんな担保は書類だけで、担保もないも同然じゃないか。がけ地だったり、沼だったり、とてもまともに利用できる土地ではない」

成彬は強く言った。

「御覧になったのですか」

部下は驚いて目を見張った。着任早々の支店長が、自ら担保不動産を調査に行っているとは知らなかったのだ。

「この足で現地に行き、この目でしかと見させてもらったよ。何かね？　中島や相場からは貸出金が回収できない理由でもあるのか？」

成彬は不敵な笑《え》みを浮かべた。

部下は目を伏せた。

「君たちにも、前任の田宮支店長同様に中島たちの毒が回っているようだね。銀行というものは、多くの人たちの大事な資金を預かっている。多くの人たちから借金しているのと同じだ。借金をして、その金を別の人に貸す。その貸した金を焦げ付かせたらどうなると思うのだね。答えなさい」

成彬は部下の答えをじっと待った。

部下はしばらくうつむいていたが、ようやく顔を上げた。

「多くの人に借金を返せなくなり、迷惑をかけてしまいます」

部下は答えた。

「そうだね。三井銀行が借金を返せなくなってしまう。そんな恥ずかしいことはできない。だから経営内容の悪い者に対する貸出や情実融資、利益を生まない貸出など、三井銀行にふさわしくない貸出をやってはいけないのだよ」

成彬は諭《さと》すように言った。

「貸出に対する考え方をお聞かせください」

部下が成彬を真っすぐに見つめた。

「バランスシートだけでもいけない。現場だけでもいけない。この両方の間で迷うことでしょうね。バランスシートは良いけれども、どうも不安だと思えば現場に行ってみる。そこで真実がわかる場合がある。ところが現場に行ってみて、たとえば工場からどんどん製品が作られているのを見ると、安心して、つい融資したくなる。しかしそのときは、バランスシートに不審な点がないか、よく見なくてはならない。そうしないと現場に騙《だま》されることになる。いずれにしてもその二つの間で迷いつつ、私心を離れて判断することです。それで間違えば、自分の能力不足とあきらめ、責任を取ることでしょう」

成彬は、ゆっくりと言葉を確かめながら言った。

「わかりました」

部下は晴れ晴れとした顔で答えた。

「もし回収することで何かトラブルが起きるなら、責任はすべて僕が取る。しっかり回収して、もっと三井銀行にふさわしいところに貸出しようじゃないか」

成彬は軽く笑みを漏らした。部下に言っていることが、中上川の持論と同じだったからだ。預金は借金である、というのが中上川の持論だった。

「中上川さんが東本願寺の阿弥陀如来さえ差し押さえようとしたことに比べれば、たいしたことではない。中上川さんが三井を改革するなら、私は手始めにこの支店を改革するか……」

成彬は独りごちた。

予想通り、成彬の悪口を書く新聞が現れた。

成彬は日記に、「宇都宮に下野《しもつけ》新聞なるものあり。派出員を足利に置いて、ばりざんぼうの記事を掲げて喜ぶものなり。本日の雑報に別紙切抜きのごときものを出して余《よ》を誹謗《ひぼう》せり。如何《いか》に陋劣《ろうれつ》なる田舎新聞なればとて人を中傷《ちゅうしょう》するにも程あるものなり。一度は厳談を試すべしと思いたれども余の性向を知る者は彼が如《ごと》き記事を信ずべきにもあらず。真面目に談判して識者に笑われんも苦々《にがにが》しき次第なるを以《も》って見ぬふりをして過ごしたり」と書いた。

罵詈讒謗《ばりざんぼう》という言葉を仮名で書くあたりに、成彬の腹立ちがよくわかる。

成彬は四十歳過ぎの女性をお手伝いとして雇っていたが、彼女を成彬の愛人だという記事が掲載されたりもした。またそれを切り抜いて、本店に送る輩《やから》までいたのだ。ほとほと弱ったが、改革の手は緩《ゆる》めなかった。

これらの中傷記事は、中島や相場がやらせていると言いに来る人もいた。成彬もその通りだと思い、二人に対しては徹底して貸出金の回収を進めた。

部下が心配して、回収の手を緩めたほうがいいのではないかと言った。成彬は、「銀行家には銀行家の常識というものがある。これを田舎新聞に中傷されたくらいで曲げるわけにはいかない」と言い切った。まさに成彬の頑固さ、面目躍如である。

中島たち債務不履行の取引先には法律に則《のっと》り、訴訟をしてでも回収すべしという毅然《きぜん》とした方針を、部下に指示していた。

しかし心配がないわけではない。回収に伴うトラブルが激化し、三井銀行の評判を落とす可能性があるからだ。そう考えた成彬は中上川に事態を説明するために本店に行くことにした。

成彬にしてみれば、自分の方針を貫くために中上川の了解を得ておこうと思ったのだ。この辺りの慎重さ、用意周到さは成彬の持ち味でもある。

朝早く足利を発ち、四時間以上もかけて本店に到着した。なんとか予定を調整してもらい、中上川に会うことができた。

威圧するような大きな身体《からだ》の中上川に、やや無愛想な顔で見つめられると、さすがの成彬も気後《きおく》れする。

成彬は中上川の勢威に負けぬように胸を張り、支店の実情、債務不履行の取引先への訴訟方針を説明した。

「法律に則り訴訟して解決を図りたいと考えますが、そうすれば世間がうるさく騒ぎ、足利支店、ひいては当行にとって面白くない事態となりはせぬかと懸念するものであります」

成彬は話し終え、中上川の答えを緊張して待った。

「法律のやる通りにやりなさい」

中上川は答えた。

成彬は次の言葉を待った。しかし中上川は黙っていた。成彬としては、これ以上の言葉がなければ引き下がるしかない。

「ありがとうございました」

成彬は中上川の部屋を出た。

四時間以上も列車に揺られて来たのに、たった一言だけ。まるで電報みたいな返事じゃないか。

成彬は、多少がっかりするところもあった。もう少し言葉をかけてくれてもいいではないかと思ったからだ。

しかし思い直した。これで中上川の許可が得られたのだ。思う存分、やってやるという力が湧いてきた。中上川には、一旦「よし」と決めたら誰が何を言おうと貫き通す強さがあり、安心してついていくことができる信頼感があった。

成彬は中上川の言葉通り、法律に則り、債務不履行の取引先に対して厳しく対応した。

そのうち中島は音《ね》を上げ、どんなに高金利でも構わないから融資をしてくれと、貸付担当のところに頭を下げに来たが、当然、許さなかった。

成彬の改革は実《み》を結び、支店の経営内容は改善され、中島たちのような銀行を食い物にする輩は一掃された。

ある日、本店に支店経営の状況を報告に行った。昼食を食べようと食堂に入ったら、中上川と目があった。

「池田君、こっち、こっち」

中上川が呼ぶ。珍しいことだ。こんな場所で、中上川が声をかけてくることなどあり得ない。

成彬は緊張しながら近づいた。できれば一緒に食事はしたくない。食べ物が喉《のど》を通りそうにない。

「いかがいたしましたか」

成彬は訊いた。

「今、三井銀行で一番評判が悪いのは池田成彬だろうな」

中上川はにこりともせずに言った。

成彬は意味を測りかね、むっとした。

「しっかりやってくれ」

中上川は、そう言い残すとテーブルを離れていった。

中上川は三井の改革を進め、長老たちからいろいろと中傷めいたことを言われている。そのことを考えると、評判が悪いというのは、中上川流のほめ言葉なのだと思い直した。

成彬は、中上川の後ろ姿に軽く頭を下げた。

4

明治三十一年（一八九八年）八月、成彬は同僚の米山《よねやま》梅吉、丹幸馬《たんゆきま》とともに欧米出張を命じられた。

三井銀行に入行して三年で選抜され欧米出張を命じられるということは、成彬が極めて順調に出世していると言っていい。結局、成彬の支店勤務は大阪に一年四ヶ月、足利に八ヶ月だけとなった。

米山梅吉は、後に常務取締役から三井信託銀行社長になる。またロータリークラブの創設者でもある。丹は志なかばで亡くなった。

この欧米出張は中上川が発案し、成彬たちには英国の主要銀行の業務内容の調査、ロンドンにおける支店設置場所の選定から支店内の設備の据付方式まで、五十七項目におよぶ細かい指示がなされた。

成彬は、ロンドン支店の場所まで決めろという指示に、いささか負担を覚えていた。

中上川が成彬らを集めて、欧米出張の意義について話した。それは意外な内容だった。

「いずれは海外に支店を置き、海外業務を始めねばならないが、今は無理だ。だから君たちも三井が欧米に拠点を開設するようなことを言ってはならない。そんなことを言えば、横浜正金《しょうきん》が警戒して、三井物産に悪い影響を与えることになる」

中上川は、海外支店の開設などということは口外してはならんと言うのだった。三井銀行としては初めて海外に若手を出張させることであり、あまり大きな負担を強《し》いることのないように、中上川が配慮したのかもしれない。

この指示に関して成彬は、中上川の慎重さのせいだと日記に書いている。内心はほっとしたに違いない。

九月十三日、天候は曇り空で少し雨が降っている。午前六時五十分、多くの者に見送られ成彬は米山、丹と共に新橋駅を出発し、横浜に向かう。

横浜では三井銀行の支店で茶菓《さか》の接待を受ける。十時に横浜支店が手配してくれた小型船で欧米航路のゲーリック号に乗り込む。見送りの者たちも多数乗り込んだため、甲板上は混雑を極めた。

十一時過ぎには見送りの者たちも去り、午後一時、ゲーリック号は碇《いかり》を揚げた。

九月二十二日にハワイ・ホノルルに立ち寄ったが、その後あたりから太平洋上の風波が激しくなり、女性や子供の中には船酔いになる者が多く現れた。成彬たちは「骨牌《かるた》等を玩《もてあそ》ぶ例の如し」と、その無聊《ぶりょう》ぶりを日記に記している。無事九月三十日にサンフランシスコに到着する。

成彬は父成章に、「身体壮健毫《ごう》も平日と異ならず候《そうろう》に付《つき》御《ご》安神《あんしん》被成下度《くだされたく》候」と安着報告をしたためた。

十月一日午後六時、汽車でシカゴに向かい、八日午後二時、ようやく目的のニューヨークに着く。日本を出発してから二十五日目のことだった。

いよいよ研修の始まりだ。成彬は丹と共にナショナル・パーク・バンクに行く。成彬は簿記方、丹は紙幣勘定方に配属になった。一つの係を一、二週間ずつ経験し、約二ヶ月間で銀行全部の係を回ることになる。

成彬たちに銀行は親切に対応してくれたようで、貸出金や預金の仕組み、預金準備金のことなどを学んだ。

成彬は準備金の多さに驚き、「勿体《もったい》なき様《よう》に思われ申《もうし》候」と記している。後に成彬は取り付けなどに備えて、準備金をどの程度積むべきかを悩むことになるが、この銀行での経験が生きているのかもしれない。

明治三十二年（一八九九年）一月になり、ボストンに行く。この地の銀行の調査をしながらも、ハーバード大学留学時代に世話になった家庭や旧友を訪ねるなどの寛《くつろ》いだひと時を過ごした。

ただし世話になったケネディ家の人たちが病気で死亡したことを聞き、「同家は富裕の家なるのみならず一家克《よ》く和合して人事に不足なかりしに一朝《いっちょう》禍福《かふく》地を異《こと》にするに至る気の毒の次第なり」と記し、人生の無常も味わっている。

5

一月二十八日には、次の目的地である英国に向かって出航し、二月四日、リバプールに到着する。翌日午前十一時半、ロンドンには汽車で向かい、午後四時半に到着する。

ロンドンでは成彬らしく、身だしなみに気を配るところを見せている。

成彬はここで洋服を仕立て、エリザベス女王御用達の時計店で金時計を買うのだ。日本円にして約二百五十円もする高価なものだった。

成彬は、アメリカというのは男子の服装に頓着《とんちゃく》しない国であり出来合いの背広でよかったが、「英人は上下挙げて衣服装飾厳にして平時に礼帽を冠《かぶ》るの習慣」であるためだと言う。これで自信を持って銀行を訪ねることができると喜んでいる成彬の顔が浮かぶようだ。

しかしロンドンでは、ニューヨークほど歓待されなかった。

二月十三日、十四日と紹介状を持ってウエストミンスター銀行、ナショナル・プロヴィンシャル銀行を訪ねたが、成彬たちを研修生として受け入れてくれなかった。代わりにマネージャー（支配人）に対する質問なら許可すると言う。

十三日に、成彬は日銀の井上準之助を下宿に訪ねた。井上とは大阪支店時代から親しくしていたが、同じ時期にロンドンに派遣されていたのだ。

二人は、その後の激変する時代を共に信頼しつつ生き抜くことになるが、その日はたまたま井上は不在だった。成彬は少し力が抜けたが、自分がロンドンに来たこと、及び下宿の住所を管理人に知らせて帰った。

翌日の午後、井上が下宿を訪ねてきた。

成彬は、井上と夜遅くまで酒を酌《く》み交わしながら、英国の金融事情などを話した。そこで、なかなか英国の銀行が研修生として迎え入れてくれないことも話した。

「アメリカはおおらかに受け入れてくれたのだが、英国は難しい。なんとかならないのか」

「日本を出るときに俺に相談してくれたら、英国の銀行に研修生として入るのは、いかに難しいか教えてやったのに」

井上は苦笑した。

「そんなに困難なのか」

成彬はため息をついた。

「何人かロンドンへ銀行研修に来たけれど、うまく銀行に入り込めたのは松方正雄（阪神球団初代オーナー）と日銀の行員くらいだ。松方は官の縁故だが、日銀の行員などは正金を動かして、取引を止めるぞと強硬に脅《おど》したようだ」

井上は笑って、あきらめよとあっさり言った。

しかし二月二十日、関係者の努力の甲斐があり、チャータード銀行が一人だけなら研修生を受け入れるということになった。

ところが外国為替《かわせ》の研修であり、三井銀行にはない業務だ。三人でチャータード銀行の申し出を受け入れるべきや否《いな》やの相談になった。貴重な時間を無駄な業務の研修に費やしたくないからだ。

「以前、三井銀行も外国為替を始めるべしと、横浜支店から建議が上がったぞ」

米山が言う。

「しかし重役会で反対された」

丹が言う。

「三井のような大銀行が、いつまでも国内業務という狭い世界に閉じこもっていいものだろうか」

成彬が言う。

「外国為替を全く知らないで利害を議論しても仕方がない。情報を集めた上で、三井銀行で取り組むべきか否かを判断すべきだ」

米山が言う。

「それでは、我ら三人の間ではチャータードの申し出を受けるということでいいな」

丹が言う。

三人の協議の結果、チャータード銀行へは成彬が行くことになった。ただし他の銀行の調査も従来通り継続することになり、成彬は多忙になった。

ある日のことだった。

「中上川さんが月給六百円、波多野さんが月給五百円だ。各支店の支店長も軒並み昇給したぞ」

米山が銀行から送ってきた書状を見せて憤慨《ふんがい》している。

「どれどれ見せてみろ」

成彬と丹が、その書状を米山から奪った。

「みんな上がっているじゃないか。俺たちはどうなってるんだ」

丹が怒った。

「俺たちの昇給は見送られたんだ。許せないな」

成彬も怒った。

「欧米研修をさせているから、月給まで上げてやる必要はないと思っているんじゃないか」

米山が憤懣《ふんまん》をぶつけた。

「こんなことなら長く海外にいるのは得策ではない。早く切り上げて日本に帰ろうじゃないか」

成彬が拳《こぶし》を挙げた。

他人の昇給にいちいち腹を立てても仕方がないが、日本からの指示もなく、遠くはなれた異国で研修を受けていると、目的を見失うような時がある。

彼らは明日の銀行のために必死で英国の銀行員に質問し、答えを引き出し、記録し、日本であればどうだろうかと検討を加えていた。その努力が続けられるのは、本店の中上川たちが自分たちを評価してくれているからと信じればこそだった。それが時に揺らいでしまう……。

楽しいこともあった。成彬が住む下宿屋の女主人が極めて親切な人で、その娘とともに名優アーヴィングの劇を鑑賞したことだ。

欧米出張の日記に女性が出てくるのはこれくらいだ。成彬は非常に謹厳な欧米生活を送ったようだ。

彼は、花の都と言われるパリにも行くが、そこでも浮いた話はない。そこには欧米の銀行実務を学ぶという使命感に満ちた、ストイックな武士的精神の表れた彼の姿が浮かんでくる。

五月二十九日に三人は英国を出発して、欧州大陸へと向かう。最初はパリだ。調査先はクレディーリオネー銀行だ。

成彬は「当地の銀行も快くは取調の便宜を与え呉《く》れずして迷惑の顔顕《あら》われて見ゆることに候」と日記に記している。なかなか東洋の国から来た銀行員に快く対応してくれない。それでも成彬は、「路《みち》に遺《お》ちたるものを拾うがごとく心得《こころえ》」ながら調査に励んだ。

しかし「仏蘭西《フランス》の銀行事務は極めて幼稚にして殆《ほと》んど本邦に優るものなく英米に比すれば児《じ》戯《ぎ》に類《るい》するものあり」と不満を爆発させている。よほどパリにおける銀行の冷遇ぶりに腹を立てたのだろう。

成彬たちは、その後ベルギー、ドイツ、オランダなどを回り、帰国した。

『三井銀行八十年史』にこの欧米出張のことが記載されており、同行にとっても歴史的な事業だったことがわかる。

「一行はまず米国に渡って、ニューヨークに入り、池田・丹の両人はナショナル・パーク・バンクに、米山はマーカンタイル・ナショナル・バンクにおいて、それぞれ三、四ヶ月にわたって実務に従事し、さらに英国に移ってナショナル・プロヴィンシャル・バンク・オブ・イングランドをはじめ、ロンドン・アンド・ウエストミンスター・バンク、バース・バンク等の諸銀行について業務の実際と帳簿の様式を詳細に調査し、前後一年二ヶ月を費やして明治三十二年十一月に無事帰朝《きちょう》した」

彼らがまとめた帰朝報告は、三井銀行内部ばかりでなく外部からも大きな反響があった。

しかしなんといってもこの欧米出張の最大の成果は、成彬という男に欧米の銀行を調査させ、彼を一段と成長させたということだろう。

ところで成彬が最も感銘を受けたこととしてあげているのは、英国のナショナル・プロヴィンシャル・バンクで学んだことだ。

「三井銀行は日本銀行から金を借りて営業をしておるが、あなたの銀行で金がなくなったら英蘭《えいらん》銀行から金を借りるのか？」

成彬はマネージャーに訊いた。

「そんなことは絶対しない」

マネージャーは強く否定した。

「どうしてしないのだ？」

「お前はパンにバターを塗るときどうやるか？　バターがたくさんあるときはたく

さん塗り、少ないときには薄く塗るだろう。それと同じで金が多いときには余計に貸し、なくなったら貸さない。決してほかへ行って借りたりはしない」

マネージャーは言った。

この話を成彬は「有益な話」と、のちに語っている。後年、イギリスを再訪した際、このマネージャーの墓に参るほど感銘を受けている。

何がそれほど成彬を感銘させたかというと、それは日銀に依存しない、銀行経営の自主独立性ということだ。この感銘は、成彬の三井銀行の経営方針へと繋《つな》がっていく。

6

成彬は明治三十三年（一九〇〇年）六月、本店営業部次長に就任した。三十三歳になっていたが、入行五年目のことであり、抜擢人事だった。

中上川の秘書課長をしている小野友次郎が、成彬の席にやってきた。

「ちょっと話があるのだがいいか」

小野はうっすらと笑みを浮かべている。

成彬は席を立って、小野を応接室に招き入れた。

「なんでしょうか。改まって」

成彬は訊いた。

「池田君は独身だな」

「そうですが……」

「お付き合いしているような人はいるのか。たとえば郷里に許婚《いいなずけ》がいるとか」

小野は笑みを絶やさない。

見合い話か……。成彬は寛《くつろ》いだ気分になった。小野は中上川の秘書であり、もっと深刻な話かと想像していたからだ。

「とくにございません」

成彬は答えた。

「それは好都合だ。いい娘がいるんだが、もらわないか」

「誰ですか」

「聞いて驚くな。中上川専務理事の長女艶《つや》さまだ」

小野は言った。まだ笑みのままだ。

成彬は強張《こわば》った。顔ばかりではない。身体全体が強張った。

「嫌か」

小野が訊いた。

「嫌も何も……。驚いています」

成彬はやっとの思いで答えた。

「いいお嬢様だよ。あの中上川さんを理屈でやり込めるくらいだからね」

今や三井銀行ばかりでなく三井全体を統括するほどの力を持ち、怖くて誰も近づきたくないとまで言われている中上川を理屈でやり込めるとは、いったいどんな女性だろう。

「馬鹿ではないですね」

成彬の口から出たのは、専務理事の娘に対するものとはおよそ思えない言葉だった。

成彬の生まれ育った米沢《よねざわ》藩は質実剛健で、いわば男尊女卑の典型のような藩だった。そのため成彬にも、どこか女性を男性の下に見る気風があったのかもしれない。

「馬鹿なものか。才色兼備でほかに取られたくないお嬢様だ。僕が独身なら、一番に手を挙げるね」

小野が愉快そうに笑って、成彬の心を揺さぶる。

「わかりました。後日、返事いたします」

成彬は小野に答えた。しかし小野を見送った後、考え込んだ。なにせ相手は中上川の長女。こっちは月給百三十五円の使用人でいつも懐《ふところ》が寒くて、風邪を引きそうな男だ。

相手は権勢も三井全体に及び、また東洋一の月給取りと言われている。その娘だからきっと贅沢《ぜいたく》に育っているに違いない。

一方で、中上川が自分の長女を嫁にもらってほしいというくらいだから、自分のことを評価してくれているのだろう。それはまんざらでもない。しかしそれと結婚は別だ。

成彬は、工業部支配人の日比翁助《ひびおうすけ》に相談することにした。

日比は成彬より一年遅く三井銀行に入った。慶応義塾を卒業し、モスリン商会の支配人をしていたため、入行時には三十七歳になっていた。後に三越百貨店の創業者となるが、成彬とは気が合った。

成彬が大阪支店にいるとき、和歌山支店長をしており、何かにつけて大阪に来ては愚痴《ぐち》を零《こぼ》したり、夢を語ったりした仲だ。

日比は久留米《くるめ》藩の士族出身で、成彬と同じく武士気質を持っていた。そこが気の合う要因かもしれない。

日比が支配人を務める工業部は、中上川改革の肝《きも》とも言える部署で、鐘紡や芝浦製作所などを傘下に収め、直接経営に当たっていた。

「相談があるんだが」

成彬は日比のいる支配人室に入った。

日比は腰が低い。これはモスリン商会で鍛えられたためだろう。

「わざわざ池田が相談とは珍しいね。早速、伺いましょうか」

日比は、まるで商談でもまとめるかのように揉《も》み手をした。

「実は、見合いを勧められている」

成彬は日比を見つめて言った。

「それはいい。三十歳を過ぎて独り身もよくない」

「それが中上川さんの長女だ」

成彬は言った。

「ほほう……」

日比は目を丸くした。

「どう思う」

「どうもこうもないが、たいしたことになったものだ」

「私もそろそろ身を固めないととは思っているが、普通の家ではないからな」

成彬は腕を組んだ。

「たしかにそうだ。それに行内的にも考えておくべき要素がある。それは、中上川さんに対する批判の声が強いということだ。それに、池田が中上川さんの力を頼みにする男だと思われる。どんなに権勢を振るっていても、いずれ力は衰えるものだからね」

日比はいつものにこやかさは消え、真面目な顔になった。

「二六新報《にろくしんぽう》のことか」

成彬は訊いた。

日比はうなずいた。

その年の四月の末から二六新報に三井財閥攻撃の記事が連載され始めた。

二六新報は、秋山定輔《ていすけ》が主宰し、三井財閥攻撃、娼妓《しょうぎ》自由廃業支援などを掲げ、庶民に読みやすい記事を掲載し、人気を博していた。

その紙面で、三井銀行は鐘紡・王子製紙両社への大口貸出金の焦げ付きに苦しんでおり、倒産するかもしれないと煽《あお》り立てていた。さらに風説《るふ》を流布するかのように「中上川一派の人々まで続々預金を引出したる由《よし》」と書いた。

噂が噂を呼び、三井銀行に預金の引き出しを要求する客が増加し、取り付けの様相を呈《てい》し始めていた。

「私は工業部の支配人をしているが、井上（馨《かおる》）さんや三井物産の益田さんが中上川さんの工業化主義に対する批判を強めている。実際、工業部門の痛手は大きいからね」

日比は眉根《まゆね》を寄せた。当時、日本経済は日清戦争（一八九五年終結）後の好景気の反動が来ており、多くの中小銀行が破綻《はたん》していた。

「井上さんや益田さんの巻き返しが強まっているのだな」

「これはあくまで推測だが、二六新報の記事も、中上川さんに反対する三井の人間が書かせている可能性もある」

日比は神妙な顔つきになった。

「そこで中上川さんの娘をもらうことは、中上川一派と思われ、将来に問題を残すかもしれないというのか」

成彬は言った。

日比は黙ってうなずいた。

「私は中上川さんを尊敬している。あの何事にもぶれないところがいい。一派と言われれば、それでもいい。私たちは中上川さんの支持があって、今日、思いっきり腕を振るえているのだ」

成彬は強く唇を結んだ。

足利支店時代、地元新聞に成彬は批判記事を書かれた。そのようなときでも中上川が後ろにいてくれると思うだけで安心したものだった。

「それは間違いない。私にとっても中上川さんは恩人だ」

日比は大きくうなずいた。

日比は中上川に見込まれて三井銀行に入った。

「池田は、そう器用に立ち回れる男でもない。そんな池田だから、中上川さんはお嬢様との縁談を持ち込んだのではないか。まずは会ってみたらいい」

日比は明るく言った。

成彬は、すっと立ち上がった。顔には迷いはなかった。

明治三十四年（一九〇一年）五月十四日、成彬は中上川彦次郎の長女艶と結婚する。成彬三十四歳、艶十九歳だった。

艶は、父である中上川から成彬という名前を聞き、「清く貧乏の清貧《せいひん》」という名前だと思った。

また中上川に「どんな人？」と尋ねたところ、「銀行一の強情男だ」と紹介された。

この二つのエピソードは、その後の艶の人生を示唆《しさ》しているように思えてならない。艶は、成彬とともに明治、大正、昭和の激動の時代を、まさに「清貧」で「強情」な人生を生き抜くことになる。

第五章　三井銀行トップへ

1

中上川《なかみがわ》彦次郎が死んだ。成彬《せいひん》が彼の娘、艶《つや》と結婚した明治三十四年（一九〇一年）の十月七日のことだ。享年四十八歳。腎臓炎《じんぞうえん》によるものだが、早すぎる死だった。

彼のことを、三井銀行理事の波多野《はたの》承五郎《しようごろう》は「鈍重にして沈勇《ちんゆう》の風格を備えていた」と評した。

鈍くて重いとは、少し誤解を生みそうだが、「君子不重即不威」（君子は重々しくなければ威厳がない）と『論語』の学而《がくじ》第一にあるのと同じ意味だろう。

『三井銀行八十年史』には、彼が明治二十九年（一八九六年）の七月十日に支配人会で話した演説の抜粋を収録している。彼が三井銀行改革に邁進《まいしん》しているころの演説だ。

そこでは、金融恐慌に対する備えを説きながら、「三井銀行は日本の銀行なればなり。天下の銀行なればなり」と、三井銀行に働くことの誇りを訴えている。

成彬にとっては後ろ盾の中上川の死だ。これは成彬にプラスに働くのか、マイナスに働くのか。

中上川の工業化という改革路線は、三井内部でも敵が多かった。その意味では本人が亡くなったとなれば、その娘婿《むすめむこ》である成彬に、何らかのマイナスとして作用するはずだ。

しかしそのようなことは幸いにしてなかった。成彬自身が、自ら計算して出世しようとするタイプの男でなかったことが良かったのだろう。

成彬は中上川の娘婿としてではなく、池田成彬という一人の人間として、三井銀行内に存在感を増し始めていた。

2

明治三十七年（一九〇四年）十二月、成彬は順調に本店営業部長になった。

この年は、二月に日露戦争が始まった。明治の開国以来、成長を遂げてきた日本が、ついに大国ロシアと開戦の火蓋《ひぶた》を切ったのだ。

日本軍は、旅順《りょじゅん》攻撃に二千数百名の兵士を失い、苦戦を強《し》いられていた。日本がロシアに負ければ、国内景気は一挙に後退する。そんな警戒感が満ちあふれた景気情勢の中で、営業部長になった。

工業部支配人の日比翁助《ひびおうすけ》が、成彬のところにやってきた。

「なんだ？　深刻な顔をして」

「ちょっといいか」

日比は、成彬を部長室に行こうと目で誘った。

成彬は決裁を急ぐ書類があったが、日比の申し出とあれば仕方がない。椅子《いす》から腰を上げた。

成彬は日比を案内して、部長室に入った。お茶が二つ運ばれてきた。

「なかなかいいお茶だな。工業部のよりいいぞ」

日比はおいしそうに茶を飲んだ。

「なに言っている。同じだろう。淹《い》れ方の問題だ。茶の話はいい。用件はなんだ」

成彬は日比をうながした。今日は忙しい。部長になりたてで、まだ要領がつかめないから余計だ。大阪支店時代のように、日比と夜明けまで話しこむわけにはいかない。

「三井呉服店を捨てることになったんだ」

日比はあっさりと言った。

「どういうことだ」

成彬は驚いた。

三井呉服店は三井財閥では銀行と並ぶ最も古い事業だ。延宝《えんぽう》元年（一六七三年）に越後屋《えちごや》呉服店として開業したが、今日の商売にも通じる現金正札《しょうふだ》販売制度などの方法で人気を博し、それが三井財閥の基礎になった。

現在は、工業部で日比が富岡製糸などと一緒に担当していた。

「いま言った通りだ。売却されることになった」

「どうしてだ。三井の根幹的な事業だろう」

「だが、儲《もう》からない。誰がやっても儲からないんだ。三井としては、工業分野へ重点的に資金配分をしようとする流れもある。日露戦争の行く末も不安だ。要するに呉服を悠長《ゆうちょう》に売っている時代ではないってわけだ」

日比は成彬を真剣な目で見つめた。

「誰に売却されることになったのだ？」

「そこでだ。どうせなら私と、益田英作と藤村喜七の三人で買おうと思っている。どう思う？」

成彬は三井が三井呉服店を捨てることに驚いたが、それを工業部支配人である日比が買うということには、もっと驚いた。

「買うというのは、三人で資本金を出し、三井から独立するということか」

今日で言えば、MBO（マネージメント・バイ・アウト）だ。

「三井呉服店の資本金五十万円のうち、十二万五千円ずつを三人で引き受ける。残った十二万五千円を知り合いに引き受けてもらうつもりだ。お前も少しぐらいどうだ？」

日比は軽く笑《え》みを浮かべた。

「そりゃあ、引き受けるのはやぶさかでないが……」

成彬は、財布の中を思い浮かべた。たいして金は入っていない。

「君が引き受けてくれるなら、この考えは進めていいな」

「まあ、そんなに結論を急ぐな。もし呉服店を引き受けることになれば、三井銀行を辞めるということになるが、そうなのか」

成彬は、日比が銀行から去っていくのが惜《お》しいと思った。

日比は、モスリン商会支配人などを経験してから銀行に入った。新聞記者上がりなどの多い幹部行員の中で異色だった。

成彬が日比を評価するのは、商人をやっていたからと言っても、揉《も》み手、すり手でただ頭を下げるのではなく、筋が通っていたからだ。久留米《くるめ》藩の武士の血が、日比の背骨を貫いていた。

だから今回の決断もただの思い付きではなく、日比が深く考えてのことだと思った。

「銀行は辞める。僕は、三井呉服店を工業部で担当し、誰かがきちんとしなければいけないと思った。それが責任だと思う。三井が呉服店を捨てるのは、生き残るために仕方がないことだ。しかし呉服店は三井の原点だ。この事業が、誰かわけのわからない者の手に渡って、どうにもならなくなることを黙って見ているわけにはいかない」

日比は強く言った。

「かといって、君が引き受けたからといってうまく行くものでもないだろう」

成彬の気持ちのどこかに、日比が銀行に残ってくれないかという思いがあった。

「失敗するかもしれない。しかし今までとは全く違うやり方をする。ただ呉服だけを売るのではない」

「呉服だけではないのか」

「靴を履いたままでも店へ上がれるようにする。そして雑貨も売る」

日比は目を輝かせた。

成彬は、その斬新《ざんしん》な発想にただ感心するだけだった。

成彬は日比のことを「士魂商才《しこんしょうさい》」の人だと評価していた。まず嘘をつかない。誠実である。それでいて笑顔を絶やさず、誰にでも好かれる。自分のように気難しい顔もしない。まさにサムライ魂を持った商人だ。その日比が人生を賭けようとしている。

「ヨーロッパには、いろいろな物を販売して、人々を楽しませるデパートメントストアーというものがある。それをやりたい」

「デパートメントストアーか……。君ならうまく行くと思う」

「ありがたい。池田が賛成してくれるなら勇気百倍だ」

「私は君を全面的に支援する」

「そうはいうものの、銀行で、これからの資金を面倒見てくれるだろうか」

日比は少し自信のない顔をした。

「大丈夫だ。資金のことは私に任せればいい」

成彬は日比の手を強く握った。日比という人間に賭けることにした。

今まで誰がやってもうまく行かなかった呉服店経営だ。事業の先行きが日比の考えるほどうまく運ぶかどうかはわからない。しかしこの日比という男は、自分を裏切ることはないと信じた。

成彬伝説の始まりと言っていい。人を見て融資をする。銀行は、まずバランスシート、そして担保、それから経営者という判断で融資をする。いくら経営者が立派そうに見えても、バランスシートがぼろぼろで、担保もないようでは融資をしない。不良債権になる可能性が高いからだ。

しかし成彬は、まず経営する人物が信頼するに足るかどうかを見極めた。成彬はこの先数限りない融資を行っていくが、この「人物に融資する」という方針で失敗したことのない稀有《けう》な銀行家になる。

3

日比は成彬の支持を取り付け、明治三十七年十二月六日、三井呉服店の営業を継承し、三越呉服店を設立した。日比は専務取締役に就任、経営を取り仕切ることになった。開業は同年十二月二十一日だ。

三井呉服店を三越呉服店としたのは、明治五年（一八七二年）に三井が銀行設立のために呉服店を分離せざるを得なかったとき、三越家名義の経営に移し、店章も「丸に井桁《いげた》三」から「丸に越」に改めたことに拠《よ》ったのだろう。

当時、その心は「表は離れ、内輪は離れず」と表現されたようだが、日比の思いもその言葉と同じだったのではないだろうか。すなわち三井の家業を預かるという思いだ。

成彬は自分の融資判断について、

「第一には事業のバランスシートではあるが、それではバランスシートだけかといえば、やはり人間同士の取引であるから、人に対する信用というものを見落とすわけにはいかない」という。

その一方で、金を借りるコツとして、「嘘をついてはいけない」と強調する。

田中長兵衛という人物が成彬のところに融資を申し込みに来た。鉱山や金山を持ち、羽振りがいい。バランスシートを見ても問題はない。しかしどうも事業がうまく行っていないようだ。

銀行は、一層詳しいバランスシートを要求する。しかしどこもおかしいところはない。よほど融資をしようかと迷ったが、彼の会社に部下を行かせ、徹底的に調査させたら三重にも帳簿を改ざんしていた。その経験から、バランスシートだけではいけない、その人物がいかに嘘をつかず、信頼に足るかを銀行は見抜かねばならない、これが成彬の信念となった。成彬は何度もこうした田中長兵衛的な人物からの融資の申し込みを受けてきた。

さて三越はどうか？　日比が経営を担った途端にどんどん業績が良くなって行っ

た。

「三越はすごい人気ですよ。デパートメントストアーということで、人が押し寄せております」

成彬が帰宅すると艶が楽しそうに言った。

「お前も行ったのか」

成彬は訊《き》いた。

「はい」と艶は袋物を掲《かか》げて見せた。

成彬はその鮮やかな錦の袋を見て、日比を信頼してよかったとうれしかった。

「日比さんがお店先にいらっしゃるのだけれど、なんだか板につかない様子で……」

艶が笑みを含んだ。

どちらかというとごつごつした印象がある日比が、店先で婦人客に頭を下げている様子を思い浮かべて、成彬もつられて笑った。

日比の三越にかける執念はすさまじいものだった。

まず役人、軍人、三井家の夫人たちを招待した。東郷平八郎元帥《げんすい》まで引っ張り出し、三越の客にしてしまった。

画家、書家、文士などとも懇意になり、絵画展や書の会を催した。これなどは、今のデパートが展覧会で客を呼ぶことの魁《さきがけ》だろう。

当時、流行の中心だった新橋芸者にも大サービスをした。毎日、遊びではなく仕事で待合《まちあい》に行き、女主人を日比のファンにする。あまり熱心に待合に通うので、芸者の中には、着物に日比家の紋をつけるものまで現れる始末だった。

日比は有名な芸者に、惜しげもなく三越の帯を提供した。それが流行となった。芸者や芸人、役者を三越に招待し、彼らを客にした。これなどは、芸能人を広告に起用して流行を作るという、現代のCM戦略の発想と同じだ。

とにかく三越の名前が大勢の人の口に上るように、ありとあらゆることをした。日比は、広告宣伝ということの重要性に気付いた最初の経営者ではないだろうか。

成彬は日比から声をかけられ、待合めぐりをしたことがある。一人で行っていると、遊んでばかりいるという悪い噂《うわさ》を立てられそうだと日比のたっての頼みだった。

ここにも日比の真面目さと慎重さが出ている。銀行家として三越に融資をしてくれている成彬に経営の実際を見せ、誤解をされないようにしているのだ。

日比は成彬を連れて、柳橋から芳町《よしちょう》、日本橋、新橋、赤坂と巡っていった。成彬は、これは楽しいより苦しいな、と芸者に笑顔を振りまく日比を眺めてため息をついた。

上得意の客には、三越の紋をつけた馬車で商品を届けた。これが評判になり、三越の紋付馬車以外で商品を運ぶと、文句を言う客も出てきたくらいだった。

そのほか、もし客が苦情を言えば、たとえ一着の背広のことであっても、店員が取り替えに自宅まで出向いた。とにかく三越の評判が悪くならないように努めたのだ。これも、現在では当たり前になっている顧客満足経営だといえるだろう。

日比本人は、何千人もの客の名前をそらんじていた。また店員教育にも厳しかった。

「日比さんは店員さんに細かく注意をおあたえになるのよ」

艶が感心したように言う。

どういうことだ、という顔を成彬がすると、艶が話しだした。

「お客様が二つの商品でどちらにしようかなと迷っているとするでしょう。当然、お客様は、どちらが似合うかしら？　と店員に訊くでしょう？」

成彬はうんうんとうなずく。

「でも店員はどっちが似合うとはっきり言ってはいけないの」

艶が、小首を傾《かし》げて、成彬に同意を求める。

しかし成彬には理由がわからない。尋ねられれば、はっきりと答えるのが親切というものだろう。

「なぜ、こっちが似合うと言ってはいけないのだ？」

「あなたのように白黒をつけたがる人はいけないの。女は愚痴《ぐち》っぽいでしょう。店員さんに薦められて買ったものの、家に帰ってみると、やっぱりあっちのほうがよかったと思うものなの。店員さんに薦められて、つい買ってしまったと後悔してしまうものなのよ。こうなると三越では買わない、なんて気になるでしょう?」

艶は、わかった? という顔を成彬に向けた。

成彬には、わかったような、わからないような話だ。

だが、日比が小売りという客の心をつかむ仕事に最適な人物、いやそれ以上の天才的人物であるのは間違いない。成彬は三越への融資をひそかに誇りに思っていた。

4

ところが銀行内では、三越への融資を非難する声が日増しに強くなっていく。

「池田部長、三越に肩入れしすぎではないか」

重役が三越への融資案件に文句をつけてきた。

「そんなことはありません」

成彬は、三越の売り上げが順調に推移していることを細かく説明した。日比は、そうしたデータを惜しげもなく成彬に提供してくれたから、説明に淀《よど》むことはない。

「だが、五十万の資本金の会社に、無担保で八十万はいくらなんでもやりすぎだろう。君が日比君と親しいからだという陰口を言う者がいるのを知っているか」

重役は眉根《まゆね》を寄せた。

成彬はかっと怒りが顔に出た。まるで情実融資をしているような言い草だ。それに気に入らないのは、誰か他人が悪い噂をしていると言いながら、その実、重役本人がそう考えているに違いないと思ったからだ。

「誰でしょうか。もしそうしたことを言う者がいれば、私の前に連れてきてください。きっちりと三越の将来性を説明いたします。ご重役はその者の名前をご存知でありますか」

成彬は、ぐっと身体《からだ》を寄せた。重役は後ろにのけぞりながら、声を詰まらせた。

「わかった。しかしよく業況には注意するように」

重役は大仰《おおぎょう》に言った。

「すでに倍額増資を検討しておりますので、ご安心ください」

成彬は勝ち誇ったように言った。

成彬にしてみれば、進退を賭けて日比を支援し、日比も命懸けで信頼に応《こた》えているという思いだった。

一円たりともいい加減に融資などしていない。銀行から融資を受けるということは、まずは信頼だ。日比は詳細に事業の進み具合を説明する。あいまいさはない。彼の嘘のないところを、銀行は信頼するべきだ。

成彬は、気難しそうな顔をする重役に投げつけてやりたい言葉で胸がいっぱいになった。

「そうだ」

重役がとろりとした目を向けた。

まだ何か言うつもりか。

成彬は重役をにらみつけた。

「これは私じゃないよ。三井家が日比にいい思いを抱《いだ》いていない」

「なぜでしょうか。日比は三井家の皆様を三越に招待する、また呼び出されてはいそいそと出かけ、使用人のごとくに勝手口から入るまで気をつかっていると聞いております」

「だから私じゃないと言っているだろう。そう喧嘩腰《けんかごし》になるな。とにかく三井本部の監理部へ行ってくれ。それだけだ」

重役はぷいっと横を向いた。

成彬は、重役室から出て、三井本部へ行った。

監理部では、また別の重役が難しい顔をして待っていた。

「君は三越に肩入れしすぎだ」

銀行の重役と同じことを言う。

成彬は三越への融資が安全なことを詳細に説明した。

「しかし、まあ、なんだな……。今までうまく行かなかったのに、どうして日比君がこんなにうまく行くのだ。そこが解《げ》せない」

重役はふてくされたように言う。

成彬は、ようやく腑《ふ》に落ちた。面白くないのだ。三井家の本業である呉服店経営を日比に手放してしまった。それだけでも悔《くや》しいのに、自分たちよりうまく経営しているのを見て、悔しさが倍加したのだ。

「今日の三越の隆盛《りゅうせい》は、日比の努力にもよりますが、日露戦争以来の好景気と重なっております。本家がご苦労されていたのは、時代が悪かったのでございます。日比は時代に恵まれているのです。うまく行くのは当然であります」

成彬の言葉に、重役の顔がようやくほころんできた。

「日比の実力ではない。時代がいいと言うのだな。日比は運のいい男だ」

「その通りです。運がいいのです。それに日比はいつも三越は本家から預かったものだ、絶対に失敗は許されないと強く申しております。その思いで必死に働いております」

成彬は日比を最大限弁護した。

「日比は忠義な男だな。感心、感心」

重役の機嫌がようやく直った。

「日比はなによりも、忠を重んじる武士の魂を持った男でございます」

成彬は言った。

その後、三越は増資を繰り返し、瞬《またた》く間に十倍の五百万円の資本金にまで成長した。ここまでくると、もう成彬にあれこれ言う重役はいなくなった。

「今日は帝劇、明日は三越」

この日比が採用したキャッチフレーズを、誰でも口にするまでになったのだ。

5

明治三十八年（一九〇五年）五月、日本の連合艦隊がロシアのバルチック艦隊を撃破した。日本海海戦の勝利だ。

対露戦争を継続するには、戦費、人員とも枯渇《こかつ》し始めていた日本は、米国にロシアとの講和の仲介を依頼した。

同年六月九日に米国は日露両国に講和を打診し、同六月十日、十二日に日本、ロシアとも受諾《じゅだく》した。

日本国内は戦勝ムードに沸き、ロシアとの講和に譲歩するなという強硬な意見が続出し始めていた。

この頃の社会は、五月一日に幸徳秋水《こうとくしゅうすい》や堺利彦らの平民社が、第一回のメーデーとも言うべき茶話会を開くなど、日露戦争の好景気が続く中で、苦しい生活を強《し》いられる庶民に社会主義的な権利意識が芽生え始めていた。

また竹久夢二《たけひさゆめじ》の挿絵《さしえ》が『中学世界』や『女学世界』などの雑誌に掲載され、人気を博し始めた。後の大正ロマンに続く時代だった。

明治三十八年、成彬は、三越に並ぶ伝説になる融資を行っている。水力発電事業への融資だ。

ある日、成彬の元に一人の男が訪ねてきた。東京電燈社長佐竹作太郎だ。佐竹は成彬に、水力発電のための資金として、百万円の融資を申し込んできた。

当時の東京電燈の資本金は、やっと七百万円になったばかりだ。百万円というのは相当な金額だ。三越への八十万円の融資でもがたがたした時代の百万円だ。

ちなみに明治三十九年（一九〇六年）の銀行初任給が大学卒で三十五円。これを参考に百万円を現在に換算してみる。平成十八年（二〇〇六年）のみずほフィナンシャルグループの大学卒初任給は十七万四千円なので、約四千九百七十一倍だ。これに百万円を掛けると約五十億円ということになる。

庶民の嗜好品《しこうひん》である煙草《たばこ》が、明治三十九年当時は四銭。現在はマイルドセブンが三百円になり、七千五百倍になっている。これを基準にすると七十五億円ということになる。

また地価で見てみると、銀座の地価が明治三十年には三愛前で一坪三百円（実際の売買価格）だった。大正二年には同じところが五百円になっているから、明治三十九年頃は、間をとって四百円ぐらいだったと仮定しよう。

平成十八年の銀座鳩居堂《きゅうきょどう》前の路線価が、一平米当たり千八百七十二万円。一坪なら六千百八十八万円円だ。明治三十九年の推定価格四百円の十五万四千七百倍。こうなると、百万円は約千五百四十七億円というとんでもない額になる。

何を基準に取るかで、こうした多様な面白い結果になるが、佐竹が申し込んできたのは水力発電設備への融資だ。ひょっとしたら、地価で推定した約千五百四十七億円が、感覚的には近いかもしれない。

佐竹は言う。

「（山梨県）桂川に発電所をこしらえ、電力を東京へ持ってきて電灯をやる。石炭ばかりでは費用がかかりすぎる。そこで水力を利用する」

佐竹は後に衆議院議員になるが、経営者としても優れており、東京電燈の株価も高く、配当も十分だった。

成彬が佐竹に説明を要求すると、翌日詳細な資料を持って、再度訪ねてきた。佐竹は水力発電のことを細かく説明してくれるが、成彬が技術面について理解するのは困難だった。しかし事業計画は極めて綿密に練られている。

成彬は、昨今の工業隆盛の状況を考えたとき、電力の需要は増大すると考えた。

「わかりました。ご融資しましょう」

成彬は答えた。

三越への融資で、日比への情実が過ぎるなどと非難されていた頃だ。もし成彬が並みの人物だったら、佐竹の申し入れをていねいに断わっただろう。

融資金額も膨大だが、三井本家から何を言われるかわからない。

当時は、中上川が亡くなり、工業化路線に対する揺り戻しから保守的な経営が蔓《まん》延《えん》していた。とくに設備資金などの長期融資には、極めて消極的になっていた。

佐竹の顔が輝いた。

「ただし条件があります」

成彬は言った。

佐竹の顔が真剣になる。

「仕事を開始して、この百万円を使ってしまったら、第二回の貸出をやりましょう。同時に株主から払い込みを徴収して、第一回分、すなわちこの百万円の貸出金を返済してもらいましょう。配当が好《よ》いから、東京電燈の株価は高い。払い込みを取りなさい」

成彬は言った。

「結構です」

佐竹はうなずいた。

後に成彬は、この桂川発電所の融資を、「そうとう思いきってやったが、結果として成功だった」と述懐している。

成彬は、電力が高収益を挙げられる事業であると考えて、この融資を決断した。それに加えて、水力という日本に豊富にあるエネルギー資源を使う発電方式が、国益に適《かな》うと信じたに違いない。

6

成彬は、明治三十八年十一月の支店長会議で、信託業務の開始を提案した。多くの企業が隆盛を極める中で、信託という名の社債引受業務の開始を主張したのだ。この業務を行っていたのは、日本興業銀行と安田銀行だけだった。

成彬は、「(取引先を) 信託業を行う銀行に奪われないか」と危機感を募らせていた。

前述した通り、この頃の三井銀行は中上川改革の反動から、「保守主義」というべき経営方針で、積極経営の他行に追い上げられていた。

三井銀行だけが、多くの支店を閉鎖するなど預金をあまり集めず、短期の貸出金を中心に大都市、大企業中心の営業方針を採用していた。

現場を預かる支店長からも、本部の保守的な経営方針に不満の声があがるようになっていた。成彬の信託業務進出提案も、そうした空気を受けたものだった。

この支店長会議で成彬は重役から、大企業中心の取引になっていて、個人商人との取引が増えていないのではないかと質問を受けた。

これは、当座取引拡大の方策の一つとして個人商人拡大を掲げたものの、芳《かんば》しくなかったからだ。

「現在、東京にある大企業とはたいてい取引しております。できていないのは日本鉄道会社、甲武鉄道会社、東京火災保険会社というようなものです。しかしやはり会社中心で商人との取引が著しく少ないのは、お尋ねの通りであります」

成彬は素直に、大企業中心になっていることを認めている。しかしこれは、成彬たち現場の責任ではなく、三井家同族会の「保守主義」方針の結果だった。

「この原因のひとつは商人というものは、金利を安くして借りやすくすることよりも、困ったときに面倒を見てもらえるというようなこと、言いかえれば、義理人情によって取引ができるという面が強いようであります。ところが三井銀行は、商売が悪くなって危ないときには、貸出を回収して自分の債権を保護するというやりかたをしております。

第一銀行や第百銀行などは、商売人が危なくなっているようなときには、むしろ積極的に助けてやっているくらいで、こうした義理人情の取引は一朝一夕ではうまく行くものではないと思われます」

成彬は、三井銀行に蔓延する保守主義を率直に批判したのだった。

さらに成彬の営業部長としての優れた働きは、中上川の後を受けた早川千吉郎《せんきちろう》専務理事からも、何かと頼りにされることとなる。

当時、三井物産の当座預金は大きくふくらみ、その増減が銀行の資金繰りを狂わすほどになっていた。成彬は営業部長として、三井物産の預金の管理に苦労していた。

「三井物産の当座を利下げしたらどうか」

早川は成彬に言った。

「そんなことをすれば、物産の預金は他の銀行に逃げてしまいますよ。物産だって、まんざら困ることばかりではないですよ。日銀当座から限度いっぱい借り越したときなどは、助かっていますから」

成彬は答えた。

専務理事だろうが誰だろうが、自分の意見をずばりと言うところが成彬の真骨《しんこっ》頂《ちょう》だ。

明治四十年（一九〇七年）になると、日本は日露戦争後の反動不況期に入った。同年十一月二十日には、東京商工銀行が支払い停止になり、その後翌四十一年（一九〇八年）六月にかけ、京浜、阪神地区を中心に五十行あまりの中小銀行が支払い停止、取り付けになった。

三井銀行は、国内の不況にもかかわらず業績は伸長した。信用不安な中小銀行から三井銀行などの大手銀行に預け替えが起きたことや、成彬が中心となり、貸出金の回収や貸出枠の縮小など、管理を十分に行ったためだ。

成彬は明治四十年九月の支店長会議で、

「金融恐慌においては、ほとんどの大小の銀行がただ自分を守る策のみとるより外に手段がないという有様になったのです」

と発言した。

現在の銀行経営者には想像がつかないが、この当時は、毎日が金融恐慌という状況なのだ。

成彬は、こうした状況に早めに対処したため、

「もっとも世間の騒がしい時分にはなはだしい回収もせず、金融を謝絶することもなく済むことができました」

と胸を張る。

むしろ、この時期に貸出金が増加した。

「この事実は、得意先を十分に選択し、管理していれば、経済界のどのような事態に際しても少しも恐れずに進んで行けることを証拠立てると同時に、得意先もまた三井銀行と取引しておれば、こういう場合にあたっても回収をされて自分の商売に支障をきたすことはない。すなわち安心して三井銀行と取引できるという信頼感を与えたであろうと思います」

成彬は、保守主義が客との信頼関係をなくす遠因になると率直に批判したが、それを自分自身が変えて行ったのだ。

ただ批判するのではなく、経済の動きをよく事前に予測し、それに対処しさえすれば、金融恐慌のときも安定して、客の支援を続けられることを証明した。

とかく銀行というものは、今日に至るまで、経済の中心に存在するという傲慢《ごうまん》さからか、かえって経済の先行きを読んだうえで、対処しようとしていない。その時々に流されてしまっている。

そのため最近でも、バブルという巨大な経済の膨張を引き起こし、その後に続くバブル崩壊という金融恐慌を引き起こしてしまった。

明治四十二年（一九〇九年）六月には、三井銀行の預金は七千万円を、貸出金は六千万円を突破した。これは他の大手銀行を圧倒する成績だった。

同時期の貸出金は、第一銀行が四千万円台、他の三菱、住友、安田に至っては二千万円台に過ぎない。いかに三井銀行、いや成彬の経営巧者《こうしゃ》ぶりが際立《きわだ》っていたかを示す数字だ。

7

明治四十二年十一月一日、合名《ごうめい》会社三井銀行から業務を譲り受けるかたちで、資本金二千万円の株式会社三井銀行が誕生した。

これは三井家の経営について、モルガンなどの同族企業を研究した結果、三井家は持株会社として三井合名会社となり、銀行や物産は株式会社にするという方向が出されたのを受けたものだ。

明治四十二年九月の、合名会社としては最後の支店長会議において、三井家同族会の責任者であった益田孝《たかし》は、

「今日、三井銀行といえば、銀行として屈指《くっし》の大銀行となりました。これはすなわち日本の大機関であります。今後も日本とともに三井銀行はますます発展していかねばなりません。そのための株式会社化です」

と発言し、株式会社化の意義を説いた。

銀行という機関を三井家のものとするのではなく、日本の発展に寄与するものとすると高らかに宣言したのだ。

このとき成彬は、これまでの成果が認められ、四十三歳にして経営中枢に入る。この年から昭和八年（一九三三年）までの二十五年間、池田成彬が常務取締役として三井銀行の経営を主宰《しゅさい》することになる。

取締役社長　三井高保《たかやす》

常務取締役　早川千吉郎

　　　　　　池田成彬

　　　　　　米山《よねやま》梅吉

取締役　　　三井守之助《もりのすけ》

団琢磨《たくま》
飯田義一《ぎいち》
林健
三井武之助
朝吹《あさぶき》英二
監査役
小野友次郎

これが株式会社三井銀行の役員だ。社長の三井高保は三井家の人、成彬の上にいる筆頭常務の早川は中上川の後を受けて三井入りした大蔵省の役人出身者だ。

早川は大正七年（一九一八年）に三井合名副理事長に転じ、筆頭常務の座を成彬に譲るのだが、それまでも実質的には成彬に銀行経営を任せていた。

成彬と同じ常務の早川は、銀行経営のことはすべて成彬に任せていた。たとえば、早川が三菱財閥の豊川良平と銀行のことについて何かを決めてきた時、池田が反対すれば、早川は文句も言わずにそれを取り消した。早川に力がなかったからだと言う人がいたが、早川がそれだけ成彬の実力を評価していたからだろう。

一方、成彬の方は早川の人事に対する考え方には一目置き、それに反対することはなかった。「池田の評判を良くしたのは早川だ」という声が聞かれるほど、早川という良き相手にめぐまれたということだろう。

こんなエピソードがある。

当時は重役の家に自分の妻を訪ねさせ、ゴマをする輩《やから》がいたらしい。

「早川さんのところへ、私が挨拶に行かなくてもようございますか」

艶が成彬に訊いた。

成彬は、むっとして、

「俺はお前によって出世しようとは思わない。俺自身で出世する」

と言った。

「たいそうな自信ですこと」

艶は、さすがに父である中上川が銀行一の強情男と言っただけのことはあると、ほほえましく思った。

ある日、早川と一緒に酒を呑《の》んだ。

「池田君、君の奥さんにはお目にかかったことがないねえ」

早川は言った。

早川は他の幹部行員や役員が自分の妻を使いにして、いわばご機嫌伺いにくるのに、成彬が同じようにしないことが気になっていたのだ。

「へえ、そうでしたかね」

成彬は早川の考えを見抜いていたが、鈍さを装い、平然と答えた。

こんな鼻っ柱の強い成彬を使いこなし、彼の上で上手に踊った早川も、なかなかの人物ではある。

8

成彬は大正七年（一九一八年）に、早川から筆頭常務の座を譲りうける。それまでの世の中の動きを簡単に見てみたい。まるで成彬が三井銀行の経営中枢にのぼりつめるのを待っていたかのように、世界は激動の渦に巻き込まれていく。

大正三年（一九一四年）には、第一次世界大戦が勃発《ぼっぱつ》する。

六月二十八日にオーストリー皇太子がセルビア人に殺されるというサラエボ事件を端緒《たんしょ》にして、七月二十八日にオーストリーがセルビアに宣戦布告をした。戦火は拡大し、ロシアがセルビアに味方し、ドイツはオーストリーと組んだ。

また英国はドイツに宣戦布告し、フランスもドイツと敵対した。ここに英仏露対墺独という欧州全土を巻き込んだ戦争が始まった。

八月二十三日、第二次大隈重信《おおくましげのぶ》内閣は英国の要請を受け、ドイツに宣戦布告をし、参戦する。

参戦するや否《いな》や日本は十月、十一月にドイツ統治下の南洋諸島や青島《チンタオ》を占領し、国内では提灯《ちょうちん》行列が行われるなど、戦勝ムードに沸いた。

中国に足がかりを得た日本は、翌大正四年（一九一五年）一月十八日に、中国袁《えん》世凱《せいがい》政府に対して、山東省のドイツ利権譲渡などを盛り込んだ対華二十一ヵ条の要求を行った。

世界大戦はいよいよ拡大し、大正六年（一九一七年）四月六日に、ついに米国が参戦した。

同年の三月十五日にはロシア二月革命が起き、ロマノフ王朝が崩壊した。続いて十一月七日には十月革命が起き、社会主義国家ソビエトが誕生した。

この革命の中、日本は英国の要請を受けたかたちをとりつつ、シベリアに出兵する。チェコスロバキア兵救出という名目だったが、ロシア革命の拡大を抑止するとともに、満州地区などへの権益拡大を目論《もくろ》んだものだった。

大正七年、欧州では、十一月に入り三日にオーストリー、そして十一日にドイツが連合国との休戦協定に調印し、ついに第一次世界大戦が終結した。死者一千万人、負傷者二千万人もの犠牲を出した大きな戦争だった。

第一次世界大戦は、欧州各国にとっては悲惨な結果を招いた戦争だったが、欧州の戦火から遠くはなれた日本は戦争景気に沸き、かつ国家として自信を深め、列強各国と競いながら、いよいよ本格的に世界史の舞台に飛び出したのだ。

しかし世界への急激な進出が、やがて日本を第二次世界大戦に導き、そして敗戦という最悪の歴史へと導くスタートとなったともいえるだろう。

一方では、戦争景気などを見込んだ米の売り惜しみや買占めで、大正七年七月に突如、米の価格が暴騰《ぼうとう》し、各地の米穀取引所が閉鎖になる騒ぎとなった。このため七月二十三日には、富山の漁民の妻女が米の県外船積みに反対するデモを起こした。これは八月に入ると米騒動として全国に波及した。

白米相場は、大正五年には十キログラム一円二十銭だったものが、大正八年には三円八十六銭にもなっている。庶民が怒るはずだ。

成彬も「営業部長になって二百五十円、最後で三百三十円、重役になっても四百円。これでは、女房に生活費を渡すとこづかいが足りないんだ。ポケットに五円札一枚しかなかったこともよくある。あまりくよくよしないようにやれているのは、生まれつき月給取りにできているのかな」と自嘲気味に言った。

ひょっとしたら艶から米が高くなったことを嘆かれ、五円札一枚しか入っていない財布をのぞき込んだかもしれない。

庶民の間には、「今日もコロッケ、明日もコロッケ、これじゃ年がら年中、コロッケ」という不況感が漂う、コロッケの唄が流行《はや》った。

戦争景気にも乗り、三井銀行の預金は、大正七年下期には三億円台に達した。第一次世界大戦に参戦した翌年の大正四年には一億円台だったから、三倍にふくらんだのだ。

こうした大銀行への預金の集中は戦争景気を背景に進んだが、一方では銀行間の競争の結果でもあった。

銀行は客にいろいろな物を贈るなどして、預金の勧誘をした。それがあまりに行きすぎだということになり、大蔵大臣の指導で預金協定をむすぶことになった。預金勧誘のために過度な贈物をしてはならないなどと取り決めたのだ。

大正七年一月二十二日、好業績の中、早川は筆頭常務の座を降り、成彬に譲った。

早川は、好業績を評価しつつも「将来の反動如何《いかん》を思えば、また慄然《りつぜん》として心胆《しんたん》を寒からしむものなきにあらず」と、好景気の後におとずれる反動不況に備えるためには、「その必要を痛切に感ずるは人物の養成のこと、これなり」と、大正六年十月の支店長会議で述べた。

変革の時代を生き抜くには、人材が最も必要である、これが早川の常務としての最後の訓示だった。

その彼が、まさに変革の時代の舵取《かじと》りを託したのが、成彬だった。

9

成彬は「自主独立を重んじ、安定した預金と確実な貸出による堅実な業務を営むとともに、基幹産業のための有力な中枢的金融機関たること」を基本方針にした経営を行った。

成彬は早川から筆頭常務の座を譲り受けたが、すぐに対処しなくてはいけなかったのは、早川も警告した戦後の反動不況だった。

第一次世界大戦が終わると、すぐに反動が来た。

後に三井銀行会長になった万代《ばんだい》順四郎は、当時、神戸支店の貸付係長だった。

神戸は造船の街だ。多くの造船業者が戦争景気に沸いていた。銀行も競って彼らに融資をした。

ところが三井銀行だけは融資をしない。常務の成彬が、造船業者への融資を頑として了承しないのだ。

「支店長！　このままでは神戸は他行の草刈場です」

万代は、造船業者への融資をやりたいと支店長に直訴《じきそ》した。支店長は万代に煽《あお》られて、仕方がなく成彬になんとかしてくれと頼み込んだ。

成彬は、だめだと言う。そこをなんとか、と支店長が頭を下げた。ようやく三井物産系列の海運業者に六百万円を四百万円に減額して承認が下りた。

万代は、なんて頑迷《がんめい》な常務だと成彬を恨《うら》んだことだろう。

しかし第一次世界大戦が終わると、すぐに傭船料《ようせんりよう》が暴落し、造船業界は不況になった。

他行は、造船業界に対する貸出金が多く、不良債権に悩まされることになったが、三井銀行はその苦労を免《まぬか》れた。

「池田さんのお陰だ」と万代は、成彬の先を読む力に敬服した。

成彬がまず筆頭常務として手をつけたのは、三井銀行の増資と株式の一部公開だった。

増資の理由は、過少資本だ。

預金は三億円台に乗り、多くの企業に融資をしているにもかかわらず、資本金が二千万円では、預金者の信頼を得られないからである。

同時に、銀行を三井家の家業から解放しようとした。

「従来、三井銀行は三井一家並びにその縁故者の株式会社なりしが、社会の進運に伴い、かつ欧州先進国の銀行組織の変遷の例に倣《なら》い、今回その株式の一部を公募し、もって社会公衆と提携協力し、事業を堅実にし、その基礎を強固にし、ますます斯業《しぎょう》の発達を期せんとするにあり」

　銀行は三井家のものではない、社会のものだ、と成彬は宣言した。

　これは今日聞いても決して古さを感じさせない、まさに卓見だ。

　しかしこれには強い抵抗があった。

　当時、三井銀行の株式は三井合名会社が百パーセント保有していた。三井物産や三井鉱山なども同じだった。

　しかしたとえ三井銀行だけでも、公開会社にしようと成彬は考えた。

　銀行は三井家だけのものではないというのが第一の理由だが、業容がますます拡大する銀行をこのまま合名会社所有にしておくと、いずれは行き詰まるに違いない。その前に手を打つ。これが成彬の思いだった。

　成彬は三井合名理事長の団琢磨《たくま》に相談し、了承を得た。

　団は安政《あんせい》五年（一八五八年）八月一日、福岡藩士の家に生まれた。そして米国マサチューセッツ工科大学で鉱山学を修め帰国。明治十七年（一八八四年）に工部省に入り、三池《みいけ》鉱山局に配属され、三池炭鉱に赴任した。

　この三池炭鉱が三井に払い下げられたことを契機に団は三井入りする。三池鉱山責任者として実績を上げ、三井家同族会事務管理部に移り、とんとん拍子に出世し、ついに大正三年（一九一四年）には三井合名理事長になり、三井財閥のトップになった。

　団は成彬のよき理解者であり、株式公開についても賛意を表明してくれたが、三井合名社長である三井八郎右衛門《はちろうえもん》の了解を、なかなか取ってくれない。

「株式公開の件はどうなりましたか。八郎右衛門さんの了解はとっていただきましたか」

　成彬は団に迫った。

「もう少し待ってくれ」

　団は言った。

　団は米国で教育を受け、鉱山技術者でもあり、合理的な考え方ができる人物だ。だからこそ成彬の考えに同調したのだが、実際のところは、八郎右衛門には何も言えない。

　成彬は、団のことを「決して自分の意見を言わない人」と評していた。とにかく全精力を尽くして八郎右衛門に仕えていた。

　数ヶ月後、団が成彬のところにやってきた。難しい顔をしている。

「どうなりましたか」

　成彬は訊いた。

「君、あの問題はだめだよ」

団が眉根を寄せた。

「どうしてですか」

こんなに待たせておいて、だめだとは何事だ。成彬は自然と気色《けしき》ばんでしまった。

「八郎右衛門さんがどうしても嫌だというんだ」

三井家としては、自分の大切な財産である銀行が、株式公開というかたちでどこのものとも知れない者に、株主として大きな顔をされるようになるのは許せないに違いない。

しかし、そんなことは最初からわかりきっていたことだ。そこを説得するのが、三井合名理事長の責任ではないか。

成彬は団をにらみつけた。どうにも頼りない。このままでは銀行経営の近代化などできない。

「それなら、なぜ私の意見に賛成したのですか」

「僕は、賛成だよ。だけどね」

団は情けない顔をした。

「説得してくれなければ困ります」

「僕はできない。とても私の力では説得できない。君がやってくれ。それがいい。

君が直談判《じかだんぱん》するのが一番だ。なにせ君の考えなんだからね」

団は急に明るくなった。

成彬に八郎右衛門の説得をやらせればいいと思った途端に気が楽になったのだ。どうせできないだろうという顔をしている。

「わかりました」

成彬は覚悟を決めた。

「おお、頼んだぞ」

団は言い、弾《はず》むような笑みを浮かべた。

成彬は、米山梅吉と二人で八郎右衛門に会った。そして株式公開の必要性を説いた。最初は渋っていた八郎右衛門も徐々に軟化してきた。

「銀行が、三井という名をつけて株を公開するのはいい。しかし物産に三井の名をつけて公開するのは嫌だ。だから結局、銀行も三井の名をつけて公開させせない」

八郎右衛門は、子供のような理屈をこねて銀行の株式公開をだめだと言った。

成彬の折れないところはここだ。

相手は三井家の当主だ。自分はその使用人に過ぎない。この位置づけでは、何も言わないのが得策だ。しかし成彬は黙っていることができない。

「それは理屈としてなりたってはおりません。三井という名前は、あなたさまのものです。自分のものを相手にやる場合、このものにはやりたいが、そうすると、やりたくないものにもやらねばならない。だからやらないというのは、おかしいではありませんか。やりたいものにはやればいい。やりたくないものには、やらなければいい。それだけでしょう」

成彬は突き放すように言った。

八郎右衛門は、いかにも不機嫌な顔をして黙り込んだ。

隣に座っている米山は何も言わない。むしろ成彬から目を背《そむ》けている。

成彬は、八郎右衛門がもうこれ以上話したくないという顔をしているのが、よくわかった。しかしそれでも止まらない。

「よくお考えください」

成彬は、一言言い放ち、席を立った。

米山もあわてて、成彬に続いて席を立った。

「よく言ったな……」

米山があきれたように言った。

成彬は、さばさばした気持ちだった。株式公開は、銀行の発展のためには絶対に必要だ。その信念を貫き通した爽快感《そうかいかん》があった。

「なんとかなるさ」

成彬は笑みを浮かべた。

数日後、八郎右衛門から成彬に呼び出しがあった。

「銀行の言うことに同意する」

八郎右衛門は成彬に言った。

大正八年（一九一九年）、三井銀行は新株八十万株のうち三十万株を公開した。株には応募者が殺到し、七月二十一日から二十四日までの四日間の募集期間であったにもかかわらず、第一日目の午前中に締め切った。三十万株は二千二十四人の株主に割り当てられた。

大正八年末の大株主には、岸本兼太郎や久原房之助《くはらふさのすけ》など、当時の代表的な実業家の名前が並んでいた。

この増資と同時に社外役員の制度も整え、三井銀行は近代的銀行経営へと進んでいく。

大正十二年（一九二三年）九月一日午前十一時五十八分四十四秒、マグニチュード七・九の地震が発生した。関東大震災だ。死者九万千三百四十四人、家屋の全壊・焼失四十六万四千九百九戸という未曾有《みぞう》の被害になった。

三井銀行も本店と横浜支店が類焼して、八日間の休業を余儀なくされた。

成彬は、地震当日、家族とともに箱根にいた。成彬は、すぐに大阪へ行き、大阪支店から指示を与えた。

幸いなことに本店や横浜支店の被災は軽微《けいび》であり、地震にもかかわらず、かえって預金も貸出も増える結果になった。預金は四億四千万円、貸出は四億千九百万円に達した。

当時の山本権兵衛内閣は、震災地に戒厳令《かいげんれい》を敷き、銀行界に対して九月七日、一ヶ月の支払猶与令（モラトリアム）を発令した。

ところが第一次世界大戦後の反動不況と震災が重なり、国内景気は極端に冷え込んだ。そのため予定した九月末にモラトリアムが解除できない情勢になった。

そこで政府は、震災手形割引損失補償令を施行し、日本銀行に震災手形を割り引かせ、これによる損失を一億円を限度に補償することにした。この一時しのぎの政策が、大きく日本経済を暗転させていく。

この震災手形が不良債権問題となり、鈴木商店の破綻《はたん》や台湾銀行の休業に繋がり、昭和金融恐慌へと発展していく。

成彬はこの時期、台湾銀行からのコール引き上げ、鈴木商店への支援打ち切り等の苦しい決断を強いられる。また昭和金融恐慌時の取り付け騒ぎへの対処などをリードすることで、金融界及び経財界で重きをなして行く。

しかしそれは同時に、成彬を加速度的に歴史の激しい渦に巻き込むことを意味していた。

これは、三井銀行という巨大銀行を率いる成彬には避けられない運命だった。そして昭和六年（一九三一年）、三井銀行の屋台骨《やたいぼね》を揺るがすドル買い事件が起きる。

第六章　ドル買い事件

1

　昭和四年（一九二九年）十一月二十一日付け東京朝日新聞には、「金輸出解禁期日は一月十一日と内定」と大きく見出しが躍《おど》っている。

　翌二十二日付け同紙には、金解禁を政策の最重要課題と位置づけ、推進してきた浜口雄幸《おさち》首相（民政党）の声明が掲載されている。

　声明は次のような内容だ。

　浜口内閣は金輸出解禁で経済再建を果たすために努力してきた。ここにきて正貨準備（金本位制における金）が整い、かつ英米銀行の支援も取り付けることができた。そこで「今や解禁を行うも経済上何ら憂《うれ》うべき事態の発生せざるべき確信を得た」ので金解禁を行う。しかしこれは経済再建の一歩を踏み出しただけだ。経済は緊縮方針を継続するので、国民は引き続き努力をして欲しい。

同じ紙面には、浜口と二人三脚で金解禁を進めてきた井上準之助《じゅんのすけ》蔵相が、シャンパンかワインを片手に微笑《ほほえ》んでいる。満面の笑《え》みと言っていい。大きな仕事を成し遂げた満足感が、紙面からも感じられる。

井上も声明を発表している。

井上は、国際収支は改善に向かい、正貨準備高も約十二億円になり、国際決済用の在外正貨（外国銀行にある金やドル、ポンドなどの決済資金）も約三億円にまで積みあがったので、金解禁によって正貨が流出しても心配ないと断言している。また民間金融機関が協力して為替《かわせ》の維持をしてくれることになっていると、期待と信頼を寄せている。そして国民に対して、政府は今後も国際収支の改善に努め、金本位制を守って経済の充実を図っていくので、引き続き緊張感を失わずに、産業振興に努力して欲しいと訴えている。

浜口と基本的には同じことを言っている。二人三脚で金解禁を進めてきたゆえんだ。

政府の金解禁声明に対して、成彬《せいひん》や三菱の串田萬蔵《まんぞう》、第一の佐々木勇之助など有力銀行が銀行集会所に集まり、「銀行は金本位制擁護《ようご》の姿勢で政府の通貨政策を支援する」旨《むね》の声明を発表した。これに倣《なら》って大阪、名古屋の銀行も同様の声明を発表した。

具体的にどのように協力するかは、今後決めると記事には書いてあるが、「資金の海外流失、通貨の急激な収縮を防止する趣旨」であるとして、成彬が銀行界を代表して日銀土方久徴《ひじかたひさあきら》総裁を訪問し、趣旨説明書を手交《しゅこう》し、井上に渡してくれるように依頼している。

銀行界を挙げて、金解禁政策に支援を約束したのだ。

この金解禁に対しては、有識者は「政府のお手柄」「国家の慶賀」と評価する意見が多い。浜口と井上が金解禁に向けて、財政を再建するために緊縮財政を貫《つらぬ》き通した姿勢を評価したものだが、「金解禁ですぐに不景気が立ち直ると思うのは早計である」とも付け加えている。

一方、野党の政友会《せいゆうかい》は、政府は財政再建のために金解禁を断行したと言っているが、国民生活がさらに逼迫《ひっぱく》することで政策の間違いを悟《さと》るだろうと語っている。

また政界の重鎮《じゅうちん》高橋是清《これきよ》も、あまり賛意を表明していない。

高橋は、渡辺銀行破綻《はたん》や台湾銀行休業など、未曾有《みぞう》の混乱を引き起こした昭和金融恐慌に際しては、田中義一《ぎいち》内閣のもとで蔵相に駆り出された。首相まで務めたことのある高橋が蔵相に起用されたことで、恐慌が収まったといってもいい。

しかし高橋が取った政策は、不良債権問題だった震災手形に政府補償を与えるもので、いわば緊急避難的に問題を先送りしただけだったといえなくもない。

この昭和金融恐慌における対応は高橋が、第一次世界大戦後の反動不況の際、緊縮財政を伴うデフレ政策よりもインフレ政策を選択したことも遠因にある。高橋にしてみれば、自分が過去において選択した政策のツケをここで払った、と言えるかもしれない。

そのわけを説明する。

第一次世界大戦後の反動不況が起きた大正八年（一九一九年）に、米国は膨《ふく》れ上がった経済を引き締めるために、金解禁を実施した。日本も同時期に実施するべきとの意見があったものの、高橋は、「英米に支那を占領させないためには、自由になる金が必要だ」として金解禁をしなかった。

高橋は金解禁に伴うデフレ政策よりも、国内経済を動揺させないためにインフレ政策を選択したのだ。

金解禁を実施し、金本位制にすると、当然のことながら、自国の金の価値以上に膨張《ぼうちょう》した経済は、収縮に向かわざるを得ない。

海外との決済が金で行われるわけだから、輸入が増加し、輸出が少ないと海外に払える金がなくなる。経常収支が赤字になる。その結果、国内では通貨（金）の減少から金利が高騰《こうとう》し、設備投資などが減り、経済が収縮し、輸出と輸入が縮小しつつバランスすることになる。

ただし金利が高騰すれば、海外から高金利を目当てに通貨（金）が入ってくる。資本の流入で、経常収支の赤字を資本収支が埋めることになる。資本が入ってくれば設備投資も減らないため、経済は極端に縮小しないでバランスする。

金本位制というのは、金の価値に信頼を置くことで各国経済がバランス良く発展していく理想的な制度だと思われていたのだが、実際はなかなかうまく行かない。日本は第一次世界大戦で、欧州から遠く離れていたために、国民は戦争景気に酔ってしまった。それを金の価値を縮小してまで、水ぶくれした企業や銀行はつぶれてもらいましょうという結果を招来《しょうらい》する金解禁による金本位制復帰は、いくら豪腕の高橋でも採用できる政策ではなかったのだろう。

この高橋の判断が、不良債権処理を遅らせ、不良銀行を生きながらえさせる結果となり、関東大震災などの不幸な偶然も重なり、昭和金融恐慌になっていく。

もし米国と同時期に金解禁をするという選択を高橋がしていたら、後の金融恐慌は小さなものになっていたか、あるいは起こらなかったか、それは歴史の〝ｉｆ（イフ）〟というものだ。考えても詮《せん》ないことだ。

失われた十五年といわれる平成のバブル崩壊後の金融政策において、ソフトランディング派とハードランディング派が戦った。経済の崩壊を恐れる金融界や経済界はソフトランディング派に与《くみ》した。その結果は、不良債権の処理を先延ばしすることになっただけだった。

小泉純一郎首相が民間から竹中平蔵という大学教授を金融担当大臣にして、彼が金融再生プログラムを実施するのは平成十四年（二〇〇二年）のことだ。バブル崩壊が平成二年（一九九〇年）だとすれば、すでに十二年も経っていた。

この事実を考えれば、今も昔も同じ議論を経て、同じ失敗を繰り返したといえるのではないだろうか。

話がそれてしまったが、高橋は金解禁について、次のように述べている。

「政府が国策として決めた以上、是非を論ずる場合ではなく、これによって悪い結果を生じさせないように国民全体が準備を急がねばならない」と指摘し、「これだけの大問題を政略に供《きよう》するなどということはまさかあるまいと我輩《わがはい》は信ずる」と語っている。

やむを得ない、といった感じだ。積極的に賛成をしている様子ではない。

この政略の意味は、政府が旧平価である四十九ドル八十四・五セントで金解禁しようとしていることを言っているのだ。

つまり日本経済の実力を考えれば、実力以上の為替レートであると高橋は考えていた。これで解禁すれば、輸出は振るわなくなり、輸入が増え、またたくまに正貨が流出してしまう可能性を予測していたのだろう。

しかし、政府が旧平価での金解禁を断行しようとしているのは、一つは平価切下げをしたくないという政府のプライドがあったに違いない。また新平価解禁にすると貨幣法の改正をすることになり、政友会が多数を占める議会を通過できないという懸念もあった。

そこで、金輸出禁止を定めた大蔵省令の撤廃での金解禁を選択したのだった。

これを高橋は政略と批判的に言っているのだ。

成彬はどう言っているだろうか。

「解禁後海外投資の余地はほとんどない」として、資金の流失は起きないと楽観的な予測を述べた後、銀行は一致団結して金本位制擁護のために努力すると、強く決意を語っている。

2

実は、成彬は金解禁決定に大きく関与していた。

成彬は、いわばハードランディング論者だった。早く金解禁を断行して、第一次世界大戦、関東大震災後の不景気による不良債権を処理しなければ、本当の景気回復はないと考えていたのだ。

金解禁発表に遡《さかのぼ》ること十ヶ月前、昭和四年一月末、成彬は艶《つや》を同伴して欧米に外遊した。金融恐慌の荒波を乗り越えたこともあり、ここで欧米の銀行事情を調査したいと思ったのだ。

入行以来、欧米へは二度目である。かつては明治三十一年（一八九八年）に中上《なかみ》川《がわ》に命じられて雲をつかむような思いで旅立ったのだが、今回は銀行のトップとしての外遊だ。

成彬としても感慨深いものがあったことだろう。年齢も六十二歳になった。

「準備は進んでいるか」

成彬は艶に訊《き》いた。

「楽しみですわ。息子たちには何をお土産《みやげ》にしたらいいでしょうね」

長男成功《なりかつ》は欧州旅行中、次男潔《きよし》はハイデルベルヒ大学（後にケンブリッジ大学）、三男豊《ゆたか》はケンブリッジ大学に留学中だった。

「息子のことばかり心配せずに、自分のこともちゃんとしておきなさいよ。長旅だからね」

成彬は艶が自分のことを差し置いて、息子たちのことばかり心配しているのをからかい気味に言った。

「あなたも懐かしい思い出がおありなんでしょう」

「それもそうだが、今回は少し目的もある。国内に資金需要がないのに、預金が集まりすぎている。預金銀行というものを、外国ではどのように経営しているのか知りたい」

金融恐慌を通じて、三井銀行や他の有力銀行には、不安を感じた預金者が預金を集中させていた。三井銀行も昭和三年（一九二八年）上期には約六億円以上の資金が集まっていた。関東大震災が起きた大正十二年（一九二三年）が約四億四千万円であったから、預金の増え方は急増と言っていい。

成彬は銀行トップとして在任中に、この増えた預金の運用に苦労しなかったことは一度もない。のちにドル買い批判を浴びるのも、この預金を運用するために英国の銀行に預けたためだった。

「たいへんですわね」

「もう一つは、金解禁の実情についての調査だ」

「金解禁すると、景気がよくなるんでしょう。そうみんなが申しておりますが」

艶は持参する着物などを選んでいる。

「そんな単純なものではない。井上たちが、金解禁をすれば今の不景気がすぐよくなると、庶民受けすることを言っているから誤解が広まっている。むしろ当初は悪くなる。経営の悪い銀行の破綻や、企業の倒産も増えるだろう」

成彬は厳しい顔をした。

「あらあら、今も就職は相当厳しいらしいですよ。争議も多いし、もっと難しい世の中になるのでしょうか」

大学生の就職難が深刻化し、『大学は出たけれど』という小津安二郎《おづやすじろう》監督の映画が人気となったのは昭和四年四月のことだ。この頃、たとえ東大を卒業しても三十パーセントの就職率だった。

労働争議も頻発《ひんぱつ》しており、昭和三年三月東京電力、四月内閣印刷局、五月天満《てんま》織物というように、毎月どこかで起きている状況だった。

六月四日には、関東軍による張作霖《ちょうさくりん》爆死事件が起きた。また治安維持法に死刑や無期刑が追加されるなど、世上の不安感は募《つの》っていた。

文学や芸術では、小林多喜二《たきじ》などのプロレタリアート作家が活発に活動していた。

「お前の言う通り難しい時代になるだろう。銀行ばかり順調だと、多くの人の怒りを買うことになる。いずれは、それが三井への批判になるに違いない」

「嫌ですわね」

艶は顔を曇《くも》らせた。

「いずれにしても、井上が金解禁の実情を聞かせてくれと頼んできているから、それの調査もしなくてはならない」

成彬は言った。

蔵相の井上準之助とは、大阪支店に勤務していたとき以来の仲だ。

井上は、何かと成彬を頼りにして相談した。

成彬は井上のことを、「才人で平凡ではないが、弱かった」と『故人今人』で語っている。

その中で、井上がいかに成彬を頼りにしていたかがうかがえるエピソードを、二つ挙げている。

一つは、井上が横浜正金《しょうきん》銀行の頭取をしているときに、蔵相とそりが合わずに首になるかもしれないので、その前に辞《や》めたいと相談に来たという。成彬は、辞めることはない、首を切らせればいいと井上を励ました。これは井上のプライドの高さを物語るものだ。

もうひとつは、昭和二年（一九二七年）の金融恐慌の際、高橋是清が蔵相になり、成彬に日銀総裁になるように依頼してきたときのことだ。

成彬は「三井が大事か、日本が大事か」と言われたが、即座に「三井が大事だ」と言い、断わった。これは日本が大事でないと思っていたわけではない。現時点では三井の経営を盤石《ばんじやく》にすることが自分の役割だと己《おのれ》の分を心得ていただけだ。

後に成彬は政治に深く係わり合うが、二・二六事件の際に首相を務めた岡田啓介から、「池田という男は己と三井の利害の相反する時は三井を先にする。三井と国家との利害が相反する時は三井の利益を考えないで国家の利益を考える」と評されることになる。

それにしても、こういうドライな意思決定をその場で行えるのが、成彬のすごさだ。

地位とか、名誉などといった自分自身を飾り立てるものに全く汲々《きゆうきゆう》としない。に依頼してきた高橋の使いは、「馬鹿野郎」と憤慨《ふんがい》して引き上げた。

しばらくして井上がやってきた。高橋が日銀総裁を井上に依頼したようだ。井上は、日銀総裁を以前に務めたことがある。それで二度もやるのかと迷っていた。

成彬は「二度だって、三度だって必要なときはいいじゃないか」と受諾《じゆだく》するように勧めた。そこで決意を固めて井上は日銀総裁になった。

井上は政治的野心を強く持っていた。浜口と進めている金解禁は、その野心を実現する最も重要な政治課題だった。そこで成彬が欧米に行くなら、その実情を調査して、助言して欲しいと願ったであろうことは、容易に推測がつく。

様々な思惑とともに、成彬は欧米視察へと出発した。同行者は、艶に二人の行員だけという気安さだった。

3

成彬は十一月十一日に帰国した。

すぐに井上が訪ねてきた。

「欧米の金融界はどうだった」

井上は焦って訊いた。彼の頭の中は金解禁でいっぱいだった。

「大手銀行の首脳にはことごとく会った。多くの首脳は、まだ日本は金解禁をしていないのかと、日本の情報を何も知らない。残念だが、その程度だ」

成彬は言った。

井上はがっくりと肩を落とした。自分が命懸けで取り組んでいる政治課題が、欧米でさほど評価されていないことは悔《くや》しかった。

「誰も適切な意見を述べてくれる人はいなかったのか」

井上は怒ったような顔で訊いた。

「欧州では一人、素晴らしい人がいた。ミッドランド銀行のマッケンナだ。彼はなぜそんなに金解禁を急ぐのか、そんなに急ぐ必要はない、実はイギリスも急いで失敗したと言ったよ」

成彬の話に井上が身を乗り出した。

「私が日本は解禁を急がねば為替が不安定で、産業の発展を阻害するから、困るんだと言うと、彼は政府自身が為替を売買して安定させればよい。政府は必ずしも損するものではなく、自分が大蔵大臣在職中、一日百万ポンド、一週六百万ポンドを売買して得をしたものだ。だから先《せん》だってフランスのポアンカレーからも、フランの安定方法について意見を求めてきたので、そのように答えた。要するに日本は為替を四十九ドルに安定させて解禁するべきで、しからざれば多大の犠牲を払うことになるだろう。こう警告されたよ」

「傾聴《けいちょう》に値するね。米国はどうだ?」

「ニューヨークのモルガン商会のラモントの意見では、政府が海外の銀行にクレジットを用意すれば、解禁はしても差し支えないだろうと言っていた」

「そうか。ところで君たち銀行家は政府を支援してくれるのか」

井上は真剣な目で成彬を見つめた。

「当然だ。もし政府が金解禁をするというなら、我々は協力を惜《お》しまない」

成彬は強く言った。

「頼んだぞ」

すでに閣議では金解禁を決めていた井上は、多少の批判的意見を聞こうとも、もう後戻りするわけにもいかない。成彬の手を強く握った。

しかしこのとき、日本を含む世界には、世界経済恐慌という暗雲《あんうん》が覆《おお》い始めていた。しかしまだ事態の深刻さを、成彬も井上も十分に理解していなかった。

帰国する成彬たちを乗せたプレジデント・マッキンレー号が十月二十五日、サンフランシスコ港を出帆するや否《いな》や、ニューヨークで株式が下落したという外電が入ってきた。

十月二十四日十時二十五分、ゼネラルモーターズの株価が八十セント下落した。それをきっかけに市場は売り一色となり、株価は大暴落した。この日は後に暗黒の木曜日（Black Thursday）と呼ばれることになる。

つづいて五日後の二十九日にはさらに株価が暴落した。悲劇の火曜日（Tragedy Tuesday）となった日だ。

外電を見たとき、成彬は信じられない思いだった。

つい数日前まで、米国の財界人の誰もがこんな事態を予測さえしていなかった。電車の中で出会う労働者も純白のシャツを着、靴《くつ》もよく磨《みが》いていた。株価も高く、誰もが生き生きとしていた。

銀行は、英国など欧州が警戒していたドイツにも、積極的に融資をしていた。

成彬は、この好景気はいつまで続くのか、と訊いた。

出会った米国財界人や学者たちは、「永久とは思わないが、少なくとも当分続くだろう」と言った。

「これが米国の普通の姿ですよ」

シティー・バンクのミッチェル頭取は自慢げに言った。

成彬は株価暴落の外電を受け取り、「ブームは終わった」と思ったことだろう。しかしこれがまさか、世界経済恐慌の引き金になるとは思っていなかったのではないか。

成彬は、米国経済の強さをその目で見てきた直後であり、すぐに回復する株価の調整的な下落と考えていたに違いない。もし深刻な事態を予測していたら、井上とこの株価下落についてなんらかの話をしたことだろう。

この株価暴落は、まるでドミノ倒しのように世界を恐慌に引きずり込んでいく。

第一次世界大戦で多額の賠償金支払いをしなければならなくなったドイツは、米国の資金を頼りに経済を建て直していた。ところが株価暴落で米国の資金がドイツから引き上げられるようになると、ドイツ経済は破綻に向かう。国内の疲弊《ひへい》を栄養にしてナチス党が力をつけてくる。

このドイツ経済の破綻は、ドイツからの賠償金支払いを当てにしていたヨーロッパ各国を不況に陥《おとしい》れることになる。こうして米国の株価暴落は、ヨーロッパを経て、日本経済も直撃したのだった。

4

昭和五年（一九三〇年）一月十一日の東京朝日新聞に、「我経済史上画期的金輸解禁きょう実施―多年の暗雲ここに一掃《いっそう》され、国力進展の秋来《ときき》たる！」と、これ以上ないというほどの見出しが躍っている。まさに欣喜《きんき》雀躍《じゃくやく》といってもいい。

記事中では「我が経済史上永久に記念すべき金解禁の日が来た。大正六年九月アメリカの禁輸をきっかけに時の寺内内閣が、金の輸出を禁じてから足掛け十四年、戦後の経営よろしきを得なかったために解禁を意図せること数回におよんだとはいえ、いつまでたっても実行しえぬ始末であったが、ようやく政府国民の真剣な努力が報いられ、ここに光栄ある日を迎えることとなったのは何としても祝福すべきことである。解禁後の経済界については楽悲《らくひ》両様の観測も行われ、各々《おのおの》それにしたがっての準備対策もあるが、いずれにしてもこの金本位復帰の堅実なる基礎の下《もと》に産業の振興を計り、国力の進展を策すべき秋である」と、金解禁に最高の賛辞を述べている。

これだけを読むと、欧米が金解禁に踏み切っている中で、日本がまだ金輸出を禁じていることが、いたく国民のプライドを傷つけていたのが理解できる。日清、日露、そして第一次世界大戦と勝ち戦《いくさ》ばかりが続き、国民やそれをリードするマスコミは、日本が列強と肩を並べる国であるという意識を持っていた。金解禁ができないということは、彼らにとって恥ずべきことだったに違いない。

こうなると金解禁は純粋に経済政策というより、精神性のある政策になっていたといえるだろう。もし純粋に経済政策という位置づけなら、旧平価適用、米国経済が急激に後退している時期などの問題を、冷静に考えられたはずだった。

浜口が金解禁声明に見入っている写真を掲載しているが、彼はその中で「財界に対し何ら憂慮《ゆうりょ》すべき影響をもたらすが如《ごと》きことはない」と言い切っている。

翌十二日の同じく東京朝日新聞には、金貨に換えようと日銀に押し寄せる群衆の写真を掲載している。

二千三百人ほどが押し寄せたようで、「婆《ばあ》さんが見たがるから」「山口県に帰る土産です」「いや私は支那への土産です」など、まるでお祭り騒ぎだ。いかに国民が、金解禁を前向きにとらえていたかがわかる。

これは浜口や井上が各地で金解禁についての説明会を開催し、その過程で「金解禁すれば景気が良くなる」との風評が大きくなったこともあるだろう。

ところがこの金解禁を実行した昭和五年は、日本が奈落《ならく》に落ちていく転機ともなった年だった。金解禁は最悪のタイミングで実施されたといってもいいだろう。

金解禁を報じる記事の隣に、ロンドンで英国との間で軍縮交渉を行っている記事が掲載されている。

「七割要求を力説し、主力艦問題も懇談」

見出しは威勢がいい。

この交渉は、同年一月二十一日からのロンドン軍縮会議になっていく。日本側は若槻《わかつき》礼次郎元首相が首席全権として出席する。この会議は、元々が急速に軍事力でも台頭《たいとう》する日本を押さえようとする米英の意図が大きかった。そのためなかなか日本の要求は通らなかった。

四月に入り、日本はようやく米英と妥協《だきよう》し、四月二十二日にロンドン軍縮条約に調印することになるのだが、これが統帥権干犯《とうすいけんかんぱん》問題を引き起こし、国内政治を混乱させることになる。

明治憲法では、「天皇は陸海軍を統帥す」（第十一条）と規定されており、軍の最高指揮権である統帥権は天皇の持つ大権であり、議会などから独立していた。

ところがロンドン条約において、対米七割の日本の要求が認められなかったため、参謀本部の中には不満分子が現れた。

四月二十日に、海軍軍令部次長末次信正《すえつぐのぶまさ》（後に内相）が海軍次官山梨勝之進《やまなしかつのしん》に、条約案不同意の覚書を送付するなどの動きまで起きた。

この事態を政治的に利用しようとしたのが、野党政友会だった。犬養毅《いぬかいつよし》と鳩山《はとやま》一郎は、軍令部の意見を無視してロンドン条約を調印したのは「統帥権干犯」だと浜口内閣を攻撃した。

犬養や鳩山にしてみれば、与党攻撃の口実に過ぎなかった「統帥権干犯」が、軍や右翼活動家を刺激することになる。その結果、同年十一月十四日には、右翼団体愛国社の佐郷屋留雄《さごやとめお》によって浜口は東京駅で狙撃され、その傷がもとで翌昭和六年（一九三一年）八月二十六日に死亡する。

こうした軍や右翼の過激な行動が、政治への軍の介入を許していくことになる。

さて金解禁はどうなったか。

政府の見込みと大きく乖離《かいり》したのだ。

「解禁後四十日で現送高一億突破　日銀当局もやや意外？」という記事を、大阪朝日新聞が昭和五年二月二十日に掲載している。外銀が円資金を金に換えて引き上げていると報じている。

同年五月になると、二十四日付けの東京朝日新聞では、「正貨流出やまず」との記事で正貨流出が約二億二千万円に達し、日銀が金融市場に対して統制機能を失っ

ている と批判している。

同年八月三十一日の神戸又新日報では、「果たして資本逃避か、それとも単なる採算か。疑問の正貨流出」というコラムを掲《かか》げ、資本家や銀行が外債《がいさい》の高利回りを求めて外債投資をした結果、正貨が流出していると指摘し、モラルサポート（道義的支持）はいったいどうなったのかと、皮肉な調子で疑問を投げかけている。

5

「どうも正貨の流出が止まらない。投機的なドル買いが行われているのではないか。モラルサポートが機能していないとは思わないか」

井上が弱気な顔をした。

「どうした。ここまでやってきたんじゃないか。ここで緩《ゆる》めたらだめだ。経済界を一気にしごくチャンスだ」

成彬は言った。

「不景気は深刻だ。金解禁に対する批判が大きくなってきた」

井上は、昭和六年度も緊縮型予算を組んでいた。もうすぐ経済は立ち直ると強く主張していたが、世界恐慌の影響は深刻でなかなか明るい兆《きざ》しが見えない。

とくに農村は悲惨だった。

小作争議は昭和四年二千四百件だったものが、昭和六年、七年には共に約三千四百件強にも増えている。また労働争議も頻発し、昭和四年五百七十六件が、昭和五年九百六件、六年九百九十八件にも上っていた。

「金融界は井上路線を支持しているから、心配するな」

「ところで金解禁と緊縮財政について、前向きな意見を西園寺《さいおんじ》さんに話してくれないか」

西園寺とは西園寺公望《きんもち》のことである。二度も首相を務めた人物で、公家である立場を生かし、政界や軍にも影響力を持っていた。

「どうして私が西園寺さんに話さなくてはならないのだ」

成彬は訊いた。

井上は焦っている、そう成彬は思った。

鳴り物入りで金解禁をしたものの、予想に反したことばかりが続いている。野党である政友会の攻撃は厳しくなるばかり。そこで政友会の大物である西園寺に、金融界の意見を聞かせたいのではないだろうか。

「私の頼みではあるけれど、西園寺さん自身が、君の話を聞きたいらしい」

「本当か?」

「お願いできるか」

「嫌だ。民間の銀行屋が興津詣《おきつもう》でなんかするもんじゃない」

西園寺は当時、静岡県興津町に坐魚荘《ざぎょそう》という別荘を建て、隠棲《いんせい》していたが、多くの人々が西園寺の意見を拝聴《はいちょう》するために別荘を訪れていた。それを興津詣でと言った。

「どうしても嫌か？」

井上は残念そうな顔をした。成彬は、目的はなんであれ、興津に行くことで権力者に媚《こ》びているような姿に見えることが嫌なのだ。

「そこまで言うなら、西園寺さんが東京に来られたら会うことにしよう」

成彬は答えた。

昭和六年六月になった。西園寺は東京に来た。そして成彬に滞在場所に来てくれと言ってきた。

成彬は、東京で会うことを約束していたから、行かざるを得ない。

指定された場所に行くと、西園寺はいきなり本題に入った。

「実は今日、君に来てもらったのは金解禁の問題についてなんだ。解禁については、今の内閣の民政党は解禁しなければいかんというし、政友会では解禁のために産業がつぶれるといって騒いでいる。ところが君は民政党でも政友会でもないから、公平な意見が聞けようと思い、それで来てもらったのだ。遠慮せずに意見を言ってもらいたい」

成彬は居住《いず》まいをただし、西園寺を見つめた。西園寺の質問の真意を目の中につかもうとしていた。

成彬はどのように答えるべきか悩んだ。

実は、金解禁について賛成をしているものの、国内景気は不況の度を深めている。このまま解禁を続けることは、不況をさらに深刻化させることになる。しかし、ここで手綱《たづな》を緩めれば、また問題の先送りになってしまう。それこそ日本経済は立ち直れない。

また西園寺は政友会の重鎮。井上とは意見の違う政党だ。友人である井上が金解禁に命を懸けると必死になっているのを、裏切るわけにはいかない。

西園寺は力《りき》みのないおだやかな顔で、成彬が話し出すのを待っている。

実は、成彬は西園寺と会うのは初めてだが、接点はあった。それは十数年前に、大磯《おおいそ》にあった西園寺邸を四万円で購入したのだ。

あの交渉の過程で西園寺は、筋《すじ》を通すきっちりとした人物だということを知った。

当時は土地が値上がりしており、多くの人が四万円以上で買いたいと西園寺に申し入れたが、西園寺は「池田と約束しておるから」と断わったのだ。西園寺が、高値に釣られて動くような人間であれば、成彬は西園寺邸を買うことはできなかった。

「申し上げます」

成彬は言った。西園寺の目が真剣になった。

「まず今日《こんにち》の問題は、大正七年（一九一八年）に第一次世界大戦が終わりましたが、そこから端《たん》を発しております。戦後の大正九年に戦後不況に陥りますが、そのときの原敬《たかし》内閣、そして大正十年に原氏が暗殺されてからの高橋是清内閣、この両政友会内閣が、引き締め政策をとらなかったことが問題です」

黙って聞いている西園寺が目を閉じた。原の後継に高橋を指名したのは西園寺だ。

「同様に、日本銀行も引き締め策をとりませんでした。つづく大正十二年九月に関東大震災が発生し、経済も大きな痛手を受けました。この震災で受けた損害も早急に処理すべきであったのに、それも先送りになりました。あの時代は、まだ我が国に力があり、そのうち経済が回復すればなんとかなるだろうという思いだったのでしょう。結局、それが昭和二年に始まる昭和恐慌へと繋《つな》がっています。恐慌時には、多くの銀行が倒産してしまうというので政府に金を出してもらいましたが、落ち着いたあとは引き締めるべきだったでしょう。

このように引き締めるべきときに引き締めていなかったために、今日、我が国経済の基盤は極めて脆弱《ぜいじゃく》です。ここで手綱を緩めるべきではありません。私は民政党と同じく金解禁を続行すべきという考えです」

「高橋さんの政策はよくなかったのか」

西園寺は自分が高橋を首相に指名しただけに、わずかに眉根《まゆね》を寄せた。

「そう思います」

成彬は容赦《ようしゃ》ない。

「商工業者が来て、解禁をやると国がつぶれるというようなことを言ってくるかもしれませんが、そんなことで国はつぶれません。商工業が不振となり、不景気が来て、世の中が騒がしくはなるでしょうが、それくらいのことは我慢しなくてはなりません。それでなければ我が国の経済は立ち直りません。ここで緊縮方針を採用して、物の生産原価を下げて、すべての事業を合理化させなければ、我が国の前途は明るくなりません。二年かかるか、三年かかるかはわかりません。その間は、たしかに困ります。だから西園寺さんのところに来て、泣き言を言う者がいるのは想像がつきますが、絶対に我が国がつぶれることはありませんので、ぜひ泣き言をいう者たちを押さえていただくようお願いいたします」

「時局についてはどうか?」

「それに関しては私のほうからお尋《たず》ねいたしますが、西園寺さんは軍人にお会いになっておられますか」

「会っておりますよ」

「どういった階級の方でしょうか」

「将官級ですかね」

西園寺は思い出すような顔をした。

「そんな人と会っていてはいけません。少佐《しょうさ》や大尉《たいい》といった少壮軍人とお会いになりませんか」

「そういう人はあまり来ません」

「それならば、西園寺さんのほうから会いに行かねばなりません」

成彬は強く言った。

西園寺は黙って成彬の次の言葉を待っている。

成彬は、平沼騏一郎《きいちろう》(後の首相)たちと、参謀本部ロシア班班長橋本欣五郎《きんごろう》(軍事クーデター未遂事件・三月事件の首謀者、戦後A級戦犯)からロシア情勢を聞こうとしたことを西園寺に話した。

「どのような話だったのですか」

西園寺は興味深い顔をした。

「それが、橋本はロシアの話などちっともしない。内地批判、資本家攻撃ばかりです」

成彬は憤慨《ふんがい》したように言った。

「ほほう……」

西園寺の目が鋭くなった。

「彼は、こう言いましたよ。自分は陛下《へいか》の軍人だ。政府の言うことなんか聞かん。政府が兵を出せといっても出しません。しかし陛下の命令とあれば出します。そのとき、誰かが私のことを三井の池田だと紹介しましたら、私をじろりとにらんで、自分たちが鉄砲を撃《う》つときは民衆を相手には撃たない。君たち資本家に向けて撃つ、とこんな態度でした。西園寺さん、日本の軍隊はいつからこんなに偉くなったのですか。政府の命令は聞かないが、陛下の命令なら聞く。これでは軍としての統率もなにもあったものじゃない」

「それは問題だ……」

「これは何も橋本一人の話ではなく、軍にはこうした不穏《ふおん》な空気が蔓延《まんえん》しているようです。若い将校の話を聞かなければだめです。元帥《げんすい》や大将の話ばかり聞いていると、時代を読み間違ってしまう可能性があります」

「わかりました。よく心得ます」

「金解禁では国はつぶれません。もし国をつぶすというなら、こうした軍人の暴走こそが国を滅ぼすことになります。経済は、良くなったり、悪くなったりするもので、絶対的なものではありません。安心してください」

成彬は言った。

西園寺は成彬の情報力に驚き、その才能を高く評価した。成彬と西園寺は、この対談が最初で最後になるのだが、その後の混乱する政局において西園寺は何かと成彬を頼りにするようになる。

西園寺はなぜ成彬を評価したのだろうか。これは成彬の率直《そっちょく》な物言いと欧米的で合理的な考え方をするところを気に入ったのではないだろうか。

西園寺はフランスで学問をした人物で、どちらかと言えば対欧米協調派だ。成彬も同じ考え方の人物だと認識したのだろう。

それではなぜ成彬は、評判の悪くなった金解禁をここまで支持し続けるのだろうか。

金解禁と緊縮財政によって第一次世界大戦後の不況以来、先送りになっている不良債権問題の解決を図るべきだと考えていたこと、これが第一の理由だ。

もう一つは、欧米と同じ金本位制に復することで通貨が安定すれば、運用先に困っている資金を安定的に海外で運用できるという、金融機関経営者としての考えだ。

さらに深く理由を探れば、欧米と協調していくことが日本の生きる道だと考えていたに違いない。浜口と井上は金解禁と海軍軍縮政策を推《お》し進めた。これが軍部や右翼の反感を買ったわけだが、すべて対欧米協調路線だと言えるだろう。これに成彬も同調していた。

軍部の勢力を抑《おさ》えて、欧米と争わない。これが米国に留学し、欧米視察も多く経験した成彬の考えだ。

成彬は、浜口や井上亡き後、政治に係わりあうことになるが、その中でこの対欧米協調の考えを貫き通すことになる。

しかし成彬の限界もここにあった。彼は財閥《ざいばつ》の経営者だった。金解禁と緊縮財政政策によってどん底に陥れられた庶民の生活にまでは、想像が及ばなかったのだ。

この頃の庶民は、生活の苦しさから子供を売らざるを得なかった。東北ではこの当時、約六万人近い少女を含む女性たちが芸者や娼妓《しょうぎ》に売られたり、子守や女工として村を捨てたりした。

こうした農村を中心とした庶民の暮らしの困窮は、社会不安となり、成彬が最も避けたかった軍部の台頭や財閥批判になっていく。

6

昭和六年九月二十一日、英国は突然、金輸出を禁止した。金本位制を停止したのだ。金本位制の総本山である英国のこの決定は、世界に衝撃を与えた。

英国も止むを得ない選択だった。米国発の世界恐慌は、米国の資金で経済を再建しつつあったドイツ経済を直撃した。ドイツから多くの資金が流出したため、銀行は苦境《くきょう》に陥り、オーストリーの大銀行クレジット・アンシュタルトが支払い停止になった。

このドイツの金融危機は、英国を直撃する。欧州各国が英国経由でドイツに投資していたため、英国から資金を引き上げ始めた。フランス、スイスなどは四億ポンド以上の資金を引き上げた。これではさすがの英国も手を上げることになり、金本位制を停止したのだった。

「英国が金輸出を禁止しました」

出張から東京駅に戻ってきた成彬をつかまえて、部下が言った。

「なんだと」

成彬にとって寝耳に水だった。予想さえしていなかった。あの英国が金本位制から離脱したのか。

「ドルを買い、手当てしました」

部下は言った。

「それは素早い手当てです。結構でした」

成彬は、部下が冷静に対処したことに感謝した。

その理由は、国内の運用先不足から、三井銀行は、英国に九月時点で約八千万円の債券や預金などを保有していた。それが凍結されてしまったのだ。

この債券投資の方法は、ドルを買い入れ、これを米国での先物《さきもの》に売りつないで安全を図り、同時にその資金を英国に還流《かんりゅう》させる手段だった。

金輸出禁止になり、ポンド資金が凍結されたとしても、先物決済に使うドルを調達しなくてはならない。そのほかにも、早急に輸入決済用のドルは調達しなくてはならない。

「とにかく実需《じつじゅ》の分のドルを確保しておいてください」

成彬は部下に指示した。結局、三井銀行は約二千百三十五万ドル（約四千三百二十四万円）を買い入れた。

これが三井銀行のドル買いのすべての金額だった。

ところが日本の金輸出禁止を見込んで、円暴落、ドル高騰の思惑から多くの銀行や商社がドル買いに走った。

「嫌な記事が出ております」

成彬のところに、部下が新聞記事を持ってやってきた。

東京朝日新聞（昭和六年十月十四日）だ。

「読んだよ」

成彬は顔をしかめた。

「お読みになりましたか、この財界人の自重《じちょう》を望むという記事を」

その記事には、最近の財界には英国が金輸出禁止に踏み切ったことから、我が国の金輸出再禁止を見込んで資本逃避的動きをする者がいると指摘している。

「朝日はあくまで金本位制を守れという立場のようだね」

「そのようです。井上蔵相も、ドル買いには徹底的に戦うと言っておられます」

大蔵省は十月五日に公定歩合《ぶあい》を二厘《りん》引き上げた。これによって海外の高金利に流れる資金を抑えようとするものだ。その後も井上は公定歩合を上げ、また横浜正《しょう》金《きん》銀行を通じて徹底してドル買いにドル売りで対抗する。

「金本位制をこのまま維持するのは難しいかもしれません。政友会は即刻、金輸出を再禁止すべきと言っています」

「しかし井上を支えなくてはなるまい。絶対に三井銀行では投機的なドル買いはするな」

「承知しておりますが、三井物産などはどういう動きをしているかわかりません」

「とにかく三井に批判があつまるのを避けねばならない」

成彬は強気に金本位制の維持を強調したものの、もはや制度の維持は困難だろうと認識していた。

正貨の流出は、日銀券発行高を急減させ、物価の低落に歯止めがかからなくなった。公定歩合の引き上げが、さらに景気を悪化させていたからだ。

それに、軍部は満州で戦争まで起こしている。九月十八日に始まった満州事変は、政府が不拡大方針を発表したにもかかわらず、拡大の気配を見せている。

電話が鳴った。

部下が受話器を取った。深く低頭している。

「誰からだ」

「井上様からです」

部下の顔が硬い。

成彬は部下から受話器を受け取った。

「深井が我が国も金本位制から離脱せよと言いおった。そのほうが賢明だというのだ」

いきなり井上の甲高《かんだか》い声が、成彬の耳に飛び込んできた。

深井英五《えいご》は後に日銀総裁になるが、当時は副総裁だった。官学出が多い日銀の中で、同志社英学校（現在の同志社大学）卒としては異例の出世をした人物だ。

井上は興奮していた。成彬は黙っていた。

「今、あきらめたら、何のために今まで苦労してきたんだ。水の泡というのはこのことだ。断じて金本位制を守りぬかねば、我が国の経済は立ち行かない。そう思わないか」

井上は成彬に同意を求めた。

「わかっている」

成彬は井上の声に押されるように答えた。井上は金解禁に命を懸けている。ましてや浜口亡き後は、従来にまして金解禁に固執《こしゅう》している。

「モラルサポートは続いているな」

「もちろんだ」

「では昨今のドル買いはどういうことだ」

「三井銀行は投機的なことは一切していない。信じて欲しい」

成彬は言った。

「私は、マスコミからドル買いについて質問されれば、三井などの大手金融機関が悪いと言うぞ」

井上は脅《おど》しをかけてきた。井上は元来強い性格ではない。今の苦境を誰かの責任にしなければならない。政治家としてもそのほうがいいと考えているのだ。

「それは間違いだ。三井銀行は少なくとも投機的なドル買いはやっていないと言っているではないか」

「それでは経済人を君が集めてモラルサポートを確認してくれ。頼んだぞ」

井上は一方的に電話を切った。

成彬は、受話器をしばらくにらんでいた。

「どんなご用件でしたか」

部下が聞いた。

「財界人を集めて、金解禁を支持する声明でも出せと仰《おお》せだ。やるしかないな」

成彬は唇を嚙《か》んだ。

成彬は、団琢磨《だんたくま》、串田萬蔵《まんぞう》、各務鎌吉《かがみけんきち》、八代則彦《やしろのりひこ》、郷誠之助《ごうせいのすけ》などを集めて十月、十一月の二回にわたって声明を出した。

「英蘭《えいらん》銀行の金売却停止後我国国際貸借関係の順調なるにもかかわらず、我国正貨の海外に流出する金額の頗《すこぶ》る巨額にのぼりたるために、我金本位制には種々の論議をなすものありといえども、目下《もっか》金の輸出禁止を必要とする理由なきのみならず、軽々《けいけい》にこれを行うことは対外為替相場の下落と激動とにより、我国経済の根底に変革を来《きた》すものにして、とくに目下満州事変に伴う国際政局の重大にかんがみ、我国民はこの際金本位制を擁護することの必要を認め、その目的のため、官民一致協力すべし」

しかしこの声明も、発表直後に空《むな》しいものとなる。十二月十三日に組閣された政友会内閣の犬養毅首相、高橋是清蔵相のコンビで、金輸出禁止に踏み出す。

昭和六年十二月二十四日付け時事新報《じじしんぽう》は、金解禁以降再禁止の十二月十三日までのドル買い内訳を報じた。

ナショナル・シチー銀行二億七千三百万円、住友銀行六千四百万円、三井銀行五千六百万円、三菱銀行五千三百万円、香港上海《ホンコンシャンハイ》銀行四千万円、三井物産四千万円、朝鮮銀行三千四百万円、三井信託銀行千三百万円、その他一億八千七百万円。

これだけで日本の正貨は七億六千万円も流出してしまったことになる。

7

昭和六年十一月二日、三越の店内に朝から集まっていた人々が、午前十一時ごろ、デモ隊となって店外に出た。そして三井銀行との間の道路に数千枚のビラを撒《ま》いた。さらにワッショ、ワッショと叫びながら、三井合名《ごうめい》の玄関に殺到して、そこでもビラを撒いた。

「重役に会わせろ」

男が小使いを捕まえて、大声を張り上げる。

断わると、三人の男たちが受付台に飛びあがり、労働歌を歌いだした。

「重役に会わせろ」

「だめだ」

「会わせろ」

断わられるとデモ隊は銀行に向かい、客のいるロビーを占拠し、演説をしたりするものがいた。

警官隊が来て、三十一名も逮捕して行った。

彼らは「社民青年同盟」と名乗り、翌三日も、三越の角から三井銀行に面した道路にビラを撒いて気炎《きえん》を上げた。

十二月十六日付け東京朝日新聞には、「降ってわいた金再禁でだれが一番もうけた？」と見出しをつけ、「伝えられるところでは三井財閥系のドル買いは、一億五千万円云々《うんぬん》」と書き、ドル買い資本家は完全に凱歌《がいか》を上げたと書いている。

「各地から三井批判が起こっているようだね」

団琢磨が成彬に言った。

「そのようですね」

成彬は答えた。

「大阪には笹川良一が抗議文を持ってきたらしい。社民青年同盟の赤松克麿《かつまろ》が首相官邸に現れ、三井のドル買いを警告しろと文句を言ったそうだ。大阪日日や大阪時事には、ドル買いの責めを負い、池田成彬氏辞職決定という記事が出たそうじゃないか」

団は落ち着きのない雰囲気で言った。

「その記事は誤報で、取り消しを要求しました」

成彬は落ち着いた様子で答えた。

「銀行として説明したほうがいいんじゃないか。実際、実需分しか買っていないのだからね。責められるのは不当だよ」

「無理です」

成彬はきっぱりと言った。

「なぜだ」

団は訊いた。

「当行は英国に八千万円の資金を凍結されており、ポンドが三割下がっている現状では、素人でも当行が二千四百万円も損したことがばれてしまいます。これだけの金額の赤字を発表せざるを得なくなります。そうなると、また取り付け騒ぎが起きる可能性が十分にあります。決算発表まで待っていただきたい」

「しかしねえ。八郎右衛門《はちろうえもん》さんのお屋敷にまで、社会民衆党の者たちが数十名も押し寄せて、ドル買いの利益で、饑饉《ききん》の奥羽地方の窮民《きゆうみん》を救済しろ、と叫んでいるんだ。ほっとくわけにもいくまい」

団は眉根を寄せた。

「私のところにも、いろいろな人間が訪ねて参ります」

「いちいち会っているのか」

「会って説明しております」

「大丈夫なのか」

「大丈夫もなにも、十二分に説明しております」

「しかし私ばかりでなく、他の者もドル買いに関して三井の立場を説明するべきだと言っているぞ」

「わかりました。なんとか検討しましょう」

成彬はドル買いの釈明《しやくめい》を検討すると答えたものの、じっと我慢していた。それは熱い湯に入ったような気分だった。

三井銀行、なかんずく成彬への攻撃は続いた。

「三井の池田が殺された」凶行の場所は「日本銀行の前で」、「東京クラブの玄関で」、「東海道線列車のなかで」と様々なデマが流れた。

成彬に直接脅迫電話をかけてくる者もいた。社会民衆党の吉村某《なにがし》は、「我が党の要求を速《すみ》やかに実行せよ。そうでなければ重役や家族にまで闘争をかける」と脅《おど》かしてきた。

こうした三井への攻撃は、井上など政府側が金解禁の混乱による庶民の不満のはけ口を三井財閥攻撃に向けさせたことも大きい。

井上は蔵相を辞めた後の昭和七年（一九三二年）一月五日の東京朝日新聞に、「金の再禁止に就《つい》て」という論文を発表し、その中で「利益本位の思惑者流が、その暴利の目的を遂行しようとすれば、あらゆるものを犠牲に供して惜しまないものである。極端に言えば、国家といえども省《かえり》みない場合があるようである」と、ドル買いをした者たちについて憎しみを込めて書いている。

井上にしてみれば、金融界がモラルサポートを約束しながら、いっこうに収まらない正貨流出に腹立たしい思いを抱《いだ》いていたのだろうが、政治家らしい世論誘導だった。

世間の三井財閥攻撃は、最悪の事態へと進んでいく。三井合名理事長団琢磨が暗殺されるという事件が起きた。

　こうした事態を受けて、成彬はようやく昭和七年三月の株主総会で八百万円の損失を発表し、ドル買いの顚末《てんまつ》について説明をすることを決意した。

　銀行の内部では、赤字決算発表について反対の声が強かった。大手銀行が赤字決算などしたことがないからだ。

　成彬は「どうしても出す。いい加減なことをしてごまかしていくことはいかん。大銀行が小細工をしたという評判は受けたくない」と、行内の反対の声を抑えた。

　しかし成彬は、銀行内の不安を軽減するためにも、他の銀行に直接ぶつかることにした。他の銀行も同じように損を出している可能性があるからだ。

　普通は銀行の決算を、事前に他行に明かすなどということはあり得ない。もしこの体当たり的な作戦に失敗すれば、他行は黒字、三井銀行だけが赤字という結果になる。ひょっとしたら、三井銀行だけが取り付け騒ぎにあうという最悪の結果も考えられる。

　ここが成彬らしい。覚悟が決まると、ひらりと何事もないかのように背水《はいすい》の陣を敷く。自分から退路を断《た》ち、血路《けつろ》を拓《ひら》いていく。

「三井銀行では八百万円の赤字を出すことにしている」

　成彬は、三菱の串田と住友の八代にあっさりと言った。

二人は顔を見合わせ、驚いている。

「今回の金輸出再禁止で儲《もう》けたように言われているが、実はこの通りだ。英国に資金を凍結されてどうしようもない。赤字を出すのは問題だという声もあったが、小手先を弄《ろう》せず、正々堂々と損をしましたというほうが世間は信用してくれるに違いないと判断した」

成彬は二人をじっと見つめた。

「池田さんがそういう決心で臨《のぞ》むなら、我々も考えてみよう」

串田は言った。八代もうなずいた。

結果としてこのときの決算では、第一と安田は黒字、三井、三菱、住友は赤字になった。

株主総会で成彬は、赤字決算とドル買いの顚末について説明した。しかし世間の攻撃は収まることはなかった。

「朝日が一遍《いっぺん》ドル買いを攻撃したら、いくら後から説明してもだめです。ああいうことは将来注意しなければならんことですね」

成彬は、マスコミの怖《こわ》さを漏《も》らしたが、もはや、手遅れだった。

第七章　血盟団事件《けつめいだん》

1

暗闇の向こうに地響きのような音が聞こえる。大洗《おおあらい》の海岸の岩に波が当たり、砕ける音だ。

「波に負けているぞ」

日召《にっしょう》が太い声で叫ぶ。

「南無妙法蓮華経《なむみょうほうれんげきょう》」

「南無妙法蓮華経」

日召の背後に並んだ、死に装束《しょうぞく》のような白い着物を着た男たちが、大声で題目《だいもく》を唱《とな》えている。暗闇で彼らの顔は判別が難しいが、薄い着物が包む肉体の張り具合から見て、皆、若者のようだ。

彼らは、まさに振り絞《しぼ》るという表現が相応《ふさわ》しい声を出している。荒い息が白い。太平洋から吹きつけてくる冬の風は冷たく、肌に痛いほどだ。しかし彼らの額にはうっすらと汗が滲《にじ》んでいる。

日召が拳《こぶし》を振り上げた。

「弱きものたちの肉をむさぼり喰《く》う資本家たちと、その走狗《そうく》どもを一掃《いっそう》しなければ、世の中は改造できない」

日召が大声を張り上げる。

「南無妙法蓮華経」

彼らは、一心不乱に題目を唱えている。

「我が国の状況を見るに、政治、経済などなにもかも大いに間違っておる。政党、財界、特権階級は私利私欲に走り、民《たみ》を省《かえり》みず、国を誤らせている……」

日召の演説は続く。日召の額にも汗が滲んでいる。

井上日召は、明治十九年（一八八六年）に群馬県で医師の三男として生まれた。明治四十三年（一九一〇年）には、満州にわたり、満鉄社員になるが、陸軍の諜《ちょう》報《ほう》活動に従事するようになり、軍部、右翼などと関係を持つようになった。

大正九年（一九二〇年）に帰国し、庶民、とくに農村の疲弊《ひへい》などを見るにつけ、国家の改造を考えるようになった。

日召が帰国した頃の日本は、大正六年（一九一七年）のロシアの十月革命などの影響で、マルクス主義による改革を唱える者が多く現れていた。

大正十一年（一九二二年）には、共産主義運動の中心であるコミンテルンの指示をうけ、日本共産党が結成された。彼らの一部には武力による革命を目指している者たちもいて、政府は非常に警戒を強め、後、大正十四年（一九二五年）には、治安維持法を成立させ、取り締まりにあたっていた。共産主義や社会主義によって革命を起こそうと考えたり、またそうした動きに同調したりしたものは投獄された。

一方、こうしたマルクス主義とは別に、国家社会主義が台頭してきた。

これらもマルクス主義の影響下にあったのだが、共産主義などのように天皇制を否定するものではなかった。それは娘を売るなどをしなければ生活できないというあまりに悲惨な農民など、庶民の生活を安定させるには天皇を中心とした社会にし、現在の資本主義体制を変えねばならないというものだった。

この考えを理論的に体系化したのが、北一輝《きたいっき》であり、大正八年（一九一九年）には「日本改造法案大綱」を発表している。

彼は佐渡に生まれ、早稲田大学で学び、中国にわたり、革命に参加した。

彼の思想は、天皇を中心とした政治体制を構築し、欧米列強をアジアから駆逐するために、日本人は戦わねばならないというものだ。そこには日本人としての強烈な選民思想も見て取れた。彼はマルクス主義の影響や、中国で欧米列強に蝕《むしば》まれた民衆の暮らしを見て、こうした思想に到達したのだろう。

この北一輝の思想は、多くの国家社会主義者を生み出すことになるが、日召も影響を受けたかもしれない。

日召は、帰国後、自分の考えを深めるため日蓮宗徒になり、修行した。そして茨城県大洗の東光山護国堂の住職となった。

この護国堂は、日召の支援者が建立したものだが、茨城県、すなわち水戸は、日召にとって願ってもない土地だった。その理由は、水戸は革命を生み出す土地だからだ。

水戸自体は豊かな土地だったが、ここは非常に不思議な土地だ。江戸期から明治にかけて当時の政治体制に反抗する勢力を生み出し、変革の魁《さきがけ》になってきた。

それは尊皇攘夷《そんのうじょうい》の理論的支柱となった水戸学といわれる日本主義的な学問の影響なのだが、幕末の開国主義者であった大老井伊直弼《たいろういいなおすけ》を暗殺した桜田門外の変を起こしたのも水戸の浪士たちであり、また尊皇攘夷を唱えた多くの浪士や町民、農民らが決起して水戸天狗党《てんぐとう》の乱を起こしたのも、この土地だった。

彼らの唱える尊皇攘夷が、やがて明治維新の大きな流れをつくっていく。水戸は、薩長《さっちょう》のように明治維新で政権の中枢を担うようになったわけではない。しかし革命の魁の役割を果たしたことは事実だ。

そのため明治以降も水戸には志士的な気風を持つ人々が多く存在していたのだろう。国家改造を目指す日召にとって相応しい土地だったのだ。

護国堂には地元の多くの若者が集まってきた。彼らは熱心に日召の教えに耳を傾けた。

暗い海に向かって題目を唱え続けているのが彼らだ。

リーダー格は古内《ふるうち》栄司、教師だ。小沼正《おぬましょう》、菱沼《ひしぬま》五郎は学歴もなく、思うような職につくことができず、身体《からだ》を病《や》んでいたときに日召に出会った。

黒沢大二《だいじ》、川崎長光、黒沢金吉らは小沼や菱沼に誘われた近在の青年たちだ。堀川秀雄、照沼操らは古内に誘われた教師仲間だ。

「我々は、水戸のこの地から、明治維新の志士のごとく、国家改造に立ち上がらねばならない」

日召が、ひと際《きわ》大きく叫ぶと、それに呼応《こおう》して、彼らが題目を唱える声は、波の音を消し去るがごとく、大きくなった。

「野口様がお見えになりました」

古内が題目を唱えるのをやめて、日召の前に歩み出た。

「野口どのか」

日召が振り向くと、きちんと背広をきた男が立っていた。

野口静雄だ。彼は茨城県庁の学務部に勤務する公務員だが、当時国家主義者として名高い安岡正篤《やすおかまさひろ》の門下生として右翼活動の支援に尽力していた。その活動の中で日召とも懇意にしていた。

安岡は、大正十一年に東大政治学科を卒業し、東洋思想や国家主義的思想を教える金鶏《きんけい》学院を創立し、学生や官僚たちを指導していた。野口もその一人だった。

「藤井中尉《ちゅうい》と金鶏学院の学生たちが参っております」

野口が言った。

「そうですか。参りましょうか」

日召は、古内に視線を送った。古内は無言で、題目を唱えていた男たちの前に立つと、彼らは踵《きびす》を返して、護国堂に向かって整然と歩き始めた。その姿はよく訓練された軍人のようだった。

護国堂の広間には、海軍霞《かすみ》ケ《が》浦《うら》航空隊の藤井斉《ひとし》中尉と東大生で金鶏学院生の四元義隆《よつもとよしたか》、池袋正釟郎《しょうはちろう》が待っていた。

彼らは、野口が仲立ちになって日召に紹介した国家主義者たちだった。

藤井は、佐賀県出身で霞ケ浦航空隊を中心に同志を募り、国家改造を企てていた。藤井は上海《シャンハイ》事変で死ぬことになるが、彼の同志には、古賀清志《きよし》や三上卓《みかみたく》などがおり、彼らは後に五・一五事件を起こす。

四元らは旧制高校時代から、国家主義に目覚め、安岡の門下生となったが、日召と出会い、より過激な国家改造計画に加わろうとしていた。

日召は彼らの前に正座した。その周りを古内や小沼らの弟子たちが取り囲んでいた。もてなしといっても白湯《さゆ》が貧相な湯飲みに注がれていただけだ。しかし広間に集まった者たちは、酒にでも酔ったかのような異様なほどの熱気に包まれていた。

「革命と口で言うのはたやすいことだ。しかし誰一人として捨石《すていし》になろうという者はいない。君たちも軍に勤務し、東大に学んでいるが、ここにいる農民たちのために死ぬことができるのか」

日召は激越な言葉を藤井らに浴びせた。藤井も四元も池袋も、顔を真っ赤にして、拳を握り締めた。日召の言葉に腹を立てているのではない。いつでも死ぬ覚悟をしている自分たちを除いて、世の中の人間たちの動きが鈍《にぶ》いことに苛立《いらだ》っているのだ。

「革命は人だ。死ぬことができる人間を何人作ることができるかが問題だ。ここではそういう人間を作っている」

日召は、古内や小沼の顔を見た。

「和尚《おしょう》の言う通りであります。世の思想家は、革命、革命と口々に叫びながら、何もしようとはしない。財閥《ざいばつ》から金をむしり取り、遊蕩三昧《ゆうとうざんまい》の生活をするものもおる始末です。その間、農民は飢え、草を食《は》み、娘を売っています。軍は強い農民がいてこそ戦えるのです。国の基本は農です。農の建て直しを急がねばなりません」

藤井が言った。

「三越の上にぺんぺん草が生えようとも日本は滅びぬが、五百万戸の農家に雨が漏っては日本はどうなるかわかりません」

四元が激しい口調で言った。

「それは橘孝三郎《たちばなこうざぶろう》君の言葉だね」

日召が言った。

橘孝三郎は農本主義者として知られ、水戸に愛郷塾《あいきょうじゅく》を開き、農村改造や若者の教育に当たっていた。後に五・一五事件に連座することになる。

「事態は急迫している。早期に決起し、政財界の巨頭を斃《たお》し、革命ののろしを上げねばならない。我々が命を落としさえすれば、その屍《しかばね》を乗り越えて革命が続くはずだ」

日召は鋭い目で藤井らをにらみつけた。

「三井がドル買いで大儲《もう》けをしております」

四元が言った。

「そのお陰で金本位制は失敗し、ますます物価は高騰《こうとう》し、農民ばかりでなく誰もが疲弊しております。喜んでいるのは、国を売り、ドル買いに奔走《ほんそう》した三井ばかりです。彼らはロンドン軍縮で欧米にひれ伏す浜口や井上に金を送り、国辱《こくじょく》外交を支えております」

藤井が言った。

「財界では、三井の団琢磨《だんたくま》や池田成彬《せいひん》を葬り去らねばなるまい」

日召が成彬を暗殺の標的にすると言った。

突然、日召の背後から、飛び出したのは古内だ。

「先生、私たちにやらせてください」

古内は真剣な顔つきで言った。彼に続いて、小沼も飛び出してきた。日召は彼らをにこやかに見つめ、

「池田はお前がやれ。あいつをやれば三井はおわりだ」

日召は古内に言った。古内は、さもうれしそうに大きくうなずいた。

彼らが計画した暗殺リストは次のようなものだ。

総理大臣犬養毅《いぬかいつよし》、鉄道大臣床次《とこなみ》竹二郎、内務大臣鈴木喜三郎（以上政友会）、前総理大臣若槻《わかつき》礼次郎、前蔵相井上準之助、前外相幣原喜重郎《しではらきじゅうろう》（以上民政党）、団琢磨、池田成彬（以上三井）、郷誠之助《せいのすけ》、木村久寿弥太《くすやた》、各務鎌吉《かがみけんきち》、岩崎小弥太《こやた》（以

上三菱）、元老西園寺公望《げんろうさいおんじきんもち》、内大臣牧野伸顕《のぶあき》、伊東巳代治《みよじ》、徳川家達《いえさと》。

成彬は古内栄司、団は菱沼五郎と黒沢大二が割り当てられた。ともに日召と寝《しん》食《しょく》を共にし、もっとも信頼する弟子だ。いかに日召が、成彬と団の暗殺に本気だったかが、この人選からも推察できる。

2

「団さん、防弾チョッキをつけたほうがいいですよ」

成彬は言った。成彬は、三井合名《ごうめい》の団の執務室に来ていた。

「あれはごわごわして着心地が悪い。井上君も嫌だと言っていた。君はつけているのか」

団は言った。

「いいえ、私も一度身につけてみましたが、仕事をするのに不自由で仕方がない。今はつけておりませんが、必要とあらばつけます」

「君こそ身につけたほうがいいよ。僕は大丈夫さ。何も悪いことをしているわけではないし、殺されることはない」

団は胸を張った。

「それはおかしい。それではまるで、私が悪いことをしているようではありませんか。私も悪いことはしておりませんが、世の中には誤解というものがあります。誤解で狙われることがあるのだから、悪いことをしていないから大丈夫だということはありません」

成彬は団をたしなめるように言った。

実際、団は警戒をしなさすぎると思っていた。

たとえば三井合名の本社に来るにしても、団は人通りの多い正面入り口から出入りしていた。成彬は裏口から護衛と一緒に出入りすることにしていた。そこは人通りが少なく、怪しいものがいればすぐにわかる。

「それにしても昨日もドル買い攻撃のビラが撒《ま》かれていた。なんとか世間に説明することを再考してくれないか」

団は眉根《まゆね》を寄せた。

「今、他行と決算について話し合いを持っております。株主総会の場で、詳細を説明する考えです」

成彬は従来からの方針を言った。赤字決算を公表するタイミングを間違えば、三井銀行が引き金となって、金融界全体に恐慌を起こしてしまう危険をぬぐい去ることができなかったからだ。

世間は三井銀行がドル買いで大儲けをしたと誤解をしている。成彬は、金融恐慌の引き金になることを恐れるあまり、この誤解を解くことに積極的ではなかった。たしかに成彬は悪いことをしたわけではない。

国内の資金需要のなさと信用不安から、集まりすぎた預金の運用先に困り、ロンドンで約八千万円の運用をしていた。ところが予想に反して、イギリスが昭和六年（一九三一年）に金本位制からの離脱を宣言した。そこでドル先物約定履行《さきものやくじようりこう》に備えるためなどに、ドル資金を手当てしただけのことだ。

金額にして二千百三十五万ドル。全くの実需《じつじゆ》であり、なんら投機的取引ではない。いわば通常の銀行取引だった。

しかし世間はこれを三井のドル買いとして非難した。

「君はイギリスを信用しすぎたわけだ」

団の目が鋭くなった。

成彬は、唇を噛《か》んだ。その通りだと思った。視察で目にした欧米の景気の良さに惑わされたのかもしれない。

「おっしゃる通りです」

成彬は言った。

「とにかく世間の誤解を解いてもらいたい。なにせ政府からして三井攻撃をしている始末だからね。自分たちの政策の失敗のツケを、こっちに回しているのはまことに腹立たしい」

団は言った。

成彬は、世間にドル買いの説明をするようにとの団の要請を断わった。これは、なんの準備もなく公表することが、かえって混乱を招くとの成彬の合理的判断だ。

しかし現在では、その判断が正しかったかどうかは評価の分かれるところだ。積極的に情報公開すべきだったという意見もあるだろうが、その結果は成彬の心配するように、社会的な混乱に拍車をかけたかもしれない。それは歴史の〝ｉｆ（イフ）〟でしかない。

3

銀行に戻ると、成彬は山積みになった書類を急いで決裁し始めた。

成彬の机は、仰《あお》ぎ見るほどの書類が積まれていた。成彬は比較的きちんとした男で、物事も合理的に処理していく。しかし机の上の書類だけは違った。とにかく高く積んである。

誰かが、どうしてこんなに積んであるのかと訊《き》くと、片付けやすいからだと答えた。要するに、整理のための整理をしないということなのだろう。自分の仕事が最もスピーディに進む方法が書類の山積みだった。一見、無造作《むぞうさ》に積んであるように見えて、成彬なりの整理がなされていた。

「怖《こわ》い顔をなされていますね」

秘書が決裁書類を差し出しながら言った。

「そうかね……」

成彬は、承認印を押すのをやめて、秘書の顔を見た。

「ええ、いつになく怖い顔です」

成彬は、「怖い人」と思われていた。それは無駄を嫌うからである。部下が相談をしても、細かいことは訊かずに結論を出す。それが本質を突いている。微笑《ほほえ》むと人をひきつけるのだが、滅多《めった》にそんな顔はしない。

「世の中が物騒《ぶっそう》になったからね。あんなものが必要だ」

成彬は、部屋の隅に置いた防弾チョッキを指差した。秘書は暗い顔でそれを見つめた。

「九州の視察は、供《とも》の者はいかが致しましょうか」

秘書が、九州地区の支店視察の随行員について訊いた。

「私、一人でもいいが、なんなら君が付いてきなさい」

げた。

「そうだ。嫌か？」

「嫌ではありませんが、早川常務は八人もつれて行かれましたが」

秘書は、前常務の早川千吉郎が多くの随行員をつれて視察旅行に行ったことを告げた。

「無駄だな。支店にも迷惑なだけだ。大げさなことはするな」

成彬は、強く言った。

成彬は大げさなことや自己宣伝めいたことが嫌いだった。三井銀行の社史を作る際も、自分の写真は載せなかったくらいだ。だから前任者が大名行列のような視察をしても、自分はやらない。

「承知しました」

秘書は低頭《ていとう》した。

「少し居残りが多くなっているようだね。居残り料が増えているではないか」

成彬は、人件費元帳を見ていた。居残り料は、時間外勤務手当のことだ。

「気付きませんでした。人事部に申し付けておきます」

秘書は、成彬の指差す数字を緊張した顔で見ていた。

「無駄な居残りをして、居残り料を稼ぐような恥ずかしい仕事をさせてはいけない。俸給《ほうきゅう》を引き上げてもいいから、仕事を効率よくなし遂げてもらいたい」

成彬は残業が嫌いだった。部下がぐずぐずと残業をしているのは、上司に能力がないからと考えていた。

「自分の部下を私的な奉公人のように考えて、無駄な居残りや用を言いつけている幹部がいるのではないかね」

「は、はい」

「そういうのは絶対に許すわけにはいかない。部下の人格を尊重して仕事を命じなければならない。居残り料の増加について分析して欲しい」

成彬は書類を未決箱に入れた。彼は、部下の人格を認めない幹部に厳しい目を向けていた。

「常務、先般の増資におきまして、登記《とうき》事務が遅れており、少し便宜《べんぎ》を図ってもらうために何かを持って行きたいと現場が申しております」

三井銀行が増資をした際、登記手続きが遅れた。その遅れを取り戻そうと現場が役人に付け届けをしようというのだ。

成彬は筋《すじ》が通らないことはしない主義だ。また銀行の経費で役人に対する付け届けをするなどは、もっての外と考えていた。

「賄賂《わいろ》かね？」

成彬の視線が強くなった。秘書の顔が強張《こわば》った。

「賄賂などという大げさなものではありません。煙草《たばこ》の一缶も持っていけば、いいのではないでしょうか」

秘書は、無理に笑《え》みを作った。現場から成彬の許可を取ってくれと頼まれたのだが、成彬の顔を見てまずいと気付いたようだ。

「いけない。役人に何かを贈って便宜を図ってもらおうという考えはよろしくない」

「煙草一缶ですが……」

「それは問題になるようなことではないが、仕事の根本的な考え方の問題だ。登記事務が遅れたのは仕方がない。みんなが努力したのにそういう結果になったのなら、それは私の責任なのだ。私が責任をとるべきことで、余計な細工をしてはいけない。こうしたちょっとしたことをゆるがせにすると、あとで大きな問題になるのだ」

成彬はきっぱりと言った。

「申し訳ありません。現場のものにはよく申し伝えます」

秘書は、また深く低頭した。

「そろそろ時間かな」

成彬は秘書に訊いた。

「来られれば、担当の者が呼びに参ります」

秘書は言った。

「そうか……」

成彬は壁の時計を見た。今から会う男のことを思った。憂鬱《ゆううつ》なような、会ってみたいような不思議な気持ちだった。

執務室のドアが開いた。

若い女性秘書は、緊張した顔で入ってきた。

「北一輝様がお見えになりました」

女性秘書が伝えた。

「来たか……」

成彬は立ち上がった。

4

「三井ではあなたと団氏が狙われております」

成彬の前に座った北は良く響く声で言った。

北は、面長《おもなが》で端正《たんせい》な顔立ちの男だ。中国革命に身を投じたことがあり、詰襟《つめえり》の中国服を着ている。

北は天皇親政《しんせい》の国家を作るという「日本改造法案大綱」を著し、多くの青年将校に影響を与えていた。また右目が義眼《ぎがん》であり「片目の魔王」と恐れられていた。

北は、三井合名常務理事有賀長文《ありがながふみ》からの紹介で、成彬に会いたいと連絡をしてきた。伝えたい情報があるという。

成彬は、会うことにした。三井銀行の筆頭常務として、あらゆるリスクを考えねばならない時代になっていた。とくに警戒しなくてはならないのは、右翼の動向だった。その情報を得るには最適な人物が、向こうから接触を求めてきた。

「狙っているのはどういうものたちでしょうか」

「右翼や青年将校らがまず挙げられるでしょうな」

「右翼に青年将校ですか」

「彼らは財閥を憎んでいます。また口先だけで動こうとしない従来の右翼を軽蔑し、直接行動にでようとしているのです」

北は表情を変えず、成彬を見据《みす》えたままだ。全身から異様な迫力が伝わってくる。

「私たちを殺せば、何かが変わるとでも思っているのでしょうか」

「あなた方財閥が、政党と癒着《ゆちゃく》し、富を独占しているからですよ。現在の大衆の苦境はすべて財閥のせいだと思っています」

「それは明らかな誤解です。私どもは、政党と癒着して事業の拡大をするなどということを望んでおりません。選挙に金がかかるためにいくばくかの応援もしておるでしょうが、それだけのこと。なんら便宜を図ってもらおうとは思っておりません。むしろ望むのは、取引のフェアプレーのみです」

成彬は強い口調で言った。

「世間はそう思ってはおりませぬ。財閥が政党と組み、己《おのれ》の利権獲得に狂奔《きょうほん》しているると考えております。ですから連日のごとく三井攻撃があり、大衆も同調するのです」

北は静かに言った。

「経済界が好況を持続し、富の分配が普遍的に行われている間は議論は起きません。しかし富の分配に変調をきたし、貧富の間に隔壁《かくへき》が生ずるようになれば、議論は起きてきます。すなわちいくら働いても儲からない、衣食の糧《かて》も得られない、働こうとしても仕事がない。こうして多くの人が失業者の群れに入ることになる。この原因を検討して、問題を改めるため、政治、経済、社会上の欠陥を指摘するのも当然のことでありましょう。私たち財閥は、正当に事業をし、今日《こんにち》の大《だい》をなしたことに、何らやましいところはありませんが、社会の情勢をかんがみて、その立場について再考すべき必要はあると思います」

成彬は沈痛《ちんつう》の面持《おもも》ちで言った。

「ではいかにその立場を再考されるのか」

北は、大きく目を見開いた。義眼がぬめりと光った。

「まず財閥が今日、大をなしたのは国家の保護があったこと、国家興隆《こうりゅう》の流れに乗ったこと、大衆と共存共栄の関係を保ったからであること、これを忘れてはならないと思います」

成彬は北を見据える。

「具体的には」

北が迫る。

「まず財閥は小資本の事業から手を引くこと。即ち大資本でなければできないことをなすべき。次に財閥は事業を独占しないこと。財閥による事業独占は財閥にとっても有益でない。その独占事業を社会に開放してこそ、財閥は国家にとって有用な機関となるのだと思います」

「財閥を少数のために存在するのではなく、社会大衆のために存在する方向に変えるというわけですな。よき方向かと思います。しかして銀行経営はいかがなるものでありましょうか」

　北は、初めて微笑した。

「銀行経営者という者は、完全に預金の支払いに応じるという信念がなければいけません。これがない経営者は失敗しました。しかし今日はそれだけではいけない。巨額の資金が集中し、社会に大きな影響を及ぼすようになっております。また自己資本の少なさも経営の安定性に問題があります。このように考えますと、早期に財閥などの少数株主の支配から脱して、不羈《ふき》独立にして権力情実の拘束を受けざる自然団体になり、国家産業の発展のみに貢献すべきと考えます」

　成彬は、北相手にこのような話をするつもりはなかった。しかし北は単純な国粋《こくすい》主義者ではなく、社会主義的な考えも持っており、自分の話を理解できるのではないかと考えていた。

　成彬は、ドル買いに続く三井への社会の批判について考えを深めていた。なぜ財閥は批判されるのかということに悩んでいた。

　これさえ解決すれば、自分も含めて命を狙われることがないだろう。しかしそんなことよりも真面目に努力していながら、大衆の呪詛《じゅそ》の対象になるという矛盾《むじゅん》をなんとかしなければ、三井の存続そのものが危うくなると危惧《きぐ》していた。

　考えた結論は、財閥の社会大衆への開放ということだ。

今日的に言えば、財閥という少数株主の産業や金融の支配を終わらせ、もっと広く大衆のものにするということだ。またその社会的責任を果たさねばならないということだ。今日、企業の社会的責任（ＣＳＲ）ということがよく言われるが、その考えも含んでいた。

「かなり過激な考えですな」

北は笑った。

「あなたから、過激と言われるとは思いもよりませんでした」

成彬は表情を変えない。

「あなたはなかなか面白い人だ。私と腹蔵《ふくぞう》なく話ができそうだ。私は多数の青年将校と親交があるが、彼らの将来を極めて憂《うれ》えている。そこで彼らを暴走しないように導かねばならないが、それには費用がいる。あなたのような国のことを考える財閥経営者に、少し協力をしてもらえないか」

北は、尊大さを見せつけるように胸を張った。

成彬は、北の顔を見つめた。この男は国を憂えているのか、それとも金のために憂国《ゆうこく》の志士を気取っているのか、見極めようとした。

「何もそれほど巨額の金を欲しいと言っているわけではない。財閥にとってはほんのはした金だ。私は、今や赤貧《せきひん》洗うが如く窮迫《きゅうはく》している。少しの富を分け与えて欲しい」

北は浅ましく言った。

「わかりました。私も三井を守らねばなりません。あなたの有益な情報に価値を認めましょう。いかほど差し上げればよろしいでしょうか」

成彬は訊いた。

北は、よく整えられた髭《ひげ》をなでた。

「五千円ほどいただけるでしょうか」

「五千円ですか……」

当時の総理大臣の年収が一万円、三井銀行の重役としての成彬の年収並みの金額を要求してきた。

五千円を承諾した。やむを得ない選択だと考えた。

北は、憂国の士と見せてはいるが、強請《ゆす》り、たかりの顔を持つ男だ。こんな男に五千円もの巨額の金を渡すことに抵抗がないわけではない。

しかし三井を守るという一点で妥協することにした。拒絶するのは簡単だが、現下の社会情勢を考えた場合、それは困難な選択に思えた。

北は成彬から五千円を受け取ると、すぐに帰っていった。

「団さんと他の重役にも、十分に注意するように言わなくてはなるまい」

成彬は重苦しい気分に襲われた。自分の顔が、ますます怖くなっているだろうと思った。

5

艶《つや》の顔が冴えない。

「どうした」

成彬は汁をすすりながら言った。

「昨日、家の前を掃除していましたら、なにやら目つきの悪い男がこちらをじっと見ているのですよ」

艶が箸《はし》を置いた。

「思い過ごしではないのか」

成彬は、軽く言った。

「そんなことはありません。二度も目が合いました」

艶が怒った。

「どんな男だった」

「紺《こん》色の着物に帽子をかぶっていました。若い男で、そう身長はこれくらい……」

艶は椅子《いす》から離れて、自分の頭の上に手をかざした。

「警護があるから大丈夫だよ。警察が守ってくれるさ」

成彬は茶を飲んだ。

警察が守ってくれるとは思っていない。もし守ってくれていれば、いままで暗殺など起こらなかったはずだ。自分のことは自分が心配するなり、覚悟を決めなくてはならない。しかし艶を徒《いたずら》に不安にさせるのは本意ではない。

「そうだといいんだけど。でも、同じような男の人をこの間も見かけたわ」

艶が心配そうな顔をした。

「どこで見かけたんだ」

「それがね、電車通りに出たところに煙草屋さんがあるでしょう。あの二階に通じる階段を上がっていくのをみたわ。今日と同じ着物に帽子というういでたちだったわ」

艶は言った。

北が言っていた暗殺者なのかもしれない。成彬は緊張した。

「私も注意するが、お前も気をつけなさい。何かあっては大変だからね」

成彬は言った。

「去年、浜口さんもお亡くなりになったでしょう。とても心配だわ」

艶は言った。

民政党内閣を率いていた浜口雄幸《おさち》が、東京駅頭で佐郷屋留雄《さごやとめお》に銃撃されたのは、昭和五年（一九三〇年）の十一月十四日だった。浜口は、なんとか回復に努めていたが、翌年八月二十六日に亡くなった。

彼と共に金解禁に奔走した井上準之助は、浜口の死に誰はばかることなく号泣《ごうきゅう》したという。

浜口は、金解禁を実施することで、国内経済を引き締め、同時に軍部の予算を抑え込むつもりだった。

「井上も気をつけなくてはいけないね」

「井上さんも危ないのですか」

「彼は、大蔵大臣のとき軍人の給料を減らしたからね。軍には怒りを買っている。今、軍人は何をするかわからない。勝手に戦争を始めるくらいだから」

成彬の言う通り、昭和六年九月十八日、関東軍が奉天《ほうてん》郊外の柳条湖《りゅうじょうこ》の鉄道を爆破し、満州事変が勃発《ぼっぱつ》した。政府は戦争の不拡大方針を発表するが、現地では戦火が拡大し、一向に収まる気配はない。

「戦争は大きくなるでしょうか」

「軍の動きをどこまで抑え込めるかだな。この不況を戦争で解決しようとするのは、間違っているとは思うがね……。それにしてもどうして三井はこうも憎まれ、嫌われるのかな」

成彬は、財閥が、国の発展のために正当な努力をしても、社会からの呪詛の対象になっているのは、極めて不当だと考えていた。

「世の中は、なかなか理解が行き届かないものです」

「その通りだ。誤解で命を落とすなどということは、最もつまらないことだ」

成彬は言った。

玄関から呼ぶ声がする。電報のようだ。

「なんでしょうか」

艶が玄関に向かった。

成彬は、なにやら胸が痛んだ。よくないことを想像した。夜に電報が来て、いい知らせであるはずがない。

茶を飲み、成彬は艶が戻ってくるのを待った。

「あなた……」

艶の顔が恐怖に青ざめている。

「どうした。なんの知らせだ」

成彬は訊いた。

「井上様が……」

艶が、電報の紙を成彬に渡した。成彬は、それを奪い取るように見ると、そこには井上準之助が銃撃され、帝大青山外科に緊急入院したことを伝える電文が記されていた。懇意にしている記者が打電してくれたものだ。

「井上……」

成彬は奥歯を嚙《か》み締めた。

「お車をお呼びします」

艶は急いだ。車はすぐに到着した。

成彬は、ただちに車に乗り込んだ。

「急いでくれ」

成彬は運転手に命じた。

生きていてくれと成彬は強く願った。

井上は浜口と共に、国内の景気を回復するために金解禁という政策を遂行した。

成彬もそれに協力した。ところがその結果が、この事態を招いたのであれば、それは余りにも悔《くや》しく、また悲しい。

「なんとかしなくてはならない」

成彬の、実業界のリーダーとして何をなすべきかという悩みは、深くなるばかりだった。

6

昭和七年（一九三二年）二月九日、午後八時四分、井上準之助は民政党候補の応援演説のため、駒込《こまごめ》にある駒本《こまもと》小学校の裏門で車を降りた。

そこには、井上をひと目見ようと多くの人々が集まっていた。井上は彼らに手を振りながら、数歩、歩いた。

そのとき、群集の中から突然、一人の男が飛び出し、井上の行く手をふさいだ。井上が何か言う間もなく、その男は構えたブローニング銃を井上のわき腹辺りに押し当てた。

轟音《ごうおん》とともに銃は火を噴いた。井上はステッキを持ったまま、その場に屈《かが》んだ。男は、屈みこんだ井上の腰の辺りに銃を押し当て、また二発の銃弾を発射した。

銃弾は、合計三発。一発は右胸部を貫き、後の二発は左腰部脊柱《せきちゆう》横を貫いた。

井上は、痛いと二度ばかりうなった。すぐに病院に運ばれたが、治療に当たった医師は「すべてが致命傷だった」と言った。享年《きようねん》六十四、惜《お》しまれる死だった。

犯人は茨城県那珂《なか》郡の小沼正、二十二歳だった。小沼はその場で取り押さえられた。

「郷里の農民の窮乏を見るに、これは井上前蔵相のやり方がわるいと思い、殺意を生じた」

小沼は言った。

警察署に護送される写真を見ると、小沼は屈強な身体に端正な顔立ちだ。表情には感情の起伏《きふく》がなく、なにやら静けささえ感じさせる。

井上の夫人チヨは記者に、「かかる時があろうとはかねて覚悟しておりました。いつもの元気で出かけられたのに、今日、射撃されようとは夢にも思いませんでした。これも国家のために犠牲になったと思えば、主人もせめてものなぐさめでしょう」と気丈《きじょう》に語った。

成彬は警戒を強めていた。井上を銃撃した小沼の背後関係はまだ判明していないが、北一輝が伝えていたことが気になった。

北は、最も警戒すべきは右翼や青年将校だと言った。小沼と彼らに関係があるのかどうかはわからないが、殺意の目がどこからともなく自分を狙っていることは間違いない。

成彬は、団にも厳重に注意するように言った。ところが団は悪いことはしていない、僕が狙われることなどないとあいかわらず取り合わない。

成彬の危惧は現実となった。

昭和七年三月五日午前十一時半、日本橋の三井銀行本店南側三越寄りの玄関に団を乗せた車が止まった。車のドアを開けた瞬間、黒の背広を着た男が飛び出し、ブローニング銃を団に向かって発射した。

男は、日向《ひなた》ぼっこをするように、本店の石段に座って、団の到着を待っていたようだ。

団はすぐに本店五階の医務室に運ばれたが、銃弾は右胸部を貫いており、午後零時二十分、亡くなった。享年七十五。

犯人は井上準之助を銃撃した小沼正と同郷の、菱沼五郎（二十一歳）だった。事件を伝える新聞に菱沼の写真が掲載されているが、散切《ざんぎ》り頭の童顔の青年が微笑しているものだ。とても凶悪なテロリストとは思えない顔立ちだ。

小沼と菱沼が行動を共にしていたことはわかっているが、自白しないため、背後関係や銃の入手先についてはなかなか判明しなかった。

成彬は団の遺骸《いがい》を見て、社会に蔓延《まんえん》する財閥への怒りに身震《みぶる》いする思いだった。

テロリストは間違いなく一人ずつ暗殺している。井上も団も即死に近い。そこには人を殺すことについてのためらいは一切ない。たとえ銃を与えられても、実際に暗殺を実行する際は、恐怖のために的《まと》を外したりするものだ。

しかし小沼にも菱沼にもそうした迷いはない。遠くから狙うのではなく、銃を相手の身体に押し付けるようにして発射している。彼らは、まさに訓練された、ある意味、覚悟を決めたテロリストだ。成彬は次は自分が狙われる番だと覚悟した。

「どうして私の忠告を聞き入れ、もっと警戒をしてくれなかったのですか」

成彬は、団の遺骸に悔しさをぶつけた。

菱沼は取り調べに際し、「腐敗しきっている既成政党を打破する目的でやったものだ。既成政党の裏側には、必ず大きな財界の巨頭がついている。まずその巨頭からやる」と供述している。

小沼や菱沼の黒幕として、井上日召という日蓮宗の僧侶の存在が浮かび上がったと、翌日の新聞は書いている。しかし日召の所在は、なかなか判明しなかった。三月十一日の新聞に、ようやく日召が都内の有力者の邸宅にかくまわれていることが判明した。

しかし警察はその邸宅に踏み込んで、日召を逮捕することはしない。それは右翼団体玄洋社《げんようしゃ》を主宰する大物頭山満《とうやまみつる》の邸宅だったからだ。

この当時の警察は左翼には厳しかったが、右翼には弱腰だった。たとえ刑事事件の捜査であっても、右翼担当の官房特高と刑事部との連携がうまくいっていなかった。

警察は頭山の邸宅を取り巻くだけで、日召の任意出頭《しゅっとう》を待っていた。新聞記事でも日召をテロリストの黒幕であると非難するのではなく、「しっかりした男」などと好意的に書く始末だった。

また使用されたブローニング拳銃の所有者は、上海事変で戦死した藤井斉中尉のものと判明した。そして全部で十二丁もの銃が、海軍から日召らに渡っていた事実を警察はつかんだ。しかし、海軍の捜査をすることはできなかった。

小沼、菱沼の仲間である黒沢大二は、叔父に付き添われて自首した。日召の右腕だった古内栄司も、代々木上原の空き家に潜伏中のところを捕まった。

古内は、成彬を暗殺するべく、二月の初めから大磯の別荘や麻布《あざぶ》の自宅、三井銀行などを徘徊《はいかい》し、成彬を見張っていたが、目的を果たす機会を得ることはできなかったと供述した。

古内の逮捕で成彬は命びろいをしたのだ。

日召は、古内の逮捕に覚悟を決め、十一日午前十時に友人の右翼活動家に付き添われ、警視総監のもとに自首してきた。手錠《てじょう》はかけられていなかった。

頭山満と警視総監の間で、日召の扱いを犯罪者ではなく、国士《こくし》とするとの合意ができたために自首したと言われている。

この事件では、小沼、菱沼、黒沢、古内らに加え、東大生四元義隆、池袋正釟郎、久木田祐弘、田中邦雄、京大生田倉利之、星子毅、森憲二、国学院生須田太郎の八人の右翼学生が逮捕されている。彼らは政界の要人暗殺を担当していたが、機会を逸《いっ》し、果たせなかった。

彼らの一人一殺の行動は、世の中を震撼《しんかん》させた。

しかしその二ヶ月後にこの血盟団《けつめいだん》事件に呼応《こおう》して五・一五事件がおき、青年将校たちの行動が世間の同情を集めるに及んで、彼ら血盟団事件の首謀者たちにも同様に同情があつまり、昭和九年（一九三四年）十一月二十二日に言い渡された判決では、井上日召、小沼正、菱沼五郎、古内栄司ら死刑を求刑されていた者たちが無期懲役に減刑されるなど、全般的に寛大な判決がなされた。

そして昭和十五年（一九四〇年）、彼らは恩赦《おんしゃ》を受け、全員出所し、有力な右翼活動家になっていく。

7

五・一五事件は、血盟団事件よりもさらに大規模だった。明大生を含む青年将校たちは、四つのグループに分かれて行動した。

昭和七年（一九三二年）五月十五日午後七時半ごろ、首相官邸に三上卓《たく》海軍中尉

以下四名と五名の陸軍士官候補生ら第一グループは、犬養首相に面談を求めた。警備の警官が面会を断わると、彼らは警官一人を射殺し、官邸に侵入した。

客間で犬養を取り囲んだ三上たちは、「話せばわかる。靴《くつ》でも脱いだらどうか」とたしなめられたが、彼らは「問答無用」と、犬養のこめかみに向けて銃を発射した。

官邸を引き上げるに際して、彼らに立ち向かった警官一人に銃を発射し、重傷を負わせた。

犬養は十五日午後十一時二十六分ごろ死亡。享年七十八。

三上らは二手に分かれて移動し、警視庁に向かった。彼らは警視庁を襲撃しようとしたが、中止し、丸の内の東京憲兵隊に自首した。もう一方の車に乗った者たちは、警視庁内部の窓ガラスなどを破壊した後、日本銀行玄関に手榴弾《しゆりゆうだん》一個を投げ、爆発させた後、東京憲兵隊に自首した。

第二グループの古賀清志《きよし》海軍中尉と陸軍士官候補生三名、陸軍士官学校中退者一名は、牧野伸顕《のぶあき》内大臣官邸を襲い、手榴弾二発を投げつけ、玄関などを破壊した。しかし牧野が官邸内にいたにもかかわらず、彼を襲うことはせず引き上げた。

ただし警戒に当たっていた警官に重傷を負わせた。彼らは警視庁を襲撃したが、警視庁書記官と新聞記者に傷を負わせただけだった。彼らもまた東京憲兵隊に自首した。

第三グループの中村義雄海軍中尉と陸軍士官候補生三名は、政友会本部を襲撃した。彼らもまた警視庁を襲撃したが、電柱などを破壊しただけで、東京憲兵隊に自首した。

第四グループの明大生奥田秀夫らは、三菱銀行本店に手榴弾を投げたが、路上で爆発した。彼らはその場を逃走した。

また彼らテログループとは別に、農本主義者橘孝三郎が主宰する水戸の愛郷塾生七名が各地の変電所を爆破しようと試みた。しかし、なにも損害を与えることができずに逃走した。

もう一つの別働隊として血盟団残党の川崎長光は、五・一五事件の首謀者の一人である古賀清志からの指示で元陸軍士官、北一輝の弟子である西田税《みつぐ》を銃撃し、重傷を負わせる。西田は陸軍の青年将校に大きな影響力を持っていたが、五・一五事件には参加せず、むしろ古賀たちの動きを阻止しようとしたことで逆恨《さかうら》みされたものだ。

五・一五事件は、青年将校、民間人、そして大物右翼の大川周明《しゅうめい》、頭山秀三《ひでぞう》、本間憲一郎が加わった大規模なテロだったが、結局は犬養毅首相を殺害しただけであった。

計画は杜撰《ずさん》であり、その決行日まで陸軍や警視庁などに漏洩《ろうえい》していたとも言われている。うがった見方をすれば、犬養さえ倒せばいいとする政争に、青年将校たちが利用されたかのようだ。

事件の影響は大きかった。テロ行為を働いた青年将校たちは「日本国民に檄《げき》す」と題した檄文で、政党や財閥を倒さねば日本は滅びると訴えており、貧困にあえぐ大衆は、彼らが純粋に国を憂えていると同情さえしたのだ。

また陸軍、海軍とも青年将校のテロ行動を厳しく断罪するのではなく、その趣旨は良く理解できると、いわば甘やかすことで、軍の政治的権力拡大に利用したといえるだろう。

犬養後継内閣は、一時的に高橋是清が臨時首相代理を務めたが、斎藤実《まこと》海軍大将が内閣を組織することになった。ここに政党政治は幕を下ろし、軍の政治支配が確立したのだった。

成彬は、テロ行為を働いた青年将校に同情が集まる世論に、暗い思いを抱《いだ》いていた。なんとかしなくては、財閥としての三井の存続さえ危うくなるのではないかと危惧していた。

一方、団琢磨が暗殺され、その後継を誰にすべきかということが三井では大きな問題となった。そこで成彬に白羽《しらは》の矢が立った。

成彬は三井銀行を辞《や》め、昭和八年（一九三三年）九月二十二日三井合名常務理事に就任する。成彬、六十六歳。

まさに火中《かちゅう》の栗を拾うようなもので、成彬は混迷を極める時代の中で、三井財閥の舵《かじ》取りを担うことになった。

成彬にはやるべきことがあった。それは財閥を社会に開放すること、すなわち「財閥の転向」といわれる大改革だった。

第八章　財閥の転向

1

「嫌になったよ」

成彬《せいひん》は、朝食後の茶を呑《の》みながら艶《つや》に言った。

「どうされましたか」

艶が微笑《ほほえ》みながら訊《き》いた。

「今日もあの銀行の石段を登るのかと思うと憂鬱《ゆううつ》でたまらんのだ」

「まあまあ、ながく勤務されているのに、今ごろそんなことをおっしゃるのですか」

「明治二十八年（一八九五年）に小幡《おばた》先生のご紹介で三井に入った。もう三十八年にもなるのにな。そもそも貧乏士族の生まれだから、算盤勘定《そろばんかんじょう》など面白いと思ったことなど一度もない。時事新報《じじしんぽう》をたった三週間で辞めてしまったものだから、また銀行を辞めると、腰の定まらない奴だと親父《おやじ》からひどく叱《しか》られる。それが嫌でずるずるときてしまった。それにお前とも結婚してしまった……」

成彬は、艶をじろりと見た。

「あら、私のせいで嫌な銀行勤めを続けられたのですか」

艶は笑みを絶やさない。

「こうして思い返してみても、何か楽しかったことがあるかと言われれば、何もない。団さんも死んでしまった……」

成彬は、凶弾《きょうだん》に斃《たお》れた団の最期《さいご》を思い出していた。

艶は、黙っていた。

「団さんが殺されたのは、私のせいだ」

「何をおっしゃいますか」

艶は厳しい表情に変わった。

「ドル買いについてなんら釈明をしなかったことが、三井の評判を悪くしてしまった。団さんはドル買いの理由を公表しろとおっしゃっていた。それを私は聞かなかった……」

「あなたにはあなたのお考えがあったのでございましょう。それを悔《く》やんでも仕方がございません」

「私は、ドル買いで銀行に赤字が出ることを公表すれば、取り付けが起きると考えた。万全の対処をしてからでなければ、発表はまかりならんと思った」

「妻の私が言うのもなんですが、三井の池田成彬というのは、今や、世間を悪くしている第一等の人物と思われております」

艶は居住まいを正して言った。

「そこまで言うか……」

成彬は不機嫌そうな表情を艶に向けた。

「世の中の不景気は、みな、あなたのせいだと言っております。妻として悔《くや》しいと思うことがありますが、言い訳をしたからといって、よくなるものでもございません。団さま亡き後、粛々《しゆくしゆく》とあなたの役割を果たされるべきかと思います」

艶は、中上川《なかみがわ》彦次郎の娘だ。成彬は、中上川から説諭《せつゆ》されているように思えた。

「何事も、弁明せずだな……」

成彬は、冷めてしまった茶を呑み干した。

「それにしても、あなたはよくよく銀行がお嫌いですのね。豊《ゆたか》を東京海上に入れておしまいになったくらいですものね。本当にあの時は驚くほど強引でしたわ」

艶がようやく笑みを取り戻した。

成彬は五人の子に恵まれた。三人の男子と二人の女子だ。残念ながら次女の文《ふみ》は、十一歳で亡くなった。長女の敏《とし》は、三菱財閥の御曹司《おんぞうし》で、後に三菱製紙の会長などを務めた岩崎隆弥《たかや》に嫁いだ。

長男、成功《なりかつ》は園芸家になった。次男、潔《きよし》は学者の道に進んでいる。そこで三男、豊には自分の後を継いで銀行家になってほしいと考えた。

豊は、ケンブリッジ大学を卒業した後、英国ミッドランド銀行や、米国の銀行などで修業していたが、そのまま銀行家の道に進ませることをせず、各務鎌吉《かがみけんきち》に頼んで東京海上保険に入社させた。

その理由は、「銀行をやっていると悪口ばかり言われる」という成彬の思いが大きくふくらんでしまったからだ。豊には、「銀行家にするつもりだったが、よした」と告げ、有無を言わせなかった。

「職業というものは、偶然に決まるものだよ」

「あらあら、それでは豊がかわいそうですわね」

「そうではないさ。あいつにもやりたいことがあったかもしれないが、各務が豊のことを気に入ってくれたから、今があるんだ。それは出会いであり、偶然だよ。たとえば松永安左衛門《やすざえもん》などは、大学を出たとき、福沢さんに就職を相談したんだ。すると福沢さんは『風呂屋をやれ』と言ったそうだよ。いくらなんでも大学を出て、風呂屋はできないといって、三越に入ろうとしたが、断わられた。そこで仕方なく日銀に入った。総裁秘書として働いてくれと言われたと思って、その気でいたら、それは松永の勘違いだった。面白くないと言って日銀を辞め、皮革屋や石炭ブローカーなどをやって、最後に電力に行き着くんだ。今は、松永と電力は切っても切れない関係だが、出会いは偶然だよ」

「でも、あなたほど三井と相性があった人はいないとも言われているそうですよ。三井の池田か、池田の三井かって……」

「からかうのはやめなさい。そんなことを言われているから、悪の代表のように誤解されてしまうのだよ。私だって、新聞記者になりたかったのが、こうなったのだから、これも偶然だ。そもそも職業などというのは、自分で決めるのは難しい。その意味では、職業、それ自体が天職と言えるのかもしれない。私は、なんとしてでも食べていかねばならないと思って、銀行家になってしまった。まあ、不向きとは思わないが、一番適した職業に出会ったとは思えないね」

「でも今度は、合名《ごうめい》の仕事をなさるのでしょう」

艶は訊いた。

三井合名では団琢磨《たくま》亡き後の体制をどうするのか、鈍翁益田孝《どんおうますだたかし》が中心になって検討していたが、池田に合名入りを打診していた。池田はその任にあらずと固辞《こじ》していたが、いよいよ受けざるを得ない状況になっていた。

しかし三井合名の筆頭常務に就任するということは、ますます死の危険にさらされるということだ。

団琢磨が暗殺されたからといって、成彬は殺されることに怯《おび》えているわけではない。一般的には、そのような状況に身を置かない選択があってもいい。しかし成彬には、安全な道を選ぶ選択肢はなかった。こうなれば、慎重さと運に賭けるしかない。

慎重さについては、成彬は、北一輝《いっき》や青年将校らから反三井の情報を収集するなど、努力を続けていた。

また運については、血盟団《けつめいだん》を組織した井上日召《にっしょう》が、「あれだけ命を狙っていた池田成彬が生き残るとは」とあきれたというように命運はあるようだ。

人の運について、成彬は、自分の細心《さいしん》の注意でもって拓《ひら》く、または避けるということができると考えていた。これが血盟団事件における団と成彬の差だ。団が殺され、成彬が生き残ったのは、細心の注意の差だった。

しかし一方で、運不運というものがあるものだと思っているだけで、それ以上は何も考えない。

これは細心の注意をした上であれば、何が起ころうと甘受《かんじゅ》する、まさに構えない姿勢だ。構えない、無心の姿勢でいるからこそ、どこから敵がこようとも、その気配を察することができる。

成彬が三井合名入りを決意する昭和八年（一九三三年）は、日本が戦争への歩みを加速させていく年でもあった。

一月三十日にドイツではナチスが政権を獲得、ヒトラーが首相に就任して独裁政権を確立しつつあった。

また日本は、三月二十七日に、ついに国際連盟を脱退してしまった。これは、前年の三月一日に関東軍が中心となって建国した満州国が、国際的に認められなかったためだ。

国際連盟を脱退するということは、欧米とのパイプを断《た》つということだ。欧米に学び、親近感を持つ成彬は、なんとも形容の仕様《しよう》がない重苦しい時代になったと感じていた。

成彬は、軍人のこうした国際社会を無視した動きについて「軍人政治家などというものは、当のアメリカがどう動いているか、イギリスがなんと考えているか、ソビエトはどんな手を打ってくるか、まるでわかっていない」と嘆き、「どうも日本人は考え方が一方的で、いろんな角度からものを考える訓練ができていないと思う。考え方が素直でないくせに、何もかも一緒にして自分の都合のよいように考える、そういう傾向がある。つまり考えが浅いのだと思う」と怒る。

しかし成彬は、考えが浅い軍人政治家による支配が強まる状況を憂《うれ》いつつも、三井をひっぱって行かねばならなかった。

「あら？」

艶が、湯呑みを置いた。玄関に誰かが来たようだ。

「誰か来たのか？」

長男の成功が、蘭《らん》の花でも届けにきたのだろうか。

成彬の長男である成功は、成彬の住む大磯で蘭の栽培をしている。週末には、その園芸場を訪ねるのが成彬の楽しみな日課になっていた。しかし今日は来る予定はなかったのだが……。

艶が玄関から戻ってきた。

「京都大学の学生さんが来られました。盛毓度《せいいくど》とおっしゃる方ですが」

聞いたことのない名前だ。

「応接間に通してくれ」

成彬は言った。

「よろしいのですか」

艶は心配そうに訊いた。

「大丈夫だ。もし右翼青年だとしても、案外、二人きりだと冷静なものだよ。大勢いると興奮して仕方がないがね」

成彬は応接間に向かった。中に入ると、詰襟《つめえり》の学生服を着た、律儀《りちぎ》そうな青年が座っていた。

青年は成彬を見ると、弾《はじ》けたように立ち上がり、

「京都大学経済学部学生、盛毓度と申します。中国から留学してきております」

と深く低頭《ていとう》した。

「お座りください」

成彬は優しく言った。

「はっ、このようなところに通していただき、恐縮です」

盛は、硬い表情で言った。

「今日は、どんな用件でしょうか」

「時局について尋ねたくて参りました」

盛は言った。

成彬は、幾つかの盛の質問に答えた。そして質問も終わり、盛が帰ろうとすると、

「この戦争は、あなた方、中国の人から御覧になると、どのように思われますか」

成彬は、呼び止めるように質問をした。

「私の意見は、たとえてみれば象と蛇《へび》の戦いだと思います」

盛は、成彬をじっと見つめた。成彬は黙って見つめ返す。

「日本は蛇です。なかなか賢く縦横無尽に象を攻めますが、蛇は所詮蛇で、象を呑《の》むことはできません。やがて自らの戦いに疲れて、象に踏み潰《つぶ》されてしまうでしょう」

盛は、一気に話した。そして成彬に頭を下げると、玄関に向かった。成彬は、盛を玄関まで送った。

「今日は、大変有益な話をありがとう」

成彬は深く頭を下げた。

「どうでしたか」

いつの間にか艶が後ろに立っていた。

「なかなかの人物だったよ」

成彬はつぶやいた。

盛は、後に中華料理の名店「留園《りゅうえん》」の会長になる。

2

昭和八年九月二十二日、成彬は三井合名の筆頭常務となる。六十六歳での新しい出発だ。

「財閥が世間から攻撃されて面倒になってきて、いつどういうことで爆発するかわからない時になってきたから、逃げてばかりおることは、自分の良心がとがめるようになってきたので、一身の利害はともかくとしていってみようという考えになって、引き受けた」

成彬は、決意を語ったが、これ以上の深い計算があったに違いない。

成彬の合名入りは益田孝が説得に当たった。

益田は、三井の大番頭として長年務めを果たしてきたが、かつては成彬の義父中上川《なかみがわ》彦次郎のライバルであり、彼が進めた三井の工業化に異《い》を唱《とな》えた人物だ。

素直に考えれば、中上川の女婿《じょせい》である成彬の三井合名入りについては反対に回る立場だろう。しかし、その益田が、成彬しかいないと評価すれば、三井合名で成彬の合名入りに反対する者はいない。

成彬は、「時局対策というか、財閥としてどういう対策を講じるのかということが、一番主な問題」と考えていたが、その認識は益田も同じだった。

そこで益田は、成彬を筆頭常務に就任させるに当たり、当主三井高棟《たかみね》を引退させ、長男の高公《たかきみ》、三十九歳を新たな当主にした。

高公は、京大出身で、日銀勤務の経験があり、合理的な考えの持ち主だった。同じく合理的な考えの持ち主である成彬とは、うまが合うに違いないと益田は考えたのだろう。

成彬は合名入りを要請されてから、一年間ほど態度を明確にしなかった。益田たち三井合名の幹部役員たちに、三井改革の気運が整い、成彬に従わざるを得ない環境が整うのを待っていたのではないだろうか。

また性格から言っても、三井合名に入り、当主の下について、番頭になるということは好んでいなかった。

しかも団が殺されることがなければ、成彬が合名入りすることはなかったかもしれない。

なぜなら団は、成彬の実力を認めつつも、煙《けむ》たい存在だと思っていたからだ。成彬も団のことは優柔不断な人物だと、あまり評価していない。そのような思いが伝わっていたはずだ。

団は三井合名の最大の権力者だった。その元へは多くの人や部下たちが、呼ばれなくても日参していた。ところが成彬は、団の部屋が、同じ建物の上にあるにもかかわらず秘書が呼びに来ても行かない。

もちろん、自分のほうに用があれば、それは礼儀として団の元に出かけるのだが、それ以外では呼ばれても絶対に行かない。そのうち団は、成彬を呼び出さなくなり、自ら、成彬の部屋に足を運んだ。権力者である団の気持ちを推察すれば、いまいましい奴だ、くらいに思っていたに違いない。

そのことを彷彿《ほうふつ》させるエピソードがある。

ある日、団が成彬の部屋にやってきた。

「君は、田中義一《ぎいち》内閣の大蔵大臣になる気はないかね」

団はいきなり切りだした。

「どうしたのですか、いきなりそんなことをおっしゃって……」

成彬は、団の真意を量りかねた。

「いやあ、田中に頼まれたのだよ。君に大蔵大臣をやってもらえないかとね」

成彬は、団の顔をじっと見つめた。

「私にはもったいない話ではありますが、お断わりいたします」

団は、いつものように「そうか」と言い、あっさりと提案を取り下げた。

後日、成彬は、友人に「団さんは、俺を大蔵大臣にして、三井から外に出したいのかな」と語った。

成彬は、三井財閥が、このままの状態で存続できるとは思っていない。世間の批判を抑えるために、相当、大胆な改革をしなくてはならないと考えていた。それは財閥の社会への開放ということだった。

しかし改革の準備がなされていないところに乗り込んでも、軋轢《あつれき》が起きるだけだ。成彬の三井合名入りには、時局が風雲急を告げているにもかかわらず、自分の戦う場が整えられるのをじっと待つという、意外なほどの深謀遠慮《しんぼうえんりょ》が垣間《かいま》見える。

成彬は、情報収集にも力を入れた。北一輝に資金を提供したのもその一環だが、時代が暗転していく中で、三井財閥をどのように変革していくかを考えるためには、世情に通じている必要があったのだ。

三菱銀行（現三菱東京ＵＦＪ銀行）元頭取加藤武男は、「池田さんは、時の動きといいますか、時勢の変化といいますか、そういうことに非常に注意されておった方です。なにか事件が起こったら、方々から情報というか、ニュースをとっておられた。そのニュースを丹念に研究されて、たとえば銀行に関してのことだと、『自分のほうには、こういうことを言ってきたが、お前のほうにはどういうことを言ってきたか』と言うので、我々のほうへも問い合わせがたびたびあったのです。おそらく政界のことなどもそういう調子で確実な情報をつかむということに非常に努力されたと思うのです」と思い出を語っている。

実際、「池田成彬の情報は、政府より確かだ」という評判が立ち、各方面から成彬の情報分析を聞きたがることもあったという。

かつて新聞記者に強くあこがれ、一度は時事新報に籍を置いたこともある成彬だが、ジャーナリストとしての資質を情報収集に開花させていたのだ。

経営者とジャーナリストとは全く相容《あい》れない資質のように思われるが、実はそうではない。名経営者が、実はジャーナリスト志望だったことも多い。

経営者は、情報を収集し、その中から重要な情報を選択し、分析し、判断を下さなければならない。名経営者は、情報を自分のものとして適切に活用できるかに絶えず努力している。

それは国際情報など外部情報ばかりではない。自分の会社で、今、何が起きているかという現場など内部情報についても、アンテナを高く掲《かか》げている。

不祥事を起こして、謝罪する経営者がいる。彼らは他人の情報を鵜呑《うの》みにして、判断を誤る情報収集能力の低い経営者だといえるだろう。

しかし情報収集にあたっても成彬は、経費については非常に厳しかった。

三井銀行（現三井住友銀行）元頭取万代《ばんだい》順《じゅん》四郎《しろう》は、「とくに社交費は非常にやかましかったのであります。従って公私の区別が厳重であった」とのちに語っている。

また元部下の乳井竜雄は、「いろいろな経費を出す場合に、公私両方にまたがっているときは、必ずご自分でおやりになります。そのころ外国の経済人、内国の要人を自宅へ池田成彬個人の名で招いておられますけれども、その招いた理由及び効果から考えまして、それは三井銀行、三井合名、三井関係の利益のために招いておるんじゃないかと想像されたものもありましたけれども、そういう費用は私が文書課におる間は、いっぺんも銀行に請求したことがない。そういうことは品性《ひんせい》の潔癖《けっぺき》といいますか、このごろの会社の重役が、自分で使った金を会社につけかえておくのとは、よほど趣《おもむ》きが変わっているように思うのであります」と、驚きをもって語っている。

成彬が三井を去るとき、三井に借金があったというのは有名な話だが、これに関しても面白いエピソードがある。

ある時、三井銀行筆頭常務の早川千吉郎《せんきちろう》が、成彬の貯金のなさを心配して「君は、貯金をしているか」と訊いた。成彬は、悪びれることなく「ご心配なく。貯金をしております。ただし金ではなく人にであります」と答えたという。

成彬は、公私の別を厳格にして、あらゆる分野に人脈という貯金を蓄えていたのだろう。それが成彬を情報通ならしめた要因でもある。

3

「宮原君、君は青年将校に知り合いがいるのか」

成彬は、三井合名に入ると、すぐに秘書の宮原武雄に言った。

「おります。なんでしたらご紹介いたします」

宮原は、「池田の三井」と揶揄《やゆ》され、右翼や青年将校の標的になっていながら、彼らに会うという成彬の大胆さに驚いた。しかし死中《しちゅう》に活《かつ》を求めるとでも評すべき姿勢を評価していた。

「時局を知りたいから、できるだけ激烈な奴がいいな」

成彬は真剣な表情で言った。

「お任せください」

宮原は言った。

「ご馳走《ちそう》するわけにはいかないから、箱弁当を取ってくれ。場所はどこがいい」

「三田《みた》の蜂須賀《はちすか》様のお屋敷内に誰も住んでいない日本家屋がございます。他人目《ひとめ》もありますので、そちらがよろしいかと思います」

「それでいい。手配を頼んだぞ」

数日後、池田は、宮原の案内で青年将校たちが待つ会合場所へと向かった。羽織、袴《はかま》の正装だ。

午後四時。十一月も末になると辺りは仄暗《ほのぐら》くなってきた。

「宮原君、今日のメンバーは一番激烈なのだろうね」

成彬は訊いた。

宮原は、困った顔で首を傾《かし》げた。

「違うのか？」

「はい、一番激烈な人物は、断わってきました。本日のメンバーは多士済々《たしせいせい》ということで、ご勘弁を」

宮原は言った。

襖《ふすま》が乱暴に開いた。四人の男が、入ってきた。順番に名を名乗った。

山口一太郎陸軍大尉。彼は山口勝《かつ》中将の長男で、のちに二・二六事件に連座し、無期の判決を受ける人物だ。そして満井《みつい》佐吉陸軍中佐、加藤鉄哉主計将校、早渕某中佐。

「さあ、ひとつ弁当を先に食べてから、ゆっくり話そうじゃないか」

成彬は、四人に箸《はし》をとるように勧めた。彼らは、警戒でもするように互いに顔を見合わせた。

食事は十分とかからずに終わった。

「いったい君たちは、だいぶ世の中のことを憤慨《ふんがい》していろいろなことを言っているようだが、直接聞いたことがないから、どんなことを考えているのか、話してくれたまえ」

成彬がうながすと、早渕が、革命論をやりはじめた。フランス革命、ロシア革命などを話した後、日本も革命をしなくてはならないと結論づけた。

山口もそれに同調して、流血革命を主張した。

次に話したのは満井だ。

「私も少し申し上げてよろしいでしょうか」

満井は、莫迦《ばか》がつくほどていねいに言った。

満井とは面識はないが、その名前には覚えがあった。

一見すると、おだやかで、女のようにたおやかな印象だったが、この男が、あの満井かと思ったのだ。というのは、満井は、三井鉱山が地元住民と揉《も》めていた際に、軍服を着て、三井攻撃の演説をしたり、三井合名宛に攻撃の手紙を送りつけたりしていたからだ。

同名異人ではないか？

成彬は、ふと思った。

ところが、やはりあの満井だった。いきなり三井批判をがなりたて始めたのだ。

「三井鉱山はけしからん。福岡県で、警察も、県庁も、裁判所も、ありとあらゆるものを買収して、好き放題に悪いことをしておる。あなたは三井鉱山の所業《しょぎょう》を東京でただ漫然《まんぜん》と見ておるのか」

「君は、買収するのを見たのか。見たことはないだろう。そんなに悪いことをしたと言うが、どんなことをしたのか、具体的に言ってくれ」

福岡県大牟田《おおむた》の炭鉱は、江戸時代から石炭を産出していた。炭鉱は、明治二十一年（一八八八年）に払い下げられ、三井鉱山が経営した。経営の責任者として送り込まれたのが工部省の役人をしていた、団琢磨だった。

大牟田には、一時期、二万人もの鉱山労働者がいて、彼らの食料など物資調達で大いに栄えた。ところが経営合理化のために、彼らを一万人も削減することとなった。

また物資も大牟田ばかりではなく、安いところから調達した。そのため合理化に反対する大牟田市民が騒ぎだしたのだ。

満井は、二千人もの市民が集まっているところで、三井攻撃の演説をしていた。

「福岡県知事の松本学が、巡査六百人もつれて大牟田に来た。あれは三井が、松本を買収した結果に違いない」

満井は、成彬をぐっとにらんだ。

「あれは買収したからではない。三井のために大牟田に来たのではない。社会の秩序を保つのは県知事の仕事ではないか。三井から頼まれたのではない。県知事として当たり前の仕事をしているのだ。それを買収などというのは、物を知らないね、君は」

成彬はあきれたように言った。

「なんだと！」

満井が、拳《こぶし》を振り上げて、大声で叫んだ。

「買収ではないと言っているだけだ。何をそんなに興奮している」

「三井はけしからん。国を誤らせている元凶《げんきょう》だ。大牟田問題を誠実に解決する気持ちはないのか」

満井は、延々と大牟田問題を語り始めた。

成彬は、無視して、加藤に話を向けた。彼は、陸軍主計学校から東大に進学した男で、筋《すじ》は通っていた。現在の日本の制度の矛盾などを指摘し、それに関しては傾聴すべき意見もあった。

山口は過激だった。三井を非難しながら、軍刀に手をかけ、今にも成彬に斬りかからんばかりの態度を見せた。

秘書の宮原は、はらはらしながら山口とのやり取りをみていた。もし何かがあれば、すぐに飛び出せるように体勢を整えていたが、出る場面はなかった。

後日、山口は、

「あのとき、もしも池田成彬が、自分の説に同調して、妥協の言葉を述べたら、自分はたちどころに彼を倒していたかもしれない。自分は、瞬間、池田の信念に打たれて、手も出なかった」

と述懐している。

このとき、山口は、何かを要求したようだが、成彬が断固として拒否したようだ。どんな要求をしたかは、残念ながらわからない。しかし成彬は、それを断固拒否した。

もし媚《こ》びるかのように、要求を受け入れていれば、山口は、成彬を斬ったという。ここでも成彬の筋を通す姿勢が、命を救ったと言えるだろう。

彼らとの話は五時間余りにおよび、午後十時を回った。勝手気ままに彼らは話し続け、いつ果てるとも知れない。

「だいたい君たちの考えはわかった。目的は達した。私と君らとの意見の相違は仕方がない。これで散会しよう」

成彬は、席を立った。彼らはまだ話し足りないような表情を浮かべた。

「本日は、有意義だった」

成彬は礼を言いつつ、彼らを見送った。

「どうでしたか」

宮原は、額の汗をぬぐった。冷や汗だった。

「君の言う通り人物はいない。しかし彼らの持つ空気はわかった。三井の周りには、彼らのような不満分子がいると考えて行動することにしよう」

成彬は口元を引き締めた。

後日、山口が成彬に使いを寄越《よこ》してきた。出版の費用に三千円を貸せという。成彬は、「そういう金を青年将校にやるのはよくない。断われ」と言った。

秘書が山口の関係者に電話すると、「池田はけしからん」と騒いだ。あの夜の山口の顔を思い出し、身辺の警備を厳重にせねばなるまいと憂鬱な気分になった。

4

成彬は、三井財閥の改革に着手した。「財閥の転向」といわれる改革だ。

まず内部改革として、「第一、社員総会で物事を決めていてはだめだ。正副社長と、有力な社員三名とそれに理事が二人入って、この七人で時局に関することは、一切決める。決めたことは実行する。そういうふうにしたらどうか」と三井高公に提案した。

三井は十一家もあり、それらが経営に口を出すと、まとまるものもまとまらない。その苦労は並大抵のことではなかった。

成彬でさえ、「合名に行ってから、私の時間なり、エナジーなりの七、八割まではそのほうに使い、あとの二、三割だけが本当の合名の仕事に向けられた」と語っている。団も晩年は十一家をまとめるのに神経をすり減らしていたと成彬は同情しているが、この苦労を軽減するための提案だった。

三井高公は、若くて合理的な考えを持っていたため、成彬の提案に「結構」と承諾を与えた。

次は、三井各社の社長ポストから三井一族を退陣させることだった。

「物産や鉱山の会長、社長に三井の主人がなっているのはいかん。主人が実際仕事をしておるならいいが、仕事はしないで、名前だけじゃいかん。実際に仕事をしている人を会長、社長にすべきだ。主人はひっこみなさい」

成彬は畳み掛けるように提案した。

この考えは、昭和四年（一九二九年）の欧米視察で、各国の財閥の事情を見聞した結果だった。帰国の際、記者たちに次のように語ったことがある。

「三井銀行などは、誰かに経営させたほうがいいでしょう。財閥というものは、自分の持っている金を上手に投資すればよいので、事業の経営などに深く立ち入るべきではないのです。欧米の財閥のやり方を見ても、必要以上の株式などは持っていません。その点、日本の財閥は十分考えねばなりません」

さらに言う。

「三井一家はできるだけ、あらゆる事業関係の表面から、名前を没してしまわなければなりません。単に三井物産、三井銀行、三井鉱山といったような会社の社長、重役から三井一族が引退するのみならず、できることならこれら事業に三井の名前を付することさえやめたほうが良いと思う。三井という名は、社会公共事業、慈善事業といった方面のみに使えばよい。平《ひら》たく言えば、銭儲《ぜにもう》けのほうでは三井の名を使わず、銭を散ずるほうにだけ三井の名を出せばよい。そして三井財閥は、できるだけ単純な持ち株会社たる地位に修正させるべきであります」

世間の財閥批判を防ぐには、三井から財閥色を一掃《いっそう》しなければならない。これは同時に、三井一族を世間の批判が集まらない安全地帯に避難させることでもあった。

成彬の提案に対して、三井に対する風当たりを恐れていた一族たちは、会長や社長のポストからの引退を了承した。

ただ一人、三井高修《たかなが》（三井化学会長）が反対した。

「こういうときこそ、三井の主人がかえって第一線に出て働くのが国家のためになる」

彼は主張した。三日かかったが、なんとか彼を説得した。こうして三井一族全員を会長、社長から引退させ、実際に働いている者たちをそのポストにつけた。

さらに三井合名が三千万円を拠出《きよしゆつ》して、財団法人三井報恩会を発足させた。この基本財産の三千万円の利息を社会事業に使うというものではなく、元本自体を使って、社会事業を行うというものだ。したがって足りなくなれば、追加寄付をすることになる。

基本財産の三千万円とはどのくらいか。平成十八年（二〇〇六年）の銀行の大卒初任給が十七万四千円。昭和八年は七十円。約二千四百八十六倍だ。これをベースに考えると、約七百四十六億円という膨大な金額になる。

単純にこのような比較で推定できないかもしれないが、当時のこの三井報恩会の設立こそが、「財閥の転向」として世間から驚きをもって迎え入れられたことを考えれば、数百億円の基本財産というのもうなずける金額だ。

三井内部でも、「三千万円といえば、三井合名の二年分の所得だ。こんな巨額の寄付をする必要があるのか」と大きな反対がでた。この意見からしても、相当な金額だったことがわかる。

成彬は反対意見を押し切り、三井報恩会を設立した。そしてラジウム百万円分を購入して、がん研究所に寄付するなど、活発に社会事業を行った。

しかし世間では、財閥が社会貢献をするのは、当然だという空気があった。

成彬にしてみれば、「財閥というものをどういうふうにして当時の荒波から防ぐかということが、私の合名へ入った一番の使命でした。だからどうすれば儲かるかとか、どうしたら損をせぬかという商売の話は、もうほとんど問題ではなかった」のだ。

また後年、成彬はこの三井報恩会についてこう語っている。

「もちろん、三井の自衛という意味もある。軍部や右翼が怖《こわ》いから、それを緩和しようという考えもあったであろう。けれども三井報恩会を作るというのは、ただそれだけの考えでできたのではない。三井財閥というものは社会によって自分の富をなしている。したがって社会のために何か奉仕しなければならない――こういう考えを持っていた。けっして怖いから仕方なくて、いやいや作ったというものではない」

しかし、「世間の人たちは、三井はあんなものを作ったけれども、あれは世の中がうるさいから風除《よ》けにこしらえたのだろう」と、素直に見てくれなかった悔しさをにじませた。

5

三井財閥改革の最大のものは、株式の公開だった。

「大きな三井独占の仕事をだんだん公衆に開放して、三井の持ち株を減らし、その責任を軽くするという方向へ進めねばなりません」

成彬はこの考え方に基づいて、三井関係の会社の株を一般に売り出した。

銘柄は、三井合名所有の王子製紙株、三井物産所有の東洋レーヨン株、三井鉱山所有の東洋高圧株・三池窒素株。この他に北海道炭礦汽船株は、千代田・第一・帝国・安田・愛国・昭和の生命保険会社に販売された。

ところが、東洋レーヨン株の公開で問題が起きてしまった。

東洋レーヨンの持ち株会社は三井物産だが、常務（現在の社長）の安川雄之助《ゆうのすけ》は、東洋レーヨンの会長も兼ねていた。

安川は、自ら東洋レーヨンの株式公開を指揮した。売り出し株数四十万株のうち二十七万五千株を生命保険会社や証券会社に割り当て、一般には残り十二万五千株を売り出しただけだった。

一株の払い込み価格十二円五十銭、売り出し価格四十二円五十銭。一株につき三十円ものプレミアムを三井は得た。

問題は、安川が生保や証券に割り当てた分だった。東洋レーヨン株の時価は八十円だった。そのため生保や証券は一株につき三十七円五十銭もの利鞘《りざや》を得ることになった。

この膨大な利鞘の一部が安川にリベートとして渡ったと噂《うわさ》が流れた。

それだけではない。安川自身が三千株を自分自身に割り当て、十八万円も儲けていたのだ。先ほどの銀行初任給で比較すると、この十八万円は、今日なら四億円以上に相当する。

また子飼いの重役である向井忠晴《ただはる》に一千株、その他支店長や次長に百株、二百株と割り当てた。もちろん、割り当てられたのは安川のお気に入りの部下だけであり、気に入らない部下や一般社員は蚊帳《かや》の外だった。

これには世間ばかりでなく三井物産内部からも、財閥の転向とは名ばかりで、単に私腹《しふく》を肥《こ》やすだけの「偽装転向」だという非難が起きた。

安川雄之助は、「カミソリ安」とあだ名され、「腕の切れることはカミソリのごとく、情けを解《かい》さぬこと石のごとし」といわれていた。また三井物産は、「物産の安川か、安川の物産か」といわれるほど辣腕《らつわん》ぶりを発揮する安川のもとで、世界一の商社に成長していた。

しかし安川の徹底した商人としての姿勢は、時に世間の批判を浴びた。

「およそ横綱には横綱らしい品格があるべきだが、安川にいたっては、商売にかけては、足をとること、目潰しをくれることもあえて辞さない横綱である。彼の商売のやりかたと来ては、たとえば孵化器《ふかき》を大量に仕入れて、これを養鶏業者に売りつける。雛《ひな》っ子がかえるとカナダあたりから安価な飼料を輸入して、これをまた売りつける、雛が成長して卵を産み始めると、今度は一手に卵を買い占めて市場を独占的に支配する、といった具合だ」

このように、『中央公論』の昭和九年（一九三四年）三月号「街の人物評論」に書かれたこともある。

これは安川自身が、商人としての投機的センスに優れていたこともあるが、三井物産の伝統的個性だとも言えた。

初代の益田孝、次の山本条太郎も商機に敏感で、投機的センスに優れた商業資本家的経営者だった。この三井物産の徹底した利潤《りじゅん》追求姿勢が、世間の悪評を生んでいた。

三井財閥に対しての悪評を回避するために実施した株の公開が、安川のために、逆効果となってしまった。

「安川を辞めさせねばならない」

池田は、合名常務理事の有賀長文《ありがながふみ》に言った。

「今回の東洋レーヨンの株公開のことか」

有賀も深刻な表情を浮かべた。

「それもあるが、ドル買いのときも三井の評判を悪化させた」

金解禁に伴うドル買い事件では、三井物産も四千万円のドルを投機買いしたとして非難を浴びた。三井物産は、すぐに実需《じつじゅ》に基づくドル買いだったとして弁明した。

同じように実需に基づきドル買いをしたが、世間に一切、弁明しなかった成彬率いる三井銀行と対極の対応をしたのだ。

成彬は、ドル買いによる損失をも公表すれば、あらたな金融危機を招来する可能性があるとして、一銀行としては、弁明すべきところを国家的視点に立って、あえて口をつぐんだ。

安川は、そんな配慮は全くなく、三井物産の利益のみを考えた行動が目立つ。三井物産は、三井財閥の稼ぎ頭ではあったが、成彬には、三井全体の利益を考えて動いてほしいという気持ちがあった。

そして何よりも軍部が台頭してきた時代にあって、三井が生き残るには、主要企業が個々に自社の利害だけで動いていては危うい。個別企業の行動の結果が、三井全体を滅ぼす危険性があった。

株式公開を通じて多くの人々の支持を集め、三井があたかも一つの企業グループとして行動していくことが、事業を発展させながら困難な時代を生きぬく戦略だと成彬は考えていた。それには三井物産を抑えねばならない。

「池田さんが表に出ると具合が悪い。私がやります」

有賀は自分の提案として、安川退陣のシナリオを書くと言った。

成彬と有賀は、手分けして根回しに動いた。益田孝、三井物産社長の三井守之助《もりのすけ》らも、安川の退陣やむなしとなった。

外堀を埋めた後、安川に退陣を迫った。安川は当初、退陣を了解したが、途中でそれを翻《ひるがえ》した。理由は気が変わったというだけだった。

すると守之助や益田も安川擁護《ようご》に回った。

成彬は弱った。これでは昔、義父である中上川彦次郎が、三井の工業化を目指して三井物産の益田の商業主義と戦ったときの二の舞ではないか。そう思ったに違いない。

親子二代にわたって益田に負けるわけにはいかない。それに今回の「財閥転向」には三井の命運がかかっていた。

「三井がいくら外のことを改革しても、安川が物産の仕事でああいうやりかたをしていれば、いつまでたっても、三井は世間からとやかく言われます。だから早く安川を辞めさせなくてはなりません」

成彬は、三井高公に強く迫った。

「自分もそう思う」

高公は答えた。これには、守之助や益田も異を唱えるわけにはいかない。昭和八年十二月、安川は有賀に説得されて、退陣した。

この安川退陣は、三井全体が、成彬のもとで企業グループとして統轄されるようになったことを意味していた。ようやく三井は一つになり、時代を突き進む体制ができた。

だが、これによって三井に対する攻撃は、名実ともにリーダーとなった成彬一人が受けることになったとも言える。

しかし「財閥の転向」後も、三井に対する風当たりは、強くなることはあっても弱まることはなかった。

「三井家の永久の繁栄のためにもそういう仕事――つまり財力で仕事をコントロールするということはやめなければならない」と考え、成彬は「財閥の転向」をリードしたが、「ただ時間が短かった。昭和五年（一九三〇年）以後だからね」と遅きに失したことを嘆いた。

成彬の「財閥の転向」など三井改革の仕上げは、定年制の導入だった。

これは昭和十一年（一九三六年）四月十七日の三井合名臨時総会で決定された。二・二六事件の二ヶ月後のことだ。この定年制で成彬は自ら三井を辞めることになる。

これは経営者の若返り以上の意味があった。すなわち三井財閥における長老支配の終焉《しゅうえん》であり、三井財閥が完全に「家」から「企業」になったことを意味していた。

これは、成彬が意図していた世間の財閥への風当たりを和《やわ》らげる効果は多少はあったものの、軍国体制を推《お》し進める軍部には、財閥を取り込みやすくしてしまったのではないだろうか。

なぜなら、成彬のような権力や時局に媚《こ》びない硬骨の経営者がいる間は軍部に抵抗できるだろう。しかし時が来れば、退出してしまう。その後任に、ただかつがれただけのサラリーマン経営者が据わった場合、三井という巨大財閥が、そのまま軍部の言いなりになってしまう可能性が高くなる。

成彬は、世間の財閥に対する見方が、あまり好転しなかったことについて、「私がまだ十二、三歳のころで、米沢《よねざわ》にいたのだが、新聞に米の安売りの記事が出ていた。なんでも当時としては、米の高い時分で、一升《しょう》いくらしたかはっきりしたことを覚えていないが、まあ当時仮に一升二十銭が相場だったとすると、それを十九銭で売っている者がある。奇特な話だ——というような記事だったと思う。明治十何年の話であるから、詳細は覚えていないが、新聞にでかでかと出ていて大いに褒《ほ》め上げている。それを見て、私は、これは広告だと言ったら、親父にひどく叱《しか》られた。そういうひねくれた考えをもっていてはいけない——ということだったと思う。この記憶は、その後も折にふれて思い出すのであるが、やはりその故《ゆえ》かどうか——よく今でも君は正面から物を見すぎると言われるが、然《しか》しその割に私はあまり騙《だま》されるようなこともなく一生を送ってきたと思っている」と後年、父親の思い出とともに語っている。

成彬は、このエピソードにあるように父成章《せいしょう》に叱られてからは、物事を正面から疑うことなく見るようになった。

「財閥の転向」の一連の対策は、成彬が世間の財閥に対する批判を正面から見据えて実施したものだ。そこには打算的な思いはない。

しかし世間はそうは受けとめない。ひねくれた、より批判的な目で成彬の行動を見ていたのだった。

第九章　波乱の幕開け

1

「大変です」

秘書が、蒼白《そうはく》になって部屋に駆け込んできた。

「どうした？　何か事故か」

成彬《せいひん》は言った。

「永田局長が」

秘書は、新聞の号外らしきものを成彬に差し出した。

「永田局長？　永田軍務局長か」

成彬の問いかけに、秘書は、瞬《またた》きせずにうなずいた。

「見せてみろ」

成彬は、秘書から号外を奪い取るようにつかんだ。

「なんだと！」

そこには「永田鉄山《てつざん》軍務局長刺殺」の文字が躍《おど》っていた。

記事によると、陸軍省軍務局長室で、局長永田鉄山少将が、現役の中佐に刺殺されたという。

「本当か？」

成彬は秘書をにらむように見つめた。

「騒ぎになっております」

秘書は答えた。

「誰が、いったい誰が」

成彬は陸軍内の対立がここまで来ているのかと戦慄《せんりつ》した。

永田とは面識があった。

数日前のことだ。築地《つきじ》錦水《きんすい》で成彬は永田と同席していた。

永田は陸軍省きっての優秀な幕僚といわれていた。また国家総動員法を提案して、統制派といわれる派閥のリーダーの一人だった。

「支那は、共産党が支配する紅軍《こうぐん》と国民党軍が共同して、我が国へ敵対する情勢となりつつあります。満州を守るためには相当な努力が必要でありましょう」

永田は中国視察に出かけたのだが、その帰朝《きちょう》報告を兼ねての酒宴だった。永田は混沌《こんとん》とする中国情勢を語った。

「それにしても中国との戦いは、思いのほか長引いてはおりませぬか。欧州ではヒトラーがますます英仏との対立を深めておりますし、米国も我が国の中国進出を快くは思っておりません」

成彬は眉根《まゆね》を寄せた。

「我々は、両面をにらんでおります。米国とは外交努力を通じて、我が国の立場を認めてもらうべく努めておりますが、一方で米国との戦《いく》さもありうべしと考えておかねばなりません」

永田は身を乗り出すようにした。

「お言葉ですが、私は米国と英国をよく存じております。彼らと武器をとって戦うのは愚かなことです。国力の差はいかんともしがたい」

「私は軍人です。いかにして戦うかを考えております。あなたがた財閥も軍と協力し、国家の総力戦として戦わねば勝てません」

永田は強い口調で言った。

「しかし私の得ている情報では、軍内部で相当な争いがあるではありませんか。そのような状態では国家総動員も難しいでしょう。軍人の行動こそが国を誤った方向に導くのではないかと懸念《けねん》しております。とくに陸軍のやり方は間違っています。政治に関与しすぎではないか。このままだと日本は大変なことになるでしょう。永田さん、あなた一人というわけにはいかないが、軍を統括するお立場の軍務局長として、日本を誤らせないでいただきたい」

成彬の言葉に永田の顔がゆがんだ。

「あなたのおっしゃることはよくわかりました。私も同じ危惧《きぐ》を抱いております。ここで陸軍内部の恥をさらすようですが、私にも内部の敵というべき、反対の立場に立っている人たちがおります。彼らは私を批判し、私の前に立ちふさがります。あなたの言う通りに陸軍の政治関与をなくすには、いま少し時間をいただきたい」

永田の表情は、この上なく厳しい。

陸軍内部は、荒木貞夫や真崎甚三郎《まざきじんざぶろう》が主導する皇道派《こうどうは》と、永田や東條英機《とうじようひでき》らの統制派とよばれる派閥とが争っていた。

皇道派は、クーデターを起こしてでも天皇親政《しんせい》を確立しようとし、青年将校たちに大きな影響力を持っていた。

それに対して永田ら統制派は、国家総動員を確立することで、クーデターによらずに軍による国家統制を目指していた。

「荒木さんはいい人なのだが、やたらと皇国、皇軍を連発して、若い奴らをたきつけるばかりで無責任だ。精神論だけでは戦争はできないのだ。あなたが言う通り、彼らが国を滅ぼすやもしれない」

荒木は、青年将校らに自宅で酒肴《しゅこう》を振る舞うなどして、天皇に忠誠を誓わねばならぬと説《と》いていた。

荒木は、軍人の精神面を重視していた。「青年将校は維新前後の志士のようなものだ」と若い軍人を評価した。そのため、彼らから人気があった。

正月や祭日に、青年将校が酒に酔って陸相官邸に泥靴のまま現れ、「荒木はいるか」と大声をあげることがあった。これを見て荒木は、「若い奴は元気がいい」と目を細めたという。これに関してジャーナリスト高宮太平《たへい》は、「何処《いずこ》の軍隊にも見られない奇現象であった」と『軍国太平記』に書いている。

荒木は、青年将校に人気があるが、一面では媚《こ》びていると言ってもいい態度だった。

「真崎教育総監が罷免《ひめん》されましたが……。また何かが起きなければいいと思いますが……」

昭和六年（一九三一年）の三月事件、十月事件、さらに昭和九年（一九三四年）十一月にも士官学校事件など、皇道派将校がクーデター未遂事件を頻発《ひんぱつ》させていた。

元凶《げんきょう》である真崎を軍の中央から放逐《ほうちく》しなければ、軍の統制は取れないと永田は考えた。そこで林銑十郎《せんじゅうろう》陸相と諮《はか》って、真崎を罷免したのだ。

同時に荒木や真崎につながる皇道派将校を軍の中央から異動させた。こんな筋《すじ》の通らぬ人事異動をすれば、何が起こるかわからんぞ、と真崎は捨て台詞《ぜりふ》を吐《は》いた。

「テロには気をつけております。しかしすでに陸軍は我々の手でまとめておりますのでご安心ください。なにとぞ三井も総力を挙げて軍に協力していただきたい。またあなたのような方にも、いずれ枢要《すうよう》な立場で国政を担っていただきたい」

永田は鋭い視線を成彬に向けた。

国家の力を集めねば近代戦を勝てないと考える永田にとって、成彬の率いる三井の協力は不可欠だった。

成彬は、永田の思いに答えることを避け、「今日は、興味深いお話を承りました」と低頭《ていとう》した。

「人の命ははかないものだ」

成彬はつぶやいた。

「陸軍省の内部でこのようなことが起きるとは、いったいこれからどうなるのでしようか」

秘書は顔を曇《くも》らせた。

「私たちは自分の職務をしっかりと果たすだけだ。ところで誰が永田局長を殺したのか、情報が集まれば教えてくれ」

成彬は言った。

後日、相沢三郎中佐が犯人であると成彬は知った。やはり皇道派に共感を覚えていた人物だった。剣道の達人で、永田は背部に二刀、こめかみに一刀、さらに咽頭《いんとう》部《ぶ》に一刀を加えられ、血の海となった絨毯《じゅうたん》の上に倒れこんだという。

この事件が、まさか自分を巻きこむことになるとは成彬は予想もしていなかった。

昭和十一年（一九三六年）二月二十四日午後、相沢三郎の公判が開かれた。

相沢の特別弁護人になったのは満井《みつい》佐吉中佐だ。彼は皇道派の軍人で、成彬に対して執拗《しつよう》に大牟田《おおむた》の三井鉱山合理化問題を追及したことがあったが、国を誤らせているのは財閥だと、三井、とくに成彬に対して異常なまでの敵愾心《てきがいしん》を燃やしていた。

満井は、統制派の軍人である東條英機を追い落とす役を命じられたことがある。

昭和九年（一九三四年）四月に東條が軍事調査部長に任じられた時、その部下になった。満井は、東條に対して執拗に逆らった。東條を失脚《しっきゃく》に追い込みたい皇道派の意向を受けての行動だった。

その満井が、成彬の軍事法廷召喚《しょうかん》を要請したのだ。

「池田成彬氏は、永田閣下とは特別に昵懇《じっこん》の間柄だったという事実がありますが、その関係、動機、ことに両氏は築地の錦水、あるいはそれぞれの自宅において、頻《ひん》繁《ぱん》に会合しおる事実があるのでありますが、その間の関係、およびこれに関連して、伝えられているところの、陸軍部内における昭和維新的気勢を持っている中堅人物に対し、つねにこれを抑圧《よくあつ》せんとして協議ないしは献策していたということの有無《うむ》。

つぎには、また永田閣下の生前より、ひいては死後の今日にいたるまで、依然としてその遺族に対して、池田氏のほうから経済的援助の事実ありと伝えられていることの有無。

とくに、この際、池田氏に対しては、いわゆる重臣、官僚などに対して、いかなる関係があったか詳細に、かつ徹底的に御訊問《ごじんもん》願いたいと思うところであります。

池田氏は、現今の社会状勢に対して、果たしていかなる認識を持っておられるのであるか、国家の進運に対して、今後、はたしていかなる抱負《ほうふ》、根本対策、思想を持っておられるのであるか、なお、右の諸点につき、永田閣下と、はたしていかなる程度の打ち合わせ、ないしは御了解済みであったかどうかという点を、詳細に御訊問をお願いしてやまぬ次第であります」

「現状を保守せんとする重臣ブロックや財閥と、これを打破して昭和維新を実現せしめようとする新興勢力とが正面衝突を来たすのは当然のことでありまして、結局それはとうてい免《まぬか》れることのできない宿命的の事実であります。しこうして、極言すれば、皇軍私兵化の結果が本事件の動機だということに、帰着することになるのであります」

「池田成彬、太田亥十二《いそじ》両氏においては、池田氏はわが財閥の独占的立場にある関係上、現状を保持すべく意図的に行動したとみらるる人でありますが、永田閣下と結束して、築地の錦水その他において頻繁に会合し、もって、昭和維新的気勢の抑圧についての打合わせをなしたものであり、一方太田氏はその中間に介在《かいざい》して、池田氏の意を受けて活動したといわれている人であります」

「三井、三菱、安田、住友の四大財閥をもって、百三十四億七千七十万五千円という莫大《ばくだい》なる数字、即ちわが全日本の財力の六割二分《ぶ》五厘《りん》という富を独占しているのでありますが、事実、全日本の金融産業を自由に左右することができるわけです。したがって、三井財閥における池田成彬氏の存在は、あたかも、徳川幕府における井伊《いい》大老《たいろう》であります。

池田氏はつとに重臣、官僚方面と密接なる連繫《れんけい》があるのみならず、故人永田閣下とは、特に深い交友関係にあったのでありまして、聞くところによれば、永田閣下の久里浜《くりはま》の別荘は、太田亥十二氏の手を通して池田氏から贈られたものだとのことであります」(「　」引用は小坂慶助『特高』)

執拗に攻め立てる満井は、成彬の存在を徳川幕府における井伊大老になぞらえるなど、事件の黒幕のように仕立て上げた。

この満井による成彬攻撃は、成彬自身の解説によると、「池田成彬は上元老を籠《ろう》絡《らく》し、政党を操縦し、それに財界はお手のもの、だから天下は池田の思うとおり。ところが思うとおりにならないのは軍部だけだ。そこで池田はまず永田鉄山に魔手《ましゅ》を伸ばそうとしておる」ということのようだ。

しかし召喚されることを聞いたときには、震《ふる》えたに違いない。間違いなく皇道派将校の手によって暗殺されるリスクが高まるからだ。

成彬は永田と一回しか会っていないと語っている。それを信じるしかないが、満井の発言では頻繁に会っていたことになる。これは成彬に対して憲兵による監視が行われており、満井はそこから情報を得たと思われる。

永田は国家総動員の推進者である。彼は三井財閥のリーダーである成彬の力を、満州開拓や国力増強に必要としただろう。

一方、成彬も混沌とする世情を考えた場合、陸軍内部の情報を得ることは三井財閥の存続のためにも必要なことだったと思われる。そのために、皇道派将校に影響力のある北一輝《きたいっき》にも生活費を提供していたほどだ。

今となってはわからないが、成彬は永田と一度ではなく、何度か会い、統制派将校の考え方を入手していたのではないだろうか。そう考えるほうが、情報を重視して、事に臨《のぞ》む成彬らしいと思われる。

それにしても、あの満井の女性的な声に攻め立てられるのかと思うと、成彬は憂《ゆう》鬱《うつ》になった。

満井ら青年将校たちと席をもったときのことを思い出した。

満井は、莫迦《ばか》ていねいな口調ながら、しばらくすると興奮して、キンキンと甲高《かんだか》い声で成彬を激しくののしった。

成彬の召喚日は、二月二十七日だ。

「二度と会いたくない奴だ……」

成彬は心底から思った。

願いが通じたのか、成彬は召喚されることはなかった。

その前日の二月二十六日に「二・二六事件」が勃発《ぼっぱつ》したのだ。

2

「あなた、警察からお電話です」

艶《つや》があわてた様子で寝室に顔を出した。

成彬は、薄目を開けた。寒い。布団《ふとん》から抜け出ると、ぶるっと震えがきた。まだ辺りは暗い。

「何時だ？」

「六時ちょっと前ぐらいかしら」

「何が起きたというのか、こんな時間に……」

成彬は不吉な思いを抱《いだ》きながらも、ゆっくりと電話の置いてある居間に向かった。受話器を取った。「池田先生であられますか」

相手の息の荒さが伝わってくる。「そうだが、何か、あったのかね」

「はっ、詳しいことはまだわかりませんが、本日、五時四十分ごろ、湯河原の伊藤屋にお泊りであった牧野伸顕《のぶあき》閣下が軍人に襲撃されたとのことであります」

「牧野さんが！」

成彬は、思わず声を上げた。すぐに青年将校によるテロだと思った。

「襲撃グループが、池田先生のところにも行くとの情報が入りましたので、大磯署は全員、今からそちらへ参りますのでお支度をお願いします」

「今からか？」

「はい、ただいまそちらへ二十名ほど向かわせております」

成彬は、受話器を置くと、側《そば》で心配そうな顔をして立っている艶に言った。

「すぐ成功《なりかつ》を起こして、身支度を整えなさい。牧野さんが襲われたらしい。ここにも来るらしい」

艶の顔が、寒さではなく、一瞬にして青白くなった。

しかし、普段から成彬が青年将校に狙われているということは、艶も理解していた。

「何人ぐらい警官の方が来られるのですか」

「二十人くらいだそうだよ」

成彬の返事に艶が何か考えている。

「どうした？」

「いえ、この時間ですと、出前というわけにもいきませんから、すぐにご飯を炊《た》いてお握りを作ることにいたします。腹が減っては戦さもできませんから」

「二十人分のお握りか……。そんなもの必要ないんじゃないのか」

成彬はあきれた。

「私どもの護衛に来てくださるというのに、なにもしないわけにはまいりません」

艶は、いそいそと身支度を整えに部屋に入った。

実際、成彬には常時、二、三人の警官が警護についていた。風呂に入れば、風呂の外に立ち、散歩に出れば、後ろからついてくる。

なんとなくみっともない気がして、成彬は警護を鬱陶《うっとう》しく思っていた。

艶は、彼らに昼も夜も食事を提供していた。その費用は警視庁から支給されることもあったが、成彬の家計からの持ち出しがほとんどだった。

しかし艶はいつも彼らに感謝して、にこやかに振る舞っていた。成彬は、そんな艶の態度を好ましく思っていた。

警官たちが、成彬の家を囲んでいた。

艶がお握りと熱いお茶を出している。

「ご苦労様」

成彬は警官に声をかけた。

「はっ、お握り、ありがとうございます」

若い警官は、敬礼をした。

「おいしかったですか」

成彬は、笑みを浮かべた。

「おいしゅうございました。こんなにたっぷりと白い米を食べたのは、久しぶりであります」

「そうですか、それはよかった。どちらのご出身ですか」

「秋田です」

「秋田は米どころでしょう？」

「はっ、それが凶作続きで、実家のほうも十分に米が食えぬと嘆《なげ》いております。できることなら、このお握りを食べさせてやりたいと思いました」

警官の目に光るものが見えた。

「凶作ですか……」

成彬は、目を伏せた。青年将校たちは、東北の農家の貧しさと東京の政財界の要人たちの華美な生活との格差に憤《いきどお》り、決起した。彼らの心情を思うと、同情を禁じえないが、クーデターやテロでは何も解決しないのも事実だった。

この時期、東北や北海道は凶作が続き、農民は塗炭《とたん》の苦しみを嘗《な》めていた。

昭和九年（一九三四年）のデータではあるが、東北と北海道で貧しさのために売られた子女は五万人を突破した。

女中、子守に約二万人、一人七十六円。女工に約一万八千人、一人七十六円、酌婦《しゃくふ》に約六千人、一人四百九十一円。娼妓《しょうぎ》に約四千五百人、一人千十一円、女給《じょきゅう》に約三千三百人、一人八十三円、芸者に約二千二百人、一人七百二円。

青年将校も、彼らから成彬を守る若い警官も、ともに東北出身者が多い。そのことに、成彬はやるせない思いを抱いた。

「先生」

責任者である署長代理が成彬に近づいてきた。

「どうしましたか？　情報が入っておりますか」

成彬は訊《き》いた。署長代理はこのうえないほど暗い顔をしている。

「ちょっと大変なことになっています。千数百名の軍が、各所を襲い、高橋是清《これきよ》閣下、斎藤実《まこと》閣下、渡辺錠太郎《じょうたろう》閣下などがお亡くなりになったようです。岡田啓介《けいすけ》閣下も亡くなったようです。まだ他にも被害を受けた方があるとの情報です」

「なんと……」

成彬は絶句した。テロというより大規模なクーデターではないか。

「大変、申し上げにくいことでありますが、各所で警官もやられておりまして、私どもも何とかお守りしたいと思ってはおりますが、何分《なにぶん》人数が……」

「防ぐ自信がないのですか」

成彬が問いかけると、署長代理は申し訳なさそうにうなずいた。

「ここには来ませんよ」

成彬は断定的に言った。

「えっ、何を根拠に？」

署長代理は目を見開いた。

「それだけの大事を成し遂げる連中であれば、最初からここに来ています。また湯河原からここに来るとしても汽車で来るはずはないし、トラックで来るなら、もうとうに来ているはずでしょう。それがいまだに来ていないところを見ると、大丈夫じゃないですか」

「先生のお考えはわかりますが、もしものことがありますので、どこかへ身を隠していただけないでしょうか」

署長代理は、深々と頭を下げた。

「大丈夫だと思うけどね……」

成彬は腕を組んだ。

「ぜひ、なんとかお願いいたします」

深々と腰まで折った。

「どうしようか」

成彬は艶に問いかけた。その時だ。腹部全体に耐えられないほどの痛みが走った。持病の胆石《たんせき》だ。うっとうなり、腹部を押さえてうずくまった。

「あなた」

艶が背中をさする。少し痛みが和《やわ》らぐ気がする。

「先生、大丈夫ですか」

署長代理が心配そうにのぞき込む。

「持病の胆石だよ。こんな調子だから死んでもここを動かないぞ」

成彬は苦しげな顔を署長代理に向けた。

「先生、奥様、お気持ちはわかりますが、責任をもてませんので、ぜひこの場所から退避してください」

署長代理は、泣き出さんばかりだ。

「あなた、仕方ございません。ここを離れましょう」

艶が背中をさすりながら言った。

「いやだ」

成彬は声を絞《しぼ》った。

「私、成功を呼んできます。車を出させますわ。ちょっと背中をさすってやってください」

艶は、署長代理に命令口調で言った。

「私が、ですか」

署長代理は、驚いたように目を丸くしたが、艶に言われるままに成彬の背中をさすり始めた。

しばらくすると、成功が車を運転してきた。タイヤにはチェーンが巻いてある。昨夜から降り続いている雪のため、道が凍り、滑りやすくなっていたためだ。

成彬は、署長に抱《かか》えられて、車に乗り込んだ。

「行かないぞ。ここにいるほうが安全だ」

成彬は、腹部を押さえながら声を絞りだしたが、後部座席に横たわるかたちで車に乗せられた。

「横浜のニューグランド・ホテルに行きましょう」

艶は、成功に指示した。

成彬は、車の窓から外を見た。先ほど、お握りがうまいと言った若い警官が成彬に敬礼している。成彬は、腹部の痛さに顔をゆがめながら、横たわったまま彼の真似《まね》をして敬礼した。

成彬を乗せた車は静かに動き出した。その後から、警官を乗せた車もついてきた。

「お父さん、顔を上げないで」

成功が、緊張した声を発した。

「どうした？」

成彬は聞いたが、腹部が痛くて、顔など上げられる状態ではない。

「軍のトラックがこちらに来るんだ」

「俺を捕まえにきたのか」

窓の外は、少し明るさを増してきていた。雪が背後に飛んでいくのが見える。

「黙って」

成功が鋭く叫んだ。助手席の艶が振り向いた。顔が強張《こわば》っている。息を殺し、じっとしている。精神の緊張が、ひと時痛みを忘れさせていた。

「大丈夫だ。行ったよ」

トラックは過ぎていったようだ。

「兵隊は乗っていたか」

「ああ、後部に数人乗っていた。どこへ行くのだろう？」

都心部での混乱はまだ続いているのだろうか。どれほどの規模で今回の事件は起きたのだろうか。成彬は、早く事態の全容をつかみたいと思った。

車が急に止まった。

「どうした？」

「スリップして動かない」

成功が車を降りた。後ろの車から警官が数人飛びだしてきた。成功が事情を話している。

「後ろから押してもらうからね」

成功がエンジンをふかす。後ろから数人の警官が車を押している。窓の雪は相変わらず激しい。警官の顔も身体《からだ》も雪にまみれているに違いない。

成彬は腹部を押さえ、じっと天井をにらんでいた。今回ばかりはどこかで軍人に襲撃されて、命を落とすかもしれないな……、とぼんやりと思った。

何か気の利《き》いた一言でも発して、撃たれてやるかな。しかし何も浮かばないものだ……。

「着きましたよ」

艶の声で、はっと目を覚ました。眠っていたようだ。

ニューグランド・ホテルに着いた。成功の肩につかまって車から降りた。

成彬の周りを数人の警官が囲んだ。腹部の痛みは、ますます激しくなる。額に汗がにじんできた。

「医者、医者を呼んでくれませんか。胆石です」

成功がホテルの従業員に叫んでいる。ふっと意識が遠のく。

部屋で医者に痛み止めを打ってもらい、うとうとと眠る。事件の推移が気になるが、正確な情報は入ってこない。

「詳しいことがわかったか？」

成彬は、艶に訊いた。

「気にしないで眠っていてください」

成功がたしなめた。

警官が入ってきた。

「なにかございますか？」

艶が訊いた。

「まことに申し訳ないことですが、ここも警護が困難になりました。新聞記者などが、ここに先生がお泊りになっていると知り、大勢押しかけてきております。このままでは混乱を引き起こす懸念もございますので、お移り願いたいのです」

警官が頭を下げた。

「どこへ行くというのだ。もう移らん！」

成彬は声を荒らげた。腹部に強烈な痛みが走り、顔をゆがめる。

「申し訳ないと思っています。どうぞ先生のご存知のところをご指定ください」

「私は横浜を知らない。行けといわれても行き所がない」

成彬は困惑した。

「そうはいわれましても……」

「麻布《あざぶ》の家に帰るぞ！」

「それは困ります。東京の混乱は収まっておりません」

「どんな状況なのか？」

「詳しくはわかりません」

別の警官が入ってきた。二人でひそひそと話をしている。

「先生、横浜の十全病院に部屋が取れました。ご病気でもあられますから、ご入院ください」

成彬は艶と目を合わせた。艶が小さくうなずく。

「わかった。そこに案内してくれ」

「ご迷惑をおかけいたします。ところで入院は偽名をお使いください」

「偽名？」

「また記者が押しかけては大変でございます。私の叔父ということで入院されたらよかろうかと……」

「君の叔父さん？」

「はあ、田舎から出てきたが、病気になったということで、お願いします」

警官が頭を下げた。彼も必死なのだ。

「了解した。君の叔父さんになろう」

成彬は言った。

「ありがとうございます。何人かで病院を警護いたしますのでご安心下さい」

警官は敬礼した。

成彬、艶、成功の三人は病院へと移った。しかしそこも二、三日で怪しまれてしまった。病室や病院の外に警官が警護していたからだ。それでも一週間ほど病院に避難し、やっと大磯に帰ることができた。

二・二六事件には、陸軍の安藤輝三大尉、栗原安秀中尉、中橋基明中尉らの率いる約千四百名の部隊が参加し、首相官邸など東京市内の要所を襲撃した。内大臣斎藤実、蔵相高橋是清、陸軍教育総監渡辺錠太郎が殺害され、侍従長《じじゅうちょう》鈴木貫太郎《かんたろう》が重傷を負った。また首相秘書官や警備の警察官などを殺傷し、永田町一帯を占拠した。彼らは皇道派による軍部独裁政権を樹立し、『昭和維新』を断行する計画だった。しかし二月二十九日には鎮圧された。

事件に動揺した陸軍は、午後三時三十分に大臣告知を出した。

それは、決起の趣旨は天皇に報告され、君たちの行動は国体顕現の至情《しじょう》、すなわち国を憂《うれ》うる真面目な気持ちからだと認めるといった、青年将校たちに媚びるものだった。

ところが、天皇は彼らを反乱軍であるとして、自ら近衛師団を率いて鎮圧するという厳しい姿勢を示した。そこで事態は急転回した。二十八日夕方に兵は原隊《げんたい》に復帰すべしという奉勅《ほうちょく》命令が出された。二十九日には彼らは原隊に戻った。

クーデターをリードした青年将校の中では、野中四郎、河野寿《こうのひさし》の二名が自決したが、多くは逮捕され、軍法会議にかけられた。

青年将校では、香田清貞《こうだきよさだ》、安藤輝三、栗原安秀、竹島継夫《たけしまつぎお》、対馬《つしま》勝雄、中橋基明、丹生誠忠《よしただ》、坂井直《なおし》、田中勝《かつ》、中島莞爾《かんじ》、安田優《ゆたか》、高橋太郎、林八郎、元将校からは村中孝次《たかじ》、磯部浅一《あさいち》、民間人からは渋川善助《ぜんすけ》（元士官学校生）、水上《みずかみ》源一、そして思想的背景として北一輝、西田税《みつぐ》が死刑判決を受け、処刑された。

成彬は、二・二六事件について「血盟団《けつめいだん》と二・二六事件の時は、実際危なかったんですね。二・二六の時には、私をやっつけようと相談したらしい。その時に、北一輝が、『それは理屈が通らんではないか。三井八郎《はちろう》右衛門《えもん》とか三井高公《たかきみ》という人をやるというならわかるが、池田はただの番頭じゃないか』と言ったそうです。北は私を知っておったんです。それで向島の会議の時にこの北の話で、『それはそうだね、ではこの次にしようか』というので後回しにされたのだそうです」と語っている。

　もしこれが事実なら、幸いにも三井財閥関係者が誰も襲撃の対象にならなかったのは、成彬が北一輝を知っていたからだということになる。

　成彬は二・二六事件関係者の一人として、憲兵隊の取り調べを受けた。まさに北一輝を知っていたからだ。

　その取り調べで、成彬から北一輝に生活費が与えられていたことが判明する。成彬はその見返りとして、北一輝から軍部ならびに右翼関係の情報提供を受けていた。北一輝は、この中から毎月数百円ずつを西田税に与えたり、青年将校の獲得ならびに運動資金に充《あ》てたりしていたという。

　取り調べの結果、成彬は「幇助《ほうじょ》容疑の事実なし」となった。

　成彬は憲兵隊宛に、北一輝との関係について「顛末書《てんまつしょ》」を提出している。

　それによると、以前に書いたように、北一輝とは三井常務理事有賀長文《ありがながふみ》の紹介で昭和七年（一九三二年）に知り合い、五千円（現在に直すと約一千万円）を渡すなどした。昭和十年（一九三五年）七月か八月ごろ、北一輝が中国に渡る費用として五千円要求してきたため、またそれに応じた。

その後、生活に窮迫しているという要請を受け、五千円、そして同じく十二月に一万円を渡した。これは盆暮れの年に二回程度援助しようという成彬の言葉に、北一輝がすぐに反応した結果だ。

成彬は、北一輝に何度も金銭の提供を断わったが、彼は容易に納得しなかった。その執拗な態度は、「尋常人のとうてい堪ゆるところにあらず」だった。成彬は、「今日の錯綜《さくそう》せる社会状勢にありては、いかなる報復手段にいずるや計りがたし」と思い、援助してしまったと書いている。

顛末書では、年に二回程度の援助となっているが、取り調べでは毎月数万円（現在では数千万円）もの資金援助をしていたということになっており、また二・二六事件直前にも北一輝に資金を提供したことになっている。

そのため北一輝から二・二六事件に関する情報の提供があったかどうかについても調べられているが、これについては北一輝も語らず、また成彬は否定し、証拠もない。

毎月援助していたとなれば、かなり積極的に北一輝と関係を持っていたように思える。しかし年に二回なら顛末書の通り渋々要求に応じていたようにも思える。いずれが正しいかはわからない。

北一輝の助言で成彬を襲撃対象から除外したということが事実なら、関係は思った以上に深かったのだろう。また正確ではなくても、何か大きな事件が起きるかもしれないという情報を、北一輝から得ていた可能性も否定できない。成彬が、あまり事件に恐怖したり、あわてたりせずに行動できたのは、それが理由かもしれない。

この北一輝への資金援助などの関係は、彼の生涯の汚点といっていいかもしれない。成彬なら、不祥事を引き起こす現代の経営者と違い、毅然《きぜん》と資金援助を拒絶するだろうと期待されるからだ。

しかし、現代の視点で裁くことはできない。実際に成彬は絶えず青年将校から命を狙われていたのであり、世間は三井を徹底的に攻撃していたからだ。

三井を守るためには、成彬はあらゆるところに情報収集のネットワークを張り巡らせておく必要があったのだ。

さて二・二六事件は、時代にどのような影響を与えたのだろうか。

事件の後の広田弘毅《こうき》内閣の陸軍大臣寺内寿一《ひさいち》は、総勢三千名の粛清《しゆくせい》人事を行い、皇道派軍人を退役、ないしは軍の中枢から締め出す。

そしてこの粛清を徹底させると称して、かつて廃止になった「軍部大臣現役武官制」を復活させる。これは予備役《よびえき》に退かせた皇道派の荒木や真崎の復活を阻止するとの名目だったが、この制度を濫用することで陸軍は政治に大きな影響力を持つことになる。

結局、青年将校たちの、ある意味において純粋な国を憂うる行動は、陸軍の政治力強化に巧妙に利用されてしまい、彼らが愛した日本を、戦争の道へと強く後押ししてしまうこととなった。

3

昭和十二年（一九三七年）成彬は七十歳になった。持病の胆石は一向によくならない。

前の年の四月に三井合名《ごうめい》に定年制をしき、五月には自らも合名理事を辞任し、内閣審議会委員などの公職からも一切身を引き、自宅で療養していた。

成彬の辞任を当時の東京日日新聞は、「池田政策のイデオロギーは、かれみずからの言をかりていうならば『商売だからといって社会を犠牲にしてもうけるのはよくない。財閥のような大きな組織になると、自然にもうかる。その利益を社会のために使う……』というのである。財閥の国家的奉仕、資本の国際的、社会的活用、これが池田政策の骨子《こっし》である」と一定の評価をしつつも財閥への批判は収まらず、社会は不安のままだと彼の努力が報われなかったと書いている。

後年、成彬は「一番のにくしみが私どもにきたのです。（中略）一番のクライマックスは十一年の二・二六で、私は五月に三井をやめましたから、はじめてほっとした。そのとき、私は七十か七十一です。私はあの時に三井をやめたばかりでなく、三十幾つかの公職——なんとか商工会議所の顧問から、すべてのことはいっさいやめてしまった。護国寺《ごこくじ》の檀家総代もやめたいといったら、檀家総代をやめてもらっては困るという。私も近いうちにそこにいかなければならぬと思うので、坊さんの感情を害しては悪いと思って、檀家総代だけ、いまでも持っておりますが、非常に楽になった。それが、ちょうど十一年の五月です」と雑誌に語っている。

ほっとしたという言葉の中に、成彬の喜びが感じられる。

しかし政局は安定しなかった。二・二六事件後に岡田内閣の後を受けて誕生した広田弘毅内閣は、十一月二十五日に日独防共協定を結び、いよいよ米英との対立色をあらわにした。

この間、五月七日の第六十九回議会では、民政党の斎藤隆夫による有名な粛軍《しゆくぐん》演説が行われた。

彼は軍の政治への関与を徹底して批判したが、事態は彼の望む方向には行かなかった。急速に軍の関与が大きくなっていった。

広田内閣は、翌十二年一月二十三日に、議会解散を要求する寺内陸相との対立で、総辞職となった。

次に組閣を命じられた宇垣一成《うがきかずしげ》は、粛軍派であったこと、三月事件での変心などで陸軍内の人望がなく、組閣を辞退するというはめに陥《おちい》った。

これらは、軍部大臣現役武官制を利用した陸軍の政治への露骨な干渉の結果だった。

一月二十九日、林銑十郎に組閣の命令が下った。

成彬は、その内閣のもとで二月九日、日銀総裁に就任する。重荷をすべて捨て去って、やっと市井《しせい》の一個人になったのもつかの間、また激流に身を投じることとなった。

二月九日の東京朝日新聞には、日銀総裁に財界から引退した成彬が就任することについて、「わが国、財政経済がまさに直面しつつある異常なる難局を物語るもの」であると書いている。

すなわち満州事変以来、経済は「準戦時体制」になりつつあるが、国内生産力は低迷し、国民生活は窮乏を極めていた。

そのため、「時代はすでに強力にして実行的な人物の登場を待望している」状況だった。そこで成彬の三井合名時代の数々の改革が評価され、その手腕《しゆわん》に期待がかかったのだ。

しかし成彬は、すんなりとこの日銀総裁就任を受諾《じゅだく》したわけではない。

理由は健康問題だった。胆石の痛みがひどいのだ。

日銀総裁を受諾するのか、しないのかと問いかける記者に、財界を引退して、宴会にさえ出たことがないと笑ってはぐらかしている。

実際、このころは、大磯にいて成功の栽培する花を眺めては、読書をする毎日だった。

胆石について質問されると、「日銀総裁と胆石の関係ですか。ハハハ……医者に聞けば、やはりいかんというでしょうね。相談もしませんが……」とはぐらかした。

林銑十郎に組閣の大命《たいめい》が下った、翌日の三十日、成彬に林からの使いとして宮崎正義（満鉄参事）がやってきた。

それは成彬に、大蔵大臣と日銀総裁の二つのポストをやってもらいたいというものだった。

「こういうふうに寝ているくらいだから、だめだ」

成彬は断わった。

何時間も粘る宮崎が「それでは代わりの人を誰か……」と懇請《こんせい》した。

成彬は、「結城《ゆうき》君がいいだろう」と結城豊太郎の名前を挙げた。

結城は、成彬の同郷の後輩にあたり、日銀から安田銀行を経て、興銀総裁や初代商工中金理事長を務めていた。

成彬の推挙通り、結城は蔵相に就任し、二月二日、ようやく林内閣が発足する。内閣発足直後の二月七日、今度は結城が成彬に日銀総裁を依頼してきたのだ。

成彬のもとに結城本人が来た。

「ぜひ日銀総裁を引き受けてくれませんか」

結城が頭を下げた。

胆石を理由に成彬が固辞《こじ》すると、

「毎日、出なくてもいい。病気なら何日休んでもいっこうに差し支えない」

とまで結城は言った。

「日本銀行条例改正を断行するが、異議はないか」

「一切任せる」

「日本銀行のことや金融に、大蔵大臣はあまり口をださないだろうな」

「もちろん」

結城は明瞭《めいりよう》に答えた。

結城にしてみれば、同郷の尊敬する先輩に何をいうことがあろうか、という思いだったことだろう。

二月九日、成彬は第十四代日銀総裁に就任する。

成彬はこのときの心境を、「石原莞爾《かんじ》の持ってきた具体的な案に対して、かれこれ行きがかりがあるし、とにかく陸軍の要求する国防充実はどこまでもやっぱり国際情勢に準じてやらねばならん。そうして現在の経済機構の根本をこわされてはならん。そうなると金融の中心に当たっている日本銀行あたりがよほどうまくやらんと、非常に危険なことになる。で、実は今日、国家のために考えて、財政金融は最も大事であるし、今日、軍部の中で、もっとも力を持っている中堅層の望み通りにしなくちゃならないということになって、現在の経済機構をぶちこわされたら滅茶苦茶になるし、さらばといって国防を軽んずるわけにはいかんし、非常にあぶない、大事なところにあるんだから、いまさら出る幕じゃあないけれども、自分もご奉公だと思って、快諾したようなわけで、まあひとつできるだけ結城氏をたすけてやりましょう」と、西園寺公望《さいおんじきんもち》の秘書原田熊雄に語っている。

この中で語られている石原莞爾の持ってきた案とは、彼の主張である対ソ戦準備を中心とする重要産業五ヵ年計画のことだ。

参謀本部第一部長であった石原莞爾は、満州国の自立を考えていた。これは満州を日本の植民地、後方基地化しようとする、満州国を実質的に支配する関東軍参謀長東條英機に対抗する政策だった。

石原は、満州国を植民地化することで、日中関係が戦争の泥沼に入っていくことを懸念していた。

早く満州を自立させ、国力をソ連にむけようという構想だった。それを実現するために林内閣発足に働いた。

成彬は石原とも面識があった。石原は、成彬に「一時も早くソ連に対して満州の防備をしなければ、それはとても危険きわまる話である。もう北支《ほくし》なんかどうでもいいから、満州を固めてソ連に対する準備をするより仕方がない」と語っていた。石原は、日中戦争開始後、戦争を終結に導くために和平工作を計画した。しかし石原が和平主義者であったわけではない。ソ連への戦争準備のための中国との和平だった。

成彬は、林内閣の後ろ盾《だて》になっている石原の考えも理解していた。成彬は欧米と協調しつつ、日中戦争を回避すべきだという点では、石原と意見の一致を見ていたのだろう。

日銀総裁への就任は、石原を中心とした軍部、そしてまた石原と対立する軍部、こうした難しい政治状況を踏まえての決断だった。

「あなた、本当にお受けになるのですか」

艶は心配そうな顔を成彬に向けた。

「仕方がないさ。結城を大蔵大臣に推薦したのは私だ。その結城から頼まれれば、いやとはいえない」

成彬は苦笑した。

「なんだか結城様の策略に乗ったみたいですね。でもお身体が……」

「結城も無理はしなくていいといってくれている。心配するな」

しかし艶が懸念したように、成彬が日銀総裁として活躍したのは約半年だけだった。七月二十七日には、持病の胆石悪化を理由に退任する。

これはもちろん、病気が原因ではあるが、林内閣が、成彬の退任より先の五月三十一日に総辞職してしまったことが大きい。

陸軍大将であった林がこんなにも早く退任に追い込まれたのは、彼を支えていた石原莞爾らの勢力が陸軍内部で敗退していったことによると言われている。満州は日本の生命線と考え、植民地化を進める東條英機らの統制派が石原らを駆逐《くちく》したのだ。

こうしたことから、和平派に与《くみ》すると見られていた成彬を快く思わない勢力から、病気とはいえ、日銀に通わないのは職務に忠実でないとの批判があった。

成彬は、ここで無理に身体を酷使《こくし》するより、また次の機会に満足な身体で国に奉公したいとの判断に傾き、退任することにした。

成彬は短い期間ではあったが、幾つかの改革を行った。

それは、まず興銀や勧銀その他、一般市中銀行と協力して、生産資金の潤沢《じゅんたく》な供給をはかることだった。

そこで、担保の種類に応じて市中銀行への貸出利率を変えるという日銀高率適用制度を廃止した。産業金融に対し、資金を円滑《えんかつ》に供給するための緩和措置だった。

これによって日銀は産業金融の前面に躍り出た。

成彬の、「企業金融の第一線に活躍し、その中枢的役割を演じている興銀と円滑かつ密接な資金的関係をつけ、日銀がバックとなって資金の供給をなすことが必要である」との持論に基づくものだ。

参与会という諮問《しもん》機関を廃止し、参与理事を新設し、議決権を持たせ、民間の意見を反映させようとした。これは現在の日銀政策委員の魁《さきがけ》となった。

「大蔵省の命令一本で日本銀行が動くということはいけないということが強くある」が、そうはいうものの日銀総裁は内閣の任命であるので、やはり大蔵大臣の影響を受けてしまう。そこで「参与理事の説がまとまらないということを口実にして、大蔵省に対抗させる」という考えから創られた。

これが成彬の考えだが、その当時も現在と同様、日銀の独立性を担保するにはどうしたらいいのかについて、悩みがあったのだ。

また満州支那方面視察団を派遣した。

「当時、日銀からは海外に視察員を、ニューヨーク、ロンドン、パリ、ベルリンまで出しておったが、支那、満州には一人もいっておらん」と成彬は不思議に思い、「満州にだって、今日は等閑《なおざり》に附《ふ》してはいけない」とただちに派遣を決めたのだ。

成彬は、日銀があまりに保守的で、支店を閉めるときに拍子木《ひょうしぎ》をたたくなど、時代から取り残されていることを強く懸念し、改革しようとした。

「もはや日本銀行の機能は、従来のごときものであってはならない。時代に順応するよう、修正の要《よう》があると思います」

成彬が、就任時の挨拶で発言したものだが、まさにこの方向で改革を推《お》し進めた。

これは国内の経済低迷に危機感を抱いた成彬の素直な考えではあったが、とりもなおさず日銀を「準戦時体制」に大きく舵《かじ》を切らせることになった。

しかしそれは、財政的な裏づけなしに軍備拡張をつづける軍部を、経済原則からコントロールしようという成彬の決意でもあった。

第十章　蔵相兼商工相

1

成彬《せいひん》は、大磯の別邸に臥《ふ》せっていた。これは昭和七年（一九三二年）に同郷の中条《ちゅうじょう》精一郎の設計で竹中工務店が建設したものだ。

「私も中条みたいに、建築家になればよかったな」

成彬は天井を眺めながら、つぶやいた。胆石《たんせき》は身体《からだ》の中から、激しい痛みを発し、気力を萎《な》えさせていた。

成彬は、建築が好きだった。欧米に視察旅行をしたとき、各地の建造物を見て、大いに感動したせいかもしれない。

三井銀行時代も、多くの支店の建物を造った。建築相場が三、四十万円だったころ、百万円以上、時には三百万円もかけた。

いいものは結局、安くつく。将来のことを考えて造らねばならない。ごまかしの建築などは大嫌いだ。表通りだけを見栄《みば》えよくして、裏を粗末にするなどもっての外だ。

銀行の金庫にも工夫をした。

たいてい銀行というものは、正面に大きな金庫の扉があり、それを客に見せることで安心させる。しかし金庫が地上にあることは使い勝手が悪い。それに本当にそんな扉を見たくらいで、客が安心するかどうかも疑問だ。

そこで金庫を地下に作ることにした。そうすることでより安心感が増すし、一階がすっきりして使い勝手がいい。また金庫の拡張も可能になった。

余談だが、これらの建造物を手がけた竹中工務店の竹中藤右衛門は、「設計はアメリカのトロウブリッジ・カンパニーが手がけたのですが、その監督指導のもとで私たちが施工することで、我が国の建築技術の進歩の上に大いに効果がありました。これは池田さんの余徳といたしまして、深く感謝いたしておる次第です」と語っている。成彬は専門家をもうならせる建築センスを持っていたのかもしれない。

天井を眺めながら床《とこ》に臥せる成彬の耳には、非難の声が聞こえていた。

日銀総裁のくせに病気で臥せるとは何事だ。

非常時に問題があるぞ。

胆石であることは承知してもらった上で日銀総裁になった。毎日、出勤しなくてもいいという条件だった。結城豊太郎《ゆうき》を大蔵大臣に推薦した手前、その結城に泣きつかれてはやむを得なかった。

ここに臥せっている言い訳は、いくらでも挙げることができる。

しかし成彬を非難する本当の理由は、軍部に媚《こ》びないことだ。

大蔵省はどうしても、たとえ結城が大臣をしていたとしても、少なからず軍部のいいなりになってしまう。

それをなんとか食い止める仕組みができないかと考え、日銀に参与理事制度をつくったのだが、そうした成彬の態度を軍部、とくに陸軍は許すことができない。それが成彬攻撃の最大の理由だ。

この年、昭和十二年（一九三七年）六月四日、林銑十郎《せんじゅうろう》内閣の総辞職を受け、第一次近衛文麿《このえふみまろ》内閣が誕生した。

七月七日には中国盧溝橋《ろこうきょう》で日中両軍が武力衝突する盧溝橋事件が起きた。陸軍は、ますます戦争拡大に向けて暴走していた。

近衛内閣では結城大蔵大臣留任を望んでいた。成彬も、西園寺公望《さいおんじきんもち》の秘書である原田熊雄に結城で行くべきだと伝えておいた。

ところが陸軍が抵抗した。陸軍は馬場鍈一《えいいち》を推《お》してきた。馬場は、二・二六事件の後を受けて、昭和十一年（一九三六年）三月九日に成立した広田弘毅《こうき》内閣で大蔵大臣を務めた。

大蔵省出身で日本勧業銀行総裁などを務めた人物だが、陸軍のいいなりになり公債漸減《ぜんげん》方針の放棄など軍事費の増大を招く政策を遂行した。当然、陸軍の受けはいいが、成彬や結城などとは真っ向から対立する人物だった。

近衛は、馬場の大蔵大臣就任は拒否したが、内相《ないしょう》での入閣を許した。結局、結城は大蔵大臣を辞め、賀屋興宣《かやおきのり》が大蔵大臣に就任した。

賀屋も馬場と同じ大蔵省出身で、近衛と東條《とうじょう》の両内閣で大蔵大臣を務め、戦後はA級戦犯として巣鴨《すがも》プリズンに十年間服役後、自民党の有力政治家になった。

「あなた、原田様がお見えになりました」

艶《つや》が部屋に入ってきた。

「原田君が……。応接に通してくれ。すぐ行く」

布団《ふとん》を跳ね除《の》け、身体を起こした。緊張のせいか、少し身体が軽い。

成彬は、すぐに着替えて、原田の待つ部屋に入った。

「ご静養中のところ、まかりこしまして恐縮に存じます」

原田が、丸い身体を折り曲げるように低頭《ていとう》した。

原田は、京都帝大で近衛文麿や木戸幸一と同期だった。

一時期、日銀に勤務したことがあったが、住友社員という資格で西園寺公望の秘書となり、十五年間もの間、西園寺と政界、官界、実業界、軍、宮中などありとあらゆる世界を結ぶネットワークの要《かなめ》となる。

原田は西園寺に心酔《しんすい》し、内閣の更迭《こうてつ》、軍縮問題などのときなどには寝食《しんしょく》を忘れて働いた。軍縮問題のときに誰がどう言った、こう言った、そうしたらこういう返事をしたと、一日に何ヶ所も歩き、必ずその日のうちに西園寺に報告しに行く。翌日は、またすぐ東京に戻り、情報を収集する。他人には真似できない活動ぶりだ。

原田は、とりとめのないと言うべき、不思議な魅力のある性格をしており、誰とでも交遊関係を持ち、実に顔が広かった。また、正義ということには非常に厳格で、決してやましいことは寛容しない。さらには、皇室に対する忠誠心が非常に高い。見かけからは想像できない有能な人物、それが原田だった。内務省、外務省など政府の各機関はもちろん、民間の者、実業界の者と原田はいつでも電話一本で話せた。しかしながら、口が悪い。衆人満座の中でも、平気で相手の悪口を言い、放言し、誤解を受けることが多かった。それが唯一の欠点だった。

成彬は、一部において「原熊」と揶揄《やゆ》され、軽視されることもあった原田を、その欠点を認めつつ最大限に評価している。

これはとりもなおさず成彬が評価し、尊敬する西園寺との関係を、原田が緊密に維持してくれたからだ。成彬は、陸軍の暴走を懸念する同じ英米関係重視の西園寺を、原田を通じて身近に感じていたに違いない。

「お身体のほうは、いかがでございますか？」

「徐々に回復はしておりますが、なかなかしぶといのです」

成彬は、苦痛混じりの顔を見せた。

「ところで本日、まかりこしましたのは……」

「わかっております。私のことでしょう」

成彬の言葉に、原田は、ハンカチを取りだし、額《ひたい》の汗をぬぐった。

「実は、近衛内閣の閣僚、とくに大蔵大臣決定に際して、いろいろとございましたことはお耳に入っていると存じます」

原田は神妙な顔をした。

「陸軍は、予算を自分たちに都合のいいようにするために、うるさい財政通は閣外に放逐《ほうちく》しようとしております」

「それで結城も再任しなかったのですね」

「実は児玉さんに大蔵大臣を、という話があったのですが、陸軍の後宮《うしろく》軍務局長が車に同乗し、陸軍の予算関係の説明をされたのです。そうしますと児玉さんは、

『そんな膨大《ぼうだい》な予算は自分にはとてもだめだ』とおっしゃって、今日の財政状況とその危機を招来した馬場財政について、徹底的に批判されたそうであります。それで児玉さんの大蔵大臣はなくなりました」

児玉謙次は、横浜正金《しょうきん》の生《は》え抜きで初の頭取になった人物だ。

「児玉さんが正論でしょう」

成彬は大きくうなずいた。

「あれやこれやで何とか馬場さんの大蔵大臣就任は阻止できたのですが、とにかく金融財政を牛耳《ぎゅうじ》りたいと思う連中が多く、彼らが池田さんのことを、『この非常時に臥せっているとはけしからん』と騒いでいるのです」

「存じております」

「そこで結城さんともお話をしたのですが、このままだと池田さんに疵《きず》がつくし、面倒になりかねない、この先々も池田さんには丈夫でいてもらわねば、世の中のためにならないということで、ここは池田さんの思う人に譲って、一度身を引かれたほうが得策との結論に達したわけでございます。それで私がまいった次第であります」

原田は、また額の汗をぬぐった。原田にしてみれば、言葉を尽くしたつもりだが、日銀総裁退任を勧めることであり、あまりいい気分ではない。

「自分もこの胆石が、こんなに長く苦しめるとは思ってもいなかったのです。この点は、本当に皆様《ありが》に申し訳ない。あなたのおっしゃることは、ごもっともでありま す。実は、有賀に頼んで、近衛総理に自分の考えを直接お話ししたいと考えておったところです。ところが有賀がもうひとつはっきりしないので、あなたにお頼みしようと思っていたのです」

成彬は淡々《たんたん》と言った。微笑《ほほえ》みさえ浮かべている。

「恐縮でございます」

原田は、成彬が退任勧告を素直に受け止めてくれたことに安堵《あんど》したかのように、肩の力を抜いた。

「これは近衛総理もご了承のことと思っていいのですね」

「よろしゅうございます。ただ総理のほうに、たとえば結城さんを後任に据《す》えたいというのが、池田さんのご意向である、たとえご推薦といかなくともご意向は結城さんだとわかればいいのですが……」

原田は成彬を見つめた。

近衛は結城を大蔵大臣に再任することは断念したが、日銀総裁にすることで、少しでも陸軍の意向通りに財政運営されることに抵抗しようというのだ。結城の日銀総裁就任が、退任する成彬の意向であるとすれば、近衛も決めやすいし、結城を嫌う陸軍を納得させやすい。

「結城さんでよろしいでしょう。内閣が変わろうとも、結城さんのような財政通を残しておかなければ、困ったことになるでしょう。そこで私の希望を言えば、津島君に副総裁を引き続きやっていただけるよう総理にお口添えをお願いします」

成彬は頭を下げた。

津島寿一《じゆいち》は大蔵省出身で一貫して国際金融に従事しており、成彬の信頼する人物だ。後に大蔵大臣を歴任する。

「承りました」

原田は答えた。

成彬は、苦痛に耐えながら原田を玄関先に見送った。成彬の身体は艶が支えていた。

原田が出て行くのと入れ違いに、三男の豊《ゆたか》が妻と長男を連れて入ってきた。

「お父さん、起きて大丈夫なの？」

豊が成彬のやつれようを見て言った。

「大丈夫だよ」

成彬は、そういいながらその場に座り込んだ。胆石が痛みだしたのだ。

「潔《きよし》兄さん、ちょっと来てよ」

豊が外に向かって叫んだ。

「潔も来ているのか。大丈夫だ。大げさにするな」

成彬は横になった。

潔も妻と子供たちと一緒に入ってきた。

「さあ、持ち上げるよ」

豊が声をかけると、成彬の身体は潔や彼らの妻によって抱《かか》え上げられた。

「おいおい、あまり揺らすな。痛いぞ」

成彬は苦痛に顔をゆがめながら部屋に運ばれていく。孫たちが、まるで神輿《みこし》のようだと成彬の周りをはしゃぎまわった。

「早く身体を治さねばなるまい」

成彬はつぶやいた。しかしその日から二ヶ月間も寝たきりになる。

2

日中戦争が始まり、いっこうに戦火が収まる気配がない。膨張する軍事費を財政面で支えねばならないのだが、昭和十一年、十二年ごろから日本の国際収支は悪化の一途を辿《たど》っていた。

日本は重工業化を進めていたため英米などから金属、機械、石油などの輸入が増加していた。それらを決済する外貨を、中国貿易によって稼ぎ出すという構図だった。

ところが、戦争により中国との取引は中断してしまった。

一方、満州など占領地への輸出は増えたが、それらは円経済圏であったため、ドルやポンドなどの外貨を稼ぐことはできない。そこで第三国への貿易を増やそうと努力するのだが、なかなか思うに任せなかった。

国際決済のために用意されていた金準備も、底をつきそうになるほどだった。このまま戦争が続けば、経済的な破綻《はたん》は目に見えていた。

成彬は、憂鬱《ゆううつ》だった。戦争の拡大によって、日本は破滅する。自分にできることはなにか。それは財政面から陸軍の膨張を抑えつつ、早期に和平に向かわせることだ。

強大になってしまった陸軍を財政でコントロールすることなどできるものだろうか？

近衛から内閣参議になって欲しいと打診してきた。

ようやく胆石が治癒し、少しずつ体力が回復しつつあったが、まだ十分ではないと固辞《こじ》したら、用があるときは出向くからと言う。そこまで言われては仕方がない。成彬は内閣参議を受けた。

成彬は、近衛のことを聡明だが、頼りない、どこかふわふわした人物だと思っていた。だからこそ助けてやらねばなるまい。

成彬に内閣参議を要請してきたのは、軍部への睨《にら》みにしようという近衛の考えだ。自分で直接陸軍を抑えるのではなく、内閣参議の力を借りようとしたのだ。

内閣参議は、軍から陸軍大将宇垣一成《うがきかずしげ》、同じく荒木貞夫、海軍大将末次信正《すえつぐのぶまさ》、同じく安保清種《あぼきよかず》、政界から町田忠治《ちゅうじ》、前田米蔵《よねぞう》、秋田清、松岡洋右《ようすけ》、財界から郷誠之助《ごうせいのすけ》、池田成彬。

「みんな一癖あるようなものばかり」と、成彬は顔ぶれを評する。

一週間に二度は集まり、国政について議論した。とくに日中戦争についてが多かった。

「諮問《しもん》機関ではなくて、もう少し強かったですね」と成彬はのちに言っている。近衛がいかにこの内閣参議を重視していたかがわかる。

誰かが内閣参議としての意見をまとめようではないかと言い出した。一見、いい考えのように思える。しかし成彬は強硬に反対した。

「まとめるといって、まとまらないときは辞める覚悟があるのか」

成彬は提案者に言った。

そもそも水と油のような意見の持ち主ばかりだ。まとまるはずがない。それを無理にまとめようとすれば、少数者の意見が無視される。それはこの内閣参議の趣旨に合わない。それぞれの意見を近衛にぶつけて、それを近衛が判断すればよい。

成彬の考えは、ともすれば軍関係者に引きずられてしまう議論を正常化することだったのだろう。

成彬は、内閣参議になってからは、麻布の自邸にいることが多かった。

原田が訪ねてきた。

「戦争の先が見えないので、近衛が内閣を投げ出したくなっています。いま投げ出せば、どんな影響があるとお思いですか」

原田が訊《き》いた。

「近衛さんは、国民の人気はすごい。もしそんなことになったら非常なショックだ。絶対に困る」

成彬は真剣に答えた。

「とくに賀屋さんの件では、まいっているようなのです。彼が軍に圧《お》されているのを見るのが忍びないようなのです」

賀屋は、大蔵大臣として軍の予算の拡大を抑えるのに苦労していた。

賀屋に期待されていたのは、軍の予算要求に応じることではなく、財政的に見てどこまで戦争に耐えられるかを主張しなければならないことだ。ところがどうも陸軍、海軍の両大臣の勢いに押されている。それを近衛が心配しているのだ。

「私も賀屋のことは気にかけております。結城と会ったときにも、なんとかして賀屋に対する非難のないように、二人で援《たす》けようじゃないかと話をしたところです」

「ぜひ、お願いしたい。近衛さんは、あなたが大蔵大臣になってくれたら、とてもいいだろうと思っています。もしそれがかなわないなら、賀屋のアドバイザリーコミッティー（諮問委員会）を作って、あなたに入ってもらえたらなどと申しております」

原田は成彬を見つめた。

成彬は答えた。

「今は誰がやっても非常に困難な時代です。私は、賀屋を援けます」

原田の意図は見えていた。近衛の意を受け、成彬が大蔵大臣に就任する意向があるのか、探っているのだ。

成彬は、自信がなかった。体力は回復しつつあったが、現在の日本の経済状況を支えられるとは考えられなかった。

嘘でもいい。私ならできるとミエを切りたいところだが、自分に正直であればあるほど、大蔵大臣を受けると言い切れない。

原田は帰った。

「賀屋を支えるしかあるまい」

成彬は、原田を見送りながらつぶやいた。

3

「池田さん、ちょっとお話があります。お時間をいただけないでしょうか」

成彬は、内閣参議の集まりのあと、近衛に呼び止められた。

「よろしいですよ」

成彬は、その場に残った。

「池田さん、大蔵大臣を引き受けてくれませんか」

近衛が憔悴《しょうすい》した顔で言った。

「私はあまり物事をあいまいにすることは、得意ではありません。はっきり申し上げて自信がございません」

成彬は、きっぱりといった。

「杉山陸軍大臣は勝手に閣議を放り出して、華北《かほく》に視察に行くという具合で、統制がとれていない。私には全くなんの報告もないのですよ。もう投げ出したいくらいです。賀屋さんは、陸軍大臣、海軍大臣に圧されっぱなしで……」

近衛は愚痴《ぐち》った。

「今、大蔵大臣を替えるのは対外上もよろしくないでしょう。日本国内が危機に瀕《ひん》し、動揺していると思われ、為替《かわせ》にも悪い影響があると思います。それにこれは私の性格の悪いところだが、自信のないことを引き受けることはできません。どう考えても今日の状況では、とても引き受ける自信がありません」

軍のいいなりに予算をふくらませた馬場大蔵大臣の政策のツケは大きく、日本の対外決済用の金は枯渇《こかつ》していた。輸出不振と輸入増大から国際収支は日々悪化している。

もし為替相場が暴落すれば、輸入決済用準備資金が急増し、国内は深刻なインフレーションに見舞われてしまう。

近衛は危機感を強く抱《いだ》いていたが、それを全く無視するように行動する陸軍が許せなかった。

「なんとかなりませんか。国民は軍から流される華々しい戦果に酔うています。もっと戦え、もっと勝てというばかりです。経済界は中国を早く経済的に支配したいと、これまたうるさい。自分の会社の利益ばかり言ってきます。早く中国から利益を得るためには、早期に日中戦争を終わらせねばならないのです」

近衛が机をたたく。

「おっしゃる通りです。戦争を早期に終結しなければ、日本経済は破綻してしまいます。その後に何かご奉公できることがあるかもしれませんが、今のように軍が独走しておるときには、私の出番はないでしょう」

成彬も眉根《まゆね》を寄せた。近衛の気持ちがわかるだけにつらい。しかしいい加減な気持ちで引き受けることはできない。自信のないものは、どうしようもない。

「とにかく考えておいてください。お願いします」

近衛が低頭した。

「わかりました」

成彬は答えた。

近衛は、成彬をなにがなんでも閣内に取り込みたいと思っていた。内閣で陸軍に対する抑えになって欲しかったのだ。

なんとかしたい近衛は、新しく作るという厚生大臣を打診したこともある。

4

結局、成彬は大蔵大臣兼商工大臣への就任を了承した。

「あなた、あんなに嫌がっておられたのに、とうとうご承諾されたのですね」

艶が認証式に着ていくモーニングを用意している。

「まあ、あれだけ頼まれればね。体調も良くなってきたし……」

成彬は苦笑《にがわら》いした。

成彬を閣内に取りこむ運動は激しかった。

普通は、大臣になりたいために自分のほうから猟官運動を熱心に展開するものだが、成彬がそうしたものに全くといっていいほど関心がないものだから、難しかったのだ。もうすこし野心といったものを表に出す人物であったらいいのにと、関係者は思ったに違いない。

原田が、何度も成彬のもとに足を運び、「あなたしかいないのだから」と口説《くど》いた。もちろん近衛からも直接の依頼が何度かあった。

それでも成彬がウンと言わないので、同じ内閣参議の前田米蔵も説得にやってきた。

大蔵大臣である賀屋がじきじきに成彬を訪ね、「もう私では無理だ」と言ってきたときは、もはや観念した。

「お幸せな方ですね」

艶がつぶやいた。

「私がか？」

成彬は聞き返した。

「そうですよ。多くの皆様から、請われるというのは、そんなにあるもんじゃありません」

「莫迦《ばか》言うな。そんなに楽じゃないんだよ」

艶の気楽な考えに反発してみた。

「構えないでお勤めを果たされれば、良いのではないでしょうか？」

「構えないと？」

「あなたの、まあ、他人《ひと》様と違っていいところは、偉ぶって、自分はこうだとおっしゃらないところですわ」

「そうか、あんまりそういうところはないかな」

成彬も、まんざらではない顔で艶の話に耳を傾けた。

「あなたは物事を固定した観念で、ある一面のみを見るのではなく、時には正面から、またあるときは斜めからと、自由自在に御覧になることができますわ」

艶の言う通りだと思った。成彬には、妙なこだわりというものはない。物事のある一面だけを、ことさら強調することもない。

それは信念がないというのとは違う。そのとき、その場面で、最も相応《ふさわ》しいことを為《な》す、すなわちその時点での自分の役割をきっちりと果たすということだ。それ以上でも以下でもない。

剣で言えば、どんな強い相手を前にしても、怯《おび》えたり、ひるんだりせず、間合いを計り、見切ることができるのだ。

「難しい時代だが、構えずにやれということか」

「そうですよ」

艶は明るく微笑んだ。

成彬が、大蔵大臣と商工大臣の兼任を受けたのは、内閣参議だった宇垣一成が外務大臣を受けたことが大きい。

宇垣は、岡山の出身であり、軍略家というより政治家だった。大正十四年（一九二五年）の加藤高明《たかあき》内閣のとき、陸相として「宇垣軍縮」という軍縮を実現し、軍に睨みが利《き》く人物として評価されていた。

宇垣が内閣参議に任ぜられたのも、日中戦争収拾の役割を期待されてのことだった。

成彬は、宇垣とは長い付き合いだった。単純な軍人ではない人物と評価している。財界人と勉強会を開催するなど、経済政策にも関心が深かった。

成彬は彼を、「非常に用心深く緻密《ちみつ》で、容貌魁偉《かいい》の割合に突進的の断行力をしめさなかった。それから先生は、いつでも内閣をやるということを看板に掲《かか》げておるのです。大抵の人は、俺はもうそんな気はないとか、出たくてうずうずしていても、嫌だとかいうことを口にするが、あの人は今でも『俺は内閣をやるのだ』と言っている。いつでもこれくらいはっきりと看板を出している人物はない。その点、感服ですね」と評価している。

成彬は、軍人が物事にこだわって猛進するところが嫌いだった。宇垣には、「軍人だから断然やる」というようなところがない。宇垣なら、一緒に組んで陸軍の暴走を抑えることができると成彬は考えた。

昭和十三年（一九三八年）五月二十六日、近衛内閣改造が行われた。

蔵相兼商工相に成彬がなり、外相はもちろん宇垣だ。陸相に板垣征四郎を起用、文相には皇道派の荒木貞夫を据えた。

日中戦争を前線で戦っていた板垣が、陸軍強硬派を抑え、皇道派には荒木が睨みを利かせる。そして宇垣、池田がそれぞれの立場から戦争終結を模索していく。

この内閣は、近衛がその時点では、日中戦争の早期終結に向けて取りうる最高の布陣だったと言えるだろう。

「外務大臣に宇垣氏、商工、大蔵兼任で池田氏ということで、大変な人気をもって、この改造は非常な好影響を内外に与えた」と原田が日記に書き記す通り、国民に期待を与える内閣だった。

5

成彬の入閣とともに近衛は、五相会議を設置した。首相、陸相、海相、外相、蔵相で日中戦争の終結を図るものだった。

これは、内閣が一致して困難な外交にあたるというものだ。

これに関して成彬が、「ところがこの五相会議のほかに、何のためかよく説明を聞かなかったけれども、四相会議というものを近衛さんはこしらえた。五相会議は、総理、外務大臣、陸海軍大臣、大蔵大臣の五大臣。四相会議は、総理と内務、大蔵、文部大臣の荒木の四人。そうしておるうちに今度はまた別に三相会議というのをこしらえた。それは総理大臣と外務大臣と大蔵大臣、つまり近衛、宇垣と私の三人。これが一番大事なことを話したようです」と語っているように、成彬は近衛が最も頼りにする閣僚だった。いわば副総理格だったといえよう。

当然、猛烈な忙しさになった。なにせ大蔵大臣と商工大臣を兼任している。大蔵省、商工省には陳情団が引きもきらない。

成彬が兼任を了解したのは、為替相場の安定化を図るためだった。物の輸入をつかさどる商工省とその決済資金をつかさどる大蔵省が、張り合っていては為替の安定など望めない。そう考えたからだ。

成彬の考えは、為替相場の安定化と公債消化を向上させること、対米協調路線をとりつつ、日中戦争を日本に有利なかたちで終結させること、輸出振興により外貨を獲得すること、民間主導で経済を統制しつつも、活性化させることだった。

しかし十分に体力が回復していない成彬には、両大臣兼任はなかなか大変なことだった。

官僚の縄張り争いは、大臣が兼任したくらいでは簡単に収まらない。それぞれが自分の立場を主張して、成彬を困らせるだけだった。

またその勤務ぶりは、閣議が火曜と金曜の午前中にあり、その後は五相会議。これがいつも午後四時過ぎまでかかる。水曜日には四相会議。木曜日は、三相会議という具合に、ほとんどの時間を首相官邸で近衛と顔を突き合わせ、空いた時間は執務室で書類決裁という状態だった。

毎日、書類の山にうもれ、役所で処理できない書類は自宅に持ち帰るという生活が続いた。

「今日の具合はいかがですか」

秘書官が成彬に訊いた。苦しそうな顔をしている成彬を見て、心配になったのだ。

「ちょっと今日は、しんどいな」

「もう切り上げられたらいかがですか」

「いや、まだしなければならん仕事があるから、もう少し我慢しよう」

成彬は再び書類の山に頭を突っ込んだ。

大蔵省秘書官の伊原隆（後の横浜銀行頭取）は成彬の仕事ぶりを評して、決して何事もゆるがせにしなかったと言う。

書類を見ても、納得がいかなければ判《はん》を押さない。納得がゆくとポケットから「クシャクシャの封筒の中に入った判コを取り出し——判コ入れをお使いにならないで——その判コも木の印で、もうちびて池田と書いてあるのがよくわからないのですが、それをクリックリッと回して捺《お》される。納得がゆかれないと決して判コを捺されない。お帰りになるときは書類をたくさん持ってお帰りになるので、風呂敷包みがだんだん大きくなって、結び目が小さくなる」、こんな様子だった。

思い余って伊原が、風呂敷包みを持とうとすると、自分で持つという。決して他人に任せなかった。この風呂敷包みはだんだんと大きくなり、風呂敷では包みきれなくなり、成彬は書類を抱えて帰るという有り様だった。

成彬はまた聞き上手だった。

部下の話をじっと最後まで黙って聞く。これはある意味、話しているほうにとっては恐ろしいことだった。少しでもごまかす気持ちがあれば、見抜かれてしまうような気持ちになるからだった。

ある大蔵官僚は、伊原に「大抵の大臣はうまくまるめこめるのだが、池田さんだけはだめだ。悪い言葉で言えばごまかせない。額に縦に二本のしわがあり、あの鋭い目でじっと見られると、絶対にごまかせない」と嘆いたという。

成彬は公私の区別に厳しい。葬儀の花輪を出す際のことだ。

「大蔵大臣池田成彬の名でお花をお贈りしてもよろしいでしょうか」

伊原が訊いた。

「待ちなさい。それは私が昔から知っている男で、個人的な関係だから大蔵大臣はつけないで欲しい。費用も私が払うから」

成彬は言った。

「花屋は、大蔵大臣をつけるほうが重みがあると申しております。それに花輪は従来から大蔵省で費用を負担しておりますが……」

伊原が言った。

成彬は、書類から目を離すと、「そんなことではいけない。私的な関係は、私的な関係だ」と伊原を叱った。

伊原は、成彬のこうした態度に尊敬の念を覚え、私淑《ししゅく》した。

また成彬は、新聞記者にも人気があった。それは嘘をつかないからだ。

まず総理官邸では、官邸詰めの記者に捕まり、それから大蔵省担当、商工省担当、それに加えて政治部、社会部と記者に取り囲まれない日はなかった。それでも嫌な顔を見せず、成彬は記者の質問に答えた。

「新聞記者に対して、よく嘘を言う人があるが、それはいけない。言えないことは言えないと言ったほうがいい。たとえば右のほうに物事が進んでいるときに、いかにも左のほうに進んでいるような印象を与えて、全然違った方角のことを言うのは一番いけない」

成彬は伊原に、記者に対する心構えを説いた。

たしかに、成彬は記者に対してははっきりと「それは言えない」「それはまだ聞いておりません」と答えていた。決して記者を間違った方向に導くようなあいまいな答えはしなかった。

「私は新聞記者諸君とは、いっぺんも喧嘩《けんか》をしたことがない」と成彬は自慢げに語った。

記者たちも成彬のこの態度を好ましく思い、週末に大磯で休養する成彬を訪ねたりすることもなかった。

また他の大臣は、「新聞記者の扱いには骨が折れる。夜、家にやってきたり、旅行先にやってきたりして困る。それに非常な接待費を使わねばならない」とこぼしていたが、成彬が、記者を懐柔《かいじゅう》するために金を使ったり、接待をしたりすることは一度もなかった。それでも成彬は記者から慕われた。

「まさに池田大臣のご人徳であり、新聞社の人も大臣を大事にしてくれたという気がいたします」

伊原は述懐する。

6

成彬が大臣に就任する二ヶ月ほど前の四月一日に、国家総動員法が公布された。これは国のすべてを戦争遂行の目的にささげようとする法律であり、成彬のような民間経済人にとっては耐え難いものだった。

統制の対象は、軍事関係はもちろん、食糧や医薬品など国民生活全般に及んでいた。物資以外の金融、情報、教育などもその対象となった。

成彬の大臣就任が多くの人々から歓迎されたのは、こうした軍や官僚による統制が民間人である成彬によって、少しでもいい方向に変化するのではないかと期待したからだ。

実際、同じ時期に内閣参議をしていた郷誠之助は、「世間には池田君が出れば、日本の経済は暗闇から急に明るみに出るというように考えている人が往々にしてある。しかしそれは池田君にとっても迷惑な話であると思う。池田君とて手品使いではない」と警鐘《けいしょう》を鳴らした。

ところが、成彬が民間主導で統制経済を引っ張っていくやり方は、徐々に軍と対立するようになる。

それは国家総動員法第十一条の株式配当制限、金融機関の強制貸付命令等の発動を巡る争いだった。昭和十三年十一月のことだ。

末次信正内相は、国家総動員法で第六条の労働条件の国家統制を発動するならば、第十一条も発動せよと発言した。

労働者を第六条で統制するならば、経営者を第十一条で統制しなければ、不公平だというのが末次の論理だった。

国民が統制下に置かれているのに、経営者だけが自由に収益を上げるのはけしからんということだった。

「労働者の実業家に対する反感は認めるが、株式配当を制限すれば、企業心を萎《い》縮《しゅく》させ、我が国にとって、今、一番重要な生産力拡充が期待できなくなる。とにかく事業家としては、配当制限などは好まぬものだ」

成彬は反対した。

民間の生産力を向上させ、輸出を増大させ、外貨を得て、経済を安定させることこそ急務と考える成彬にとって、事業家心理を冷え込ませる第十一条の発動は断固として許すわけにはいかなかった。

成彬は続けて言う。

「金融機関に対する強制貸付命令は、素人はなんでもないように考えるが、それは銀行経営の微妙な点を知らない議論で、強制貸付に基づく損失は国家が補償すればいいといったところで、一般の預金者は、ある銀行の貸付が、果たして国家の補償付であるかどうかはわからないし、また銀行経営の建前から言って、当然、その内容を秘密にするから、銀行の貸出に不良なものが多くなれば、預金者は警戒し、不安を与え、経済界に重大な影響を及ぼす。

自分の過去の経験からすれば、企業家と金融機関との間に、懇談的に積極的貸付の実をあげえる。それでもいけない場合は、総動員法第十六条（事業設備の新設、拡張を命ずる）の運用によって解決もつくし、資金の使用制限や禁止なら、現行の臨時資金調整法で十分、間に合う」

成彬の頭には、昭和恐慌などで不良債権に苦労した時代がよみがえってきたことだろう。

企業が収益をあげさえすれば、銀行は経営者と十分に話し合い、積極的に貸出を行う。それが自然であり、不良債権をつくらず景気を回復させるのだ。これが成彬の考え方だった。銀行家としては、この強制貸付が許すことのできない暴挙に思えたのだ。

この成彬の考え方に対して、陸軍内部からも反論が出た。

陸軍省情報部長佐藤賢了《けんりょう》は、「もし某条項を適用せざることによりて、総動員法の負担義務を、某部門がまぬかれるなどというごとき感じを生ずることあっては、本法制定の根本精神を滅却《めっきゃく》し、かつ全国民の協力団結を阻害することになり、軽々《けいけい》に看過《かんか》し得ない問題である」と新聞談話を発表した。

国家全体が戦争に向けて苦労を共有しているのに、財界人だけが甘えるのは許されないということだろう。これは全くの精神論であり、経済の原理を無視した発言だ。

佐藤は、関東軍参謀長から陸軍次官になった東條英機《ひでき》の忠実な部下だった。この発言も、東條の意を受けてのことだろうと思われる。

「軍需工場の利益は、ただちに生産設備の拡張に回されるべきだ」

東條は成彬を批判した。

東條は、関東軍でも板垣に仕えていたが、次官になってからは優柔不断な板垣をコントロールする力を持ちつつあった。

しかしこの発言は、次官が口を出すのかと内閣の批判を浴び、東條は航空総監兼航空本部長に転出させられた。しかし陸軍寄りの発言をしたことで、左遷《させん》ではあるが、東條は陸軍内部からは評価されることになった。

また自分の政敵に対しては徹底して攻撃を加える性格の東條は、このとき明確に成彬を敵対する相手と認識したにちがいない。

生粋《きっすい》の軍人である東條は、経済を知らない。東條の経済に対する少ない知識や経験から発した発言が原因で左遷されたのではあるが、成彬によるものだと恨《うら》みに思ったことだろう。

この総動員法第十一条を巡る争いが、その後の成彬と東條との軋轢《あつれき》を形作るきっかけとなった。

7

末次は、第十一条の発動を主張する。

「池田大蔵大臣は、配当制限に反対するが、俺のほうは、配当制限しなくちゃ治安の維持に困るんだ」

「君は、いったい株主にいくら配当しているかということを、職工が知っていると思うか。職工に、株主が一割配当をしてもらっておるか、二割の配当をしてもらっておるか、聞いてみたまえ。知っておる者は、おそらく少ないと思う。君のように、職工の賃金は抑えておるにかかわらず、社長や重役は朝から晩までやれ会合だ、宴会だ、自宅に行けば相当贅沢《ぜいたく》をしておるというなら、職工もやかましく言うだろうし、重役も自粛《じしゅく》させなければいけない。だが、君は配当の問題で治安の維持が困難だというが、そんな莫迦なことがあるか。会社の株主配当と治安となんの関係があるか」

成彬は末次に反論した。

国民の耐乏生活が、治安を不安定にしているという実情は理解していた。それに対して企業の重役たちが贅沢を慎《つつし》むことは当然だが、何よりも経済を活発にし、雇用を安定させることが何より肝心《かんじん》だ。

成彬は、「経済の安定こそが治安を安定させる」と末次に言いたかったのだ。そのためには配当制限などはあってはならない。

末次の周りには、この頃右翼が集まっていた。

彼らは、口々に革新を唱え、経済統制をさらに強化し、対ソ、対英米戦争に備えよと主張した。末次は彼らの言動に踊らされていたのではないだろうか。

末次は、近衛に対して「池田を辞めさせてくれ、自分も辞める」とこの第十一条発動を巡って、成彬と刺し違える覚悟を見せた。

統制下にあっても経済の自由を少しでも確保しよう、そうして活性化させようとする成彬の姿勢は、財界には歓迎された。しかし軍や末次らを相当刺激することになった。

佐藤の新聞談話はもとより、「池田はやはり銀行屋だ。国務大臣という柄《がら》ではない」「そんなことでは前線の将兵に申し訳ない」「戦死者の遺族に合わせる顔がない」と軍におもねり、陰口をたたく者もいた。

成彬は、ここでも経済の正論を説くのだが、時代の空気がその前に大きく立ちはだかっていた。

成彬の主張は、なかなか理解されない。

「まるで私は非国民扱いだよ」

成彬は艶に言った。

「あなたは正直すぎますものね。はっきり物を言われますから、戦争をしたくてたまらない軍人の方々には、なかなかご理解がおよばないのかもしれませんね」

艶がいつものように笑《え》みを浮かべて言った。艶は何があっても動じない。この点はありがたい。

「お義父様《とう》、私たちも非国民って言われているのですよ」

遊びに来ていた潔の妻、光子《みつこ》が明るい声で言った。

光子は、九州のキリシタン大名大村一族の出身で、父は軍人なのだが、成彬の次男である潔に嫁いでからは軍人嫌いになっていた。

「なぜ、お前たちまで非国民と言われなくてはならないんだ？」

光子の明るさに訝《いぶか》しい思いを抱きながら訊いた。

「お義父様のお家も、私たちのお家も洋風でございましょう。それにちょっとご近所の活動に参加しなかったり、英語を話したりしておりましたら、非国民と陰口を言われてしまいましたのよ。ひどいことですわ」

「たしかに、ご近所の人からみれば、欧米かぶれって見えないこともないわね。潔と豊はケンブリッジ英語で会話するんですものね」

艶が同意した。

次男の潔も三男の豊も、英国のケンブリッジ大学を卒業していた。この時代に子息を英国に留学させたことも、世間から欧米かぶれといわれたゆえんかもしれない。

「二人を留学させたのは考えがあってのことだ。こんなに国のために病軀《びょうく》をおして奔走《ほんそう》しているのに、何が非国民なものか」

成彬は、艶や光子の明るさとは裏腹に暗い気持ちになった。

原田が訪ねてきた。やはり第十一条のことを心配している。

「結局は、第十一条を発動させても、金融界、経済界を動揺させない、実害のない程度にしておくよりやむを得まい。外国為替も下がり、ロンドンあたりの市場は非常に重くなった。これはなんとか早くけりをつけなければならない」

成彬は言った。この第十一条問題が起き、市場が統制強化を嫌悪したため、株式市場の取引が成立しない事態になっていた。また海外も日本の経済に懸念を覚え始めていた。成彬は、問題を長引かせるわけにはいかなくなった。

「よくわかりました」

原田は成彬の苦境を理解した。

「とくにヨーロッパの形勢が、なおまだ不安定であり、万一、ドイツが戦端を開いた場合には、どうも日本は今日の様子じゃあ、なかに引っ張り込まれそうだ。この点、自分はすこぶる心配に堪えない。外務大臣なんかがよほどしっかりしておらないと困るし、そこは、やはり海軍大臣なんかが先に立って、陸軍がそういうことに持っていこうとするのを、なんとかして食い止めてもらわなければならん」

成彬は、苦渋《くじゅう》に満ちた表情を見せた。

この第十一条問題は、十一月十八日、株式配当制限は年一割以内とし、また強制貸付は代案でいくことになった。妥協が成立したのだが、成彬は不満だった。それは近衛が徹底して成彬を支えなかったからだ。これほど軍に経済を支配されては、日本は間違いなく破滅する。

経済から軍の動きを制限しようとした試みも空《むな》しくなった。それは頼りにしていた宇垣が、九月三十日に突然辞任したことが大きく影響していた。

宇垣は、外務省を中心に和平工作に注力していた。ところが陸軍はその宇垣追い落とし策として、「対支院（興亜院《こうあいん》）」設置問題を持ち出した。

これは対中国中央機関のことであるが、もともと成彬や宇垣が強く設立を要請していたものだった。この強力な機関のもとに対中国政策を一元化し、軍に外交や和平工作の場から手を引かせようとするものだった。

陸軍は、当初、この設置に反対していたが、急遽《きゅうきょ》、昭和十三年八月になってこの問題を持ちだしてきたのだ。

対支院で日中戦争関係を一元化できれば、軍は政治外交から手を引き、戦争に専念したいと、成彬のもとに陸軍関係者が頭を下げにやってきた。

ただし陸軍の条件は、外務省の下にはつきたくない。内閣の中に設置してくれというものだった。

成彬はその話に賛成した。

「外務省から対支外交を取り上げて対支院（興亜院）に移す、つまり私から外交を取り上げて封じこもう、こういう魂胆《こんたん》らしい」

宇垣は強硬に反対した。

実際、対支院設置問題は、陸軍の主戦派が宇垣の和平工作を快く思っていなかったために、たくみに追い落としを図ったものだった。

「陸軍が政治、経済に関する権力を奉還するということは、我々の力ではできない。それを向こうから奉還するといってきたではないか。それを外務省にもっていくのはいやだということは、君が我慢したらよいじゃないか。二、三年やらしておって、すぐ取り返しても、君のほうはよいじゃないか。この機会を捕まえないという手はない」

成彬は、宇垣を説得した。陸軍の計略に気づかず、素直に受け取ってしまったのだ。むしろ外務省にこだわる宇垣を縄張り意識にとらわれていると考えてしまった。

宇垣はあくまで反対した。

九月三十日、成彬は、近衛の執務室を出てきた宇垣と会った。

「今日の三相会議であるが……」

成彬は言った。

「今日は、腹の具合が悪いから帰るよ」

宇垣は急いでその場を立ち去ろうとする。

「三相会議に君が出ないと困る」

「近衛総理に聞いてくれ」

宇垣は、その場を立ち去った。

成彬は、宇垣の態度に釈然《しゃくぜん》としないものを感じながら、近衛に会った。

「宇垣さんが、辞表を出されました」

近衛は苦渋に満ちた表情を浮かべた。

「どうしたんだ？」

成彬は驚いた。

「対支院のこともあるが、自分の思う通りになにもかもが動かない、ということのようだ」

近衛は深くため息をついた。

「仕方がないなあ。止められるものなら、止めたいが……」

成彬は、すぐにでも辞任を取りやめるように宇垣を説得したいと思った。

「もう閣内不統一で総辞職したい」

近衛が弱々しく言った。思い通りに行かず、政権を投げ出したいのは近衛も同じだった。

成彬は、近衛が辞めたいならそれでいい、自分も大臣を辞任すればいいと思った。しかし東條から、今、内閣総辞職になると戦地で戦う将兵らの士気にかかわると説得され、思いとどまった。

対支院長官には、陸軍中将柳川平助が就任した。

「あとで私らにわかったことですが、陸軍が政治、経済から手を引くというのは大嘘で、いっぺんはそういうかたちをとったが、つまりは外務省が宇垣で勝手にならぬから、陸軍出の柳川を持ってきておく、どうもそういう狙いだっただろうと思う。私らは人がよいものだから、とうとう陸軍に騙《だま》されたのです」

成彬は、後日、この問題を悔《くや》しく思い出している。宇垣の言った通りだった。

宇垣を失ったことは、成彬にとって想像以上に大きな痛手だった。宇垣が外交の立場から、成彬が経済の立場から陸軍の暴走を抑えるという構想がもろくも崩れてしまった。

疲れきり、なにかと辞任をほのめかす近衛を、成彬は一人で支えなければならなかった。

第十一章　戦争前夜

1

「近衛《このえ》さんは、聡明な人だが、どうもふわふわと頼りない」

成彬《せいひん》は艶《つや》にこぼした。

「今回のことですか?」

艶が訊《き》きかえした。

今回のことというのは、国家総動員法第十一条発動問題のことだった。

企業の株式配当制限や金融機関の強制貸付命令などを発動するという問題で、企業の自由な経営を阻害するものだった。

成彬は、まず経済を建て直さなくてはならないときに企業経営者の意欲を萎《な》えさせたり、不良債権を増加させたりする政策を行うべきではないと強硬に反対した。

結果は、妥協案とでも言うべき配当制限年一割以内などの内容で決着がついたのだが……。

「そのこともあるが、腰が定まらないのだよ」

成彬は、憂鬱《ゆううつ》な表情で答えた。

近衛は、中国戦線を勝手に拡大し続ける陸軍を制御できないことに、嫌気がさしていたのだ。

「でも近衛さま人気もありますのに……」

艶は言葉を濁《にご》した。

「原田君の話では、世間が自分を買いかぶりすぎている、自分は柄《がら》ではないなどと愚痴《ぐち》っているようだよ」

成彬は苦笑した。

万が一、近衛が政権を投げ出すようなことがあれば、後継には平沼騏一郎《きいちろう》枢密院《すうみついん》議長がとりざたされていた。

平沼では気がかりだった。彼は帝国大学を卒業し、司法官僚として出世したが、右翼的な言動が多い。成彬とは古い付き合いだが、英米に対する態度では相容《あいい》れなかった。

平沼が政府首班になると、英米を敵に回しかねない……、これが成彬の最大の危《き》惧《ぐ》だった。

それは欧州で急激に勢力を増しつつある、ヒトラー率いるナチス・ドイツに共感する平沼を警戒する気持ちからだった。

その頃、近衛内閣の五相会議ではドイツとの防共協定について議論されていたが、ソ連だけに対象を絞れという成彬たちと、英米も敵に回す協定を締結すべきだと主張する板垣征四郎陸相らとの対立があった。もし平沼が首相になれば、英米との対立が一気に加速する懸念があった。

「そうなれば、この国はおしまいだ」

成彬は独りごちた。

「なにかおっしゃいましたか」

艶が訊いた。

成彬は黙って首を振った。

「お迎えの車が来たようですわ」

艶が言った。

「出かけるか」

成彬は、腰を上げ、玄関に向かった。

「原田君じゃないか。どうしたこんなに早く」

玄関にいたのは原田熊雄だった。

「どうせなら車中でいろいろとお話しできればと思いまして……」

原田が軽く頭を下げた。

「近衛さんのことか？」

「もろもろでございます」

原田は、薄く笑《え》みを浮かべた。

成彬は原田を車の隣に乗せ、大蔵省に向かった。

「末次《すえつぐ》内相には困ったものだ。あれでは近衛さんも嫌になるだろう。彼は右翼にたきつけられて対ソ強硬路線、対英米強硬路線、金融国営化断行、革新云々と乱暴な立て札ばかりを立てる。内容は、ほとんど共産主義者と変わりない。あんなことを言われては、経済界は落ち着かなくて仕方がない。私もやっていけないよ。それに右翼などの取り締まりもしないから、連中が跋扈《ばっこ》して困る」

成彬は言った。

第十一条問題では、成彬は右翼から攻撃を受けたが、末次信正《のぶまさ》内相はそうした動きを放置した。

「内相が辞めるなら辞めてもいいと、近衛は思っているようですが」

原田が眉根《まゆね》を寄せた。

「では断固内閣改造をすればいい。結城《ゆうき》君が日銀総裁でいてくれさえすれば、誰が大蔵大臣をやってもかまわないよ」

成彬は言った。自分も辞めてもいいと思っていた。

「池田さんには、このまま残ってもらわないといけないというのが、近衛の考えでもありますし、西園寺《さいおんじ》公も同じです」

原田は言った。

車は、早朝の都心を走りぬける。街路樹は冬支度を終えたのか、すっかり葉を落としてしまっている。

霞ヶ関の交差点に差し掛かった。もうすぐ大蔵省に到着する。

「私は総理を支えて行きたいと思っている。しかしそれには私も支えてもらわないとね。ねえ、原田君、今日の日本の経済情勢を考えると、英米を敵に回してやっていくことは絶対に無理なんだ。近衛さんはそれをわかっているのだから、すぐに弱気にならないで、その心境を安定させてもらわなければならないと思う」

「その通りです」

「私は、総理の肚《はら》さえしっかりして、私と同じ歩調で歩んでくれるなら、喜んで総理と進退を共にするつもりだよ。ところが右翼や陸軍が、私の仕事を邪魔するのを黙ってみておられるようでは誠に困る。こんなことが続くなら、辞めざるを得ないだろう」

　成彬は厳しく言った。

　末次は、成彬に右翼などが攻撃を加えるのを放置しているような空気があった。英米との関係を重視する成彬は、いつも右翼や陸軍の一部から目を付けられていたのだ。

「もし後継となれば、誰が相応《ふさわ》しいと思われますか。総理は平沼さんをお考えです」

　原田は平沼の名を挙げた。成彬が予測していた通りだ。

「総理はふらふらしては困る。その前提で申し上げれば、平沼さんではだめだ。陸軍を抑えることはできない。むしろあの人の考えなら陸軍の独走を助長してしまうのではないか。海軍で抑えるしかないだろう。米内《よない》さんがいいのではないか」

「米内さんですか」

　原田は深くうなずいた。

「もし平沼さんということになるなら、彼に経済財政の点からも英米を敵に回してはならないということを、十分に言い込まねばなるまい」

　成彬は強く言った。

「それはいいことであると思います」

原田が答えると、まもなく大蔵省の門に車が滑り込んだ。

「私はここで」

原田は車を自ら降りた。

今の車中での話を近衛に伝えるのだろうか。それとも西園寺にか。いずれにしても忙しい男だ。そして非常に貴重な男だ。

成彬は、離れていく原田の丸い背中を眺めていた。

2

成彬は近衛と対峙《たいじ》していた。荻窪《おぎくぼ》の荻外荘《てきがいそう》の一室だ。昭和十三年（一九三八年）の暮れも押し迫っていた。

「私は身体《からだ》も弱い。しかし大臣の職を受けるとき、健康のことなんか全然考えておりません。今日にいたっても考えていない。総理次第です」

近衛は、今にも崩れおちそうな様子だ。

「どうも気力がわきません。器ではないのかもしれません」

近衛は弱気を口にした。

「ならば総辞職いたしましょう。私も身体を休めることができます。大蔵と商工を兼任しましたが、相当疲れました」

成彬はさばさばとした調子で言った。腹が決まれば、何事にも拘泥《こうでい》せず、すばやく行動するのが成彬流でもあった。

「平沼君ではどうだろうか」

近衛が言った。

「彼では陸軍を抑えきれない。海軍がいいと思います。米内さんならどうでしょう」

成彬は答えた。

「池田さんのお考えはわかっております。その上で米内海軍大臣に打診してみました」

「どうでしたか」

「けんもほろろでした。海軍大臣も辞めるといわれてしまいましたよ」

近衛は力なく言った。

「では平沼さんで行かざるを得ませんな。私が使いに行きましょう」

成彬は立ち上がった。政治に空白は作ってはならない。

「今からですか」

近衛は驚いた。平沼邸は横浜にある。かなり遠方だ。

「善は急げです。それに私なりに平沼さんに言いたいこともあります」

成彬は、外に待たせてあった車に乗り込んだ。車は、夜陰にまぎれて横浜へと向かった。

平沼邸に到着すると、成彬は面会を求めた。

平沼は、いきなり現れた成彬に少し驚きと戸惑いを見せたが、用件は察していた。

「平沼さん、総理は辞意を漏らしています。後任はあなたしかいないと思うが、どうか」

成彬は単刀直入に言った。

「近衛さんしか、この時局を収拾させることはできないんじゃないかと思っている。もう少し続けてもらうしかないでしょう」

平沼はゆっくりと言葉を嚙み締めるように言った。

陸軍は近衛を辞めさせたくない。前線の士気が落ちるという理由だった。平沼の言い分は、陸軍などの考えを踏まえているに違いないと成彬は思った。

「我々は、あなたが引き受けるか否《いな》かにかかわらず、辞表を出すことにした。誰かは、引き受けざるを得ないのだから。もう総理は続ける気力がない」

成彬は、総辞職を匂わせて平沼にはっきり態度を決めろと迫ったのだ。

平沼が口元を固く引きしめた。その目は成彬をにらんでいた。

「大命《たいめい》降下があれば、引き受けざるを得ないということでしょう」

平沼は絞り出すように言った。

「それで結構です」

成彬は大きくうなずいた。

「よろしくお願いいたします」

平沼も低頭した。

「ところで平沼さん、英米についてはいかにお考えか。あなたは先《せん》だっての御前会議で、英米が経済的圧力をかけてきた場合に対策はあるのか、と私にお尋ねになりましたが……」

平沼は、先月、十一月末の御前会議で英米が経済的圧力をかけてきた場合のことを、成彬らに訊いたのだ。成彬は、その答えとして「対策はない」と答えるべきかと考えたが、不穏当と思い、「しかるべく考えている」と苦し紛《まぎ》れにあいまいに答えたのだ。

成彬は、その質問をした平沼を評価した。なかなか陛下の前では状況の厳しさを報告することはできない。しかし平沼の時宜《じぎ》を得た質問のお陰で、陛下に現実の厳しさが多少なりとも伝わったに違いない。

「英米の経済力はあなどれないと思っております」

平沼は言った。

「英米を敵に回すなどということは、してはなりません」

成彬は強く言い込んだ。

「私は、財政経済のことは素人です。ぜひよろしくお願いしたい」

平沼は低頭した。

「わかりました。できるだけの協力は厭《いと》いません。ただくれぐれも申しておきます。英米とは協調すべきであり、敵対してはなりません」

成彬は平沼をにらみつけた。

「しかし……」

平沼の表情がわずかに翳《かげ》った。

「なにか」

成彬は、平沼の答えを待った。

「いえ、ただ徒《いたずら》に英米と合同するような外交は、面白くないと思いましてね。多少こわもてで行かねばならないでしょう」

平沼はやや語気を強めた。

成彬は、身体が熱くなるのを覚えた。平沼は、後継総理になる男だ。その男が、根拠のない風潮に判断をゆだねるようなことがあってはならない。

「そんな莫迦《ばか》なことはない。日本の実力を考えて外交をしなければなりません。こわもてで行って、もし万が一、誤った場合に国をどうするのか」

成彬は一喝した。

平沼は、苦虫を嚙み潰したような表情で黙っていた。

成彬は、平沼邸を辞した。近衛に平沼が後継を受けることを表明したと伝えねばならない。

平沼が英米に敵対するかもしれないという不安がよぎった。平沼には根気づよく、英米との関係を重視しろと言い続けねばならない。しかし英米との関係重視を言えば言うほど、右翼や陸軍の攻撃は激しくなり、成彬の命の危険は増していくことになる。

車は、近衛の待つ荻外荘に向かってスピードを上げる。新聞記者は付いてこないようだ。誰も気づいていないことに、安堵した。

3

昭和十四年（一九三九年）一月四日、近衛内閣は総辞職した。後継の平沼内閣では、近衛は枢密院議長として平沼を支えることになった。

成彬の後任には、大蔵大臣には石渡荘太郎《いしわたそうたろう》次官を昇格させ、商工大臣には八田嘉《はったよし》明《あき》を据えた。

またこのほか有田八郎、木戸《きど》幸一、米内光政、板垣征四郎らは大臣として閣内にとどまった。

「村瀬君、八田さんとの引継ぎは終わったからね」

成彬は秘書官の村瀬直養《なおかい》の部屋を訪ねてきた。

「えっ、大臣、もう終わったのですか」

村瀬は驚いた。村瀬は後に第二次近衛内閣などで法制局長官を務める。

「ああ、こんなことで引き継いだよ」

成彬が見せた引継ぎ表は完璧だった。村瀬は、今さらながら成彬を驚きの目で見つめた。

「何かまずいことがあったかな」

成彬は心配そうに訊いた。

「いえ、完璧です。驚きましたのは、大臣は一切メモをおとりにならないのに、よく重要事項をご記憶なさっているからです。それに他の大臣の方は、我々が書類を作り、説明申し上げるのですが、まさかご自分でおやりになるとは思いませんでした」

村瀬は、感服した様子で頭を下げた。

「君たちを煩《わずら》わせることもないと思ってね」

成彬は微笑した。

「あれは面白うございましたね」

村瀬は微笑んだ。

「あれって？」

成彬は首を傾《かし》げた。

「統制経済の宣伝のことでございます」

国家総動員法など戦時体制とでも言うべき統制経済は、国民の評判は良くなかった。そこで成彬は、宣伝隊を組織することにした。

「大学の学窓に閉じこもっている学者に、いろいろ説明してもらっても、みんななかなか感銘して聞いてもらえないだろう。実際に現場に触れて研究されている方々に、お願いしたほうがいい」

成彬は村瀬に提案した。

そこで小汀利得《おばまとしえ》、高橋亀吉、石橋湛山《たんざん》、石山賢吉、山崎靖純《やすずみ》ら、いわゆる民間エコノミストらに国民への説明を依頼した。

「役所のやっておることを全面的にほめるような話をしても、なかなかみんなに深い印象を与えることは難しい。そこで思う存分、商工省の批判をしていただく。半分くらいは悪口を言って、半分くらいはほめて、差し引きほめるのが残るようにするのが効果的だろう」

成彬は言った。

実際、彼らは成彬の意向を受けたわけではないが、各地で統制経済など商工政策について熱弁を奮《ふる》った。

村瀬のもとに警察からの報告が上がってきた。内容は、小汀利得が相当厳しく商工省の行政を批判したために、「けしからん」という内容だった。

成彬は、「だいぶ小汀先生は、熱弁を奮われたのだな」と笑ったのだった。

「あの報告書には驚きました」

村瀬が言った。

「あれでいいのですよ。国民に負担を強《し》いる際には、正直に説明しなくてはなりません。嘘をついてはなりません」

成彬は諭《さと》すように言った。嘘をつかない。それは成彬の生き方そのものだ。

「私は大臣にお仕えして、心から良かったと思っています」

村瀬は涙をにじませた。

成彬は、車に乗ると、商工政務次官だった木暮武太夫《こぐれぶだゆう》の家に向かった。

表通りに車を止めた。路地に入った。雪がとけ、道がぬかるんでいた。靴が泥をはねた。

「こんにちは、木暮さんはご在宅ですか」

決して立派とはいえない玄関の戸をあけて、中に声をかけた。

「申し訳ございません。留守にしております」

木暮家の女中は言った。目の前の老人が誰かわかってはいない。

「それは残念です。今までお世話になりましたので、ご挨拶に参りました。ご主人によくお伝えください」

そういって成彬は名刺を渡した。

「大臣！」

女中は、声を出した。

「大臣は辞めたのです。それでは」

成彬は再びぬかるみに足を入れた。後日、女中から成彬が来たことを告げられた木暮は、そのていねいな挨拶に感銘を受けたという。

4

成彬は、大蔵大臣、商工大臣として統制経済を構築した。

それは国際収支の悪化を防ぎ、物価を安定させ、かつ国内の産業を活性化させるためであった。決して中国との戦争を遂行《すいこう》するためのものではなかった。経済を安定させるためには、早期に戦争を終結するべきだ、という考えで政策を遂行してきた。経済の論理で戦争を制御することが目的だった。

ところが成彬の経済政策が成功し、経済がつかの間の安定を取り戻せば取り戻すほど、陸軍は戦争を拡大していった。

矛盾だった。総理や内閣が一体になって戦争の拡大を防がねばならないという意思統一が欠けていたのだろう。

成彬は、陸軍が「ソ連撃つべし、懲《こ》らすべし」と叫び、その一方で英米とも戦うべきだと我が物顔で振る舞うのを苦々しく思っていた。どうしたら陸軍を抑えることができるのか、それが悩みの種だった。

平沼内閣が発足して、成彬は大臣を降りたが、ただちにお役ごめんというわけにはいかなかった。

少しでも陸軍を抑える可能性を探らねばならない。そのためにも平沼内閣を支える側に立った。

今回も平沼は、成彬に「経済の問題は全部お任せするから、よろしく頼む」と協力を依頼していた。

成彬は中央物価委員会会長に就任する。

「自分が商工大臣のときは、急騰《きゆうとう》した物価をとりあえず抑えるという応急措置的処置にすぎなかった。今日は、それではすまない。物価を根本的に掘り下げて考え、個々の商品物価ではなく、我が国全体の物価水準を低下させねばならない」といった意味の発言を行い、成彬は意気込みを語った。

八年前の満州事変勃発とともに物価は高騰し、卸売物価で約七パーセント、小売物価にいたっては約二十三パーセントも高騰していた。これではますます国民生活は困窮する。

成彬は物価を引き下げることが、生産力の向上、輸出振興による国際収支の安定に結びつくと考えていた。ただこうした政策は、陸軍を抑えなければ、軍備増強に利用される懸念があった。

成彬は、賀屋興宣《かやおきのり》元蔵相、津島寿一《じゆいち》日銀副総裁、民間エコノミスト高橋亀吉という強力な助けを借り、物価統制という困難な課題に立ち向かった。

彼らは物価統制大綱を商工大臣に具申した。

物価という経済政策の根幹をこうした外部の有識者による委員会がリードしてまとめ上げるということは、国の政策をすべて取り仕切っていると自負する官僚にとっては屈辱的なことだった。かなりの抵抗もあったと思われる。

しかし彼らはその抵抗を退けた。成彬のリーダーシップが発揮されたゆえんだった。

今日で言えば、小泉純一郎内閣で竹中平蔵氏が経済財政諮問《しもん》会議をリードして、政策を実現していったようなものだろうか。あの会議も竹中氏が抜けた後は、官僚主導になり急速に力を失って行った。

彼らには使命感があった。

もはや国際物価に比して割高になった国内物価を強制的にでも引き下げない限り、輸出振興ができず、外貨準備不足から経済破綻の可能性が高かったからだ。

「津島君」

成彬は、憂鬱そうな表情を見せた。

委員会が置かれた日銀調査局内には、成彬と津島だけが残っていた。

「いかがなされました。お疲れのようですが」

「ようやく物価統制令が決まったが、これも付け焼刃かもしれないなあ」

成彬は深いため息を漏らした。

津島は黙っていた。

「こうして戦時経済が破綻せぬように努力すればするほど、軍部はいい気になって戦線を拡大している。こんなことをしていれば早晩、この国は終わりだよ」

「このままですと、英米との関係はさらに悪化し、資源のない我が国は難しい事態に追い込まれるでしょうね」

津島も事態の深刻さを十分認識していた。

「ものは考えようだが、経済が破綻し、にっちもさっちも行かなくなれば、陸軍は戦争終結に動かざるを得ないのではないかな」

成彬の表情は苦渋《くじゅう》に満ちていた。

「結果として戦争を続けられなくなるということですね」

津島が訊いた。

「そうだよ。そうでもしない限り戦争は終わらない……」

成彬は宙を仰いだ。

「うまくいけばいいのですが……」

津島はつぶやいた。

「矛盾だね。経済を安定させれば、戦争をやめない。経済が破綻すれば、戦争をやめる。まるで鶏が先か卵が先かの議論をしているようだ。それにしても陸軍は、どうしてこの経済的苦境がわからないのか」

成彬は、こうした強力な政策により国内経済の建て直しを図りつつも、そう遠くない将来に日本が経済的破綻を来《きた》し、戦争終結に向かわざるを得なくなるのではないかとの苦い期待も抱《いだ》いていた。

しかし陸軍は、成彬の願いを裏切り続けた。英米と対立する三国同盟への議論が、活発化したのだった。

5

「英仏を敵にしてまで、我が国が日独防共協定を強化するというようなことは反対であると、総理は言われたはずだが……」

成彬は、平沼に迫った。

日独防共協定の取り扱いをどうするかで、閣内は分裂していた。

この協定は、もし日独のいずれかが、ソ連から攻撃を受けた場合、ソ連に協力しないなどの条項が含まれていた。ドイツはその対象を、ソ連ばかりでなく英仏まで拡大するように望んでいた。その要望を受けて、民間右翼や、陸軍参謀本部は防共協定を軍事同盟にすべきだと主張していた。

成彬は、英仏はもちろん、アメリカとの対立を激化させるような同盟は結ぶべきでないと、平沼を説得していた。

「私も、その考えは変わりません」

平沼は苦しそうに言った。

「有田外相は、右翼や陸軍の若手将校から突き上げられているらしい。なんとか彼らの勢いを抑えようとしているが、なかなか難しいようです」

「陸軍は当然ですが、海軍も英米にはいい感情を抱いていません。防共協定強化に賛成しかねない勢いです」

平沼は言った。

「海軍の考えはわかっております。現在の外交は、英米追随外交と非難しておりますからね。彼らは我が国の国力が上がったと誤解しています。それで英米は、こちらが一歩譲れば、二歩侵食してくるなどと憤慨《ふんがい》しているようです」

成彬は言った。海軍も、英米が圧力をかけてくるのを面白くないと思っているのだ。

「どうせなら孤立するより、独伊と共同したほうがいいという考えもあるのでしょう」

平沼は答えた。彼自身も自分の支援母体である国内右翼から、英米協調派である成彬たちと妥協したと責められていた。

「今日の状況は誠に憂《うれ》うべきものです。陸軍などは中佐大佐級のものが、防共協定の強化を叫び、内閣を脅《おど》す始末です。これでは示しがつきません。とにかく現在の国力を考えた場合、英米と敵対することは絶対に避けねばなりません。そこをよくわかってもらいたい。英米による経済封鎖があるとか、あるいは経済圧迫があった場合にはどうするのかということを、今からあれこれ心配するよりも、むしろ、そこにいたるまでには、外交的手段なり、国家としても、民間としても、まだ尽くすべき手はたくさん残っているんじゃないでしょうか。そういう手を尽くさないで、来るときにはどうするか、どう出るだろうということばかり研究していることは、無駄なことだし、面白くありません」

成彬は平沼に言い込んだ。

しかし事態は、成彬の思いとは逆の方向に流れを速めていった。

ドイツの勢力拡大に幻惑された大島浩ドイツ大使、白鳥敏夫イタリア大使は、勝手に「ドイツ、イタリア側に立って参戦する」という言質《げんち》を相手に与えていた。

天皇はこの事態を極めて憂慮し、「出先の両大使が、なんら自分と関係なく、参戦の意を表したことは、天皇の大権を犯したものではないか。かくのごとき場合に、あたかもこれを支援するかのごとき態度をとることは、はなはだ面白くない。また閣議ごとに、逸脱せることをいうがごときも、はなはだ面白くない」と平沼をたしなめた。

英米派と独伊派の対立が続いている中、ノモンハンで日本軍が、ソ連軍に歴史的大敗を喫したとの報が飛び込んできた。

ノモンハン事件だ。満州国の国境線をめぐる紛争が、昭和十四年六月に大規模なソ連軍との戦闘に発展した。日本は、戦死者行方不明者八千七百十七名、戦傷戦病者一万九百九十七名という甚大な損害を受け、完膚《かんぷ》なきまで叩きのめされた。

そして日を追わず、同年八月二十三日、ドイツがソ連と不可侵条約を結んだというニュースが飛び込んできた。

予想外の事態にドイツに裏切られたかたちとなった大島大使は、協定違反だと抗議するはめに陥《おちい》った。

同年八月二十八日、平沼内閣は「欧州は複雑怪奇」との声明をのこして総辞職する。

「先生（平沼）、あれで政治家の素質は相当にあるのです。米内が海軍大臣、板垣が陸軍大臣で、近衛内閣のあとを先生が引き受けたのだが、三国同盟については陸海軍で決めて来い、その決まった方に賛成するということで、陸海軍大臣と外務大臣とは六十遍か七十遍とか会議をやったらしいが、平沼内閣の在任中はとうとう決まらずじまい」と、成彬は陸海軍に押されながらも三国同盟に反対し続けた平沼の政治姿勢を、『故人今人』で評価している。

平沼のあとを受けて、成彬が首相候補に上った。

成彬はのちに「一向に知りません。ただし原田熊雄君の話によれば、あれは阿部内閣のときから始まったのです。当時、阿部か私かということだったそうです。ところが陸軍から横槍が出て、私は落第した」と、淡々と語っている。

時事新報社長小山完吾は、平沼内閣の行き詰まりを感じて、近衛に会った。近衛は枢密院議長として政権を支えていた。

「平沼さんの後継は、誰が適当かとお考えですか」

小山は近衛に訊いた。

「私は池田さんにぜひ出てもらいたいと思っている」

近衛は身を乗り出すように言った。

「それは難しいでしょう。たしかに池田さんが、最も必要な人であることはわかります。しかし池田さんは、悪い言葉で言えば、他人《ひと》の胎児《はら》を孕んでいるお嫁さんをもらうというような、政治家として不名誉きわまることを平気でする人ではありません」

小山の言葉に近衛は顔をしかめた。喩《たと》えがきわどすぎるからだろう。

「軍のことかね？」

近衛が訊いた。

「そうです。陸海軍の軍部大臣は、いつも向こうでこしらえた大臣だから、そんな大臣をつくっても思い通りの舵取りはできません。池田さんが総理をやる決心をしても、適当な軍部大臣を得ることは、シヴィリアンでは難しいでしょう」

「そうは言っても、ここは米内さんか池田さんしかいない。大命を下《くだ》せばなんとかなるだろう」

近衛は苦々しく言った。

平沼内閣総辞職の朝、小山は吉田茂に会う。吉田は、小山に西園寺の別荘に行くように強く言った。宇垣一成《かずしげ》を総理にするべきだと、西園寺に言い込んできて欲しいとの依頼だった。

小山は御殿場《ごてんば》に出かけ、西園寺に会った。

「突然、うかがいましたのは、時局を憂うる人の依頼により、公爵《こうしやく》に意見を申し上げて来いということで参りました」

小山はまず、突然の訪問を謝罪した。

「あなたの御説はわかっております」と西園寺は小山を制し、自分が後継総理をすべて決められるわけではないと断わりつつも、「これは絶対秘密だが、池田成彬を出そうと思う」と言った。

小山は弱った。西園寺に会いに来たのは、成彬の話をしにきたのではない。とっくに成彬のことはあきらめているので、宇垣擁立《ようりつ》の依頼にきたのだ。そのことを言い出せない。

「公爵が、そうおっしゃるなら私は何もいいませんが、池田さんはお受けにならないでしょう」

小山は正直に思うところを言った。

「大命が下れば、いやでもできるよ」

西園寺はあっさりと言い放った。

「いや、難しいでしょう」

小山が、さらに否定すると、西園寺はつらそうな表情を浮かべた。

「よい人はみんな殺されてしまった。池田を出して大掃除させるより外ない。大島だの白鳥なんかはすぐ召還《しょうかん》するんだ。今はそれしかない。そんなことをすれば我々の一身が危険になるかもしれん。しかし仕方がないじゃないか、こうなっては」

西園寺も大島や白鳥が、大使の職分を越えた勝手な振る舞いをしていることをいまいましく思っていたのだ。

「そうですか……」

小山はすっかり宇垣のことを言いそびれてしまった。

この後に来客があるようだ。小山には来客が誰かわかっていた。湯浅倉平《くらへい》内大臣だ。大命によって来るに違いない。

小山は辞去しようとした。

「まあ、急いで帰らないでもいいじゃないか。湯浅はまだ来ないだろう」

西園寺は、小山を引き止めるような口ぶりだった。

「いえ、もう公爵のお考えはよくわかりましたので、引き上げさせていただきます」

小山は、急いで西園寺邸を辞した。成彬に西園寺の考えを伝えなくてはと思ったのだ。絶対秘密だと言われたが、小山と成彬が親密であると西園寺は知っている。あれは、逆に成彬に伝えて、心の準備をしておけということかもしれないと勝手に解釈した。

成彬はどこにいるのだろうか。今夜あたりは箱根の富士屋ホテルにでも泊まっているかもしれない。このまま箱根に回ろうかと考えたが、もし泊まっていなければ無駄足になってしまう。

とりあえず東京に帰ることにした。小山は、その日の夜、七時ごろ池田邸に着いた。

「池田さんはいらっしゃいますか」

艶が出てきた。

「あいにく、商工省の会議で遅くなると申しておりました」

「本日、御殿場に行き、西園寺公爵にお会いしてきました。それに関して、ぜひ池田さんにお会いしたいと思っております。お帰りになったらすぐに知らせていただきたい」

小山は焦《あせ》る気持ちを抑えられなかった。

八時になった。小山の自宅の電話が鳴った。成彬からだ。

「今、帰ったよ。何か急ぎかい?」

成彬はのんびりとした口調で訊いた。

「すぐに参ります」

小山は、それだけ言うと、自宅を飛び出した。

池田邸に着き、成彬を目の前にして、小山は息せき切ったように西園寺に会った話をした。

「ご心配をおかけしてすまない。そのことならもう大丈夫だ。私のところに原田君などがたびたび交渉にきたが、断じてことわった。もうここへはこないよ」

成彬は言った。

艶が号外を持って来た。成彬はそれを見て、「阿部に決まったよ」と小山に言った。

「なぜ阿部さんに……」

先ほどの西園寺の話とまるで違う結果に、小山は驚きを隠せなかった。

「僕は軍ににらまれているからね」

成彬は笑みを浮かべた。

阿部信行《のぶゆき》に落ち着くまでにはいろいろな動きがあった。

まず近衛も湯浅も成彬を推《お》していた。西園寺は「宇垣でも池田でもいいから、はっきり捨て身でやるような人が欲しいと思っているんだ。池田なら池田で、ひとつやってみようじゃないか」と言った。しかしその条件は、近衛が成彬を強く推薦することだった。

成彬に大命が下るか否かは、近衛の決断次第となった。ところがいざ決断の際になると、木戸幸一が成彬では軍がまとまらないと危惧を抱いていたために、決断がつかなかった。

実際、陸軍は「閣僚に三井系は入閣させない」などの条件を突きつけていた。三井系とは、まさに成彬のことだ。

このころ陸軍は、ノモンハン事件や独ソ不可侵条約に大きな痛手を受けていた。予想外のソ連の強さや外交のしたたかさに、衝撃を受けていたのだ。

そのため近衛は、英米派の成彬を総理にすることは、苛立《いらだ》っている陸軍を徒《いたずら》に刺激するだけだと考えたのだった。その結果、さらに陸軍が暴走することを恐れたのだ。

同年八月三十日に阿部信行内閣が誕生した。陸軍大将で皇道派にも統制派にも属していないため超然内閣と呼ばれたが、陸軍が強力に推薦した人物だった。

もはや近衛は、陸軍のいいなりといっていいだろう。

それにしても今日から考えれば残念でたまらない。ノモンハンで徹底的にソ連に敗れ、それまでのソ連撃つべしという陸軍の主張がいかに根拠のないものであったかが証明されたのだ。この機を逃さず、陸軍の勢力を弱めるということは不可能だったのだろうか。たとえその時点で首相ではなかったとしても近衛の国民的人気などから考えると、可能だったのではないかと思えてしまう。

そのためには、なにがなんでも阿部ではなく成彬を総理指名すべきだったのだ。成彬のもとに英米派がまとまり、陸軍に抗すべきだった。

しかしそれは絶対に無理だった。なぜなら成彬に大命が下っても、「軍部大臣現役武官制」を楯に陸軍は大臣を出さなかったに違いない。

この制度は昭和十一年（一九三六年）の広田弘毅《こうき》内閣のときに、一旦《いったん》外されていった現役の文字が復活した。それ以降陸軍の政治への不当な干渉の道具にされてしまった。この制度が利用されれば、成彬は組閣断念に追い込まれてしまう。このことが近衛を弱気にしたに違いない。

「木戸が言うほどの心配はないから、池田に決めることについては、なんら異存はないけれども、自分が進んで推《お》すという決心はつかん」と、近衛は原田に電話を掛けてきたという。原田はそれに対して、「誠にわけのわからない話であるけれども」と日記に記している。

6

昭和十四年九月一日、ドイツ陸・空軍がポーランドに侵攻した。ついに第二次世界大戦が始まった。九月三日、英仏がドイツに宣戦を布告した。

九月四日、阿部内閣は欧州戦争不介入声明を発表した。ところがこうした姿勢が陸軍に反感を抱かせたのか、阿部内閣は翌十五年（一九四〇年）一月十四日に総辞職する。後継は海軍軍人の米内光政になった。

成彬は、米内とは閣僚として近衛内閣で一緒だった。共に三国同盟には反対した仲だ。

「立派な人だった。特色としては、一旦決心すれば容易に動揺しない。米内君のような人は平時には必要なくとも、十年か二十年かに一遍、どうしても他人の真似のできない役割を務めることがある」と成彬は米内を評価している。

このときも成彬は、総理候補として名が挙がった。しかし、やはり陸軍の反対が強かった。

原田は、成彬を陸軍が嫌う理由を次のように語っている。

「陸軍は、極端に池田氏を嫌い、ことに大島大使が駐独中、ゲーリングから『日本は金融資本家を尊重するから親英になるのだ。ドイツはシャハトらのような親英派は、結局辞めさせた。日本も、やはり金融資本家ではなく、産業資本家を尊重しなければ到底だめだ』というようなことを聞かされていたことを、最近、帰ってから陸軍の首脳部に話した。陸軍は、それを金科玉条《きんかぎょくじょう》としてさかんに、（金融資本家である）池田、結城排撃の材料にして、どこまでも産業資本家を入れたい、という希望であった」

成彬は、とにかく陸軍とは相容れなかった。

それは当然だといえる。あくまで経済原則から世の中を見ている成彬と、端《はな》から経済を無視して戦争を拡大している陸軍とは合うはずがない。

また成彬は、腹芸や含みのある言い方などのあいまいな態度、あるいは顔を立てるなどの非合理的な判断が嫌いだった。この成彬の合理主義的姿勢は、大蔵大臣時代の秘書官伊原隆が指摘している。

陸軍の行動は、成彬の合理主義ではとても計り知れないものだったに違いない。そのことを口に出し、行動に移した成彬が陸軍から疎《うと》ましく思われるのは、あの時代としては至極当然のことだったのだろう。

昭和十五年二月二日、民政党の議員、斎藤隆夫が有名な「反軍演説」を行った。斎藤は、「今度の戦争の目的がわからない」と、痛烈に日中戦争の拡大を批判した。彼はこれによって議員を除名されるのだが、演説は、国民が物資のみならず精神面や言論において圧迫されても耐え忍んでいるのは、いつかは戦争を終わらせてくれると信じているからだと、国民の悲痛な気持ちを代弁したものだった。

「議会がすめば、この内閣は落ち着くだろう。ただ陸軍がこういう状態では困る。どう考えても、この次は軍人にやらせて、責任を自分でとらせるよりしょうがないんじゃないか。だんだんと脱線して、変なところにもっていかれては困るけれども……。同時に、アメリカに対して、いいようになんとかしたい」

成彬は、大磯に訪ねてきた原田に言った。

成彬の懸念も虚しく、陸軍は欧州戦線の状況に勢いづくばかりだった。

同年四月九日、ドイツはノルウェーを急襲、デンマークも無血占領した。

五月に入ると、北仏、オランダ、ベルギー、ルクセンブルクに攻撃を開始した。

五月十四日には、フランスが頼みとしていたマジノ線という独仏国境の要塞線が破られてしまった。

攻められた各国は次々に降伏し、六月十四日にはドイツ軍がパリに無血入城した。ドイツの勢いはとどまるところを知らなかった。

このドイツ軍の欧州席捲《せっけん》に、勢いづいたのは陸軍だった。バスに乗り遅れるなとばかりに、陸軍の日独伊の三国同盟推進派は勢いを増してきた。

米内は、なかなか陸軍の言う通りに三国同盟を推進しようとしない。陸軍では米内内閣を倒そうとする動きが活発化してきた。

ついに陸軍の説得に応じ、畑俊六《はたしゅんろく》陸相が辞任した。陸軍は、後継陸相を出さない戦術に出た。軍部大臣現役武官制の悪用だ。ついに七月十六日、内閣は総辞職を強いられた。

成彬は、米内を官邸に訪ねた。七月十三日の夜のことだ。米内は疲れた顔を成彬に向けた。

「辞めるという話だが、もう少し頑張れないのか」

成彬は、言った。

「もうだめだな。限界だ」

「しかし君が辞めたら、陸軍の思い通りになるぞ」

「その陸軍がどうしても俺を辞めさせたいのだ。言うことを聞かない」

「君が辞めると海軍のほうはどうなる？」

「吉田善吾がそのまま留任するかもしれない。もし留任しないなら及川古志郎《こしろう》がいる」

「その男のことは知らないが、陸軍とは戦えるのか」

成彬は肝心なことを聞いた。米内がいないからには、海軍も抑えつつ、陸軍の暴走を止められる人物でなければならない。

「及川は我々の同志だ。陸軍には追随しない」

米内は、成彬を見つめた。

「それなら安心だが……」

成彬は、米内の言葉を信じるしかなかった。

「後継は近衛さんになる」

米内は口元を一文字に結んだ。

「あの人も一年半前に嫌になって投げ出したのに、またやる気を出したのか……」

成彬は少し投げやりに言った。

「陸軍が、近衛さんのところに頻繁《ひんぱん》に行き、挙国一致で支えると申し出ているんだ。あの人は公家《くげ》だが、武家を抑えられるという幻想に浸《ひた》っているのではないか。公家が武家を抑えた歴史などないのに……」

米内はあきれ顔で言った。

「今度はなんとかなると思っているのだろう。もしそうなら本気で粘って欲しいものだが……」

成彬は、誰が総理になろうが、陸軍の協力が得られない限り政権運営ができないという現実に、絶望感を抱かざるを得なかった。

「ところで陸軍は誰を出すのだろうか」

成彬は次期陸相の候補を聞いた。

「東條英機《とうじょうひでき》の名が挙がっている」

「東條か。あの男には十一条問題で噛み付かれた……」

成彬は、国家総動員法第十一条を発動するか、否かで陸軍と対立したときのことを思い出した。あの時、ヒステリックなほど猛烈に成彬を批判した東條の顔が忘れられない。

「極めて真面目な男のようだな」

米内は言った。

「国家のために真面目であればいいが、陸軍のために真面目というなら、困りものだ」

成彬は答えた。

経済のことを全く考えず、ただ陸軍の意見を代弁して批判してきた東條という男に、不安を覚えなくもなかった。

7

昭和十五年七月二十二日、第二次近衛内閣が誕生した。

このとき日本は、日中戦争を継続できる経済状態ではなかった。

先の一月二十六日には日米通商航海条約が失効し、日本はアメリカからくず鉄や石油を入手するのが困難になっていた。これは日本経済にとって非常に大きな痛手だった。

こうした危機的な状況にもかかわらず、陸軍では早期に日中戦争を終わらせようという声は高まらなかった。

近衛は、東條英機陸相、松岡洋右《ようすけ》外相、吉田善吾海相を荻窪にある荻外《てきがい》荘に呼び、内閣の方針を協議した。

東條や松岡は、欧州でのドイツの勝利に酔っていた。東條と松岡はドイツが欧州で戦っている間に、手薄になった東南アジアの英国領やオランダ領を攻めるべきだと主張した。アメリカが石油を輸出してこないなら、それらの資源を求めて東南アジアを侵略しようと考えたのだ。

近衛と東條、松岡は、ソ連とは戦わず、日独伊三国の軍事同盟化で東南アジアに武力南進する方針で合意した。

一人英米派として米内の期待を受けつつ、留任していた吉田は、三国同盟に反対を表明したが、近衛、東條、松岡が一致してはどうしようもなくなり、黙り込んでしまった。

近衛は七月二十六日、「基本国策要綱」を決定した。大東亜の新秩序を作ることを根本方針にした。

翌二十七日には武力行使を含む南進政策を決定した。日中戦争も継続しつつ、東南アジアを攻めるというのだ。

陸軍の書いたシナリオ通りになったわけだが、苦々しい思いを抱いたのは成彬たち英米派だけで、いっこうに方針の定まらない政府に嫌気がさしていたマスコミや国民は、とにかく方針が決まったことを歓迎する空気もあった。

成彬は懇意にしていた小林一三《いちぞう》を商工大臣に推薦するなど、近衛には協力した。

小林とは三井銀行の大阪支店時代からの関係だった。彼を経営の悪化した東京電燈の社長に引っ張り出したのも、成彬だった。

かつて成彬は小林に、「あなたがもし三井銀行にそのまま残っていたら、支店長にもならずに辞めさせられたでしょうね」と笑って言ったことがある。小林は文学青年で、小説家のようなことばかりしていたからだ。

小林は、三井銀行に見切りをつけ、箕面《みのお》電車(阪急電鉄の前身)に入り、次々と新機軸を打ち出して成功した。

成彬は箕面電車の経営ぶりを見ながら、小林に注目していた。それで東京電燈社長に呼んだのだ。

成彬は小林のことを、「何か問題が起きると、いくらでも知恵が出るという不思議な人物です。読んだり聞いたりした普通の学問から割り出した考えでなく天才的です」と絶賛している。それにくわえて、無理をして金を作らないという恬淡《てんたん》としたところも気に入っていた。

近衛から商工大臣の推挙を依頼されたとき、この難局に、小林なら何か知恵を出してくれるに違いないと思ったのだ。

ところで成彬はおかしなことが気がかりになった。それは内閣参議に自分が再任されないことだ。

この制度は近衛が作ったものだ。成彬は、第一次近衛内閣が総辞職してからは内閣参議として総理に意見をしていた。米内内閣が終わり、辞表を出したが、近衛からは再任に関して何も言ってこない。

その一方で、近衛は無謀とも思える南進策などをどんどん決める。成彬は、東條や松岡の勢いに乗せられ、陸軍の言いなりになる近衛を心配しながら見ていた。

九月二十二日、日本軍はベトナム・ハノイの北部仏領インドシナに進駐した。

表向きは中国の蔣介石《しょうかいせき》政権への補給路を断ち、日中戦争の早期解決を図るということで、フランスと合意の上での行動だった。しかし実際の意図は、南部仏印《ふついん》サイゴン（現ホーチミン）までも占拠し、ゴムなどの資源を確保したいということだった。

この仏印進駐は、フランスがドイツに攻め込まれていることに乗じる行動だと、アメリカは強く日本を非難した。ますます日米間の緊張は高まる一方だった。

そしてついに九月二十七日、日独伊三国同盟が締結された。

「やられた……」

成彬はつぶやいた。

近衛が内閣参議を新たに召集しなかった訳はこれだったのだ。三国同盟に反対する成彬らを参議にして、邪魔されたくなかったのだ。

「なんという小細工を弄《ろう》するのか。莫迦な連中だ……」

成彬はあきれ返った。同時にこれで完全に英米を仲立ちにして、日中戦争を終わらせることが絶望的になってしまったことを、深く嘆かざるを得なかった。

近衛は松岡外相に鼻づらを引きずりまわされるままに、日本を混迷の渦に巻き込んでいく。

松岡は対米強硬を説くばかりで、アメリカとの関係は最悪になりつつあった。また昭和十六年（一九四一年）四月十三日に日ソ中立条約を締結した直後の六月二十二日、予想に反してドイツがソ連を侵攻するやソ連も撃てと言い出す始末だった。

もはや松岡をもてあました近衛は、思い切った策に出た。七月十六日に近衛は内閣を総辞職し、松岡を罷免《ひめん》し、七月十八日には第三次近衛内閣を組織した。

アメリカは、近衛内閣が南部仏印に進駐したことに憤《いきどお》り、七月二十五日には在米日本資産を凍結、八月一日には対日石油輸出を完全に止めてしまった。

当時日本は石油の八十パーセントをアメリカに依存していた。残りの二十パーセントはボルネオ（カリマンタン）や蘭印（インドネシア）だ。

日本の石油備蓄量は約四千二百万バレル。これではたった一年半しかもたない。

日本は、もはや石油という生命線を断たれたも同然だった。

日本は、「自存自衛」のために対米戦争に向かって走りだす。当然米国は、それを見越していた。

昭和十六年十月、成彬は枢密顧問官に就任する。日米開戦二ヶ月前のことだった。

第十二章　終戦

1

枢密《すうみつ》顧問官は天皇から条約締結など重要案件を諮問《しもん》されるのだが、成彬《せいひん》は、広田弘毅《こうき》内閣の時、推薦されるも陸軍の反対で就任できなかったことがある。

陸軍は、成彬に官歴がないと言って難色を示した。親英米派でリベラルな成彬は陸軍ににらまれていたのだ。

米内光政《よないみつまさ》内閣でも再び就任を要請されたが、そのときは一度拒否されたことを理由に、なりたくないと断わった。

ところが昭和十六年（一九四一年）十月十八日に東條英機《とうじょうひでき》内閣が成立すると、成彬が務めていた内閣参議の制度が廃止になったため、受けざるを得なくなった。

枢密顧問官は定数二十四名で、毎週水曜日に天皇に謁見《えっけん》する。

何もない場合は、それだけなのだが、議案がある場合は委員会が召集され、その委員会で決まったことが本会議に上程される。本会議では議長が、天皇に報告し、可否が決められることになる。

十二月八日の早朝、大磯の成彬のもとに電話が入った。

「あなた、枢密院からお電話です」

艶《つや》が、あわてた様子で寝室に入ってきた。成彬は、体調がすぐれず数日来、大磯で臥《ふ》せっていた。

「今、何時だ」

成彬は訊《き》いた。障子《しょうじ》の明りとりからのぞく外の様子は暗い。夜はまだ明けていない。部屋の空気もぞくっとするほど冷たい。

「四時でございます」

「四時、どうしたんだ。こんなに早く……」

成彬は布団から出て、居間に行き、電話を取った。胸騒ぎがする。銀行時代から、深夜や早朝の電話にろくなことはない。

「七時から委員会がございます。すぐに来ていただけますでしょうか」

事務局がていねいに言う。

「七時？　すぐ行くが、今からでは間に合わないぞ」

成彬は、少し怒った。

「申し訳ございません」

電話の向こうで頭を下げている気配が伝わる。

成彬は、受話器を置くと、艶に向かって「出かける。準備を頼む」と声をかけた。

電話口で事務局と言い争っても仕方がない。

「あなた……」

艶が成彬の着替えを手伝いながら、心配そうな顔をした。

「何か、容易ならざる事態のようだな」

成彬はつぶやいた。ベルトを締め終えると、力を込めて腹を叩いた。

成彬は東條英機が首相になったときから、不吉な予感がしていた。

なぜ典型的な陸軍軍人である東條に、首班指名が下ったのか。

作家保阪正康氏は著書『東條英機と天皇の時代』で次のように書いている。

「天皇は、東條内閣が発足してまもなく、意味ありげに木戸につぶやいている。『虎穴《こけつ》に入《い》らずんば虎児《こじ》を得ずだね』」

陸軍を抑えられるのは、東條しかいないと考えた天皇と木戸幸一内大臣は、いわば毒をもって毒を制する思いで、「ここで推測を進めれば、天皇と木戸は東條という駒をつかって危険な賭けに出た」のだ。

成彬は、国家総動員法第十一条問題の際に見せた東條の軍人としての直情径行ぶりや、経済というものに全く配慮しない姿勢を危ぶんでいた。

真っ暗な中を車は走る。時間は虚《むな》しく過ぎていく。委員会の議案が想像されるだけにもどかしくて、いらいらする。

ドイツに傾斜し、三国同盟を締結し、対米強硬路線を突き進む陸軍が今、大きな暴発をしようとしている。

成彬は、その動きをなんとか食い止めようと努力をしてきた。しかしそれは結果として虚しいものだった。

どこか間違っていたのか。どうすればよかったのか。最悪の想像に囚《とら》われながら、車の揺れに身を任せていた。体調は最悪だった。時折、腹が刺すように痛む。

とにかく委員会に間に合ってくれ……。

2

成彬が枢密院に到着したのは、午前十時過ぎだった。

「もう今時分は、ハワイをやっておりますよ」

委員の質問に、嶋田繁太郎海軍大臣が答えていた。

成彬は、椅子《いす》に力なく腰を落とした。

いよいよ恐れていた米英との戦争が始まってしまった。開戦へと向かう協議に、枢密院は蚊帳《かや》の外に置かれていた。

開戦は枢密院に諮《はか》らなければならない重要事項であるにもかかわらず、外部に漏洩《ろうえい》することを恐れた政府が、秘密裏に事を運んだのだろう。

しかし成彬は、不思議と腹立たしさを感じなかった。もし枢密院に相談されたとして、いったい何ができただろうか。戦争を食い止められたというのか。

アメリカの日本に対する要求は厳しい。仏印《ふついん》や中国からの撤兵や三国同盟の否認などは、到底、陸軍が呑《の》みそうにない。もし呑めるなら、ここまでアメリカとの関係はこじれていない。

「もうやってしまっておるのなら、今さらあれこれいってもしようがない。議論はやめにしよう」

成彬は言った。虚しさばかりがこみ上げてくる。

成彬の提案で、委員会は中止になった。午後の本会議は、ただ開戦を追認しただけになった。

成彬は大磯に戻った。

艶が青い顔で出迎えた。

「大変なことになりました。アメリカと戦争です」

「莫迦《ばか》なことをしたものだ」

成彬は珍しく語気を荒らげた。

「でもハワイの攻撃では、戦艦を何隻も沈めたようですわ。ひょっとしたらこれでアメリカは戦意をなくすことになりませんか」

艶が着替えを手伝いながら、少し弾《はず》んだ声を出している。女も戦争となると興奮するのだろうか。それに緒戦のハワイ真珠湾攻撃に戦果があったとなれば、なおさらだ。

「お前に話したことがあったかな」

着替えを終え、艶の淹《い》れてくれた茶を飲みながら、成彬はぽつりと言った。

艶は、首を傾《かし》げた。

「アメリカ魂というものがあるんだよ。それは大和魂以上のものかもしれない」

「アメリカ魂ですか」

艶は、興味津々《しんしん》の顔を成彬に向けた。

「ハーバード大の食堂には、おびただしいまでのネームプレートが飾ってある。それは南北戦争で亡くなった学生の名前だ。彼らは兵隊ではない。国のために義勇兵として参戦したのだ。公共、即ち国のために殉ずる魂、これをアメリカ魂と言っているのだけれども、とても強い。ハワイでの戦いは、かえって彼らのアメリカ魂に火を点けただけだろうと思うよ」

成彬は、空の湯飲みを差し出した。艶が茶を注いだ。

「それでは、今回のことがアメリカ魂に火を点けたというのですか。気持ちをくじいたのではなくて……」

艶の顔が暗くなった。

「その通りだよ。今頃、アメリカでは若者が国を守るために、続々と軍隊に志願しているだろう。その姿が目に浮かぶよ」

成彬は寂しそうな笑《え》みを浮かべた。

実際、成彬の言った通り、それまで対日戦争に消極的だったアメリカの世論は、一挙に燃え上がった。アメリカ国民にとって、「リメンバー・パールハーバー」が合言葉になったのだ。

「これからどうなるのでしょうか」

艶が心配そうに訊いた。

「できるだけ早く終わらせること以外にないだろう」

成彬は、強い口調で言った。

長期戦には勝てないというのが、成彬が得ている情報だった。

中国、仏印、今度は太平洋と資源のない日本にとって、どうしようもないほどの戦線の拡大だ。こんな戦争を長く続けられる体力がこの国にないことは、成彬が一番良く知っていた。

3

日本軍は、ハワイ真珠湾攻撃に続く、十二月十日、マレー沖海戦で英国戦艦二隻を撃沈し、グアム島を占領した。

十二月十二日の閣議では、戦争を大東亜戦争と呼ぶことに決めた。大東亜の秩序を創るのが目的の戦争だというのだが、自衛のための戦争から、明確に他国を侵略する戦争に変わったと言っていいだろう。

昭和十七年（一九四二年）一月二日には、マニラを占領した。三月に入ると、八日にはビルマ（現ミャンマー）のラングーンを占領、そしてジャワ島にまで戦線は拡大した。

しかし日本軍の勢いは、やはり緒戦だけだった。

四月十八日、アメリカ空軍が、東京、川崎、名古屋、神戸などを爆撃し、市民が犠牲になった。空襲などないといっていた陸軍の面目がつぶれる事態となった。

六月五日には、ミッドウェー海戦で日本は四空母を失うという大敗を喫した。そしてついに年末のガダルカナル島の放棄で、日本の敗色は濃厚なものとなった。

成彬は、吉田茂らと諮《はか》り、早期に戦争を終結させるべく努力を積み重ねていた。しかし緒戦の勝利に酔った東條は、戦争終結などまるで頭にないかのように戦争拡大に突き進んでいった。

東條は、戦況が悪化し、批判が強まると憲兵隊を動員して、批判勢力を抑える行動に出た。

東條の方針に反対した東方同志会所属の政治家中野正剛《せいごう》を国政変乱罪で追い詰め、自決させるなど、その行動は常軌《じようき》を逸《いつ》していた。多くの政界、財界人が東條を怖《おそ》れつつも、東條をこのまま首相にしておくわけには行かないと思い始めた。

成彬もその一人だった。東條にとって成彬は、自分の存在を脅《おびや》かす政敵となっていた。

昭和十八年（一九四三年）暮れ、三男の豊《ゆたか》が麻布《あざぶ》の自宅を訪ねてきた。

「お父さん、ご無沙汰しています」

豊は、にこやかに入ってきた。

「おお、珍しいな」

成彬は、久しぶりの豊の来訪を喜んで、応接間に招じいれた。

豊は東京海上火災保険に勤めていた。ケンブリッジ大学から帰国したときに銀行家にしようと思った。だが、帰国した昭和七年（一九三二年）二月九日の夜に井上準之助が血盟団《けつめいだん》の凶弾で命を落としたので、リスクの高い銀行員にならせないために、各務鎌吉《かがみ》に頼んで東京海上火災保険に就職させてもらった。

豊は、「銀行に勤めさせたかったのではなかったの?」と訊いた。成彬は、銀行は楽しくないことが多いと説明したものだ。豊は素直に成彬の希望に沿って、東京海上火災保険に入社した。

各務になぜ豊を預けたか?

それは彼が見識を持った男だからだ。彼は、即断はしない。物事をよく考える。そして考え抜いて決断すると、容易には変わらない。また外国の経済界についてもよく研究していた。そうした点を豊が学んでくれればいいと思っていた。

各務についてのエピソードがある。各務が成彬に「骨董《こっとう》をやってみたいから、骨董屋を紹介してくれ」と頼んだ。ところが、成彬が紹介した馴染《なじ》みの骨董屋は、すぐに帰ってきた。

「あの人、だめですよ」

骨董屋が言った。

「どうしてだめだ？」

成彬が訊いた。

「各務さんに掛け物を持っていきますと、黙って考え込んで、おもむろにこの掛け物は、描くのに何日かかるだろう、この表装は、この軸は、とお尋ねになって、それらをあわせたものがいくらいくらだと言って値をお決めになるのです。だから努力がかかっていないとだめなんです。密画などは高く評価されるのですが、破墨山《はぼくさん》水《すい》なんかてんでだめです」

骨董屋は弱りきった顔で言った。成彬は、各務らしいと思ったが、「骨董はやめたほうがいい」と彼にはアドバイスしたのだった。彼は骨董にも努力を要求するのだ。

「どうだ仕事は面白いか。戦争になったから保険業界も大変だな」

「ええ、仕事は順調です」

豊は、幸いにも東京海上火災保険で評価が高く、将来を嘱望《しょくぼう》されていた。

「そうか、それはよかった。孫たちは？」

成彬は、豊の二人の子供のことを訊いた。

「元気です」

豊は答えた。どことなく会話が弾まない。豊の表情が硬いのだ。

成彬は三人の息子がいる。長男の成功《なりかつ》は園芸の道に進んだ。次男の潔《きよし》は、おっとりしたところもあり、大学教授を目指している。保険も金融だとすれば、成彬と同じ道を歩んでいるのが豊だった。成彬にしてみれば、最も期待している息子だった。

「どうした？　何かあったのか？」

成彬は訊いた。

「赤紙が来ました」

豊は言った。赤紙とは召集令状のことだ。

成彬は自分の顔が引きつるのがわかった。今までにない険《けわ》しい顔をしているに違いない。

「そうか。艶、艶」

成彬は、答える間もなく艶を呼んだ。

「どうされましたか？　艶、艶って声が大きいですよ」

艶がにこやかな笑みを浮かべて部屋に入ってきた。

「豊が……」

成彬はあわてて言った。

「豊がどうしましたか？」

艶は成彬のあわてぶりが面白いのか、口に手を当てて笑っている。

「母さん、赤紙が来たんだ」

豊が、艶に言った。おだやかに笑みを浮かべている。

艶の笑いが凍りついた。目を大きく見開いている。しかし視線は、豊と成彬との間を忙《せわ》しく動いている。

「どうして……」

艶が泣き顔になり、両手で顔を覆った。

「お務めだからな。仕方がない」

成彬は口元を一文字に引き締めた。

「はい。しっかり尽くしてくるつもりです」

豊は、さわやかに言った。

「お前、いくつだ」

「三十五歳です。ちょっと早いですが、このあたりが白くなってきました」

豊はもみ上げの毛をつまんだ。

「そうか……、三十五歳か」

成彬はため息をついた。徴兵されるのは十九歳以上だが、三十五歳は初老兵に近い。今まで机に向かい事務をしていた身体《からだ》に、行軍は厳しいに違いない。

「身体は持つのか？」

「大丈夫でしょう」

「出発は？」

「一週間後に福岡の連隊に入隊しろとのことです。華中《かちゅう》方面に行くようです」

　華中といえば、上海《シャンハイ》や杭州《こうしゅう》地方だ。そこでは、蔣介石《しょうかいせき》率いる国民党軍との最も激しい戦闘が行われている。

　昭和十三年（一九三八年）九月に発表され、ベストセラーになった火野葦平《あしへい》の「麦と兵隊」は、徐州《じょしゅう》会戦の従軍記だが、次のような一節がある。

「一面の淼々《びょうびょう》たる海のごとき麦畑の中を、遠く、右手の山の麓伝いに行く部隊もある。左の方も蜿々《えんえん》と続いて行く。中央も長蛇の列をなして行く。東方の新しき戦場に向って、炎天に灼《や》かれながら、黄塵《こうじん》に包まれながら、進軍して行くのである」

　もし成彬が、「麦と兵隊」を読んでいたら、豊が広大な中国大陸を重い背嚢《はいのう》を背負い、銃を持ち、行軍する姿を思い浮かべたことだろう。

　火野は、行軍の姿を「私はその風景をたぐいなく美しいと感じた。私はその進軍にもり上がってゆく逞《たくま》しい力を感じた。脈々と流れ溢《あふ》れて行く力強い波を感じた。私は全く自分がその荘厳《そうごん》なる脈動の中に居ることを感じたのである」と書いている。

成彬は、戦場を黙々と行軍する豊の姿を逞しく、美しいと思うことはないだろう。死へと続く絶望的な道を進む姿を想像したに違いない。

成彬は、この戦争が絶望的で無意味だとわかっている。またなんとか早期に終結させたいと努力を重ねていた。それは今のところ徒労となってしまっているが、そのツケを豊が払うことになったのだ。成彬は、申し訳なく、また自分の非力を嘆いた。

「艶」

成彬は艶を振り向いた。艶は目を赤く腫《は》らしている。

「はい」

艶は成彬と目を合わせた。

「今夜は、みんなを呼んで豊のお祝いをしようじゃないか」

成彬は無理に笑った。

「わかりました。さっそく成功や潔や敏《とし》にも声をかけます」

「孫たちもみんな来るように言ってくれ」

成彬は無理に弾んだ声で言った。

「なんだか大げさですね。あまり食料もないのでしょう」

豊は照れくさそうに言った。

実際、成彬の食事は質素だった。枢密顧問官として陛下の日常に触れることが多く、その食事の貧しさを知っていたからだ。

「大丈夫だよ。成功が作ってくれた野菜や芋がある。艶の腕次第だがね」

成彬は艶に微笑みかけた。

「任せてください」

艶は涙をたたえた目で豊を見つめた。

4

「どうしてお父さんは、私たちを英国にやったのですか」

次男の潔が訊いた。

豊の出征祝いで久しぶりに家族全員が揃った。

成彬は、三人の息子たちに欧米への留学をさせた。それも中学を卒業してすぐだった。次男の潔に続いて長男の成功、三男の豊が英国に渡った。成功は、三年後にアメリカに渡ったが、潔と豊はそれぞれ十年も英国にいて、ケンブリッジ大学を卒業した。

成彬は、彼らにどんな勉強をしろ、どんな生活をしろなどと教訓めいたことを一切言わずに英国に送り出した。

その費用は大変な額だった。彼らが英国に行ったのは大正十一年（一九二二年）前後だ。すでに成彬は三井銀行の筆頭常務になっていたとはいえ、「毎月一人が当時の金で六百円ずつもらっていた。そして旅行とか少し金額のかさむ買物はみなエクストラ計算であったから、三井銀行常務としての収入はあっても財産というだけのものを持っていない父にとっては、並々ならぬ負担であったことは確かである」と潔は、エッセイ「父の泪《なみだ》」で書いている。

毎月六百円というのは、途方もない額だ。当時（大正十一年頃）の大卒銀行員の初任給は五十円から七十円だ。彼らは毎月、その十倍もの生活費を支援してもらっていたのだ。

ある人は潔に向かって成彬のことを、「君たちの親父は子供一人に十万円ずつの教育費をかけたが、その結果を見たまえ、こんな目先の見えない投資をしたという一事《いちじ》で君たちの親父は銀行家として落第さ」とからかったという。

また惜しげもなく子供たちに教育を受けさせる成彬に対して、贅沢《ぜいたく》だという批判もあった。

「そうですよ。僕も理由がわからないな」

豊が言った。

「無駄だったのか？」

成彬は難しそうな顔をした。

「いや、そんなことはないよ。素晴らしい勉強と経験をさせてもらったと思っている。ねえ、兄さん」

豊が同意を求めた。

成功も潔もうなずいた。

「それならいい。それでいいんだ。お前たちが立派な人間になってくれさえすればいい」

成彬は微笑した。

「うらやましいわ」

敏が言った。

「何を言う。お前は立派な男と結婚したではないか」

成彬は言った。

敏は三菱財閥の岩崎隆弥《たかや》に嫁いでいた。

「はいはい、その通りです」

敏は笑って答えた。

その答え方がおかしくて、みなが笑いに包まれた。

「なあ、お前たち」

成彬は、彼らに呼びかけた。笑い声がぴたりとやんだ。

「イギリスというのは不思議な国だと思う。学校の小使いを三十年、四十年もして、それで満足している。こんなつまらぬ学校の小使いなど一生やろうとは思わない、などとは決して考えない。それどころか場合によっては自分の子供だって、自分と同じような立派な小使いになってもらいたいという気持ちを持っている。それはやはり自分のポストに満足して、自分はそのポストにおいて立派な一流の人物であるという考えから来ている。

もしこれを在来の日本の教育から見るなら、なんとつまらぬことに満足して、野心もなく生きていることかと不思議に思うだろう。しかし向こうでは、賄賂《わいろ》をとったり、横領《おうりよう》したりして大臣や社長になって何が面白いだろうかと不思議に思っているかもしれない。

この二つの場合を考えてみると、いずれが社会全体から見て安定しているかは明らかで、向こうは小使いでも生活の保障はあるし、不正をしておらないから毅然《きぜん》とした生き方をしておる。そこで、みんな安心して自分の仕事に身を入れて打ち込んでいくことができるのだ」

成彬は、自分自身の英国社会に対する考えを話した。

「向こうには、お金や出世ということであくせくしている人はいないね」

潔が、豊に同意を求めた。二人は時折、英語で冗談を言い合う仲だった。

「わかったよ。お父さんの立派な人になって欲しいという意味がね。僕は大卒でも英国の大学だから、一番下の二等兵から出発することになる。それでも構わないから、僕は僕の役割を果たしてくるよ」

豊は笑みを浮かべた。

大学生など学歴のある者は、自動的に少尉に任官するという特典があった。しかし豊はケンブリッジ大学という世界でも最高峰の大学を卒業しながらも、軍の特典の基準には適合していないため、最下級の二等兵から出発することになる。

「留守中、よろしくお願いします」

豊は、妻と二人の子供を優しく見つめた。

「任せておきなさい」

成彬は言った。

「みんな、ステーキよ」

艶が肉を焼いて運んできた。

「えっ、どうしたの？」

潔が驚いた声を出した。

「僕の農園の近所で調達したのさ。内緒だよ」

成功が、得意げに言った。

「すごいよ。すごいよ」

豊も顔をほころばせた。

「少々、薄いが、滅多に手に入らないものだ。世間には申し訳ないが、成功の努力に感謝して、ありがたくいただこう」

成彬は言った。普段なら闇で食料を調達することに関しては、厳しく諫《いさ》めることもあったが、今日は特別だった。

「昔は、この家で外国のお客様を招いてディナーを催したよね」

豊が懐かしそうに言った。

「そうだね。三井銀行からコックさんを頼んで、我が家のコックさんと一緒にメニューを考えてね。僕の農園から野菜や果物を運んだ。お酒もいいのを揃えてね。僕たちも相伴《しょうばん》させてもらうことがあったけれど……」

成功が、ステーキにナイフを入れながら言った。

「カナダ公使の奥様、マーラーさんからは、日本で最高の料理ですとほめられたことがありましたわ」

艶が笑みを浮かべた。

「ソビエト大使のユレネフさんなんかは、生まれて初めてのご馳走だと言っていたよ」

　潔が言った。

「人は、贅沢と考えるかもしれないが、せっかく海外から日本に来ても、ホテルの飯と、後はすき焼き、てんぷら、芸者ガールでは気の毒ではないか。欧米人は人を歓待できないような奴は紳士の資格がないと考えているが、その点、我が国ではまだまだだね。外国を旅行して、そのときに受けた歓待は忘れられないものだよ」

　成彬は、うまそうに肉を口に入れた。

「彼らとも敵味方になってしまったね」

　豊が寂しそうに表情を曇《くも》らせた。

　麻布の家で、外国の賓客《ひんきゃく》を歓待しなくなって久しい。このことが豊ばかりでなく、みなの心を一層さみしくした。

　豊は福岡の連隊に合流すべく、翌日出発した。

「豊は無事に連隊に合流したでしょうか。あの子、お腹が、それほど強い方ではないので、大陸の水が合うかしら」

　艶がぼんやりとつぶやくように言った。成彬に語りかけているのではない。自分に語りかけているのだ。

電話が鳴った。

成彬は、読みかけの本を置き、ソファから立ち上がった。

受話器を取った。

「はい、池田です」

成彬は言った。受話器の向こうからは応答がない。しかし間違いなく人がいる。息遣いが聞こえる。成彬は不吉な気分になった。

「もしもし……」

再度、呼んだ。

「東條です」

思いがけない名前が耳に入り、成彬は驚いた。

「首相ではありませんか」

成彬は言った。

「夜分、申し訳ありません。お電話を差し上げたほうがいいだろうと思いまして……」

東條は、ていねいな口調で言った。

この東條という男は、典型的な軍人だと成彬は思っていた。世界に開かれた視野がなく、ただただ生真面目で、自分の行動がすべて天皇陛下の御為《おんため》という軸に貫かれていた。従って他人が自分に逆らうことは、天皇陛下に逆らうことと同じことだと考えていた。

戦況が、順調なときは、まだ他人の意見にも耳を傾ける余裕があったが、こうして戦況が悪化すると、もはや一切の批判は受け付けなくなった。現実的には敗色が濃厚となりながらも、アメリカとの交渉を有利にするためにも戦い抜かねばならないと主張し、批判勢力を排除していた。

早期に戦争を終結すべきという成彬は、当然、批判派だった。

なぜ電話を掛けてきたのか。

成彬は当然の疑問を抱《いだ》いた。そして非常な緊張感とともに受話器を握っていた。

「ご子息のことですが……」

「息子?」

「確か、三男の豊さんのことですが」

「豊がなにか?」

東條は何を言い出そうというのだろうか。成彬はますます警戒を強めた。

「今回、華中戦線に行っていただくことになりました。まことにおめでたいことです。私も息子がご奉公しておりますが、お互いいい息子を持ってありがたいことです」

東條は、あくまでていねいに言った。

豊の出征を祝っているのだろうか。一番、祝ってもらいたくない相手だ。

「ありがとうございます。豊は福岡に行きました。まもなく華中へ行くことになるでしょう」

成彬は、早く受話器を置きたかった。沈黙があった。

「存じております。もしあなたさえよろしければ、豊さんの華中行きを取り止めさせてもいいと思い、電話いたしました」

東條は、ゆっくりと言った。

「な、なんと」

成彬は、受話器を落としそうになるほど、驚いた。東條は、豊を華中に送らないと言っている。いったいどういうことか。

「内地での任務にしてもいいと申し上げております」

「本当ですか」

成彬は、思わず身を乗り出した。内地任務になれば、生き残る確率は格段に高くなる。それに引き換え華中に行けば、死が待っているかもしれない。

「誰とは言えませんが、召集されたご子息を内地任務に切り替えさせていただきました。あなたもそうなさい。ただし……」

東條は言葉を切った。

「ただし……」

成彬は訊いた。

「私と政治的に妥協いたしましょう。私のやり方に反対する動きをやめていただきたい。もし過ぎるようなら憲兵隊を差し向けてもよろしいのですが、ここらあたりで妥協いたしましょう」

東條は言った。幾分、声が弾んでいる。

「政治的妥協？」

成彬は言った。同時になんと下劣《げれつ》な奴なのだと思った。

「どうですか。悪い話ではない」

東條は言った。

「断わる」

成彬はきっぱりと言った。

「ほほう、お断わりになりますか。あなたが初めてですね。お断わりになったのは。もう一度申し上げます。豊さんの華中行きを中止しますか」

「断わる」

「わかりました。私は、一応のお気遣いを申し上げました。お断わりになったのは、あなたです。結果の責任はすべてあなたが負うべきです」

「お気遣いありがとうございました。豊は十分にご奉公を果たすでしょう。失礼いたします」

成彬は、東條が受話器を置く音を確認してから、電話を切った。

しばらく電話を見つめていた。動くことができない。

東條の申し出を断わったことに迷いはない。そうはいうものの、もし東條に頭を下げたとしたら、豊は命の危険の少ない内地任務になるかもしれない。東京で任務に就き、元気な顔を見ることができるかもしれないのだ。

豊の二人の子供が、お父さん、行っちゃ嫌だと泣いていた。豊の妻が両手で顔を覆い、指の間から涙をあふれさせていた。

彼らの顔を笑顔に変えることができたのだ。なぜ、それをしない。

東條と政治的な妥協をすることと豊の命と、どっちが重いのか。もし豊が華中戦線で命を落としたら、それは自分の責任ではないか。東條は言った。すべての結果の責任を負えと……。

「あなた、誰から電話でしたの」

艶は言った。

成彬は、艶を振り向いた。何も言わずじっと見つめた。

「どうなさいました？」

艶が心配そうな顔で訊いた。成彬の表情は、険しく、幾分、青ざめてもいた。何かに激しく怒っている。

「なんでもない。くだらない電話だ」

成彬は、吐き捨てた。

「豊は、無事、福岡に着いたでしょうか」

艶が力なく言った。

「あの子は、私の息子だ。しっかりと義務を果たすだろう」

成彬は、唇を強く嚙《か》んだ。

5

昭和十九年（一九四四年）になった。ますます戦局は悪化し、米軍は着々と太平洋上の拠点を確保しつつあった。東條は、小幅に内閣を改造しつつ、必死で政権維持に努めていた。

また成彬に不幸が訪れた。豊に続き、次男潔が召集されたのだ。潔は慶応大学で教鞭《きょうべん》をとっていた。

潔は、妻の光子《みつこ》と二人の子供を連れて成彬のところへ挨拶に来た。光子は妊娠し、腹がふくれていた。

「お前にまで赤紙が来たのか……」

成彬が驚いた。

無理もない。潔は四十一歳だ。髪の毛は白く、外見は老人のようにさえ見える。

「はは、軍も僕にまで声をかけてきました。いよいよですね」

潔は明るく言った。

「なんてことでしょう」

艶は、涙をこらえた。

「豊が頑張っていますから、僕も中国だろうとなんだろうと行きますよ。僕だけのうのうとしているわけにはいきません。向こうに行って、ケンブリッジ語で軍の悪口でも言ってやりますか」

潔は、勢いよく言った途端に、咳《せ》き込んだ。潔には喘息《ぜんそく》の持病があった。

「大丈夫か」

成彬が気遣った。

「どうもこの国の空気が合わないみたいです」

潔は苦しそうな顔で言った。

「心配なのは、妻と子供たちです。お腹にも一人います。疎開する際には、お父さん、申し訳ないですが、よろしくお願いします」

潔が低頭した。

「わかった。心配するな。どこの連隊だ」

「千葉です。明日には出発します」

「そうか。もう送別会をする時間もないのか。丈夫でな」

成彬は潔の手をしっかりと握った。

「お父さん」

潔は成彬の目を見た。

「なんだ?」

成彬は訊いた。

「東條はもうだめだね」

潔は、言い放った。

「滅多なことを言うもんじゃない。どうしてそんな……」

「池田の息子を二人もとってやったと、言っているって聞いたものだから。僕は笑ったよ。池田の息子をとったとしても、父は変わらないってね」

潔は胸を張った。

「誰だね、そんなことをお前に吹き込んだのは」

成彬は耳を疑った。豊が召集された際に、東條から連絡があったことを思い出した。

東條は政敵とみなした人間には容赦《ようしゃ》しない。蛇のようにしつこい。中野正剛は自決に追いやられ、石原莞爾《かんじ》は無役になってしまった。彼らも東條ににらまれた末のことだった。

池田の二人の息子をとってやった……。まさかとは思うが、東條ならと思わないでもない。それにしても、潔のような初老の男にまで触手を伸ばすのか……。

息子の命を奪うなら、我が命を奪えと叫びたくなった。

「いいじゃないか。僕は、お父さんのことを尊敬しているからね」

潔は、明るく笑みを浮かべた。成彬は、もう一度強く潔の手を握り締め、頭を下げた。

潔は、何度も振り返りながら帰って行った。

「あの子もいなくなってしまうのですか」

艶が、成彬の手をつかんだ。成彬も艶の手を握り締めた。もう見納めになるかもしれない潔の後ろ姿が小さくなっていく。

「身代わりになれるものならな」

成彬はつぶやいた。

「東條さんて、酷《むご》いことをなさいますね」

艶が言った。目から涙があふれている。

「ああ、許せん……」

成彬は、奥歯を嚙み締めた。


潔は、入隊しなかった。

喘息の発作がひどく、医者から入隊を許可されなかった。潔は、「ぜひ行きます」と粘《ねば》ったが、医者から「あなたは学校で学生を教えておられたほうが、お国のために役立ちます」と諭《さと》された。

それでも潔は粘った。豊のことが、頭にあったからだ。弟一人に苦労させたくない。英国で二人で助け合って暮らしてきた仲だ。兄弟以上という言い方はおかしいが、潔には豊を一人にさせてはおけないという使命感のようなものがあった。

「あなた一人のために、医者や看護婦が必要になる。かえって迷惑なのです。あきらめなさい。あなたには奥さんもお子さんもいらっしゃるのだから、お帰りになったほうがいい。身体を治して、立派な学生を育ててください」

医者は、潔に敬礼をした。潔も思わずつられて敬礼をした。しまりのない敬礼だった。

後に、その医者は慶応病院の医者だったことを、潔は知ることになる。

欧州ではドイツが連合国に追い詰められつつあった。もはやドイツの敗北は時間の問題だった。

六月四日には、アメリカ、イギリス軍がローマに入城し、ドイツ軍を追い出した。六月六日には、連合軍はノルマンディー上陸作戦を開始した。

一方、日本にもアメリカ軍が、もうすぐそばに迫っていた。

六月十五日にはアメリカ軍がサイパンに上陸し、守備隊三万人が玉砕《ぎょくさい》した。この戦いでは住民一万人が巻き添えで命を落とした。六月十九日には、マリアナ沖海戦で空母など艦船の大半を失うという敗北を喫した。

七月四日にはインパール作戦が中止に追い込まれた。インド北東部の都市インパールを不意打ちして、イギリス軍に打撃を与えるという無謀な作戦で、三万人の死者に四万五千人もの戦傷病者を出した。ほとんどは戦闘による犠牲者というよりも、兵站《へいたん》を無視した作戦による飢えなどによるものだった。

もはや東條ではだめだ。成彬など重臣たちを中心に、反東條の動きが活発化しはじめた。

東條も反東條の動きを牽制し、自分に反旗を翻《ひるがえ》す者は、反乱罪で逮捕すると叫ぶ始末だった。

七月十四日、成彬は、人目につかぬところということで太田亥十二《いそじ》の根岸の自宅に枢密顧問官の南弘、原嘉道《よしみち》、近衛文麿《このえふみまろ》、木戸幸一と集まった。

使いを任された太田は、その時の成彬の言葉を次のように語っている。

「東條の行き方というものは非常に困る。お前は近衛のところに行ってよく話して来い。お前は物事の運行は頗《すこぶ》る下手な男だが、お前は俺のいうことは百パーセント容《い》れるし、外に洩らさんということも信ずるから言うが、私はこういう考えだ。東條を辞めさせねばならぬ。ただこれは非常に困難だ。枢密院議長の原さんを説《と》いて、原さんの力と枢密院の力によって東條を辞めさせることを決めない限りだめだから、どうしてもこの連中が寄らねばならぬ」

太田によると、木戸は、「俺は天子さまの側近くにおるから、この問題には関連することはできない」と席を外したという。天皇の側近として天皇が任命した首相を排斥する謀議には加わることができないということだろうか。

成彬は、近衛、原、南と午後の四時から八時まで、東條退陣のための協議を行った。

太田は、周囲の警護を命じられ、警棒を持ち、シェパードを連れて、巡回していたという。

会議が終わり、太田は成彬に「いかがでしたか」と訊いた。成彬は「原さんも納得してくれた」と答えた。

そして「東條の後は、鈴木貫太郎さんにやってもらって、どうしても戦争はすぐやめてしまわねばならぬ。そうしない限りは、日本の損害というものは大変なことになる。ここで戦争をやめてしまうということにしなければいかんから、鈴木貫太郎さんにすぐやってもらうんだ」と言った。

海軍軍人で侍従長《じじゅうちょう》でもあった鈴木が、終戦工作で首相になるのは、昭和二十年（一九四五年）四月七日、小磯国昭《くにあき》内閣の後を受けてのことだ。その月の初めにはアメリカ軍が沖縄に上陸を開始した。

成彬は太田に、終戦の遅れを「思う通りにはゆかないものだよ。なるほどいいことを言うと人に思わしめるまでにはなかなか時日がかかるし、うまくゆかんが、君、思う通りにゆかんだろう」と嘆いたという。

東條内閣は、昭和十九年七月十八日に総辞職した。

東條は、秘書官たちに重臣の排斥にあったことを、涙を流して悔《くや》しがった。その際、悪《あ》し様に罵《ののし》った重臣の一人に成彬の名があったことは間違いない。

「もし」ということが許されるなら、東條退陣の後、小磯ではなく成彬が推す鈴木が首班に指名され、即座に終戦に向かって動いていたとしたら、後の沖縄戦の悲劇、東京大空襲、そして広島、長崎への原爆投下などは防げたのであろうか。

成彬は、「日本の損害は大変なものになる」と太田に話しているが、欧米に知己《ちき》も多い成彬は、アメリカ軍が徹底して日本を攻撃してくることを予測していたのであろう。

ここでも成彬の力は及ばなかった。彼は、どれだけ自分の力のなさを嘆いたことだろう。三男豊が無事であることを祈りながら……。

6

昭和二十年五月二十五日、B29による大空襲で、麻布の池田邸は倉一つ残して焼失した。この屋敷は同郷の中条《ちゆうじよう》精一郎に造ってもらい、二十数年の歴史があった。

成彬は、焼け跡を眺めながら、艶に言った。

「お前と結婚したときは、貸家の畳の上に瀬戸物の火鉢一つ持っていて、それに手を当てて暖《だん》を取ったものだったな」

艶が、成彬を見て、うなずいた。

「あの日のことを考えれば、いつでも貧しい暮らしに戻ることができるね」

成彬は艶に優しく言った。

「ええ、大丈夫ですよ」

艶は、微笑んだ。

成彬は、膝を折り、うずくまると焼け跡から、灰をつまんだ。その手を高く掲げると、指の間からぱらぱらと灰が宙を舞った。

青い空をどこまでも飛んでいく灰を見ていると、この屋敷で過ごした歴史が一気によみがえってきた。同時に、一日でも早く戦争を終わらせねばならないという思いも強く湧き起こってきた。

七月二十六日、連合国はトルーマン、チャーチル、蔣介石の名でポツダム宣言を発表した。これには、日本が降伏するためには非軍事化、民主化を条件としなくてはならないとしていた。

一億総玉砕を唱え、徹底抗戦を主張する軍を抑え、天皇はポツダム宣言を受諾する意向を示した。

八月十五日早朝、成彬は大磯から汽車に乗り、宮中へ参内《さんだい》した。宮中の防空壕内で枢密院会議が開かれるのだ。今日の議題は、ポツダム宣言の受諾だった。

汽車は混雑していた。窓の外の景色は空襲で焼き払われ、廃墟そのものだった。

定刻の十一時になった。天皇臨御《りんぎょ》のもと、平沼騏一郎《きいちろう》議長が、ポツダム宣言を受諾する旨、連合国に通告したので了承せよという天皇の言葉を読んだ。

出席の枢密顧問官は、成彬他十二名、政府からは鈴木首相、東郷茂徳《しげのり》外相、村瀬直養《なおかい》法制局長官が出席していた。

正午になった。

天皇の終戦を告げる玉音《ぎょくおん》放送が始まった。乱れがちな電波から流れる天皇の声に、成彬も涙をぬぐった。

十二時十分、玉音放送が終わり、会議が再開された。成彬はとくに何も発言しなかった。事態がここまで最悪になるまで何もできなかった自分を恥じ、責めていた。

戦争は終わったのだ。昭和十二年の盧溝橋事件から始まった戦争は、日本の完膚《かんぷ》なきまでの敗戦で終わった。

成彬は、大磯に引き籠《こ》もった。もう自分の出る幕はないとの思いだった。

「私は常に自分が正しいと思ったことの信念で通すことを心がけています。その判断が、果たして間違っていなかったかどうかはわかりませんよ。しかしともかく、自分が信じたことは、その信念で押し通す」

成彬は、自分の過去を振り返って、信念を押し通したのだから後悔はないと言う。しかし大磯に引き籠もったということは、自分の無力を恥じていたのだろう。

英米に知己が多い成彬のもとには、何かと占領軍とのつてを求めて人が訪れてきた。しかし成彬が全く動こうとしないため、多くは失望して帰って行った。

十二月二日、A級戦犯容疑者第三次指定により、自宅謹慎となった。

成彬は大磯で読書をしながら日々を過ごした。

成彬は、三井銀行の頭取を務めた万代《ばんだい》順四郎の追放された後の身の処し方が素晴らしいとほめている。

万代は、それまでの取引関係などに頭を下げるなどして収入を得ようということはせず、妻と二人で農業を始めたという。

「そこに、難しい言葉で言えば、操守《そうしゅ》といったものを感じさせる」と、成彬は万代を評する。それは全く成彬と同じ生き方だった。

ある日、一人の米兵が訪ねてきた。

「豊はどうした」

彼は訊いた。一時期、豊を銀行家にしようと彼に頼んだことがあった。

「今、漢口《かんこう》（現、武漢《ぶかん》市）の近くの雲渓《うんけい》にいるらしい」

成彬は答えた。

「わかった。上海に行くから探してこよう」

彼は言った。

彼は、雲渓に行き、日本兵の捕虜たちに向かって英米の大学を卒業した者は通訳として雇うから出て来いと命じた。しかし豊はそれに応じることはなかった。他の兵隊と苦労を共にする選択をしたものと思われる。

昭和二十一年（一九四六年）になった。豊はまだ帰ってこなかった。

ある日のこと、成功が、豊の死を聞き及び、成彬に伝えた。

成彬は、聞き終えると艶と豊の妻を呼び、自らそのことを話した。豊の妻、そして艶はその場に泣き崩れた。しかし成彬は、「戦争に行ったからにはこういうことはあることなのだから……」とつぶやき、涙を見せなかった。

しばらくして豊の戦友が訪ねてきた。

成彬は艶と二人で威儀を正して、彼の話を聞いた。

「雲渓は小さな町で、そこに六万人もの兵隊が集まりました。たちまち食糧難になり、マラリヤをわずらっておられた池田伍長《ごちょう》は、栄養失調で数ヶ月前にお亡くなりになりました」

彼は、厳しい顔で言った。

「ありがとうございます。よく伝えに来てくださいました」

成彬は、深く低頭《ていとう》した。

「池田伍長は、すでに三十八歳になっておられましたが、我々、若い者と比べても労を惜しむことなく、陰日向のない忠実な模範兵であられました。ただお父上殿が、戦犯に問われたことを知り、相当、お悩みであったとお見受けいたしました。そのことが病《やまい》に勢いを与えた一面もあったと思われます」

彼は、涙をぬぐった。

「そうでしたか……」

成彬は、再び深く頭を下げた。成彬は、全く取り乱すことはなかった。

数ヶ月後、豊の遺骨が届いた。国民服を着た市役所の係員が、晒《さら》し布に包まれた白木の箱を抱いている。

「お父さん」

潔は部屋の奥にいる成彬を呼んだ。

成彬は、艶と並んで玄関に来た。艶が、「あっ」と小さな声を上げて、その場に崩れそうになった。成彬は艶を支えた。

「豊だよ」

潔が言った。

「ああ」

成彬は、少し気の抜けたような返事をした。

艶を気遣いながら、成彬は木箱を係員から受け取った。係員は、深く低頭してその場を去った。戦中なら「おめでとうございます」とか言って敬礼でもしたのだろうか。成彬は悔しい気持ちがこみ上げてきたが、こらえて係員に「ご苦労様でした」と声をかけた。

木箱を抱いた。艶がその場に崩れた。潔があわてて艶の側に駆け寄った。豊の妻と二人の子供には、成功が寄り添っていた。無邪気な顔で、二人の子供が「おじいちゃん」と成彬に近づいてきた。

「それなあに」

一人が訊いた。

成彬は、お父さんだよ、という言葉を飲み込んで、周りを見た。成功、潔、艶、そして豊の妻、誰もがすすり泣いている。

「よく帰ってきた……。お勤めご苦労様」

成彬は、目を閉じ、木箱に額をつけた。豊の明るい顔が浮かんでくる。

知人がやってきた。

「豊君が帰ってきたのですか」

彼は言った。

「ああ、ここにいる」

成彬は木箱を見せた。

木箱には「陸軍伍長」と階級が書かれていた。

「十年もイギリスで勉強してきて四十近い妻子もちで、これが大尉とか少佐というならまだしも、陸軍伍長っていうんじゃ豊君も浮かばれませんねえ」

彼はしみじみと木箱を見て、言った。

成彬は身体の底から熱いものがこみ上げてくるのを感じていた。悔しさ、悲しみ、怒り……、なんと表現していいかわからない。ただ彼の言葉にうなずくことはできない。それだけだ。

「いや、私はそうは思わない」

木箱を抱いたままの成彬の表情が変わっていた。いつもの成彬と違うことに彼は慄《おのの》いた。

「私が子供たちをイギリスにやって勉強させたことは、私は私なりの意見があってやったことなのだ。日本の社会の風潮をみていると、一にも出世、二にも出世、大臣よ大将よとただ地位、階級のみを問題にしているだけではないか。

軍人は星の数、役人は高等官何等、社長だ重役だ課長だとただ肩書きだけがものをいう。そんなことでいいものか、人間の価値がそんなことできまるものかどうか、私は大きな疑問をもつようになった」

成彬の目に涙らしきものが光っている。相手は成彬の激しさに打たれ、金縛りになったように動かない。

「私自身はアメリカで教育を受けたが、国が新しいためか、アメリカには日本と似た風《ふう》がある。誰は二十何歳で資本金いくらの会社をつくったとか、彼は三十何歳で何百万ドルの財産をもっているとか。

イギリスはその点が少し違うと思う。人間はおのおの自分の能力に応じた仕事の持ち場を持って、その与えられた職責にただ最善を尽くす。人間の価値を地位の高《こう》下《げ》で判断せず、いかに忠実にその職務を果たしたかによって評価する。でたらめな社長より忠実な小使いを尊敬する、そんな気風が強いと思う。

そこで私は子供たちをイギリスにやったのだが、聞けば豊は最後まで兵卒として忠実に働いたという。伍長でも上等兵でも私は少しも不満はない。立派に働いたというただそのことだけで、はるばるイギリスまで修業に出した、それだけの甲斐は十分あったと私はよろこんでいる……」

成彬の目から涙が落ちた。あふれ出てくる。今まで人前で涙など一度も流したことはない。恥ずかしいとも思わなかった。

彼は成彬の涙に驚き、そして一緒に泣いた。周りの誰もが人目もはばからずに泣いた。幼い二人の子供も大人たちが泣くのを見て、激しく泣きじゃくり始めた。

成彬は、木箱を強く抱きしめた。小さな声で「悪かった」とつぶやいた。それは戦争を止められなかった自らの無力を謝罪するものだった。

成彬は、この豊の葬儀以来、目に見えて衰え始めた。

この年、五月二十三日、戦犯指定を解除された。

成彬は、その後も大磯に籠もっていた。成功が作る蘭《らん》を愛《め》でるのが楽しみだった。

成彬のところへは、吉田茂がよく訪ねてきた。吉田は、共に和平に向けて戦った同志のようなものだった。

吉田は成彬に、一週間に一度は意見を聞くことを自分に課していた。「池田さんはなんら私心がなく、ごく遠慮のない批判をして下すって、そのおかげでもって、私も非常に迷うところなく、決定することができた」と成彬に深く感謝している。

昭和二十五年（一九五〇年）五月二十五日、成彬は直腸癌《がん》で東京築地の病院に入院し、手術した。

七月三日に退院。大磯に戻った。艶は玄関に立ち、成彬を出迎えた。成彬はこのとき、誰はばかることのない笑みを浮かべ、艶の手を握り締めた。

病状は一進一退だった。

ある夜、成彬は潔の前に立った。最近は、英文学者である潔と話をすることが、一番の楽しみになっていた。

「お前に教えてもらった単語を辞書で引いてみたが、どうもそんな意味は出ていない」

成彬は言った。

「では、辞書を持ってきましょう」

潔は立ち上がった。

「いや、私が取ってくる」

成彬は、潔を止めた。

「でも……」

潔は歩き始めた。

「待ちなさい」

成彬は、腹に力を込めて言った。潔が驚いた顔で振り向いた。

「私は、今、お前にものを教わっているのだろう？　いわばお前が先生で、私が生徒だ。用があるなら生徒がする。どんな小さなことだって、筋《すじ》の通った進退をするのが人間じゃないか」

成彬は諭《さと》すように言った。そしてゆっくりと歩き、二階へと向かった。

潔は、このときの様子を「一つ遺言したな」と思ったという。たしかに成彬の生き方そのものの言葉だった。

「秋風が立てば、食欲も出るだろう」と、成彬も家族も病と闘っていた。しかし十月九日午前二時三十二分、ついに成彬は死んだ。八十三歳だった。

成功が丹精込めて栽培した蘭と薔薇《ばら》の花に、成彬は埋もれていた。その静かに微笑みを浮かべた顔を見て、共に枢密顧問官として苦難の時期を歩んだ樺山愛輔《かばやまあいすけ》は、「大変な一生じゃった。実に大変な一生じゃった」とつぶやいた。

葬儀は、十月十二日、文京区音羽《おとわ》の護国寺で行われた。三千数百名に上る会葬者があった。

その日の夕刊に、「古武士の風格をもった財界人は、これでいよいよたね切れの感がある」との短評が掲載された。

十月十日付け朝日新聞「天声人語」は、「日本では大物のように見えても、さて外国にもそのように顔の通る人は至って少ない。わが財界人でも渋沢亡きのちは池田氏くらいのものだった」と最大の賛辞を贈っている。

〈了〉

あとがき

私の手元に一枚の新聞のコピーがある。

それは平成十五年六月四日（水曜日）付け毎日新聞の「経済観測」と題するコラムだ。

内容は「石原慎太郎東京都知事が発表した新銀行設立計画が議論を呼んでいる。中でも争点になっているのが、将来性や技術力のある中小企業に担保がなくても融資する無担保融資の是非である。さまざまな議論を聞きながら、ふと不良債権問題がクローズアップされだしたころ、中山素平《そへい》・元日本興業銀行会長が話してくれたエピソードを思い出した。

『ものすごい人がいた』と素平さんが語ったのは、明治後期から大正時代にかけて『三井の大番頭』と呼ばれた池田成彬（日銀総裁、蔵相などを歴任）の審査ぶり。『融資の申し込みがあると、その企業の経営者から30分ほど話を聞いただけで融資額や融資条件を即断したんだね。その判断基準で重視したのが、経営者の熱意や行動力で、担保の有無はほとんど気に留めなかったと言われている』

ここまでなら判断が早いだけのことだが、すごいのは融資先の企業が経営破たんした事例がほとんどなかったこと。素平さんは『ある時、審査部の事例研究として池田さんの融資条件を調査したところ、その判断がほとんど的中していた』と振り返った。

もちろん池田が活躍した時代と現在では、日本経済の質も銀行の役割も違い、一律には比較できない。しかし、銀行融資の原点は融資先企業の業績が伸びるか否かを見極めることである。これはいかにＩＴ（情報技術）やカードシステムを駆使しようと最後は人間の力である。

こう考えると、新銀行の成否は、融資先経営の能力を判定できる『眼力のある銀行幹部』をどこまで集められるかにかかっている。

『実は私も大きなことは言えない。後輩たちが担保主義に走るのを阻止できなかった』。〝財界の鞍馬天狗〟の表情は寂しげだった」

というものだ。

石原慎太郎東京都知事がバブル崩壊後の金融機関、とくに大手銀行の中小企業に対する貸し渋り、貸し剝がしに業を煮やし、将来性や技術力がある中小企業のために無担保で融資をする銀行を作る考えを表明したことに対する意見を書いたコラムだった。

銀行に勤めていた私は、銀行を作るという石原氏の考えは無謀に思えた。なぜなら相当慎重に経営しなければ不良債権の山を築くことになる懸念があるからだ。しかし氏の思いは十分すぎるほど理解できた。大手銀行を始めとする銀行が中小企業に融資をし、企業を育てるというリスクを取らなさすぎるのは事実だからだ。

実は、私はこのコラムによって「池田成彬」という人物の名を知った。

中山氏は成彬が、担保ではなく経営者の人物に融資したことを評価している。これはすごいことだ。よく世間は銀行に対して「人に融資をしろ」と責める。銀行もできればそうしたい。しかし多くは失敗してしまう。だからいつの間にか担保主義に陥り、そのうち担保さえあればいくらでも融資をするバブルの魔物に魅せられてしまうことになった。

私は、このコラムを読んで以来、中山素平という名バンカーが「ものすごい人」と言った成彬のことが頭から離れなくなってしまった。そんなすごい人のことをもっと知りたいと思うようになった。そして調べれば調べるほど「すごい人」だということがわかった。

なぜこんな筋を通す生き方をしたサムライ経営者が、忘却の彼方に追いやられていたのだろうか。

成彬はバンカーの枠をはるかに超えた人物であり、不祥事が続く規律の緩んだ経営者ばかりの現代にこそよみがえらさねばならないと確信した。そして彼を描くことが小説家として、また銀行に勤務していた者としての責務だと思った。

私は小説を書くことの許可を得るため、池田成彬の菩提寺である護国寺に向かった。

門を入って、寺務所に立ち寄った。

「池田成彬の墓はどこにありますでしょうか」

私は受付に座っていた僧に訊いた。僧は、一枚の地図を渡してくれた。それには小さく池田成彬の名があった。

池田成彬の墓は、大きくもなく派手な装飾もない普通の墓だった。威張っていない。なんだかほっとした。大蔵大臣まで務めた人物だから、豪勢な墓に違いないと思っていたが、いい方に裏切られた。

妻である艶の名前が並んで彫ってある。共に怒濤《どとう》の人生を歩んだからだろう。

同じ墓所内に大正六年に十歳の幼さで亡くなった次女文の墓があった。

私は、墓前に額《ぬか》ずき、「小説に書かせていただきます」と報告した。

風が吹き、墓所を覆った木々が揺れた。許可を与えてくれたに違いないと理解した。

護国寺の中を歩いてみた。彼の墓の近くに血盟団事件で非業《ひごう》の最期を遂げた団琢磨の墓もあった。

私は両者の墓を眺めながら、彼らが生きた時代に思いを馳せ、しばらくその場にたたずんでいた。

池田成彬の評伝小説を最も喜んで下さったのは、成彬の次男、潔《きよし》氏の夫人光子《みつこ》さんだ。ご自宅にお訪ねし、ありし日の成彬のことをお伺いした。

光子さんは、涙を流しながら、「すばらしい義父でした。今の人が義父のことを忘れてしまったのは悔しい」と話された。残念ながら、光子さんは、この小説の発刊を待たずにお亡くなりになったが、ありがたいことにご遺族の手で柩《ひつぎ》に納めていただくことができた。

天国で読んでいただいていると思うが、「この小説以上の人だったわ」と不満を洩らされていないかだけが、心配だ。

合掌。

〈主な参考文献〉
『故人今人』（池田成彬・世界の日本社）／『私の人生観』（池田成彬・文藝春秋新社）／『私の

たけのこ哲学』（池田成彬・北辰堂）／『財界回顧』（池田成彬・図書出版社）／「私の人生読本」（『文藝春秋』29巻4号収録・池田成彬・文藝春秋）／『池田成彬伝』（池田成彬伝記刊行会・慶応通信）／『池田成彬伝』（西谷彌兵衛・東洋書館）／『池田成彬』（東郷豊・今日の問題社）／『富と銃剣　池田成彬』（小島直記・人物往来社）／「池田成彬　昭和銀行界の柱石」（『日本のリーダー7　実業界の巨頭』収録・草柳大蔵・TBSブリタニカ）／「池田成彬」（『蔵相時代と決断』収録・一木豊・日本経済新聞社）／『戦略経営者列伝』（大江志乃夫・三一書房）／『日中戦争期における経済と政治　近衛文麿と池田成彬』（松浦正孝・東京大学出版会）／『丁卯会講演記録』／「一実業家の生涯」（『新潮』48巻4号収録・池田潔・新潮社）／「父の泪」（『文藝春秋』29巻5号収録・池田潔・文藝春秋）／『三井銀行100年のあゆみ』（100年のあゆみ編集委員会・三井銀行）／『三井銀行八十年史』（三井銀行）／『三井財閥史　大正・昭和編』（栂井義雄・教育社）／『三井　企業グループの動態3』（久保田晃・中央公論社）／『財界人思想全集2　経営哲学・経営理念　昭和編』（中川敬一郎・由井常彦　編集解説・ダイヤモンド社）／『財界人思想全集9　財界人の人物観』（草柳大蔵　編集解説・ダイヤモンド社）／『企業家たちの挑戦』（宮本又郎・中央公論新社）／『現代財界人物』（藤原楚水・東洋経済出版部）／『昭和人物秘録』（矢次一夫・新紀元社）／『日本の銀行家　大銀行の性格とその指導者』（加藤俊彦・中央公論社）／『「明治」という国家（上・下）』『「昭和」という国家』（司馬遼太郎・日本放送出版協会）／『昭和史がわかる55のポイント』『父が子に語る昭和史』（保阪

正康・PHP研究所)／『昭和史の授業』(鷲田小彌太・PHP研究所)／『政党から軍部へ』(北岡伸一・中央公論新社)／『西園寺公と政局(第六巻・第七巻)』(原田熊雄・岩波書店)／『東條英機と天皇の時代』(保阪正康・筑摩書房)／『昭和のまちがい』(岡田益吉・雪華社)／『昭和の蹉跌 血盟団と五・一五事件』(粉川幸男・西田書店)／『金解禁 昭和恐慌と人物群像』(有吉新吾・西田書店)／『昭和金融恐慌秘話』(大阪朝日新聞経済部 編・朝日新聞社)／『五・一五事件 橘孝三郎と愛郷塾の軌跡』(保阪正康・草思社)／『特高』(小坂慶助・東京ライフ社)／『米沢洋学の系譜 東北の長崎』(松野良寅・ぎょうせい)／『歴史に学ぶ人と経営シリーズ 史上最大の仕事師 鈴木商店の大番頭・金子直吉のすべて』(澤野恵之・PHP研究所)／『明治人の経営外史 ある役員の備忘録』(溜島武雄・勁草書房)／『男子の本懐』(城山三郎・新潮社)／『値段史年表 明治・大正・昭和』(週刊朝日 編・朝日新聞社)／『近代日本総合年表』(岩波書店)ほか

解説――激動の時代を生きた経済リーダー

竹中平蔵

江上剛氏の力作「我、弁明せず」が文庫本化されることになった。この機会に、さらに多くの読者にこの本が読まれることを喜びたいと思う。

経済をエキサイティングに描いた小説には、常に幅広い層から人気が集まる。しかし、経済分析を仕事にする筆者のような立場からすると、人気のある経済小説でもその多くに、正直言ってどこか〝嘘っぽい〟ものを感じることが少なくない。しかし江上氏の作品は、いつも臨場感あふれる描写とスピーディーな展開で、経済最前線の面白さ、そこに生きる人間の躍動を伝えてくれる。読んでいて、実にリアルな経済の姿と、そこに生きる人間の醍醐味を感じさせるのだ。経済専門家の目から見て極めて読みごたえがあることを、まず指摘しておきたい。「我、弁明せず」は、江上氏の代表作として今後長く評価される作品になることだろう。

池田成彬《せいひん》の波瀾万丈人生

物語は、三井銀行のトップ経営者として戦前・戦後の激動時を生き、日銀総裁・蔵相・枢密院《すうみついん》顧問官なども務めた池田成彬の人生を描いたものだ。米沢藩《よねざわ》の〝貧乏士族〟に生まれ育った気質そのままに、どんな難局にあっても筋《すじ》を通す生き方を頑《がん》として曲げなかった主人公の波瀾万丈の人生が、読者を魅了する。

物語は、昭和金融恐慌時の銀行を舞台に始まる。当時台湾ビジネスなどで大きな存在感を示していた鈴木商店から、三井銀行が資金を引き上げる決断を主人公がする瞬間である。鈴木商店の大番頭金子直吉と対峙《たいじ》し、人物を見極めながら大きな決断をするのだ。これが引き金になって、金融市場に大きな混乱が生じることも視野に入れなければならない。しかし、大きな決断から決して逃げない経済リーダー池田成彬の姿が、凛々《りり》しく描かれる。

成彬自身は、当初ジャーナリスト志望だったという。慶應義塾《けいおうぎじゅく》を卒業し、福沢諭吉が主宰《しゅさい》する時事新報《じじしんぽう》に奉職するが、わずか三週間でそこを去る。義塾の学生時代から、皆が絶対的な存在として崇《あが》める福沢諭吉に対しても自説を曲げない姿の中に、主人公の生きざまが集約されて示されている。またハーバード大学に留学する際には、奨学金をめぐるトラブルに巻き込まれるが、ここでも当局に容易に譲歩しない強い生き方がエピソード的に描かれている。これらは、その後激動の日本経済を生きる主人公の人生の導入部として、極めて示唆《しさ》深いものである。

その後成彬は三井銀行に入行し、原理原則を貫いて周囲と軋轢《あつれき》を起こしながらも組織のトップに昇り詰める。こうしたなかで、金解禁、血盟団《けつめいだん》事件、そして戦争などまさに激動の日本経済の中を、中核的経済人として生き抜いたのである。とくに金解禁の後イギリスが再び金本位制離脱を決定した瞬間、日本の銀行はドル買いを行って自己防衛するが、その際の社会的な批判が展開されるシーンは興味深い。リスク管理をしながらも銀行の持つ社会的な機能を保持するために、成彬は見事な決断を示していく。しかし、それでも時代は大きく変化する。長年交流のあった井上準之助や団琢磨《だんたくま》が暗殺されるという暗黒の時代を、成彬は筋を曲げずに生き抜くのである。

圧巻は、戦争終結に至る主人公を巡るストーリー展開だ。すでに日銀総裁や蔵相などの要職を経験していた成彬は、枢密院顧問官としての要職にあった。世界の情報に精通し、経済の現実を理解する成彬は、無謀な軍事拡張を進める東條英機《とうじょうひでき》内閣とは必然的に敵対する立場にあった。ここで東條は成彬に、三男豊《ゆたか》氏の兵役《へいえき》を免除する代わりに、政治的妥協をするよう提案する。これに対し成彬が、断固とした態度で拒む場面は、本小説のクライマックスの一つとなっている。結果的に三男豊氏は、国に命を捧《ささ》げるのである。

命がけで激動の時代を生き抜いた経済リーダー……その生きざまを描く本書は、多くの感動と教訓を与える作品と言える。

素材選びの妙

「我、弁明せず」に示された以上のような江上氏流の臨場感・迫力は、いったいどこから来るのだろうか。銀行勤務を通じて、江上氏が日々リアルな経済・市場に直面してきたことが、その豊かな描写の背景にあることは間違いない。同時に、事実に忠実に物語を展開し、その経済的背景を的確に描く力量が評価されねばならない。こうした手法は、ノンフィクション的小説と呼ばれてよいのだろうか……。もしかしたら小説風ノンフィクションと呼ぶのが正しいのか……。それほどにこの作品は、事実を堅実に追いながら読み物として一気に読ませる心地よさを、読者に与えてくれる。

この作品を通じて、私は以下の二つの点で、とりわけ江上氏の作家としての力量を感じることができた。

その第一は、モデルとなる人物、つまり作品の素材選びの面白さである。池田成彬は、もちろん知る人ぞ知る経済・産業史上の重要人物である。しかし、決して一般の人々の間で幅広く知られた人というわけではない。江上氏は、その池田成彬にスポットを当てた。

以前から、日本経済の強さを示す表現として「戦略的資本主義」なる考え方がある。これは、プリンストン大学教授（現ライシャワーセンター所長）のケント・カルダー氏が定義したものだ。一般に、日本経済は通産省（現経済産業省）などを中心とする官僚たちがその設計図を描き、したたかな発展戦略を実践してきたというイメージが持たれている。これに対しカルダー氏は、昭和三十年代の鉄鋼産業発展において大手町の金融機関が中心となって発展戦略を描き実践した実例に基づき、民間（特に金融機関）こそが日本経済の真の戦略本部であった、と指摘する。時代は異なるが、池田成彬の生き方を描く本書は、まさに日本経済の戦略本部は主人公を中心とする民間人にあったことを示している。戦略的資本主義の原型が、この物語に描かれている、と言えるのだ。本書に描かれている昭和恐慌の際、成彬たちの戦略的なシナリオにもかかわらず、肝心《かんじん》の現金を用意していなかった日銀……。ただただ右往左往し、世論に迎合《げいごう》する政治家の姿……。井上準之助についても、「才人で平凡ではなかったが、弱かった」と表現している点など、極めて興味深い。著者は、池田成彬の人生を通して、このような日本経済の本質を描きたかったのではないだろうか。

いずれにしても、池田成彬という日本経済の隠れた主役を素材に選びだした点に、江上氏の高い力量が感じられる。ちなみに、著者自身のあとがきによると、名バンカー中山素平《そへい》がある機会に、「ものすごい人」という形容で池田成彬の話をしたことが、この小説を書くきっかけになったという。

第二の点は、今日の日本人が新しいリーダーを求めているということを認識したうえで、そのリーダーの在り方に一つの大きな示唆を与えていることだ。日本には優れた技術があり、多くの資本があり、そして相当の人材がいる。にもかかわらず、将来に対して驚くほどの閉塞感《へいそくかん》が社会を支配し、暗い気分が漂《ただよ》っている。生活水準は依然として相当に高いのに、将来への夢が持てないと多くの人々が嘆く。それは同時に、こうした状況を打破してくれる強いリーダーを求める声でもある。政治のリーダーはもちろんのこと、経営や地域コミュニティにおいても、こうしたリーダーが待望されているのだ。江上氏が池田成彬という人物の本質として本書で描いたのは、見事なリーダー論ということができよう。

リーダーにとって重要な資質としては、いくつかのものがあるだろう。自身で将来を洞察《どうさつ》し、それをメンバーや関係者に語って説得できる力があり、かつメンバーからの尊敬を得ていること……こうした姿が池田成彬の生きざまから描き出されている。例えば小説の中の鈴木商店からの融資引き上げの場面では、部下の意見を徹底的に聞いたうえで自らが決定し、その後は一歩も引かぬ姿が描かれている。またドル買い事件以来、成彬および財閥は常に社会の敵として厳しい批判を浴びる。これに対し成彬は、「何事も、弁明せずだな……」と述べ、ひたすら現実的解決策を模索する。リーダーは常に極限状況に置かれ、存在する反対勢力からのリスクにさらされている。こうした状況のなかを生き抜くには、強い意志と頑固なまでのこだわりがいるだろう。池田成彬の人物描写を巧みに交えながら、著者はあるべきリーダーの一つの姿を描いていると言える。

成彬スピリットはどこへ行った

このように著者江上氏は、日本経済の隠れた主役を巧みに選び出し、人物を通して日本社会と経済の動きを臨場感いっぱいに描き出している。冒頭私は、経済小説の多くはどこか嘘っぽいと述べた。しかし江上氏の描く経済は、極めて正確で、どこまでもリアルなのだ。本書の中では、池田成彬と交流のある歴史上の人物が多数登場する。浜口雄幸《おさち》、井上準之助、北一輝《きたいっき》、東條英機……こうした人々が横糸のように繋がって歴史を動かしてきた様子が、本書では見事に描かれている。そして、抽象的で難解な経済社会の動きを、その中で生きた人物描写を通して読者に理解させるというやっかいな仕事を、著者は確実に実行している。

それにしても池田成彬が生きた時代は、まさに激動の時代だった。金解禁、大恐慌、植民地支配、戦争……すべてに前例がなく、どのように国家運営と企業経営をすればよいかのガイドラインもない。まさに「毎日が恐慌」の時代だったのだ。その時代を、池田成彬はかくもさっそうと生きた。あの時代に比べれば、今の時代は大きく恵まれている。経済運営・会社運営のノウハウも、危機管理のための知識も、また危機をしのぐための準備も、当時とは比べものにならない蓄積を持っている。そのなかの日本人が、当時のように輝いて見えないのはどうしてだろうか。池田成彬のような毅然《きぜん》たるリーダーが輩出《はいしゅつ》しないのはなぜなのだろうか。弁明ばかりで、責任をとらない今日のリーダーを見ていると、成彬スピリットはどこへ行ったかと問いたくなる。江上氏が提起した問題は、まさにこうしたことではなかったろうか。

江上氏が次の作品でどのような素材を選び、読者に何を訴えるのか。日本経済の混迷が深まるとともに、読者としての私の興味はますます募ってくる。

（慶應義塾大学教授）

この作品は、二〇〇八年三月にＰＨＰ研究所から刊行された。

著者紹介
江上　剛（えがみ　ごう）
1954年、兵庫県生まれ。早稲田大学政治経済学部政治学科卒業。
1977年、第一勧業銀行（現みずほ銀行）入行。人事、広報等を経て、築地支店長時代の2002年に『非情銀行』で作家デビュー。
2003年3月に同行を退職し、執筆生活に入る。
主な著書に『起死回生』『銀行告発』『腐敗連鎖』『絆』『日暮れてこそ』『ごっつい奴』『成り上がり』『怪物商人』『翼、ふたたび』『天あり、命あり』『クロカネの道』などがある。

ＰＨＰ文芸文庫　我、弁明せず

2010年10月29日　第1版第1刷
2023年2月20日　第1版第4刷

著者　江上　剛
発行者　永田貴之
発行所　株式会社ＰＨＰ研究所
東京本部　〒135-8137 江東区豊洲5-6-52
文化事業部　☎03-3520-9620（編集）
普及部　☎03-3520-9630（販売）
京都本部　〒601-8411 京都市南区西九条北ノ内町11
PHP INTERFACE　https://www.php.co.jp/
組版　朝日メディアインターナショナル株式会社
印刷所　図書印刷株式会社
製本所　株式会社大進堂

ISBN978-4-569-67551-0

PHP文芸文庫

成り上がり

金融王・安田善次郎

江上 剛 著

ハダカ一貫から日本一の金融王へ！ 挫折、失敗の連続を乗り越えて成功をつかんだ安田善次郎の、波瀾万丈の前半生に光を当てた長編。

PHP文芸文庫

怪物商人

江上剛 著

死の商人と呼ばれた男の真実とは⁉　大成建設、帝国ホテルなどを設立し、一代で財閥を築き上げた大倉喜八郎の生涯を熱く描く長編小説。

PHP文芸文庫

翼、ふたたび

江上剛 著

航空会社が経営破綻、大量リストラ、二次破綻の危機……崖っぷちからの再生に奮闘する人々を描いた、感動のノンフィクション小説！